MARIAH STEWART

Le amiche del cuore

LIBRERIA pienogiorno

III Edizione, luglio 2022

Pubblicato per

LIBRERIA **pienogiorno**

da FullDay Srl

Traduzione di Ilaria Maggioni

Per Charlotte Campbell Jones – Benvenuta in famiglia!

PROLOGO

Ciao a tutti!

Spero che stiate bene! Ci pensate che manca solo una settimana alla QUARANTESIMA RIMPATRIATA DEL LICEO? Questo è l'ultimo avviso! Se non avete già confermato la vostra presenza, fatelo ADESSO. Cari amici, com'è possibile che siano già passati così tanti anni da quando abbiamo lasciato i corridoi della Mid-Coast Regional High? Non so voi, ma io mi sento ancora una diciottenne! Okay, forse un paio d'anni in più, ma nel cuore sono ancora una ragazzina. Scommetto che anche per voi è così!

Il vostro comitato ha lavorato duramente per fare in modo che questo weekend sia il migliore di SEMPRE. Ci sono diverse stanze prenotate nei vari B&B locali (la lista è in allegato), ma finiscono in fretta, quindi, a meno che non abitiate ancora in zona o possiate farvi ospitare da qualcuno, vi consiglio di riservare una camera il prima possibile.

Ovviamente abbiamo previsto una lista completa di attività, dall'accoglienza del venerdì sera alla partita nella nostra Alma Mater la domenica. Se il football non fa per voi, potrete dedicarvi alle altre attività in programma: un incontro di golf, un tour del nuovo (o quasi) centro d'arte o un pranzo al nuovo (e alcuni dicono il migliore!) ristorante di Wyndham Beach. Visto che bisogna prenotare sia il country club per il golf che il ristorante, fatemi sapere chi vuole partecipare. E, naturalmente, l'imperdibile cena di domenica sera. Abbiamo assunto un deejay, che è stato opportunamente dotato di una playlist adeguata all'evento. Viva gli anni Settanta!

Spero di vedervi tutti la settimana prossima! Non sarebbe lo stesso se non ci fossimo tutti.

Lydia Hess Bryant,
Presidente della rimpatriata
Mid-Coast Regional, Classe del 1980

Parte prima

CAPITOLO UNO

MAGGIE

Dal suo posto vicino al finestrino, Maggie Flynn guardava l'aeroporto T.F. Green di Warwick, Rhode Island, far capolino tra le nuvole. Da quando aveva ricevuto l'invito alla rimpatriata del liceo, non aveva smesso un attimo di pensare a quel weekend. Aveva chiamato immediatamente Liddy ed Emma per organizzare. Liddy Bryant ed Emma Dean, le sue migliori amiche dall'infanzia. Dopo il college, loro erano ritornate nella città natale, Wyndham Beach, si erano sposate con uomini del posto e avevano cresciuto lì le loro famiglie. Maggie invece se n'era andata. Ma quarant'anni! Non riusciva a credere che ne fossero passati così tanti da quando si erano diplomate.

Si sfilò le cuffiette, da cui la colonna sonora del suo film preferito, *La febbre del sabato sera*, aveva suonato per tutto il volo. Maggie credeva fermamente che un ritorno agli anni Settanta dovesse iniziare e finire con i Bee Gees. Ripose le cuffiette nella borsa, strinse la cintura di sicurezza e guardò la passerella farsi sempre più vicina.

Dopo l'atterraggio, recuperò la valigia, ritirò la macchina a noleggio e in un attimo si ritrovò al volante di una berlina, diretta verso Providence, dove avrebbe preso la Route 6 che l'avrebbe portata in Massachusetts. Con un senso di leggerezza cantava a squarciagola – *Staying Alive* – mentre guidava lungo l'autostrada, un tempo così familiare, che le restituiva alla memoria, uno dopo l'altro, i posti del suo passato. Fall River, casa dei migliori frutti di mare del pianeta. Le escursioni in kayak nella riserva del fiume Slocum a Dartmouth con Brett, respirando aria salmastra e cercando di avvistare i falchi pescatori; quando erano giovani e innamorati, e così sicuri di passare il resto della vita insieme – prima che le cose diventassero complicate. New Bedford, una volta il più grande porto baleniero del mondo e una delle principali stazioni della Ferrovia Sotterranea, attraverso cui trovarono la libertà molti schiavi in fuga dagli stati del Sud. Le aragoste appena pescate a Fairhaven, mentre sua madre la aspettava a casa pronta a cucinarle. Mattapoisett con le sue bellissime spiagge sabbiose e il faro di Ned Point. La rampa dalla quale suo nonno, Harvey Wakefield, usciva con la barca, *In My Wake,* e la spiaggia di Shining Tides, dove portava Maggie e sua sorella Sarah a cercare i tartufi di mare. Sembrava essere passata una vita – *in effetti era così,* ricordò a se stessa – eppure nella sua mente era come se fosse successo il giorno prima. Era strano come a volte il tempo e i ricordi si rincorressero, come alcuni anni passassero veloci lasciando solo ricordi sfocati, mentre altri rimanessero impressi come a rallentatore, anche con i loro dettagli più dolorosi.

Per Maggie gli ultimi due anni erano stati così pieni di dolore e difficoltà che l'avevano trasformata nel fantasma di se stessa. Ne era uscita talmente esausta e malconcia, che ci erano voluti mesi prima che si riconoscesse di nuovo allo specchio. D'altra parte è quello che succede quando ci si prende cura di una persona cara malata terminale.

Non che Maggie si fosse mai lamentata. Aveva dedicato ogni ora alla cura del marito nell'ultimo periodo della sua vita. Vedere Art trasformarsi a meno di sessant'anni da uomo attivo, appassionato e brillante a poco più di un guscio in così poco tempo le aveva spezzato il cuore. Quando le aveva rivelato la terribile, e totalmente inaspettata, diagnosi, Maggie aveva giurato che sarebbe rimasta con lui ogni momento, attraverso tutte le fasi del trattamento che fino all'ultimo avevano sperato potesse sconfiggere la malattia. Era stata ligia al suo impegno, non lasciando mai la casa se non per accompagnarlo dal dottore o a fare le terapie a Philadelphia. Nonostante le figlie si offrissero di stare con il padre per darle un po' di sollievo, magari un pranzo con un'amica o anche solo il parrucchiere, Maggie rifiutava. Durante i loro trentadue anni di matrimonio, era stato Art a occuparsi della moglie e delle figlie. Ora era il turno di Maggie di occuparsi di lui. E l'aveva fatto, senza sosta.

Il suo unico pensiero erano stati Art e il suo benessere. Era troppo stanca per capire il prezzo che la malattia aveva preteso da lei.

Quando si era vista davvero per la prima volta dal terribile giorno della diagnosi – i medici avevano previsto dai cinque ai sette mesi ed erano purtroppo stati accuratamente precisi – Maggie si era bloccata a fissare il proprio riflesso, non riuscendo a riconoscere la persona che la stava guardando. Stava andando a piedi alla pasticceria vicino a casa a ritirare la torta per il compleanno di sua nipote Daisy, che compiva tre anni – la prima vera festa di famiglia dopo la perdita di Art – e fermandosi a dare uno sguardo alla vetrina, si era vista riflessa. Era rimasta talmente scioccata dal proprio aspetto che si era sentita in imbarazzo a entrare nel negozio e identificarsi come Maggie Flynn.

«Perché non avete detto niente?», aveva chiesto alle sue figlie quella sera. «Perché non mi avete avvertito?»

«Mamma, ci abbiamo provato», aveva precisato Natalie, la più giovane delle due, con i suoi ventinove anni, e madre di Daisy. «Tu non volevi sentire. Ti ricordi quando io e Grace ci siamo offerte di portarti alla SPA?»

«Vagamente», aveva ammesso Maggie.

«Avevamo pensato di legarti e metterti di peso in macchina, ma non volevamo spaventare i vicini», era intervenuta Grace, maggiore alla sorella di tre anni. «Lo sai che il signor Crenshaw spia sempre tutti dalla finestra».

Natalie si era rivolta alla sorella. «Forse la prossima volta dovremmo farlo».

«Io ci sto», aveva annuito Grace solennemente.

«Non ci sarà una prossima volta». Il viso di Maggie si era fatto risoluto mentre prendeva il telefono e scorreva la rubrica in cerca del numero giusto.

«Chi stai chiamando?», le aveva chiesto Grace.

«La mia parrucchiera», aveva risposto Maggie. «E da domani torno a fare yoga e rinnovo l'abbonamento in palestra». Fece una pausa, aspettando che il suo interlocutore rispondesse al telefono, mentre si ispezionava le unghie rovinate. «Sì, salve. Sono Maggie Flynn. Quando è il primo appuntamento disponibile con Kim? E posso fissare anche per le unghie lo stesso giorno?»

Ci volle più di un appuntamento con la parrucchiera prima che Maggie si sentisse di nuovo se stessa, ma anche il più piccolo passo la riportava alla persona che era prima. Maggie non si illudeva di essere tornata ai diciott'anni – non che lo volesse, quello era stato l'anno peggiore della sua vita – ma sapeva che poteva ancora avere un aspetto piacevole.

Piacevole era un obiettivo raggiungibile.

Quarantacinque minuti dopo aver lasciato l'aeroporto, si ritrovò alla prima delle due curve che portavano a Wyndham Beach. La prima l'avrebbe condotta direttamente da Liddy, dove era stata invitata a passare il weekend. La seconda oltre al porto e alla sua vecchia casa. Ci pensò per un secondo e scelse quest'ultima.

Aprì tutti i finestrini e respirò l'aria salmastra mentre entrava in Front Street, registrando mentalmente i cambiamenti che c'erano stati dall'ultima volta che era stata lì, prima che Art si ammalasse. Da allora non aveva più avuto voglia di muoversi, ma la quarantesima rimpatriata era troppo importante e non poteva perdersela. Alla sua sinistra l'esclusiva e bisecolare scuola privata maschile, con i suoi edifici a tre piani in stile Tudor, incomprensibile in una città abbracciata al porto in cui la maggior parte dei palazzi era rivestita di assi di legno o di quadrelle di cedro segnato dal tempo. Attraverso i palazzi poté scorgere la *Jasper V*, la goletta della scuola, le vele a riposo, ormeggiata allo stesso posto che aveva ospitato dalla *Jasper I* alla *Jasper IV*. La vedeva alzarsi e abbassarsi mollemente ogni volta che un'altra barca si avvicinava alla riva.

Al centro di Wyndham Beach, il supermercato si trovava all'angolo tra Front e Church Street e Maggie sapeva che, una volta entrata, tutto sarebbe stato come lo ricordava. La panetteria con i suoi grandi scaffali di vetro allineati a destra e il macellaio proprio sul retro. Sul lato sinistro c'erano i frigoriferi con i latticini e i surgelati, mentre tutti gli altri prodotti si trovavano nella corsia centrale. I negozi di souvenir, le boutique, i negozi di dolciumi, la libreria: tutto sembrava identico. C'era anche un ristorante – Mimi's – a tre isolati da Harbor House, che era in attività da sempre. Girato l'angolo del supermercato, c'era un nuovo coffee shop, Ground Me, dove, secondo Liddy, facevano ottimi caffè e paste. La pizzeria era ancora allo stesso posto di quando lei frequentava il liceo, tra il negozio di liquori e l'ufficio dell'agente immobiliare. Il cartello sul prato della chiesa diceva ancora TUTTI SONO BENVENUTI. Una nuova insegna era appesa al pub di Dusty, l'unica vera bettola della città. Dopo tutti quegli anni, Wyndham Beach era più o meno sempre la stessa.

Rallentò mentre si avvicinava alla strada che da Front Street virava a sinistra per incontrare Cottage Street, cercando di ricordare chi vivesse in quale casa quando lei era ragazza e chiedendosi chi potesse viverci adesso. Accostò per far passare un furgone, poi continuò a costeggiare il marciapiede, arrivando quasi di fronte all'abitazione grigio-pietra dove era cresciuta. Una nuova insegna era comparsa davanti all'edificio che lo indicava come LA CASA DI ISAIAH WAKEFIELD, 1796 CIRCA – un cartello che era stato ovviamente messo dai nuovi proprietari. I Blanchards? Qualcosa di simile. La madre di Maggie, Ellen Wakefield Lloyd, non avrebbe mai avuto bisogno di pubblicizzare la provenienza della loro casa di famiglia. Tutti in città sapevano chi aveva costruito la casa e quando.

Maggie metabolizzò il tutto: non solo la casa, ma ogni albero e cespuglio. Sperò di poter dare un'occhiata al retro, visto che Liddy le aveva detto che i nuovi inquilini avevano apportato dei cambiamenti, ma una fila di arborvitae faceva da barriera. Erano dovuti andare alla società storica con i progetti edilizi, le aveva detto Liddy e, visto che lei faceva parte del comitato per le revisioni architettoniche, sapeva esattamente cosa fosse stato fatto (la camera padronale, un bagno, un armadio e un salotto al piano superiore e un soggiorno, una toeletta e avevano allargato la cucina a pianoterra) e quanto era stato pagato per il tutto (circa $200,000 – «Ma», Liddy l'aveva avvertita, «tu non l'hai saputo da me»). La curiosità prese il sopravvento su Maggie: uscì dalla macchina e fece scrocchiare le foglie cadute sul marciapiede mentre tentava senza successo di sbirciare attraverso il muro verde.

La porta d'ingresso si aprì e ne uscì un bambino di circa otto anni, che scese i gradini di corsa per prendere la sua bici, lasciata sul prato, e sfrecciare verso il centro della città. Preoccupata di essere beccata a curiosare come un vicino guardone, Maggie si diresse verso la fine della strada.

Durante la sua infanzia, di fianco a lei viveva una coppia senza figli, June e Jerry Gribbin, che amavano decorare la casa per ogni festività. Il signor Gribbin insegnava musica all'accademia e la moglie dava lezioni di piano nel suo salotto. A Maggie non era mai interessato prendere lezioni di piano, – Sarah l'aveva fatto – ma aveva sempre adorato ascoltare in segreto la musica che usciva dalla casa dei vicini e molte notti si era addormentata con le note di *Per Elisa* o le sinfonie che sua sorella riconosceva come *Fantasia in D minore* e *Sonata al chiaro di luna* di Beethoven.

Maggie si chiese chi vivesse lì adesso e se avessero ancora un piano per i bambini nel salotto.

Due case dopo i Gribbin, Cottage Street si interrompeva bruscamente e lasciava il posto a un acciottolato utilizzato come parcheggio per la spiaggia. Si era sempre potuto "nuotare a proprio rischio e pericolo" – cosa che ovviamente tutti facevano – ma Maggie notò che era stata installata una postazione da bagnino nel bel mezzo della spiaggia. Si tolse le scarpe e camminò sui ciottoli ruvidi per guardare meglio. Lasciò le scarpe e la borsa vicino alla base della struttura e salì fino al posto del bagnino. Si sedette, le braccia lungo i fianchi, la brezza che le spostava i capelli dal viso. Con la bassa marea, le creste bianche delle onde lambivano la costa, quasi timide, ma lei sapeva che nei momenti giusti le onde arrivavano a scagliarsi con forza sulla spiaggia e a ritrarsi scontrose. Ma quel giorno tutto era calmo, il cielo aveva un perfetto colore blu da inizio autunno, l'orizzonte era limpido sull'acqua. Tra il ponte e Buzzards Bay nei giorni in cui la nebbia era fitta, Shelby Island appariva come un'isola incantata. Così era la fine di settembre lungo la costa del Massachusetts, sotto l'ala di Cape Cod.

Maggie saltò giù dalla pedana e si incamminò verso l'acqua, calpestando ammassi di alghe, conchiglie rotte, pezzetti di legno e quel che rimaneva di una scarpa riportata a riva dalla corrente. Si fermò solo a raccogliere un pezzetto di vetro levigato dal mare, rigirandoselo tra il pollice e l'indice prima di infilarlo nella tasca della sua gonna di jeans. Tastò con la punta di un piede la temperatura dell'acqua e, trovandola gelida, si allontanò dove le onde non potessero raggiungerla. Alla fine della spiaggia c'era una banchina fatta con blocchi di roccia. Arrivò con cautela fino alla fine e si sedette sulla roccia più larga, dove lei, Liddy ed Emma erano solite trovarsi per scambiarsi pettegolezzi e raccontarsi le proprie vite. Si perse nei ricordi della sua giovinezza e nei volti delle persone a cui aveva voluto bene. Liddy, le gonne alla caviglia e la lunga treccia, un'hippie ancora prima che inventassero il termine. Emma, la figlia del pastore, la mediatrice, che non portava mai gonne sopra al ginocchio e che faceva sempre la cosa giusta. Poi, ovviamente, c'erano le infinite ore con Brett, il ragazzo d'oro che poteva avere chiunque volesse, ma non aveva occhi che per lei. Brett il bello, l'amore della vita di Maggie, con cui aveva condiviso i suoi sogni e, più avanti, un segreto dal quale non si era mai ripresa, uno che non era neanche riuscita a svelare alle sue amiche più care. Il segreto che li aveva separati.

Non voleva pensarci – non voleva proprio pensare a *lui*. Voleva divertirsi e sfruttare il tempo che aveva con le sue più vecchie e care amiche. Non aveva la minima intenzione di soffermarsi su qualcosa che le aveva portato solo dolore e rimpianto.

Tornò alla postazione da bagnino, dove recuperò le scarpe e la borsa. Nonostante i suoi sentimenti combattuti, era felice di essere tornata in città, nella strada in cui era cresciuta, su quella spiaggia che conosceva come le sue tasche, immergendosi in quella che una volta era stata la sua vita. Era grata dell'opportunità che aveva avuto di tornare a casa e voleva godersi ogni minuto del suo soggiorno. A partire da quel momento.

Determinata a rispettare i suoi piani, voltò la schiena all'oceano, si pulì i piedi dalla sabbia prima di infilarsi le scarpe e ritornò alla macchina, fischiettando *You Should Be Dancing*.

Era ora che la festa iniziasse.

La terrazza di Liddy si affacciava sui magnifici giardini che aveva perfezionato negli ultimi trent'anni con sinuose aiuole di arbusti perenni che delimitavano cespugli di rose e preparavano la scena per gli ultimi svettanti fiori estivi: delphinium, aconito, cannas, gigli e malvarosa. Un tripudio di colorate piante annuali spuntava da vasi decorati sulla terrazza e sulle ringhiere. Un tavolo rotondo circondato da quattro comode sedie si trovava a destra della terrazza e tre sdraio occupavano quasi tutto il lato sinistro. Liddy aveva disposto sul tavolo uno stuolo di stuzzichini – un brie al forno, un'artistica composizione di crudité con una salsa piccante e un altro vassoio sul quale un notevole trancio di pesce affumicato era disteso su un letto di kale. Per Maggie era come stare in paradiso:

essere seduta lì in una bella serata di fine settembre, respirando il dolce profumo autunnale della clematide che si arrampicava alla ringhiera a godersi la compagnia delle sue più vecchie amiche nel calore della magnifica ospitalità di Liddy.

«Ne vuoi ancora, Mags?» Liddy teneva in mano la caraffa del margarita.

«Oh, no. No. Non dovrei. Non potrei. Davvero». Maggie scherzò, alzando il bicchiere. «Certo che sì».

Liddy rise e le riempì il bicchiere.

«Emma?»

«Oh, ti prego. Sì». Emma si girò, il bicchiere in mano. «Nessuno fa un margarita più buono del tuo».

«Grazie. Sentiti libera di suonare alla mia porta a qualsiasi ora, giorno e notte, e sarò felice di preparartelo». Liddy vuotò quel che restava del cocktail nel proprio bicchiere, poi lasciò la caraffa sul tavolo. Le dita della sua mano sinistra corsero a scompigliare i lunghi, spessi capelli sale e pepe che, con le loro gloriose onde, le arrivavano fino a metà schiena. Il suo colore, – o meglio, la mancanza di colore – per altre donne sarebbe stato il segnale dell'età che avanzava, ma Maggie pensava che su Liddy non fosse così, che fosse il colore giusto per lei. Liddy era sempre stata vera, in tutto, e questo comprendeva il modo in cui si presentava al mondo. Durante la sua ultima visita, Maggie le aveva chiesto quando aveva intenzione di farsi una tinta, ma Liddy aveva riso. «Mai. Quel che vedi è quel che è. Poi, non avrei tempo per curarli. Ogni quanto fai il ritocco tu?», aveva chiesto a Maggie, che aveva ammesso di avere un appuntamento fisso ogni sei settimane.

«Io non ho tempo per queste cose», aveva dichiarato Liddy. «Poi come diceva Braccio di Ferro? "Io sono quel che sono e questo è tutto quel che sono"».

Maggie aveva alzato gli occhi al cielo e riso, ma non aveva più affrontato l'argomento. Doveva ammettere che quel look si addiceva a Liddy, che era più alta di Maggie, ma che la superava anche di una decina di chili. Era un look naturale, comodo, che la faceva assomigliare a volte a una vecchia hippie, e il tutto era perfettamente in linea con la sua dolce, ma autentica personalità. Quella sera indossava un vestito di maglia con le maniche a tre quarti e spacchetti laterali. Era arancione con un'ampia fascia blu navy. A dirla tutta, Maggie si sentiva un po' sciatta, avendo scelto di mettersi un paio di semplici pantaloni neri, una tunica verde acqua e una sciarpa a scacchi attorno al collo. L'unica cosa che la poteva far sentire adeguata alla serata erano gli orecchini d'oro con le frange che le pendevano quasi fino alle spalle. Natalie glieli aveva comprati per il compleanno in una nuova trendissima boutique su Main Line. Liddy avrebbe sicuramente vinto il premio per il personaggio più vivace, era il suo da sempre.

Poi Liddy osservò la brocca vuota. «Vado a prepararne altra».

«Tra poco. Siediti e goditi la serata. Non sei stata ferma un secondo da quando sono arrivata. La tua camera degli ospiti sembra uscita da un hotel a cinque stelle. È la quintessenza del lusso». Maggie era arrivata attorno alle quattro di pomeriggio e Liddy l'aveva condotta nella sua nuova camera degli ospiti. Come promesso, c'era un letto nuovo, lenzuola nuove, un nuovo arredamento e un bagno totalmente ristrutturato. Fiori sul comodino e una pila di asciugamani morbidi sul comò. Maggie era stata trattata così bene poche volte, doveva ammetterlo.

«Ho una reputazione da mantenere. Poi, non avrei sopportato che ti pentissi di non aver prenotato alla nuova locanda di Cece Engle». Liddy arricciò il naso. «Mi sarei sentita proprio offesa».

«Cece ha aperto una locanda?», chiese Maggie stupita. «Stiamo parlando della stessa Cece Engle? La pettegola più sgradevole, scortese e cattiva del mondo?»

«Hai dimenticato la persona più trasandata e pigra di Wyndham Beach. Della nostra età, almeno», concluse Emma in bellezza. Emma, che era l'antitesi della trasandatezza, lisciò la gonna del suo vestito di jeans. Sempre la più elegante, Emma si *vestiva* per ogni occasione – abiti, gioielli, unghie, capelli, tutto perfetto prima di uscire di casa. "Era sempre stata così", ricordò Maggie. Emma era quella che si era presentata al picnic di fine scuola della terza media con degli shorts di lino perfettamente stirati e una camicia di sartoria, quando tutti indossavano jeans strappati e una maglietta più o meno di misura. Piccola e carina, col naso all'insù, grandi occhi blu, e capelli neri nello stesso caschetto che aveva portato per tutta la sua vita, Emma era sempre perfetta.

«Cece ha comprato il vecchio posto di Ive e ci sta lavorando come una matta da un anno per fare in modo che sia pronto per il weekend della rimpatriata», spiegò Liddy. «Se ho capito bene, solo due coppie hanno prenotato da lei».

«Non pensavo sarebbe mai venuto il giorno in cui Cece avrebbe scelto di sua iniziativa di fare qualcosa che avrebbe richiesto uno sforzo. Sa quanto è difficile mantenere un posto del genere?» Maggie bevve un sorso del suo drink, prima di appoggiare il bicchiere davanti a lei.

«Se non lo sa ancora, lo scoprirà presto. Credo che questo weekend sarà il suo battesimo del fuoco», disse Emma. «L'ho incontrata in posta qualche giorno fa e non parlava d'altro che di quanto stesse rendendo il posto perfetto e chi avrebbe soggiornato da lei».

«Mi chiedo cosa l'abbia spinta ad aprire una locanda», disse Maggie. «Non è mai stata una gran lavoratrice e pensavo che non le piacesse un granché la compagnia di altre persone. Magari è cambiata».

«Io non ho avuto questa impressione». Liddy si rivolse a Emma. «Tu?»

Emma scosse la testa. «La solita vecchia Cece».

«Non le voglio augurare niente di male, per carità, ma ho la sensazione che questa impresa non avrà molto successo. Lei non ha il carattere giusto per stare in mezzo alla gente». Liddy fece una pausa prima di cambiare argomento. «Emma, dobbiamo condividere con Maggie le ultime sul nostro capo della polizia?»

Maggie scattò sulla sedia per protesta. «No, non dovete. Non voglio sapere cosa sta facendo, dove vive, con chi dorme o chi ha sposato. Punto».

«Oh, ma Mags...», protestò Emma.

«No, sono seria. Non mi interessa. Non voglio saperlo». Maggie si mise le mani sulle orecchie. «Tutto quello che ha a che fare con Brett è successo tanto tempo fa. Sono andata avanti e lui ha fatto lo stesso. E dovreste farlo anche voi. Possiamo per favore lasciar stare?»

«Consideralo fatto». Liddy ed Emma si scambiarono uno sguardo furtivo. «Parlando di cose passate, avete visto la lista dei compagni che abbiamo perso?»

Maggie annuì. «Non avevo idea che fossero così tanti».

«Beh, suppongo sia solo l'inizio». Emma butto giù quello che era rimasto del suo margarita. «Non stiamo certo ringiovanendo».

«Sembrano comunque tanti», disse Maggie, tristemente. «Non sapevo che Colleen Thompson fosse malata. Se l'avessi saputo, l'avrei chiamata o almeno le avrei scritto».

«Non è stata malata a lungo», raccontò Liddy. «Sembra che un giorno abbia fatto delle analisi e la settimana dopo era morta».

Maggie fece un sorriso triste, ricordando la ragazza che avevano battezzato Polli, come Pollicina, perché in prima media era già la più alta della classe, incluso qualche professore. «Ricordate come gli insegnanti di ginnastica la spingessero a giocare a basket, ma lei lo odiava? Lei voleva giocare a hockey su prato».

«Per il quale non era affatto portata». Emma si servì una seconda fetta di brie. «Dio benedica la sua anima. Le hanno fatto una bellissima cerimonia nella chiesa di mio padre. Il suo sermone è stato commovente».

«I sermoni di tuo padre sono sempre i migliori, Em. È stato meraviglioso al memorial di mia madre. Così confortante», disse Maggie e Liddy annuì, d'accordo con l'amica. «Pensavo si fosse ritirato come pastore».

«È così», rispose Emma. «Ma i suoi genitori volevano lui per la messa di Colleen, visto che la sua famiglia ha sempre fatto parte della chiesa... Sapete che mio fratello, Dan, è il pastore adesso? È lui che ha preso il posto di mio padre quando è andato in pensione».

Maggie annuì. «Lo so».

Rimasero in silenzio, Maggie non pensava solo alla madre, ma anche a tutti gli ex compagni che avevano perso nel corso degli anni, quando Emma disse: «Sapete, andando avanti con gli anni dovremmo abituarci a perdere sempre più amici».

«Ci fai sembrare "antiche". Non sono pronta a sentirmi vecchia. *Non* siamo vecchie». Maggie aggrottò la fronte, mentre adagiava una fetta di pesce su un cracker. «Lid, cosa c'è nella salsa per il pesce?»

«Panna acida, un pochino di maionese e del succo di limone. Un po' di aneto fresco. Penso sia tutto».

«È deliziosa».

«Grazie. È la ricetta di mia madre».

Emma morsicò una falda di peperone. «Morire è parte della vita. Ne siamo tutti consapevoli. Non mi aspettavo di restare vedova a cinquantacinque anni e, Maggie, scommetto che pensassi che tu e Art avreste avuto tutto il tempo del mondo». Parlò piano, come sempre. Le volte in cui Maggie l'aveva vista arrabbiarsi o trascendere erano rare.

Prima che Maggie potesse risponderle, Liddy aggiunse: «E io non avrei mai pensato di seppellire un figlio».

Maggie si sporse verso Liddy e le prese le mani, che erano aggrovigliate insieme alla tovaglia. Il suicidio della figlia di Liddy, Jessica, tre anni prima, aveva sconvolto tutti quelli che la conoscevano.

«Credo che adesso dovremmo cambiare argomento», fece Emma, ma Liddy scosse la testa.

«Non parlarne non lo fa sparire. Per ragioni che ancora non capisco, resta il fatto che Jessie ha scelto di togliersi la vita e non passa giorno che io non mi chieda cosa mi sono persa. Devono esserci stati segnali che non ho colto, cose che può aver detto che avrebbero dovuto farmi suonare qualche campanello d'allarme, farmi capire che stava soffrendo. Come ho potuto non sapere?» Agli angoli degli occhi di Liddy iniziarono a formarsi delle lacrime. «Quale madre non sa che sua figlia sta soffrendo talmente tanto da preferire di morire piuttosto che continuare a vivere?»

«Tesoro, si può vedere solo quello che la gente ti mostra. Per una qualsiasi ragione, Jessie ha deciso di non condividere quello che sentiva». Maggie continuò a stringere le mani di Liddy nelle sue. «Probabilmente non sapremo mai cosa le stava succedendo, a cosa pensava. Perché non si è confidata con nessuno. Ma sappiamo che meravigliosa madre tu sia stata per lei. Ti adorava. Lo sai questo».

«Non è mai stata depressa. O tormentata», continuò Liddy, dando segno di non aver sentito le parole di Maggie. «Aveva dei giorni in cui era un po' giù, come tutti. Non ho mai pensato ci fosse qualcosa di più profondo. Ho pensato e ripensato ai giorni prima che accadesse e ancora non vedo nulla che avrebbe potuto far suonare quel campanello. Qualcosa che facesse sembrare tutto terribilmente sbagliato. Sembrava malinconica nell'ultima settimana, ma non tanto da preoccuparmi. So che aveva smesso di vedere Rob e pensavo fosse triste perché avevano rotto. Però, lui poi mi ha detto che era stata lei a rompere senza spiegazioni». Il suo bicchiere protestò con un ping quando lo appoggiò con troppa forza sul tavolo e la sua voce vacillò: «*Che cosa mi sono persa?*»

«I nostri figli non condividono tutto con noi. Spesso ci dicono quello che pensano vogliamo sentirci dire». Maggie lasciò le mani dell'amica. «Ci sono cose che nessuna delle mie ragazze mi ha detto mentre crescevano, cose che mi hanno fatto rizzare i capelli, quando le ho sapute. Anche adesso, so solo quello che vogliono che io sappia. Non avevo idea che Grace e Zach avessero problemi fino a quando lei non mi ha detto che si era trasferito ed è stato settimane dopo che lui se n'era andato di casa. Francamente, non ho ancora capito perché hanno divorziato. E Natalie». Maggie alzò gli occhi al cielo. «Non ci ha detto che era incinta fino al quarto mese e Jon se n'era già andato».

«Ha scoperto dove si trova?», chiese Liddy, ora sollevata che si fosse cambiato argomento.

«Non ci sta neanche provando. Ha detto che lui ormai è drogato perso e non ha nessuna intenzione di andare in clinica per disintossicarsi. Dice di non aver bisogno del suo sostegno per crescere la bambina e che non lo vuole nella vita di Daisy. Non vuole neanche che la sua famiglia sappia che ha una figlia».

«Le ha mai fatto del male?», chiese Emma, con esitazione, come se avesse paura della risposta.

«Non che io sappia. È sempre stato un ragazzo tranquillo e amabile. Lui e Art andavano d'accordo e Art era bravo a vedere cose nelle persone che gli altri non vedevano. No». Maggie scosse di nuovo la testa, questa volta con più enfasi. «Grace le ha anche chiesto se Jon fosse mai "stato cattivo" con lei e Nat le ha riso in faccia».

«A te piaceva?», le chiese Emma.

Maggie fece un lungo sospiro e rifletté prima di rispondere. «Sapeva essere affascinante, era affettuoso con Natalie ed era sempre educato e di buone maniere. Art diceva che non sarei mai stata soddisfatta dei ragazzi delle nostre figlie, ma non era vero. Zach mi piaceva. Mi piaceva tanto». Rise mestamente. «E sappiamo tutti com'è finita».

«Sembra che Natalie abbia delle ottime ragioni per non volere Jon nella vita di Daisy», osservò Emma.

«E immagino sia ancora arrabbiata per come ha reagito quando gli ha detto di essere incinta», aggiunse Liddy mettendo un paio di pomodori nel suo piatto.

«"Non ho mai voluto un figlio, non ho intenzione di averne uno adesso. Tu lo vuoi, arrangiati da sola". Puoi immaginare un uomo dire una cosa del genere a una donna dopo tre anni di relazione?»

«No. E non sai se è successo altro che lei non ti ha detto», sottolineò Liddy. «Sono sicura che tu non lo voglia nella vita di Natalie e Daisy se fa uso di droghe».

«Ma certo che no. Penso, però, che abbia il diritto di sapere che ha una figlia, ma non è una mia decisione».

«Il che non fa altro che provare quello che ti stavamo dicendo su Jess, Liddy», fece notare Emma. Liddy riconobbe la cosa con un cenno della testa, ma non commentò. «Non puoi sempre sapere cosa pensano i tuoi figli o cosa succede nelle loro vite».

«Io spero solo che Nat non si penta della sua decisione un giorno. Daisy prima o poi chiederà di suo padre».

«Spetta a lei decidere. Natalie è adulta e farà quello che vuole. Anch'io sarei felice di convincere mio figlio a venire a casa più di un paio di volte l'anno e di fermarsi per più di un weekend». Emma prosciugò il suo bicchiere, per poi far girare lo stelo tra le dita.

«Beh, quando uno è una rockstar internazionale, ha certi obblighi», disse Liddy, un accenno di ironia nella voce.

«Sì, verso tutti tranne che sua madre». Emma fece una faccia esageratamente imbronciata.

«Sai, la cosa della rockstar ancora mi stuzzica». Maggie sorrise. «Il piccolo Christopher Dean, che prendeva lezioni di musica dalla vicina di casa, ha dato il suo nome a una band e la sua faccia è sulle cover degli album in tutto il mondo».

«È pazzesco, vero?» Emma rise. «Il mio dolce bambino canta su un palco mentre le ragazze gli buttano le mutandine».

«Si fa ancora?», chiese Liddy. «Credevo che l'ultimo fosse stato Tom Jones».

«Tom Jones è ancora in giro e credo che le donne gli gettino ancora le mutandine», sottolineò Maggie.

«Chris mi ha fatto portare in aereo a Los Angeles, l'anno scorso, quando la band ha iniziato il tour e mi ha piazzato in prima fila», raccontò Emma. «Non crederete alle cose che sono passate vicino alla mia testa. Tutto quello che è compreso tra reggiseni di pizzo, aeroplanini di carta con il numero di telefono scritto sopra, preservativi. Sempre con il numero di telefono sopra, ovviamente».

«Come fai a sapere che ci fossero dei numeri sui preservativi?», chiese Liddy.

«Qualcuno li ha raccolti e messi in una ciotola vicino ai camerini dopo il concerto. Li ho visti lì. Oh, vi do un consiglio: se mai vorrete scrivere il vostro numero su un preservativo, usate una penna. I pennarelli sbavano».

Liddy annuì. «Buono a sapersi».

«Beh, non posso biasimare le ragazze che si sentono attratte da Chris. Era un bambino adorabile e adesso è bello come il sole. Ok, forse l'intimo e i preservativi sono un po' esagerati». Maggie ricordò il piccolo dolce biondino che faceva fare il giro del quartiere alle sue figlie sul suo carretto rosso di Radio Flyer, quando tornavano a Wyndham Beach per l'estate. «Certo, Natalie ha tutti i loro cd. Dice a tutti che lei e Chris Dean sono amici di infanzia e che lei lo chiamava Chrissy».

«Oh, mio dio. Ricorderò sempre, fino alla fine dei miei giorni, l'espressione di Harry quando Chris gli ha rivelato che il nome della band era DEAN, tutto maiuscolo». Emma lo imitò, simulando un'espressione di terrore. «Era mortificato. Proibì a Chris di usare il nome Dean in qualsiasi forma».

«Disdicevole per il figlio di un direttore di banca suonare in una rockband», fece notare Maggie. «E ancora di più che la band porti il nome della sua famiglia».

«Esattamente. Oh, se penso alla discussione che ne seguì. Nessuno dei due si spostava di una virgola. Voi sapete quanto Harry volesse che Chris seguisse i suoi passi. Voleva che andasse ad Harvard, come lui, suo padre e suo nonno prima di lui, ma Chris non ne aveva la minima intenzione. Lui sapeva cosa voleva fare da quando aveva otto anni e la banca non rientrava assolutamente nei suoi desideri». Rise e aggiunse: «Tranne portarci i diritti d'autore quando la band ha iniziato a funzionare...»

«Mi ricordo quando mi raccontavi delle loro discussioni», le disse Maggie. «Ma, con tutto il rispetto alla memoria di Harry, Chris sembra che se la sia cavata molto bene da solo».

«Forse troppo bene. Fa un sacco di soldi e non credo sappia cosa farne. Non che debba rendere conto a sua madre, ci mancherebbe». Emma si sporse verso un vassoio e tagliò una fettina di brie, che spalmò su un cracker. «Spero solo che li investa bene. Non può fare la rockstar per sempre».

«Stai scherzando?», Liddy rise. «Hai mai sentito parlare dei Rolling Stones? The Who? Rod Stewart? Eric Clapton?»

«Certo. Ma io non ho fatto nascere nessuno di loro, quindi non mi interessa cosa facciano con i loro soldi o con le loro vite. Il punto è, spero che abbia un piano per il futuro».

«Sono sicura che abbia degli eccellenti consulenti finanziari», sottolineò Liddy, «L'ultima volta mi ha accennato di qualcuno che gli è stato caldamente raccomandato».

«Allora non c'è niente di cui preoccuparsi», la rassicurò Maggie.

«Sapete una cosa? Dovremmo andare a uno dei loro concerti qualche volta. Noi tre insieme. Vi va?» Emma fece scorrere lo sguardo da Maggie a Liddy.

«Ma certo», rispose Liddy senza esitare.

«Lo stesso vale per me». Maggie brindò all'idea con l'ultimo goccio del suo drink.

«Perfetto. Allora guardiamo il calendario dei concerti. Scegliamo la data che va meglio per tutte, poi chiamo Chris e lui organizza il resto. Ora abbiamo qualcosa di divertente da aspettare». Fece una pausa. «Ma dovete darmi la vostra parola: non vi toglierete nessun capo d'abbigliamento da gettare sul palco».

«Hai la mia parola», promise Maggie. «Nessun vestito, nessun preservativo. Magari un pacchetto di mentine, mi ricordo che le adorava».

Emma sorrise. «Sono ancora le sue preferite. Ne metto una scatola nella sua calza di Natale tutti gli anni».

La faccia di Liddy si illuminò. «Sarebbe divertentissimo. Immaginatevi noi tre che "roccheggiamo" in prima fila, cantando insieme alla band».

«Devo scaricare qualche canzone, così posso cantare anche io». Maggie non aveva tenuto il passo con la band di Chris negli ultimi anni. Tutto quello che sapeva, lo aveva sentito da Emma e dalle sue figlie. «Natalie sarà così gelosa...»

«Può andarci anche lei! Sono sicura che a Chris farebbe piacere rivederla. Ma questo viaggio è solo per noi». Liddy afferrò la brocca e si alzò in piedi. «È ora di un altro giro di margarita. Torno subito».

Maggie rifletté su quello che Chris avrebbe potuto pensare, guardando una marea di ragazze adoranti e trovandosi davanti non solo sua madre, ma anche le sue più vecchie amiche. «Pensi che sarà imbarazzato?»

Emma fece un gesto sbrigativo con la mano. «Lo adorerà. Fidati, niente potrà mai imbarazzarlo di più dell'ultima volta che ho passato quattro giorni da lui a Los Angeles l'anno scorso. Anche con le guardie di sicurezza, c'erano ragazze che cercavano di intrufolarsi in casa giorno e notte. Qualcuna se l'è trovata nascosta nella sua camera da letto. Una mattina, una ci ha seguito a casa dal mercato, si è spogliata davanti a me e si è buttata in piscina. E non è la cosa peggiore che è successa».

«Proprio quello che volevi vedere». Maggie sorrise immaginandosi la scena.

«Ho chiesto a Chris cosa avrebbe fatto se io non fossi stata presente e lui ha solo riso. Credo stia vivendo la vita dei suoi sogni». Emma scosse la testa quasi impercettibilmente. «In realtà, non voglio pensarci. Se fa il bagno nudo con le sconosciute... o qualsiasi altra cosa... non voglio saperlo. È la sua vita e credo che sia tutto compreso nel pacchetto. Certo, lo sai anche tu, speri sempre che tuo figlio faccia meglio».

Maggie si alzò e aprì la porta per Liddy, che sembrava essere in difficoltà con un altro vassoio di snack in una mano e la brocca piena nell'altra.

«Grazie, Mags». Liddy appoggiò il vassoio e la brocca sul tavolo. «Qui ci sono del pollo speziato che ammetto di aver comprato e polpette agrodolci. Mangiate, ragazze. Questo è quello che la casa offre per cena».

«Wow. È perfetto. Grazie». Maggie prese uno stuzzicadenti e infilzò una polpetta.

Emma fece la stessa cosa mentre continuava il suo sproloquio. «Chris ha appena compiuto trentatré anni. È ora di crescere. Incontrare una brava ragazza. Essere responsabile».

Maggie e Liddy si guardarono e risero.

«Em, Chris sta vivendo la vita che vuole, che è meglio per lui in questo momento. Una vita che qualsiasi uomo che abbia meno di... *ottant'anni,* gli invidierebbe», disse Liddy, mentre riempiva il vassoio con i cracker che aveva appena portato.

«Vorrei che si sistemasse. Che avesse dei bambini. Voglio fare la nonna», Emma brontolò. «Voglio che torni a casa».

«Ahhh, ecco la vera ragione». Maggie annuì consapevolmente. «Tu vuoi che lui venga a casa».

«Non posso farne a meno. Sono vedova e lui è il mio unico figlio. Puoi immaginare come ci si senta ad avere un solo figlio e non vederlo quasi mai?»

«Sì». Liddy riempì i bicchieri di tutte, compreso il suo. «Io avevo una figlia e non la vedrò mai più».

«Oddio, perdonami. Ho parlato senza pensare». La mano di Emma salì a coprirle la bocca.

«È tutto ok, Em».

«Te lo giuro, non stavo proprio pensando. Non paragonerei mai il tour di Chris a Jessie. Mai». Emma era vicina alle lacrime.

«Tesoro, lo so», la rassicurò Liddy. «Per ragioni diverse, a entrambe mancano i nostri figli e viviamo da sole. Anche se il vivere da sola non è così male la maggior parte del tempo».

Emma annuì. «A essere onesta, Harry non mi manca più così tanto. Voglio dire, è morto da otto anni. Dopo un po' inizi a cavartela da sola».

«Io faccio ancora fatica a stare da sola», ammise Maggie.

«Art se n'è andato solo da due anni. Certo che ti manca ancora. Ma io? A me non è servito nessun adattamento. Sono ancora arrabbiata. Per quello che ne so, Jim avrebbe potuto volere il divorzio da anni, ma il suo tempismo è stato una vera merda». Liddy infilzò una polpetta come se stesse accoltellando qualcuno. Un anno e un giorno dopo che sua figlia si era tolta la vita, il marito di Liddy se n'era andato e non aveva perso tempo a compilare le carte del divorzio. «Stronzo. Ed è la cosa più carina che io possa dirgli».

«È stato un colpo basso», disse Maggie, dolcemente.

«Una mancanza di rispetto per il tuo dolore», aggiunse Emma.

«Mi ha dato il colpo di grazia», Liddy si sforzò di fare un mezzo sorriso. «Non riesco a pensare a un altro modo per dirlo, ma siamo tutte d'accordo che è stata una cosa orribile da parte sua».

«Hai più avuto sue notizie?», chiese Maggie.

«Mi ha mandato un biglietto per il mio compleanno. Se non l'avessi fatto in mille pezzi e bruciato, ve l'avrei fatto vedere». Diede un morso arrabbiato alla polpetta e la masticò. «Era neutro. Come quelli che mandi al tuo assicuratore. Lo ha firmato e basta. Dopo tutti gli anni di matrimonio – e tutto quello che abbiamo passato – tutto ciò che ottengo è: *Ti auguro una buona giornata!* con un girasole sulla copertina».

«Neutro è la parola giusta», concordò Maggie, grata che l'immagine di Art non si fosse deteriorata col tempo. Lei ancora onorava l'uomo che era stato e le sue figlie continuavano a credere che fosse capace di camminare sull'acqua.

Liddy continuò a inveire contro Jim per un po', prima che passassero a un nuovo argomento, cioè chi dei vecchi compagni sarebbe stato presente alla rimpatriata e chi no. Condivisero altri pettegolezzi – LeeAnn ha divorziato dal suo terzo marito ed è in cerca del numero quattro; Caroline ha subìto una mastectomia, ma è in remissione e sta bene; la figlia di Kelly Sanger è scappata col ragazzo della piscina e ha lasciato Kelly a occuparsi dei suoi due nipoti. E c'erano state altre risate e ricordi – *Vi ricordate quando Polly Landers ha portato a scuola il suo gatto nascondendolo nello zaino perché suo fratello voleva portarlo sulla spiaggia? O la parata del Memorial Day quando Sue Merritt ha fatto roteare per aria il suo bastone che è caduto sulla testa di Amy Thomas, mandandola al tappeto e dovettero fermare la parata?*

Quando non ebbero più spazio per ingerire altro e la caraffa si fu svuotata per l'ultima volta, impacchettarono gli avanzi, riempirono la lavastoviglie e, mentre Emma si diresse verso casa, Liddy e Maggie si ritirarono nelle rispettive camere. Stanca dal viaggio, una volta sotto le coperte che Liddy le aveva lasciato ai piedi del letto, Maggie chiuse gli occhi. I muscoli della faccia le facevano ancora male per le risate e per un po' addormentarsi le sembrò impossibile. Così tante immagini – persone, posti ed eventi – erano state richiamate nelle ultime ore. Voci e parti di canzoni continuavano a suonarle nella testa, i ricordi ritornavano, così come vecchi sentimenti che credeva fossero sepolti. Cercò di accantonare quello che poteva e decise di affrontare il resto il giorno dopo. Crollò, ancora avvolta nel tepore delle coperte e dall'affetto delle sue amiche, ignorando la certezza che prima di lasciare Wyndham Beach il lunedì seguente, altre emozioni sarebbero riemerse, altri vecchi sentimenti – e quelli avrebbe dovuto affrontarli da sola.

CAPITOLO DUE

«Mi ero dimenticata quanto fosse bello avere un giorno per fare solo quello che ti va», disse Maggie agganciandosi la cintura di sicurezza sulla macchina di Liddy.

«Fai ancora volontariato in cinquanta posti diversi e la supplente a scuola?», le chiese Liddy mentre si sistemava al volante.

Maggie annuì. «A volte sembrano davvero cinquanta. So che dovrei rallentare, ma è difficile una volta che sei in mezzo all'azione e le persone dipendono da te».

Aveva lasciato l'insegnamento dopo la diagnosi di Art, ma, da quando lui se n'era andato, aveva bisogno di tuffarsi in qualcosa di nuovo, qualcosa di diverso da se stessa, dalla sua casa silenziosa e dal suo letto vuoto. Un posto dove potesse incontrare persone che non conoscevano Art, con cui parlare di argomenti che non fossero la sua perdita. Qualcuno che non la guardasse come se fosse spezzata.

«Beh, potresti iniziare a capire di cosa puoi fare a meno, poi ridurre il tuo impegno finché non ti senti abbastanza a tuo agio da uscirne con eleganza».

«È un ottimo consiglio. Forse potrei fare a meno di… oh, diavolo. Non lo so di cosa potrei fare a meno. Mi piace quello che faccio, i posti in cui sono stata… le persone che ho incontrato».

«Lo capirai. Puoi sempre usare la scusa che vuoi dedicare più tempo all'insegnamento».

«Beh, quello è vero. A volte ho dovuto mettere da parte opportunità di lavoro per una cosa o l'altra».

«Sei ancora tu l'amministratore delegato dello studio legale di Art?»

«Lo sono, anche se non so perché. Voglio dire, so che voleva che rimanesse in famiglia, ma non faccio altro che andare là una volta al mese, bagnare le piante nel suo ufficio e portare a pranzo la sua vecchia segretaria».

«Pensavo l'avrebbe lasciato a Grace».

«Se le cose fossero andate come dovevano, l'avrebbe fatto. Ma quando è stata ora di prendere la decisione, Art non si sentiva a suo agio a mettere Grace in una posizione di potere mentre anche suo marito lavorava lì». Maggie fece una smorfia. «Certo, col senno di poi, è stata la cosa giusta da fare. Immagina se Grace avesse avuto la quota di maggioranza, data la situazione con Zach. Se fossero rimasti sposati anche solo per poco, lui avrebbe avuto diritto a metà dello studio col divorzio? Non lo so. Sono solo felice che non abbiamo dovuto porci questo problema».

«E tu non sei tentata di abusare del tuo potere, riguardo a Zach?»

«Certo che lo sono. Zach è stato una parte importante delle nostre vite dai tempi in cui Grace frequentava Legge. Dice di non aver chiesto il divorzio durante la malattia di Art e di aver aspettato dopo la sua morte per non aggiungere dolore alla famiglia, ma, francamente, penso lo abbia fatto perché non sarebbe più riuscito a guardarlo in faccia».

Maggie scosse la testa al ricordo di quanto Art fosse felice quando Grace aveva annunciato il loro matrimonio. Lui e Zach andavano alle partite di baseball e di football e solo poche settimane prima che Art si ammalasse erano andati a fare immersioni insieme, la prima volta per tutti e due. Avevano anche programmato di andarci di nuovo alla fine dell'estate. «Non aveva abbastanza coraggio per affrontare Art. Forse sperava anche che, sul letto di morte, avrebbe lasciato a lui metà dello studio. Grazie a Dio non è stato così».

«Non si merita una ragazza come Grace», esclamò Liddy, chiudendo il discorso. Uscì dal vialetto con attenzione, fermandosi al cordolo del marciapiede, per assicurarsi che non arrivasse nessuno da entrambe le parti. «Allora, qual è la nostra prima tappa? La spiaggia? Il porto? O possiamo fare il giro di qualcuno dei nuovi negozi in città».

«Sì, mi andrebbe proprio un po' di shopping. Ho fatto un salto in spiaggia ieri quando sono arrivata. Mi ha stupito vedere una postazione per il bagnino».

«Sì, c'è un bagnino tutti i giorni dal Memorial Day fino al Labor Day, sette giorni su sette, dalle nove del mattino fino alle sei di sera. È uno spreco dei soldi dei contribuenti, lascia che te lo dica. Quella spiaggia ha la sabbia peggiore. A nessuno piace andarci. Tutti vanno a Island Road», spiegò Liddy con indignazione. «La spiaggia di Cottage Street è sempre stata per quelli che vogliono pescare, cercare i tartufi di mare e per i minorenni che vanno a bere di nascosto. Lo sanno tutti».

«Allora perché...?»

«Perché tre anni fa il nipote del nostro amato sindaco è quasi annegato dopo essersi stupidamente tuffato dal molo. Si è rotto entrambe le gambe nella caduta. Quindi adesso dobbiamo pagare qualcuno che sta seduto tutto il giorno a urlare cose come "Scendete dalle rocce" e a guardare i pesci saltare nell'acqua. I ragazzini non iniziano a bere prima di mezzanotte, quindi di loro si occupa la polizia».

Liddy svoltò nel parcheggio del municipio dietro al supermercato e spense il motore. Non era ancora uscita dalla macchina che Maggie aveva già gli occhi chiusi e il naso all'insù.

«Adoro che si senta l'odore del mare da qualsiasi punto della città», disse, godendosi il momento. «Dal porto fino alla vecchia casa della mia famiglia, dalla baia fino a Island Road. C'è sempre profumo di sole, mare e sale. Non ha mai smesso di mancarmi».

«Allora dovresti tornare qui. L'aria salmastra non manca mai. E in vendita ci sono sempre delle belle case». Prima che Maggie potesse rispondere, Liddy la prese per un braccio e la portò in una stradina di mattoni che costeggiava diversi negozi. «Qui è tutto nuovo dall'ultima volta che ci sei stata. Io la chiamo "la Passeggiata". Queste stradine tortuose vanno da un negozio all'altro. Aspetta di arrivare al nuovo negozio di abiti per bambini. Ha delle cose bellissime. Vorrai comprare tutto quello che vedi per la tua Daisy».

Come Liddy aveva predetto, Maggie trovò un sacco di cose carine per la nipote, che avrebbe messo da parte per Natale. In gastronomia, comprò delle sfoglie al formaggio appena sfornate, un vasetto di miele locale e un grosso barattolo di marmellata di fichi artigianale, tutto da dividere con la sua amica. Inoltre, in gioielleria, Maggie prese un paio di orecchini di malachite per Natalie – verdi, come i suoi occhi – e dei grossi citrini dorati per Grace, con la speranza che potessero portare un po' di luce nella sua vita. Infine, nel negozio di ceramiche, trovò dei vasi stupendi per le sue figlie e una meravigliosa ciotola per la segretaria di Art, Lois, alla quale Maggie continuava a fare regali ai compleanni e alle festività per ringraziarla per la sua devozione verso Art e la sua gentilezza durante i giorni bui della malattia.

«Cosa ti avevo detto?», le chiese Liddy, mentre tornavano alla macchina, cariche di acquisti.

«Avevi assolutamente ragione. Adoro tutto quello che ho comprato. Lo sai, mia mamma iniziava sempre a comprare i regali di Natale subito dopo il Labor Day».

Liddy aprì il bagagliaio del suv e Maggie caricò tutte le borse.

«Prossima tappa?», chiese Maggie, mentre si sedeva di nuovo al posto del passeggero.

«Ho pensato che potremmo fare un salto da Emma al centro d'arte».

«Mi piacerebbe. So che sta lavorando sodo per tenerlo in piedi».

«Ha fatto un lavoro incredibile. Aspetta di vederlo. Sarai impressionata». Liddy avviò il motore, tornò indietro su High Street e si fermò all'intersezione con Front Street, quando una volante della polizia rallentò allo stop dall'altra parte della strada. Dal finestrino abbassato, il guidatore scambiò amichevolmente due parole con un passante e, un momento dopo, la volante si allontanò in direzione del porto.

«Lui verrà al ricevimento stasera, ma non al pranzo domani, se te lo stai chiedendo», lasciò cadere Liddy, seguendo lo sguardo di Maggie, poi attraversò l'incrocio.

«Oh, non stavo...», protestò Maggie, ma Liddy la fermò subito.

«Certo che stavi. Ma non era... il capo». Sorrise quando si rese conto che stava per pronunciare il nome proibito.

Le guance di Maggie si colorarono di rosso mentre si affannava a negare di aver osservato attentamente la macchina della polizia. Per quanto odiasse ammetterlo anche a se stessa, *certo* che era curiosa di sapere qualcosa su Brett e certo, sapeva che da anni era il capo della polizia di Wyndham Beach. Da una parte, sperava di riuscire a evitarlo per tutto il weekend. Dall'altra, il pensiero di vederlo – o non vederlo, non sapeva cosa sarebbe stato peggio – le causava un dolore sordo al petto.

Dio mio, sembro una quindicenne, si rimproverò quando realizzò che era esattamente l'età che aveva quando lei e Brett si erano incontrati per la prima volta. Con uno sforzo non indifferente, riuscì a spegnere il tasto della memoria proprio mentre Liddy entrava nel parcheggio del centro d'arte.

Il tocco di Emma era evidente in ogni dettaglio: il centro si trovava in un edificio di legno bianco posizionato su uno sputo di terra che dava su Buzzards Bay. Lo spazio dedicato alle mostre condivideva il primo piano con due uffici, mentre al secondo piano si tenevano corsi di pittura, fotografia, scultura e arte per bambini. Un piccolo annesso era dedicato alle ceramiche e all'arte dei metalli.

«Non posso credere che tu abbia raccolto tutti i fondi per rinnovare questo posto da sola, Emma», esclamò Maggie. «Sei fantastica».

«La comunità è stata di gran supporto, ma la maggior parte dei fondi viene da Chris, per essere onesti. Ha finanziato tutti i lavori qui dentro e paga per il riscaldamento nei mesi in cui è meno frequentato», confidò Emma. «Credo che sia il suo modo per farsi perdonare per non venire a casa più spesso».

«O forse è solo il suo modo per far vedere che supporta sua madre», disse Maggie.

«Forse», le rispose Emma. «Abbiamo le basi per creare una bella colonia di artisti qui. Stiamo partendo con calma, prendendo solo qualche membro per l'estate perché non abbiamo abbastanza spazio. Non ci sono camere da affittare in città, quindi dovranno trovare qualcosa per conto loro finché non potremo offrire un'altra soluzione. Mi piacerebbe convincere la famiglia Harrison ad aprire la loro casa. È abbandonata a se stessa, non ci abita nessuno e sarebbe perfetta». Gli occhi di Emma quasi brillarono.

«Nessuno di loro è tornato a Wyndham Beach?», chiese Maggie.

Emma scosse la testa. «Solo per tirare fuori la vecchia giostra ogni cinque anni; la lasciano nel parco e permettono ai bambini di farsi un giro».

«Era la volontà di qualcuno, vero?» Maggie cercò di ricordare la storia. «Devono condividere la giostra con la città ogni cinque estati o la proprietà sarà smantellata e venduta. Qualcosa del genere?»

«Esattamente. Mio suocero è stato l'esecutore testamentario dell'ultimo Jasper Harrison. È stato lui a comprare la giostra negli anni Quaranta. Dopo la morte di mio suocero, tra i documenti del padre Harry trovò una copia del testamento del vecchio. Il testo diceva "non meno di ogni cinque estati, preferibilmente il 4 di luglio". Ma non è mai stato fatto più di così».

«Quindi immagino che tu non sia stata ancora in grado di rintracciare gli eredi?», le chiese Liddy, spostando la sua attenzione da un quadro che stava studiando, appeso all'ingresso.

«Ci sto ancora provando. So che Owen Harrison ha ereditato tutto, ma per adesso non mi ha ancora richiamato». Fece un sorriso furbo. «Può scappare, ma non può nascondersi. Lo troverò».

Maggie rise. «Io punterei i miei soldi su di te, Em. Rintraccialo e riportalo indietro per il colletto della camicia se necessario».

«Questo è il piano». Emma prese Maggie per il gomito e l'accompagnò nell'area espositiva. «Ora, questi sono tutti lavori di artisti locali. Guardatevi in giro e prendetevi tutto il tempo che volete. Sarete d'accordo con me che ci sono dei veri talenti nella nostra cittadina».

Maggie e Liddy passarono quasi un'ora a guardare e discutere i pezzi in mostra, dalle enormi sculture d'argilla, ai paesaggi con gli acquerelli, alle ceramiche che riproducevano i colori della baia. Liddy si fermò davanti a un grande dipinto contemporaneo di grigi e tortora con fulmini rossi e dorati che attraversavano la tela.

«Wow, c'è un sacco di energia in questo», sottolineò Maggie. I cambi di colore erano quasi elettrici. «Le oscillazioni rosse e dorate creano un contrasto incredibile con lo sfondo».

Liddy indicò il nome dell'artista: Jessica Christy Bryant.

«Oh. È Jess...» La voce di Maggie si affievolì momentaneamente. Certo, sapeva che Jessie era un'artista. Aveva iniziato a creare biglietti d'auguri quando era solo alle medie. Non li aveva mai venduti, ma li mandava a parenti e amici. Dopo la morte di sua madre, nella casa di Cottage Street Maggie aveva trovato dozzine di biglietti che lei aveva ricevuto da Jess nel corso degli anni per le svariate occasioni. Anche Grace aveva detto di essere stata tra i fortunati ad aver ricevuto quei magnifici, colorati biglietti. Il biglietto di Natale di tre anni prima era stato l'ultimo.

«Questo è l'ultimo che ha fatto prima di...», iniziò Liddy, ma si interruppe.

Maggie non aveva bisogno che finisse la frase. «È un pezzo meraviglioso Liddy», disse semplicemente.

«Emma mi ha chiesto se volessi esporre qualcuno dei suoi lavori. Per assurdo, questo è il mio preferito. So che dovrei odiarlo, ma...» Liddy fece spallucce. «Credo che rifletta lo stato d'animo che aveva in quel periodo meglio di qualsiasi altra cosa possa aver detto». Indicò il titolo dell'opera, *Ultimo Atto*. «Credo che fosse proprio questo. Lo trovo molto emotivo, non credi anche tu? Percepisco un'enorme frustrazione quando lo guardo».

A Maggie sembrò che il quadro urlasse di rabbia contro un nemico senza nome. Ma a Liddy disse: «È commovente. Molto eloquente. Jess era un vero talento».

«Lo era». La tristezza di Liddy si poteva quasi toccare.

«Senza dubbio». Emma arrivò alle loro spalle in silenzio. «Ho avuto diverse offerte da compratori interessati».

«Non è in vendita», disse Liddy di scatto. «Non ho ancora deciso se voglio vendere qualcuna delle sue opere».

«Ho avvertito gli offerenti di questa possibilità». Al contrario della risposta brusca di Liddy, la voce di Emma era rassicurante. «Non venderei niente senza il tuo permesso, Lid».

«Lo so. Mi dispiace per...»

«Non è successo niente». Emma rassicurò l'amica. «Ma se fossi d'accordo, vorrei esporre i lavori di Jessie in una mostra speciale in inverno. Magari gennaio o febbraio».

«Sarebbe fantastico, Em. Ti ringrazio».

«Vorrei includere qualche suo bianco-su-bianco nella mostra di dicembre. Sono così rilassanti e contemplativi».

Liddy annuì. «Fammi sapere quando».

Emma diede all'amica una pacca sulla spalla prima di tornare nel suo ufficio a rispondere a una telefonata. Maggie le prese la mano e insieme finirono il giro. Prima di andarsene, infilarono la testa nell'ufficio di Emma per farle sapere che stavano uscendo.

«Adoro questo posto», le disse Maggie onestamente. «Ci ripasserò sicuramente prima di tornare a casa».

«Quando vuoi». Emma era raggiante. «Ora, stai pensando di arrivare in orario stasera alla riunione o dobbiamo aspettarci che tu sia elegantemente in ritardo?»

«Se riusciamo a mettere la cena in tavola per le sei, dovremmo essere puntuali. Sei sempre la benvenuta se vuoi unirti a noi, Em», le disse gentilmente Liddy.

«Grazie, Lid, ma devo stare qui fino alle sei e farò giusto in tempo ad andare a casa a cambiarmi».

«Allora ti aspettiamo là». Liddy e Maggie si avviarono verso l'uscita, poi camminarono fino alla fine del marciapiede che portava alla baia.

«È sempre stata una delle viste migliori». Maggie si fermò nel punto in cui l'erba si piegava per la brezza proveniente dal mare. Piante di rosa rugosa su cui si accendeva ancora qualche bocciolo tardivo e arbusti di prugne da spiaggia dai frutti rosati crescevano qua e là tra l'erba.

Liddy controllò l'ora. «Andiamo. Dobbiamo sbrigarci se vogliamo arrivare puntuali». Mise un braccio attorno alle spalle di Maggie mentre tornavano verso la macchina. «Chissà mai chi potremmo incontrare».

«Scusa?» Maggie alzò un sopracciglio dalla sorpresa. Non era da Liddy essere evasiva.

«Abbiamo qualche partecipante interessante all'incontro di stasera». Liddy lasciò cadere il braccio una volta arrivate alla macchina.

«Tipo chi?», chiese Maggie, mentre apriva la portiera.

«Tipo Mark Renfield o Rick Gallup». Liddy si sedette al volante. «Entrambi sono divorziati. Rick è primario di chirurgia in un ospedale di Chicago ora, a dirla tutta».

«Wow… qual è il tuo piano, quindi?»

«Non ho un piano. Dico solo che dormo da sola da quando Jim se n'è andato e l'ultima volta che ho visto Rick era in ottima forma. Molto sexy oserei dire». Mise in moto la macchina. «E se non faccio io la prima mossa, di sicuro la farà LeeAnn».

«Sei sicura di volere un ospite questo weekend? Non vorrei esserti d'intralcio», disse Maggie. «Forse dovrei prendere una stanza da Cece, dopotutto».

«Non essere sciocca. Per quanto ne so, Rick sta cercando la moglie numero due. Sto solo tenendo la mente aperta». Guardò Maggie con la coda dell'occhio. «E dovresti farlo anche tu».

Maggie fece un gesto sprezzante con la mano. «La mia mente è già abbastanza aperta, grazie».

«Ma dai! Con tutto il rispetto per la memoria di Art, ma se n'è andato da due anni. Mi stai dicendo di non aver mai pensato di spassartela con un uomo alto, moro e muscoloso per tutto questo tempo?»

«Spassarmela?» Maggie scoppiò in una risata fragorosa. «Cos'abbiamo? Sedici anni?»

«Dillo come ti pare. Tu sei vedova. Io sono divorziata e nessuna delle due è vicina a essere una vecchia avvizzita. Vuoi passare il resto della tua vita a dormire da sola?» E senza nemmeno aspettare la risposta, aggiunse. «Io non ci penso neanche».

Maggie guardò fuori dal finestrino. Il lutto per la morte di Art era stato così pesante che non aveva mai pensato a cosa potesse riservare il futuro alla sua vita amorosa. Farlo le era sempre sembrato irrispettoso nei confronti di suo marito. Come avrebbe reagito lui sapendo che si era messa a cercare un altro uomo? Avrebbe pensato che lo avesse dimenticato? Tante volte, prima di morire, Art le aveva fatto promettere di vivere una vita piena dopo che lui se ne fosse andato, ma nonostante questo lei non riusciva a sentirsi libera.

Liddy parcheggiò la macchina nel vialetto.

«Beh, se ti senti fortunata per stasera, ti suggerisco di darti una chance. Abbiamo del lavoro da fare». Maggie aprì la portiera e scese dall'auto. Nel cuore di Liddy, così come nel suo armadio, gli anni Settanta non erano mai finiti. Era parte del suo fascino ma, allo stesso tempo, era prevedibile. Liddy aveva un sacco di pregi: era intelligente, spiritosa e molto divertente. Ma il suo look – che si poteva considerare fuori dagli schemi quando erano teenager – era passato di moda. Maggie sapeva che era una scommessa persa cercare di convincere Liddy a cambiare qualcosa, anche solo poco.

Non appena ebbe chiuso la portiera, Liddy chiese: «Cosa intendi per lavoro da fare? Che tipo di lavoro?» e seguì Maggie dentro casa.

«Davvero, Maggie? Non metto queste cose da un milione di anni». Liddy declinò con forza l'offerta di Maggie di condividere i suoi trucchi. «Non ho intenzione di iniziare adesso».

«Cosa pensi possa succedere se ti concedi un pochino di mascara?»

«Non sarei me stessa. Mi sembrerebbe di essere qualcuno che non sono».

«Un po' di trucco non ti farà sembrare qualcun altro. Valorizzerà quello che hai già. Quello che sei già».

«Tanto non lo metto lo stesso». Liddy era inamovibile.

«Ok». Maggie ritirò in modo molto plateale il mascara e il blush nella sua trousse e la chiuse.

Avrebbe potuto ricordare a Liddy tutte le sere in cui loro tre – lei, Liddy ed Emma – si rintanavano nel bagno che Maggie condivideva con sua sorella a provare gli ultimi acquisti che una delle tre aveva fatto. Durante il liceo avevano condiviso tutto, sperimentato tutto, indossato qualsiasi cosa, soprattutto agli eventi speciali. Come quando Liddy voleva attirare l'attenzione di qualche studente più grande o quando Maggie cercava di catturare quella di... okay, si permise almeno di pensare al suo nome. Brett. Brett Kyle Crawford. Anche solo pensarlo le faceva venire i brividi. Voleva attirare la sua attenzione dal primo momento in cui l'aveva visto, voleva che la notasse prima che qualsiasi altra ragazza potesse mettere le sue grinfie su di lui. Sapeva che sarebbe stato suo dal minuto in cui lui era entrato a scuola il primo giorno del secondo anno di liceo.

Suo da vincere e suo da perdere.

Maggie mise da parte i ricordi e indossò il vestito che aveva comprato da Nordstrom. Aveva deciso di non mettere niente che potesse attirare attenzione. Un tubino nero con le maniche che arrivavano al gomito, una cintura di pelle color cammello che le faceva due giri in vita e dei tacchi leopardati. Un girocollo di perle color ambra che riempiva la scollatura ampia del vestito e dei grandi cerchi dorati come orecchini.

«Wow. Sexy». Liddy mosse le sopracciglia in modo ammiccante quando Maggie entrò in cucina.

Maggie le rispose con una faccia scettica. «Non mi sembra. Non c'è molta pelle esposta tra le ginocchia e i gomiti».

«Sarà così, ma l'impressione generale rimane un wow». Liddy aveva scelto una gonna viola che le arrivava a metà polpaccio, a cui aveva abbinato un maglione bianco a maniche lunghe. Attorno al collo aveva una serie di collane di perle di varie dimensioni, colori e forme. Lunghi orecchini argentati le arrivavano quasi alle spalle. Aveva sciolto la treccia e raccolto i capelli in una lunga coda bassa. Maggie si morse la lingua. Se Liddy stava veramente pensando di fare il primo passo con qualcuno, la fortuna non sarebbe stata dalla sua parte, ma Liddy era… Liddy.

«Grazie. Natalie mi ha aiutato a sceglierlo».

«La ragazza ha buon gusto». Liddy aprì la porta sul retro e uscì.

«Ce l'ha sempre avuto». Maggie seguì l'amica fuori dalla porta, verso la macchina.

Maggie parlò poco nel tragitto fino al Beach Club, costruito nel 1860 come sede della Lega femminile della Società Anti-Schiavitù di Wyndham Beach. La sua trisavola, Polly Wakefield, era stata socio fondatore, dato che suo marito Henry aveva lottato per la difesa dell'Unione. Pensò a Polly e Henry mentre saliva gli scalini e si avvicinava alla porta d'ingresso, chiedendosi come si sarebbero sentiti sapendo che nessuno dei loro discendenti viveva a Wyndham Beach. Sospettò che, se avessero provato qualcosa – e non era sicura che fosse così – non ne sarebbero stati felici.

Il tocco di Liddy, che le prese il gomito per guidarla, la riportò alla realtà strappandola al passato. Entrarono nella stanza conosciuta come Fireside Room, che era stata allestita con diversi tavoli rotondi, una manciata di sedie, due lunghi tavoli dove era stata disposta un'ampia gamma di dolci e un open bar. Le luci erano state sapientemente abbassate al livello che consentiva a tutti di vedersi senza essere troppo esposti. La stanza era piena di persone e il livello di rumore era salito da chiacchiericcio vivace a risate fragorose.

«Maggie. A ore tre», bisbigliò Liddy. «Blazer blu. Dolcevita bianco».

Maggie guardò alla sua destra, dove un piccolo gruppetto di uomini stava animatamente chiacchierando vicino al bar.

«Chi sto guardando?», Maggie tenne la voce bassa a sua volta.

«Quello è Rick. Non lo riconosci?»

«Ah, no». Maggie provò a non fissarlo e allo stesso tempo a cercare qualcosa di familiare in lui.

Liddy fece un passo affrettato nella sua direzione, costringendo Maggie a prenderla per un braccio per fermarla.

«No. Troppo presto», la avvertì la donna.

«Non essere sciocca. Se non lo faccio io, lo farà qualcun altro. Andiamo». E con quello Liddy partì a razzo in direzione del bar.

Sbigottita, Maggie la guardò avvicinarsi al gruppo di uomini senza esitazione, un sorriso a trentadue denti e il passo allegro. Fece due passi per raggiungerla, ma fu intercettata da una compagna di classe che voleva recuperare il tempo perduto. Con poco successo, Maggie provò a concentrarsi su entrambe le cose contemporaneamente. Era felice di vedere i vecchi amici e voleva parlare con loro ma, allo stesso tempo, aveva la brutta sensazione che le cose non sarebbero finite bene per Liddy, specialmente quando vide una donna con un vestito blu aderente e *troppo corto* studiare lo stesso gruppo alla quale Liddy si era unita.

Attirando l'attenzione del suo bersaglio toccandogli la spalla, Liddy fece un passo indietro mentre Rick si girava e la salutava con un abbraccio, così come fecero gli altri. Dopo qualche momento di quella che sembrava una vivace conversazione, la donna col vestito blu che aveva catturato l'attenzione di Maggie si unì al gruppo e, uno a uno, l'attenzione di tutti si spostò da Liddy alla nuova arrivata.

LeeAnn... Maggie non sapeva quale fosse il suo cognome dopo tre matrimoni... ma era abbastanza chiaro che fosse vestita per il successo, la sua impressionante scollatura era quello che le aveva aperto la strada. Gli uomini sembravano affascinati, pendevano dalle sue labbra e piano piano chiusero i ranghi, includendo LeeAnn ed escludendo Liddy.

Maggie prese la mano di Caroline McNally, l'ultima amica che le si era avvicinata, e le disse: «Ho detto a Liddy che ci saremmo incontrate al bar e mi sta aspettando. Raggiungiamola per un drink».

Avanzò dritta verso il bar, trascinando con sé Caroline. «È ora di bere qualcosa», stabilì mentre prendeva Liddy e la girava di peso verso il bancone.

«Ma hai visto...?» Liddy era comprensibilmente imbarazzata.

«Sì, ma non penso che altri se ne siano accorti», la rassicurò Maggie quasi bisbigliando. Poi, alzando la voce, continuò: «Caroline mi stava dicendo che sta meglio adesso e che è in remissione. Caroline, secondo me sei incredibilmente forte. E sei bellissima». Maggie fece segno al barista. «Vino, signore? O qualcos'altro?»

Quando il barista arrivò, Maggie ordinò due bicchieri di Pinot grigio e una bottiglietta d'acqua per Caroline. Nel frattempo, altri si erano avvicinati a loro. Maggie si stampò un sorriso di circostanza e lasciò che Caroline fosse al centro dell'attenzione.

«Grazie. È stato un bel salvataggio», le sussurrò Liddy quando arrivarono i drink. Con uno sguardo all'angolo del bancone, dove il gruppo stava ancora parlando, ridendo e flirtando con LeeAnn, aggiunse: «Sembra che non abbiano mai visto un paio di tette».

«Nessuno di loro ti meritava all'epoca e nessuno di loro ti merita adesso».

«LeeAnn ha interrotto la mia conversazione apposta e lei... lei... oh, sono così arrabbiata». Liddy trangugiò un sorso di vino come se fosse acqua. «L'hai vista. Lei è sempre così *esplicita.* Ti ricordi il modo in cui baciava Tony Faselli durante la gita del terzo anno a New York in fondo all'autobus?»

«Ne parliamo quando torniamo a casa. Così potrai dire tutte le cattiverie e lamentarti quanto vorrai, ma adesso devi comportarti come se non l'avessi neanche vista».

«Hai ragione. Assolutamente». Liddy sorseggiò ancora un po' di vino.

Emma si fece strada verso di loro, vestita come al solito in modo impeccabile: un vestito blu navy con un colletto bianco e scarpe basse di pelle dello stesso colore del vestito.

«Ma come fa a essere sempre perfetta?», chiese Liddy. «Se io mi mettessi un vestito del genere, sembrerei una suora. Lei sta sempre bene con tutto».

«È Emma. È sempre stata perfetta».

«Beh, anche tu. Non puoi non aver notato che ogni testa in questa stanza si è girata a guardarti nel momento in cui sei entrata», le disse Liddy.

«Siamo entrate insieme», Maggie le ricordò. «Non dare per scontato che stessero guardando me».

«Sono abituati a vedere me. Tu non vieni a una rimpatriata da anni. Il che ti fa sembrare quasi un animale esotico».

Maggie scoppiò a ridere. «Credimi, non c'è niente di esotico nella mia vita. Ma hai ragione. È passato troppo tempo. Buttiamoci nella mischia. Riempiamo i bicchieri, ci divertiremo».

«Forse avrei dovuto lasciarti pitturare la mia faccia, dopotutto», disse Liddy, mentre sbirciava dalla spalla l'angolo del bar dove LeeAnn stava ancora tenendo banco.

«Non essere sciocca». Maggie si avvicinò all'orecchio di Liddy. «Se pensi di doverti truccare per attirare l'attenzione di qualcuno, lo stai facendo per la ragione sbagliata e stai cercando di attirare la persona sbagliata».

«Eri tu quella armata fino ai denti che provava a convincermi a farlo», le ricordò Liddy.

«Io lo volevo fare per te. Non per Rick o nessun altro». Maggie prese Liddy a braccetto. «Mi sono solo ricordata quanto ci piacesse truccarci a vicenda da giovani».

«Tu volevi farmi sembrare più attraente e io mi sono comportata da stronza». Liddy sospirò. «Mi dispiace. Guardati in giro, guarda gli altri, io sembro vecchia e stanca. Non biasimo Rick per essere stato attirato dalla scollatura di LeeAnn».

«Pensavo stessimo parlando di trucco».

«Anche quello». Liddy fece segno verso il centro della stanza. «Quella è Kay Doran. Lo sai che adesso lavora per il "Boston Globe"? Si occupa della pagina degli spettacoli. Andiamo a parlarle...»

La stanza era affollata, ma alla fine Maggie riuscì a parlare con tutti, anche solo per poco. Oltre a rinnovare vecchie amicizie che si erano affievolite col tempo, era contenta di vedere come certe persone fossero cambiate, mentre altre no. La ragazza con la faccia da topo, che frequentava la sua stessa classe di inglese e che nessuno sembrava notare, si era trasformata in una bella donna, con stile e sicura di sé in un modo che nessuno avrebbe potuto prevedere. Paradossalmente, la regina del ballo si era lasciata andare col tempo. La ragazza che prima era bella, felice ed esuberante ora sembrava emaciata e triste. Purtroppo, invece, il nerd della classe non si era trasformato in un fascinoso e ricco rubacuori, come nei film. Era ancora il ragazzo nerd, che però aveva guadagnato fiducia in se stesso e sembrava passarsela bene.

«Lui non viene», Liddy ricomparve al suo fianco, sorprendendola.

«Chi non viene?»

Liddy alzò gli occhi al cielo. «Ho perso il conto delle volte che ti ho visto guardare la porta».

«L'ho fatto involontariamente. E se anche l'avessi fatto, non stavo aspettando nessuno in particolare».

«Ho sentito che c'è stato un incidente sulla sesta. Sta lavorando».

Maggie la interruppe, continuando a dire che lei non aspettava nessuno in particolare, ma entrambe sapevano che stava aspettando Brett, temendo il momento in cui avrebbe attraversato la porta e, allo stesso tempo, aspettando ansiosamente il suo arrivo. Chiunque sarebbe stato curioso di rivedere un vecchio fidanzato. Non c'era nessun'altra ragione, si disse quando, una volta a casa di Liddy, rivissero la serata – chi era cambiato in meglio, quelli con i quali gli anni non erano stati clementi. Chi era irriconoscibile, chi non era cambiato per niente. Messe da parte le proteste, nel suo cuore Maggie sapeva che la persona che voleva vedere davvero era quella che non si era presentata.

CAPITOLO TRE

Per Maggie, decidere a quale evento partecipare il sabato era stato facile. Odiava il golf – aveva imparato a giocarci perché Art aveva insistito, ma non l'aveva mai appassionata. E non aveva assolutamente intenzione di stare seduta tutto il giorno sugli spalti a guardare una partita di football – troppi ricordi. Così, mentre Liddy avrebbe giocato a golf ed Emma avrebbe avuto da fare al centro d'arte, Maggie si sarebbe unita ad altri vecchi amici per un pranzo da Mimi's. Era stato rinnovato dall'ultima volta che Maggie era stata in città; il locale era carino e molto luminoso, con grandi vetrate che davano sull'oceano e rigogliose piante verdi a ogni finestra.

Le diciotto donne nel gruppo erano state divise in tre tavoli abbastanza vicini così che tutte potessero parlare tra di loro. Come promesso da Liddy, il cibo era delizioso e la compagnia non di meno. Maggie si ritrovò vicina a Dee Olson che, dopo aver cresciuto cinque figli, aveva deciso che si sarebbe allenata per partecipare alle maratone.

«Tu corri le *maratone?*» Maggie aveva un vago ricordo della sua carriera atletica a scuola, ma c'era un abisso tra le corse campestri e le maratone.

Dee annuì, mostrandole un sorriso a trentadue denti: «Almeno due all'anno. A volte tre».

«Quando ero più giovane, andavo a correre tutte le mattine per quaranta minuti», le confessò Maggie. «Ma non sono mai stata abbastanza brava da correre una maratona. Devo dire, però, che è stato nella mia lista dei desideri per almeno due anni».

«Non sono sicura di cosa tu intenda per *abbastanza brava*», replicò Dee: «Correre una maratona è più che altro una questione di disciplina. Bisogna solo prenderla seriamente, pianificare un tipo di allenamento e seguirlo sempre». Sul suo viso spuntò un sorriso. «Questo è il motivo per cui non ho corso la mia prima maratona prima dei quarant'anni. Non riuscivo ad allenarmi con costanza mentre i miei figli erano ancora a scuola. Almeno, era quello che ripetevo a me stessa. Dopo che l'ultimo è partito per il college, non avevo più scuse. Ho capito che, se lo volevo veramente fare, dovevo smettere di parlarne e iniziare a fare qualcosa di concreto».

«Dev'essere stato molto difficile», commentò Maggie.

«Piano piano è diventato più facile», disse Dee, sfoderando di nuovo un sorriso. «Mettiamola così: più corri, più riesci a correre».

«Beh, ammiro molto la tua forza di volontà. Sono veramente sbalordita».

«Se mai deciderai di fare seriamente, fammelo sapere. Ti darò qualche suggerimento». Dee scrisse il suo numero su un pezzo di carta e glielo diede. «Potrebbe finire per piacerti».

Maggie diede un'occhiata al biglietto, prima di ritirarlo nella tasca del cardigan a trecce blu navy che aveva abbinato a una camicia bianca e a un paio di pantaloni a scacchi. «Grazie. Credo che lo farò». Credeva di potercela fare. Probabilmente. Forse.

Tornando verso casa di Liddy, Maggie pensò concretamente all'offerta di Dee e concluse che, se avesse vissuto più vicino, probabilmente avrebbe accettato. Prima che Art si ammalasse, avevano considerato di unirsi a un running club. Quello sarebbe stato un ottimo momento per esplorare la corsa di lunga distanza. Forse poteva imporsi l'obiettivo di raggiungere i cinque chilometri in primavera. Diverse cittadine nei dintorni sponsorizzavano quei tipi di eventi – aveva visto le pubblicità in giro per la città. Non sarebbe stata ai livelli degli altri corridori, ne era certa, ma era davvero così importante non arrivare ultima, a parte il fatto che la cosa avrebbe potuto ammaccare il suo orgoglio?

Affascinata dalla possibilità, prese nota di cercare qualcosa sull'argomento una volta arrivata a casa quel lunedì. Si appuntò anche di tirare fuori quella lista dei desideri che aveva fatto per i suoi quarant'anni.

«Hai fatto una lista? Cos'altro c'è?», le chiese Liddy, quando si riunirono nella sua cucina prima di uscire per partecipare alla serata danzante all'Harbor Inn.

Maggie prese una delle sfoglie al formaggio che aveva comprato il giorno prima in gastronomia. «Oh, comprare una casa in riva al mare da qualche parte, scrivere un romanzo, prendere lezioni di fotografia. Rispolverare le mie abilità nautiche. Viaggiare. Spagna. Egitto. Passare un'estate in Toscana». Alzò le spalle. «Le cose a cui pensi quando compi quarant'anni. Tu, invece? Hai una lista di cose che vuoi fare prima di morire?»

«Veramente no. Ho fatto più o meno tutto quello che volevo fare». Liddy spostò lo sguardo, poi sorrise. «Se proprio dovessi scegliere, l'unica cosa che vorrei provare ancora prima di morire è il sesso».

Maggie alzò gli occhi al cielo. «Io pensavo più a qualcosa che vuoi fare da tutta la vita, Lids. Non qualcosa che vuoi fare dalla scorsa settimana».

«Non mi sembra ci siano regole per la lista dei desideri. Ci puoi mettere quello che vuoi. Ed è quello che voglio. Voglio fare sesso di nuovo. Il prima possibile, preferibilmente».

«Fammi sapere se pensi di avere fortuna stasera. Potrei passare la notte da Emma, se fosse necessario».

Liddy scoppiò a ridere. «Non ti preoccupare. Non ho intenzione di portare a casa nessuno».

«Buono a sapersi. Dobbiamo muoverci se dobbiamo passare a prendere Emma».

«Ottima idea. Puoi ritirare i bastoncini di formaggio, per favore?» Liddy prese i loro bicchieri di vino e li risciacquò prima di metterli nella lavastoviglie. «E anche stasera hai intenzione di far girare la testa a tutti. Quel vestito ti sta benissimo».

«Questo vecchio straccio?» Maggie scherzò, poi si mise a ridere. «L'ho trovato in saldo da Neiman Marcus tre settimane fa. Ho dovuto smettere di mangiare da allora per riuscire a entrarci, ma lo adoro».

«Il blu è decisamente il tuo colore».

«Grazie. E il tubino nero che stai indossando è perfetto, se posso dirtelo. Non mi ricordo l'ultima volta che hai messo un abito aderente. Ti sta d'incanto. Dimostri dieci anni in meno». Maggie prese la borsa dal tavolo, mentre Liddy spegneva tutte le luci tranne quella sopra al piano cottura. «E mi piacciono anche i tuoi capelli. Lo chignon ti dona, Lids».

«Grazie per le belle parole e grazie per avermi sistemato i capelli. Non sarei mai riuscita a farlo da sola. Dovrò andare a farmi dare una spuntatina presto». Fece un gesto verso la porta e Maggie la aprì. «Il vestito l'ho comprato tempo fa e l'ho indossato una sola volta. Di solito preferisco i colori, lo sai. Poi, ieri sera ho visto tutte in abito nero e ho deciso di rispolverarlo».

«Hai fatto bene, sei incantevole». Maggie le si avvicinò. «Ma hai messo... ti sei...?»

«Sì. Il mascara. Ho deciso di passare al lato oscuro». Liddy rise. «Ho trovato un vecchio tubetto in bagno e ho pensato: perché no? E prima che tu me lo chieda, non l'ho fatto per attirare Rick. Anche se non mi dispiacerebbe se... non importa». Passò di fianco a Maggie e scese gli scalini. «Chiudi tu la porta per favore».

«Quanto era vecchio il tubetto?», le chiese Maggie.

«Un paio d'anni».

«Non vorrei sembrare allarmista, ma i vecchi cosmetici possono contenere batteri. Potresti prenderti un'infezione all'occhio».

«Sei tu che mi hai detto di provare. E adesso mi dici che rischio di diventare cieca?» Liddy aprì la portiera della macchina e si mise al volante. «Deciditi!», concluse quando Maggie si fu sistemata sul sedile del passeggero.

Accese il motore e mise la mano sul cambio. Ci fu un attimo di silenzio, poi entrambe scoppiarono a ridere.

«Scusami. Per un attimo è stato come riavere Ruthie. Anche dopo tutti questi anni, mi manca mia sorella. Mi manca litigare con lei. Diavolo, quella ragazza aveva da ridire sempre su tutto, sempre. A volte mi mancano così tanto quelle discussioni, sai?»

«Ti capisco benissimo. Anche Sarah mi manca molto, specialmente quando sono qui. Noi però non discutevamo molto». Maggie si morse il labbro per trattenere le lacrime. *A parte il giorno in cui è morta.*

«Non è stata colpa tua».

«Se non fosse stata così arrabbiata con me, non sarebbe uscita di casa così velocemente. Sarebbe stata più attenta».

«Dai, Maggie. Avevi dodici anni. Le sorelle più piccole fanno sempre arrabbiare le più grandi, dall'alba dei tempi». Liddy alzò una mano, interrompendo quello che Maggie stava per dire. «Ok, hai preso qualcosa di suo senza chiederglielo e l'hai fatta arrabbiare».

«Qualcosa che mi aveva espressamente detto di non toccare. Mai».

Ricordò quel bel maglione blu che la loro nonna aveva mandato a Sarah per il suo compleanno. Maggie ne era stata così gelosa. Cosa aveva regalato a lei la nonna? Una bambola. D'accordo, era una bambola da collezione di Madame Alexander, ma era comunque una bambola. Come se Maggie giocasse ancora con le bambole. Poi, cinque settimane dopo, era arrivato il regalo di Sarah: un maglione di cashmere di un bellissimo blu chiaro. Sarah aveva solo tre anni in più di Maggie. Non era giusto che lei avesse un regalo da adulta mentre Maggie ancora un giocattolo da bambini.

Maggie voleva solo provarlo, ma Sarah era tornata prima dalla biblioteca. Andò su tutte le furie quando entrò nella sua stanza e sorprese la sorella che si stava infilando il maglione. Urlando contro Maggie, glielo strappò dalle mani e la sbatté fuori di peso. Maggie atterrò nel corridoio a gambe all'aria, il suo orgoglio più ferito del suo fondoschiena. Sarah ritirò il maglione nella sua scatola e la nascose sul ripiano più alto dell'armadio. Poi sbatté con forza la porta della sua camera e scese le scale a passi pesanti urlando: «Non osare entrare ancora in camera mia! E non toccare mai più le mie cose!» Uscì di corsa dalla porta d'ingresso, saltò sulla bici e pedalò via furiosamente.

Fu l'ultima volta che Maggie la vide viva. Sarah, mortalmente allergica alle punture di insetto, aveva preso una scorciatoia attraverso un campo per andare a casa della sua migliore amica, senza dubbio per lamentarsi di quanto fosse insopportabile sua sorella. Era passata per sbaglio sopra un nido di vespe, che l'avevano assalita. Quando il loro padre la trovò riversa nel campo dopo che non era tornata a casa quella sera, Sarah aveva undici punture sulle gambe. Ognuna delle quali le poteva essere stata letale.

Maggie non si era mai liberata del senso di colpa per la parte che aveva avuto nella sua morte.

«Guida», disse all'amica indicando il cambio.

Liddy inserì la retromarcia, ma non cambiò discorso. «Eri una ragazzina. E ti comportavi da ragazzina. Non è stata colpa tua».

Girandosi verso il finestrino, Maggie concluse: «Non ha più importanza, adesso. Guida e basta. Faremo tardi. Emma starà già scalpitando sul portico».

Guidarono senza parlare finché Liddy non svoltò nella via di Emma. Solo quando accostò nel suo vialetto, disse: «Eccola sul portico che scalpita, come previsto».

Un secondo dopo, Emma aprì la portiera sul retro e salì in macchina. «Siete in ritardo. Avete preso l'aperitivo senza di me?»

«Abbiamo solo bevuto un bicchiere di vino con un paio di sfoglie di formaggio. Direi che non si può chiamare aperitivo». Liddy fece ripartire la macchina e uscì dal vialetto dell'amica.

«Candy Shultz ha già chiamato due volte per sapere dove siamo finite. Ha detto che ci sta tenendo il posto al suo tavolo per cena», disse Emma, suscitando solo sbuffi di protesta da parte delle due amiche. «Sì, lo so. Ho avuto la stessa reazione e ho pensato che neanche voi foste così entusiaste di sedervi vicino a lei, ma come si fa a dire a una persona che non ti fa piacere stare in sua compagnia?»

«Per una sera possiamo sopravvivere», commentò Liddy. «Al massimo ci buttiamo sull'open bar».

«Mi sembra un piano perfetto». Maggie si girò verso Emma che, come sempre, era vestita in modo impeccabile. Quella sera aveva un vestito blu con una gonna ampia e una cintura gioiello; ai piedi portava un paio di scarpe nere col tacco basso. Perle a lobo alle orecchie, che si abbinavano al filo di perle che aveva al collo e una fascia dorata come bracciale al polso. Trucco e acconciatura sobri. Perfettamente Emma. «Come al solito sei perfetta».

«E tu come al solito sei bellissima», controbatté l'amica. «E Liddy tu sei sempre… aspetta, hai un vestito nero? Nero, Liddy?» Erano appena arrivate al parcheggio dell'Harbor Inn e Liddy era pronta a consegnare le chiavi della macchina al parcheggiatore. Emma si slacciò la cintura di sicurezza e si sporse verso il sedile anteriore per guardarla bene. «Liddy, hai messo un vestito nero! Niente viola. Né rosso. Nessun tipo di perle colorate al collo. Dov'è finito il tuo arcobaleno?»

Le tre donne scesero dalla macchina e si riunirono, prima di varcare l'ingresso del ristorante.

«E i tuoi capelli. Sono così… ordinati». Emma era talmente stupita da non riuscire a smettere di guardare Liddy.

«È la nostra serata. Ho pensato che sarebbe stata una buona occasione per mettere da parte le cose tinte a mano, le gonne lunghe e le collanine da hippie. Volevo sembrare un'adulta, mostrare un nuovo lato di me. Così, solo per stasera ho deciso di essere Lydia. Liddy è rimasta a casa con i vecchi vinili di sua madre, Bob Dylan e Joan Baez». Liddy si fermò e si girò verso Emma, seria. «Dimmi davvero quello che pensi. Su come sono vestita».

Emma guardò l'amica, in piedi davanti a lei con le mani sui fianchi, che indossava un abito stretto abbastanza da mostrare le sue curve.

«Penso tu sia favolosa».

«Grazie. Anche Maggie lo pensa. E anche io». Liddy prese a braccetto le amiche e le tre insieme si unirono alla rimpatriata.

«Spero, però, che Liddy non sia stata messa da parte definitivamente». Maggie si fermò all'ingresso. «È divertente averla intorno».

«Certo che lo è», convenne Liddy sorridendo. «È troppo in gamba per farsi da parte».

La stanza era addobbata con palloncini e fiori e all'improvviso Maggie si sentì catapultata indietro nel tempo.

«Oddio», disse a Liddy. «È uguale alla sera del ballo dell'ultimo anno».

«È fatto apposta. È stata un'idea di Shelly Jaffe e, visto che è responsabile delle decorazioni nel comitato, ha fatto tutto lei». Liddy si guardò intorno: «Devo ammettere che ha un'ottima memoria».

«Fin troppa», concordò Emma. «Non sia mai che ci dimentichiamo i nostri giorni di gloria».

Come se Maggie potesse dimenticarli. Lei e Brett erano stati incoronati regina e re del ballo quella sera. Lei indossava un vestito azzurro chiaro senza spalline che sua madre le aveva comprato a Boston dopo che lei l'aveva scongiurata di prenderle qualcosa di speciale per l'occasione. Lo sguardo di Brett quando l'aveva vista scendere dalle scale di casa sua era di puro desiderio, tipico del primo amore. L'intera serata era stata incantevole.

Ah, certo: quella era stata la sera in cui aveva perso la verginità. La loro storia, però, era esattamente quello a cui non voleva pensare in quel momento.

Riuscì a scacciare i ricordi tra l'antipasto e il primo, ma al momento del dessert, sentì una voce familiare dietro di lei e la mousse di cioccolato che l'aveva fatta sognare al primo assaggio passò subito in secondo piano.

A Maggie mancò il fiato per un istante, il cuore in gola, mentre si preparava a sentir pronunciare il suo nome, ma la sensazione che provò un momento dopo fu – non riusciva nemmeno ad ammetterlo – delusione, quando lui la oltrepassò per avvicinarsi a Lisa Merritt, che era seduta al tavolo di fronte a lei. Facendo finta di non essersi accorta della sua presenza, si girò verso Liddy e le chiese di passarle il latte per il caffè. Liddy alzò gli occhi al cielo e, per tutta risposta, Maggie le diede un calcio sotto al tavolo. Nonostante si imponesse con tutte le sue forze di non farlo, non riusciva a non sbirciare il lato del tavolo dove Brett stava chiacchierando amabilmente con un paio di ex compagni. Alla terza o quarta occhiata, Maggie notò una donna in piedi dietro di lui. Aveva almeno vent'anni meno di qualunque altra donna nella stanza ed era di gran lunga più bella. I lunghi capelli biondi le ricadevano su una spalla, mentre un braccio era appoggiato a Brett.

Maggie alzò la tazzina del caffè a livello della bocca. Sottovoce e cercando di non farsi notare, chiese a Liddy: «Quella è...?»

«Uh-Uh. La moglie numero tre. Kayla», le rispose Liddy, sempre a bassa voce.

«Ha un aspetto familiare». Maggie strinse gli occhi, sforzandosi di ricordare. «Ma non so dirti dove posso averla già vista». Fece una pausa, ripensando a chi fosse seduto accanto a Brett al funerale di sua madre, ma all'epoca, quando si era girata a guardarlo, aveva visto solo lui.

Liddy sbuffò. Alzò di nuovo gli occhi al cielo, lasciando Maggie confusa, infatti le chiese: «Che c'è?»

«Davvero non lo vedi?» Liddy fece un'espressione strana e si sporse oltre a Maggie per attirare l'attenzione di

Emma. «Em, Maggie sta cercando di capire perché Kayla Crawford ha un'aria familiare».

Emma sorrise e disse a bassa voce: «Maggie, è uguale a te».

«Oh, santo cielo, non è assolutamente vero». Maggie protestò a gran voce, attirando l'attenzione della donna seduta al loro tavolo di fronte a Emma. Maggie le sorrise e lei ricambiò il sorriso, poi tornò alla sua conversazione. La donna abbassò la voce. «Ok, è bionda. Questo ve lo concedo. Ma, d'altronde, a Brett sono sempre piaciute le bionde».

«Anche le altre due mogli erano bionde», la informò Emma.

«Questo non ha niente a che fare con me». Maggie prese la sua tazzina di caffè, ci versò un goccio di latte e iniziò a mescolarlo vigorosamente.

«Maggie», Liddy le toccò un braccio, «siamo amiche da una vita. Non ci stiamo inventando niente. Guardala bene e sono sicura che anche tu noterai la somiglianza».

«La sto guardando. E non vedo quello che dite voi. Innanzitutto, ha almeno vent'anni meno di noi».

«Non c'è più cieco di chi non vuol vedere». Liddy si rimise al suo posto e continuò a bere il suo caffè, facendo una faccia schifata. «È freddo. Devo trovare un cameriere». Ne intercettò uno attraverso la stanza. «Ah. Eccone uno con una caffettiera in mano. Torno subito. Maggie, Emma? Caffè?»

«Io passerò al vino, grazie», le rispose Maggie.

«Anche io». Emma si sporse verso la bottiglia e ne versò un po' nel bicchiere di Maggie e poi nel suo.

Il dj, che aveva fatto girare della musica di sottofondo durante la cena, ora aveva iniziato a suonare qualcosa di più vivace. Maggie vide Liddy scomparire tra la folla e si girò verso Emma, che stava chiacchierando con la donna alla sua destra. Controllò il telefono, per vedere se una delle sue figlie le avesse mandato un messaggio, – improbabile, ma era di gran lunga meglio che starsene con le mani in mano a osservare l'altro lato del tavolo – quando ebbe la sensazione di essere osservata a sua volta. Accese il telefono e fece finta di far scorrere le e-mail, mentre cercava di non guardarsi attorno, ma la sua curiosità ebbe la meglio. Alzando gli occhi, incrociò in flagrante lo sguardo di Kayla Crawford. Maggie si rituffò immediatamente sul cellulare. "Sicuramente avrà sentito parlare di me nel corso degli anni", si disse, "e suppongo che sia naturale essere curiosi di vedere la fidanzatina del liceo di tuo marito".

La curiosità la spinse a guardare di nuovo. Kayla stava chiacchierando amabilmente con Lisa, il che permise a Maggie di osservarla meglio per un paio di secondi, mentre, allo stesso tempo, si chiedeva il perché sentisse il bisogno di farlo. *Beh, sicuramente è più giovane, e forse un pochino più alta... e, forse, mi assomiglia un pochino. O assomiglia alla me di qualche anno fa. Non che questo voglia dire per forza qualcosa…*

Maggie non poté non chiedersi quanti anni avesse Kayla.

«Non pensare che non ti abbia vista», le disse Liddy, mentre riprendeva posto, una caraffa di caffè in mano. «Qualcuno vuole del caffè?»

Tre persone al loro tavolo alzarono la mano, così, dopo esserselo versato per sé, Liddy passò la caraffa alla sua sinistra.

«Di cosa stai parlando?»

«Stavi studiando Kayla Crawford». Liddy sorrise. «Sapevo che non avresti resistito».

«Liddy, io non stavo…» Maggie protestò.

«Ti prego. Ricordati con chi stai parlando. E poi, ti ho vista. Ma qual è il problema? Se non fossi anche solo un pochino curiosa, penserei ci sia qualcosa di sbagliato in te».

«Ma io…» Maggie fu interrotta da un annuncio del dj.

«Sono felice di vedere che vi state divertendo. Non c'è niente di meglio che rivivere gli anni della scuola, vero?»

Nella stanza si sentirono applausi e fischi. «E cosa mi dite della musica degli anni Settanta, eh? Cosa c'è di meglio che ascoltare la musica che vi ha accompagnato nei lunghi viaggi in macchina, con i finestrini abbassati e cantando a squarciagola? O che vi ha fatto ballare fino a farvi male ai piedi? O stretti stretti alla persona che amavate? Ah, sì, i giorni del liceo erano speciali, vero? Che nostalgia! E per riportarvi ai vostri momenti di gloria, ecco la vostra rappresentante di classe: Francie Peterson».

Dal podio, Francie placò gli applausi con un gesto delle mani. Sembrava molto autoritaria nel suo vestito verde brillante a collo alto che le stava morbido sui fianchi e un paio di occhiali con la montatura nera spessa, i capelli scuri lucidi acconciati dietro alle orecchie. In mano aveva un plico di fogli.

«Grazie a tutti. Quello che dj Steve ha detto sulla musica dei nostri tempi è così vero!», continuò Francie. «La musica degli anni Settanta era magica, dico bene? Allora rispolveriamo un po' di quella magia, vi va?» La folla riecheggiò, Francie fece un segno a qualcuno vicino alla porta, e le luci si attenuarono. «Prestate attenzione allo schermo che si sta abbassando davanti a voi».

Maggie sussultò. La prima slide era…

«Prima di qualsiasi altra cosa, dobbiamo rendere omaggio alla nostra squadra di football campione dello Stato! Tre anni di fila!» Una fotografia dell'intera squadra comparve sullo schermo. Maggie chiuse gli occhi. «Erano fantastici, non è vero?» Francie chiamò l'applauso. Il dj fece partire un medley tra *We Will Rock You* e *We Are The Champions* dei Queen. La sala si riempì di fischi d'ammirazione e qualcuno gridò: «Sììì! Tripletta!» Perché non sembrasse aver esaurito il suo spirito di squadra, Maggie sorrise e applaudì con gli altri seduti al suo tavolo mentre cercava di evitare di guardare lo schermo. Sapeva esattamente qual era il posto di Brett: seconda fila, centrale, come se tenesse in piedi la difesa. Cosa che, senza dubbio, aveva fatto. Non serviva che Francie le ricordasse i suoi successi. Campione dello Stato per tutti e tre gli anni. Al secondo posto per due anni di fila tra i migliori di tutto il Paese. Una borsa di studio completa alla Ohio State. Scelto come secondo al draft dai Seattle Seahawks. Otto anni come professionista.

«So che molti membri della squadra sono presenti stasera. Alzatevi, così possiamo mostrarvi il nostro affetto come si deve!» Francie fece un altro gesto al dj che passò a *Glory Days* di Bruce Springsteen.

L'applauso fu lungo e rumoroso. Maggie distolse lo sguardo, e applaudì con malavoglia.

Il tifo si attenuò, i membri della squadra tornarono a sedersi e sullo schermo si alternarono le foto delle altre squadre. Maggie fu ricordata come il capitano della squadra di lacrosse e hockey su prato, e quando fu pronunciato il suo nome – «So che Maggie Lloyd – Maggie Flynn, adesso – è qui perché l'ho vista. Maggie alzati così... oh, eccola!» Maggie si alzò col cuore in gola. Non era mai stata a suo agio sotto ai riflettori; quella sera, in più, sentiva come se portasse il peso di se stessa teenager sulle spalle. Fece, sempre con malavoglia, un gesto di saluto con la mano, poi si risedette prima che l'applauso finisse e Francie passasse ad altre attività extrascolastiche. Gli scacchi, il giornalismo, arte, fotografia e le cheerleader. Il teatro e il coro della scuola. Quando arrivò verso la fine dell'elenco, dopo venti minuti abbondanti, con l'orchestra, l'applauso era diventato stanco e forzato.

Era stato divertente celebrare i bei tempi, fino a che il dj non fece partire *Disco Inferno* dei Trammps – la colonna sonora del loro ballo di fine anno – e lo stomaco di Maggie si annodò. Le prime foto sullo schermo erano scatti di gruppo senza particolari soggetti in primo piano. E all'improvviso eccola lì: l'incoronazione del re e della reginetta del ballo. Maggie nel suo lungo vestito azzurro, i suoi capelli acconciati, con qualche ciocca che le cadeva sulle spalle e Brett nel suo smoking bianco a noleggio, entrambi in piedi come veri reali, mano nella mano, che si guardavano negli occhi. La foto successiva – e lei sperava fosse l'ultima – mostrava la coppia che faceva partire le danze, persa nella loro bolla di gloria e amore. Maggie trattenne il fiato e aspettò che il fischio che le era partito nelle orecchie si fermasse. L'unica cosa che mancava era che il dj mettesse la loro canzone.

Poi Francie disse: «Per la prima volta in quarant'anni, lo so che vi sembrerà strano, il re e la reginetta sono nella stessa stanza. Brett, Maggie – iniziate le danze per noi».

Oddio no... tutto tranne questo.

Non c'era modo di declinare l'invito in modo gentile, tutti sembravano applaudire, mentre Brett, ancora il ragazzo d'oro, ancora il più bello della classe, camminava nella sua direzione – *mannaggia a lui, com'era possibile che non fosse invecchiato di un giorno?* – il suo sorriso era poco meno forzato di quello di Maggie. Le porse la mano e le chiese: «Mi concedi questo ballo?»

«Certo». Gli restituì un sorriso di circostanza anche se provò senza successo a evitare il suo sguardo. Avanzarono fino al centro della sala, il cuore di lei batteva senza sosta. Brett appoggiò la mano sulla sua schiena, il tocco leggero, mentre la musica cominciava a diffondersi e Maggie fu costretta a ricordarsi di respirare. Non era mai stata così vicina a lui dal giorno in cui se n'era andata, trentaquattro anni prima.

Per quanto la irritasse, le sue braccia su di lei le davano ancora le stesse sensazioni.

Il suo braccio destro la circondava e la mano sinistra teneva quella di Maggie, mentre Ambrosia iniziava a cantare *Biggest Part Of Me*. La canzone che avevano ballato quella sera al ballo e, più tardi, sulla spiaggia alla fine di Cottage Street. La loro canzone.

Dio, quanto la odiava.

«Sapevi che Francie voleva...?», gli chiese, sottovoce, anche se cercava di ignorare quanto quella situazione le fosse così familiare.

Tanto familiare da inquietarla.

Aveva sperato che a un certo punto della sua vita avrebbe cambiato almeno il dannato dopobarba.

«No», le rispose lui. «Ma grazie per essere stata al gioco. Per un momento, quando ti ho guardato, ho pensato che volessi scappare».

«Se avessi avuto tempo, l'avrei fatto».

«Scusami».

«Non è colpa tua, Brett. Balla e basta. La canzone è quasi finita».

«Puoi sempre contare i secondi se la situazione ti sembra insopportabile», le disse, sempre sottovoce.

«Non volevo dire quello». *Ok, invece sì.*

«Certo che volevi dire quello». C'era un pizzico di sarcasmo nella sua voce. «Ma va bene. C'è solo ancora una strofa, mi sembra».

Un momento dopo le disse: «Ho saputo di tuo marito. Mi dispiace molto».

«Grazie».

«Come te la stai passando?», le chiese.

«Bene. Grazie»,

«Le tue figlie come stanno? Ne hai due, vero?»

«Sì. Stanno bene. Grazie per avere chiesto». Quindi, solo per educazione, gli chiese: «E tu? Cosa mi racconti?»

«Ho tre figlie», sorrise ironico. «Una da ogni moglie».

Maggie si irrigidì tra le sue braccia, improvvisamente incapace di muovere i piedi. Se fossero stati soli, l'avrebbe schiaffeggiato.

Si divincolò dalla sua stretta, gli girò le spalle e si allontanò.

«Maggie, aspetta!», le disse, mentre lei si dirigeva verso il suo tavolo, dove Liddy ed Emma stavano assistendo alla scena. «C'è qualcosa di cui dovrei parlarti». Lui cercò di prenderla per un braccio, ma lei lo evitò, come se non avesse sentito. «Maggie, c'è qualcosa che devi sapere. È importante».

Lei lo ignorò e alzò il bicchiere di vino che Emma le aveva preparato. Lo bevve tutto d'un fiato, aspettando che lui rinunciasse e se ne andasse, poi si girò verso Liddy e disse: «Io vado a casa».

«Tu non farai niente del genere. Siediti per qualche minuto. Se te ne vai adesso, potrebbe sembrare…»

«Non mi interessa come potrebbe sembrare. Io qui ho chiuso». Aveva bisogno di andarsene, di prendere una boccata d'aria, di mettere distanza tra se stessa e quella stanza, la musica e il passato. La sensazione delle sue braccia attorno a lei, il corpo vicino al suo. Il pungere della sua barba contro la pelle. Il dolore che arrivava, portato dai ricordi.

«Dai, Maggie». Emma si alzò. «Prendi il bicchiere e andiamo a fare due passi».

Maggie annuì, diede un bacio a Liddy sulla fronte e le disse: «Ci vediamo a casa».

«La porta è chiusa». Liddy sospirò. «Vengo con te».

«Non ce n'è bisogno. So che aspettavi questa serata da mesi, e so quanto hai lavorato per renderla possibile. Tu e il comitato avete fatto un ottimo lavoro. Stai qui e prenditi i complimenti. Ti aspetto seduta sul portico». Consapevole che tutti gli occhi fossero puntati su di lei, forzò il miglior sorriso che potesse fare e diede una pacca sulla spalla all'amica.

«Maggie, ti giuro che non avevo idea che Francie avesse intenzione di fare *quello*». Liddy fece un gesto verso la pista da ballo, che ora era piena di persone. «Glielo avrei impedito, se me l'avesse detto».

«So che l'avresti fatto. Non ti preoccupare. Va tutto bene. È stato strano, ma va tutto bene. Ho solo bisogno di una boccata d'aria. E non ho più voglia di stare qui dentro».

Maggie prese la sua borsa e il suo bicchiere di vino dal tavolo, poi si girò verso Emma per farle capire che era pronta per uscire.

«Al bagno delle signore», rispose Emma a qualcuno che le aveva chiesto dove stavano andando. «In coppia. Come ai vecchi tempi».

Quando arrivarono all'ingresso, Emma disse a Maggie: «Non stavo scherzando, avrei davvero bisogno di fare una scappata in bagno, prima di uscire».

«Vai. Ti aspetto all'entrata».

L'entrata della locanda era piccola e scura, con pannelli di legno originali, così come il grosso camino che copriva la maggior parte della parete interna. Maggie si diresse verso la vetrata panoramica che dava sul porto e si allargava sul buio della notte. Le luci giallognole di una barca che stava attraccando, brillavano sull'acqua. Il suo sguardo seguì una goletta che virava lentamente verso Buzzards Bay.

«Tom Harrison». La voce dietro di lei la fece trasalire.

«Cosa?» Non aveva bisogno di girarsi per sapere che era Brett. L'aveva seguita?

«È la barca di Tom Harrison. Sai, gli Harrison che possiedono...»

«La casa dove non vive nessuno e la giostra che viene montata ogni cinque anni o giù di lì e posata nel parco così che i bambini della città possano salirvi». Non aveva ancora avuto il coraggio di girarsi a guardarlo. «Conosco la storia».

«Ascolta, Maggie. Mi dispiace tanto. Per tutto. Soprattutto, mi dispiace per...»

Poteva sentirlo dietro di lei, così vicino che l'avrebbe toccato anche solo spostandosi di un millimetro, ma sarebbe morta prima di farlo.

«Ti prego no. Solo... *no.* Sono passati troppi anni per delle scuse Brett». Il suo volto era ancora rivolto verso la finestra.

«Speravo che...»

«Anche io speravo in tante cose», scattò lei. «Quindi credo che dovremo imparare entrambi a convivere con le delusioni».

«Ascolta», le disse lui, abbassando la voce. «È successa una cosa. Una cosa che devi sapere».

Si girò a guardarlo e finalmente si trovarono faccia a faccia. Con la luce soffusa, la sua espressione sembrava quasi solenne, i suoi occhi azzurri erano diventati scuri e tormentati. Sembrava realmente scosso. Il che era ridicolo. L'aveva visto così solo una volta ed era a proposito di qualcosa di molto più serio di quel momento.

«Pronta, Mags?» Emma uscì dal bagno, la porta si chiuse lentamente dietro di lei.

«Sì, sono pronta». Maggie guardò Brett e lo congedò con un gioioso: «È stato bello rivederti, Brett».

Dovette superarlo per unirsi a Emma, che era già vicina all'uscita ma, mentre lo faceva, con la coda dell'occhio, vide un'ombra sulla porta della sala da ballo. Kayla Crawford era immobile come una pietra, i suoi occhi scorrevano tra suo marito e Maggie. Brett sembrava non essersene accorto. Stava guardando Maggie mentre se ne andava.

Non promette bene. Maggie si chiese quanto Kayla avesse sentito della loro conversazione.

«È proprio una bella serata per fare due passi al porto», disse Emma, mentre si incamminavano verso l'oceano. «Hanno posato un marciapiede – di cemento – qualche anno fa, perché le persone adorano venire qui a passeggiare di sera».

«Ah ah», Maggie replicò.

«E a un sacco di persone piace uscire con la barca di notte», continuò Emma.

Maggie annuì distrattamente.

«O almeno, lo facevano. Succede molto meno adesso, da quando abbiamo perso tanta gente per colpa dei mostri marini di Buzzards Bay. Credevamo tutti che fossero solo storielle, ma no. Sono reali. Giganteschi, brutti cattivoni. Mio padre ha un video che ha fatto dalla sua barca qualche settimana fa. È riuscito a malapena a tornare al porto».

Un altro assenso silenzioso.

«E stanno diventando audaci, sai?» Emma prese Maggie sottobraccio, mentre camminavano. «Hanno catturato una coppia di ragazzini che si stavano rilassando sul pontile di Emerson, mercoledì. Triste, vero?»

«Certo».

«Maggie». Emma si mise a ridere. «Dove sei?»

«Cosa?»

«Sei da qualche parte nel tuo mondo. La tua testa non è sicuramente qui con me. Che succede? Hai bisogno di parlare di qualcosa?»

«Oh, no. Credo solo di essere un po' stanca». Maggie evitò lo sguardo dell'amica.

«Sei la peggior bugiarda che conosca. Lui ti ha scosso? Va bene. Non devi fingere con me».

«Forse un pochino», ammise Maggie. «Credo che sia passato troppo tempo da quando siamo stati così vicini. Beh, è stato strano, tutto qui». Fece una pausa, poi aggiunse: «È stato lo stupido ballo. Ma come hanno potuto pensare che fosse una buona idea? E la moglie di Brett...», alzò gli occhi al cielo. «Dio solo sa cosa ha provato. Cosa avrà pensato quando ci ha visto ballare insieme».

«Piano, ragazza». Emma rise, stringendo il braccio di Maggie prima di lasciarla andare. «Sono sicura che Kayla sappia tutto di te. Vive nella città in cui Brett è cresciuto, con persone che vi conoscono e che sono state testimoni di tutta la vostra storia. Tranne che della fine, che qui è stata vissuta come un dramma colossale». Emma abbassò la voce. «La coppia dei sogni, destinati l'uno all'altra e poi, tragicamente, non lo eravate più. Cosa è successo tra di voi?»

«Basta». Maggie riuscì a ridere nonostante la situazione.

«Ti prego. Tu non hai idea di quante volte l'hanno chiesto a me e Liddy. Nessuno ci crede, quando diciamo di non sapere niente». Emma sembrava ansiosa, come se volesse che Maggie finalmente si fidasse di lei.

«Beh, per lo meno non state mentendo».

«Non posso non confessarti però, che anche io me lo sono chiesto in tutti questi anni. Cosa può essere successo di così grosso che tu non sia riuscita a confidarti né con me né con Liddy?» Eccolo lì. Emma era, ovviamente, ferita dal rifiuto di Maggie di discutere la fine della loro relazione e il suo improvviso trasloco a Philadelphia.

«Mi dispiace, Em. Mi dispiace davvero. Era qualcosa di cui non riuscivo a parlare neanche con me stessa». Provò a sorridere, ma la sua faccia non voleva collaborare. «Comunque, adesso non è più importante. Siamo troppo diversi, io e lui, e lo saremo sempre». La gola di Maggie si irrigidì anche se stava protestando.

«Sei sicura?»

«Assolutamente». Maggie finì il suo bicchiere di vino, facendolo brillare alle luci del molo. «Andiamo dentro a bere un altro drink. Credo di aver già camminato troppo sul viale dei ricordi».

Quella passeggiata era stata dolorosa, piena di emozioni che aveva cercato di nascondere negli angoli più bui della sua mente e del suo cuore per tutta la vita, ma Maggie ne aveva abbastanza. Aveva un desiderio impellente di togliersi di dosso il passato, correre a casa e sotterrarsi nel presente: le sue figlie, la sua nipotina, il suo lavoro di volontariato e l'insegnamento. Il giorno dopo sarebbe stato domenica, lei e Liddy sarebbero andate a un brunch con Emma e avrebbero passato il resto della giornata insieme. Forse sarebbero andate fino a Cape Cod per cena. Il lunedì pomeriggio sarebbe stata a casa, e il weekend, insieme ai suoi fantasmi, sarebbe stato alle sue spalle. Le ci sarebbe voluto un po' di tempo, ma si sarebbe tolta Brett dalla testa e sarebbe andata avanti con la sua vita, come aveva fatto trentaquattro anni prima.

CAPITOLO QUATTRO

GRACE

Il suono della risata del suo ex marito attraverso la porta socchiusa del suo ufficio fece venire a Grace voglia di urlare. O piangere. Piangere sarebbe stato meglio, che magari, aprendo la porta, lui l'avrebbe vista e il peso di quello che aveva fatto gli sarebbe crollato addosso così all'improvviso da fargli dimenticare quella piccola stronza di assistente con cui stava. E sarebbe tornato da lei.

Ok. Non sarebbe mai successo.

Grace tossì, spostò delle carte, cercando di fare rumore per attirare la sua attenzione, ma lui e la sua fidanzata continuarono per la loro strada. Era ancora convinta che, se fosse riuscita a convincere suo padre a licenziarla prima di morire, adesso non sarebbe stata in questa situazione. Sospirò. Non sarebbe successo comunque. Due anni prima, Zach era ancora il marito fedele, l'amorevole genero che sperava, senza dubbio, che Art avrebbe lasciato lo studio a Grace e quindi, per via matrimoniale, a lui. Nessuno, però, sapeva che, poco prima di morire, suo padre aveva cambiato il testamento e, tra tutte le persone, aveva nominato erede sua moglie. Grace si era sentita scioccata e ferita, ma col senno di poi, era andata bene così. Lei aveva ancora diritto a ereditare lo studio, ma Zach... non più. Sapeva che suo padre, prima di ammalarsi, aveva intenzione di promuovere Zach, ma poi le cure lo avevano debilitato talmente tanto da costringerlo a concentrarsi solo sulla sopravvivenza.

All'epoca non sapeva che Zach la tradiva con Amber, l'assistente legale che lei stessa aveva assunto.

Il perché entrambi fossero cocciutamente rimasti allo Studio Flynn non lo aveva capito nessuno. Si diceva che, morto il padre di Grace, Zach e Amber stessero aspettando che la figlia si rendesse abbastanza ridicola da essere messa da parte, il che per Grace era la dimostrazione che nessuno dei due era tanto furbo come credeva di essere. Art Flynn aveva fondato lo studio partendo da zero e l'aveva trasformato in un team legale d'eccellenza. Aveva il favore e il rispetto di tutta la comunità legale di Philadelphia. Perché sua figlia avrebbe dovuto lasciare lo studio che sua madre un giorno o l'altro le avrebbe consegnato? Era già stata umiliata più di quanto avesse mai potuto immaginare. Tutti in ufficio avevano saputo dell'infedeltà di Zach prima di lei e avevano assistito ai suoi tentativi per riconquistarlo. La sua faccia diventava rossa dalla vergogna se pensava a quanto era scesa in basso, a quanto si era resa ridicola.

Quando a suo padre era stato offerto un trattamento sperimentale per il cancro, lui aveva detto: «Beh, quando non hai niente da perdere – non hai niente da perdere». Era più o meno quello che sentiva Grace. Aveva perso suo padre, suo marito e probabilmente il rispetto di molti – se non la maggior parte – dei suoi colleghi per il modo in cui aveva tentato di tenersi Zach. Ma lo studio era destinato a lei. Ora era lei il volto dello studio Flynn e voleva che le cose rimanessero così.

Aveva pensato di chiedere a sua madre di licenziarli entrambi, ma sapeva che, senza giusto motivo, avrebbero fatto causa e l'avrebbero vinta. Erano entrambi eccellenti nel loro lavoro. Nella mente di Grace, era un gioco a chi sbatteva prima gli occhi. E lei non aveva nessuna intenzione di perdere.

Il fatto che le facesse male lo stomaco tutte le volte che usciva di casa per andare in ufficio era meno importante che essere l'ultima a rimanere in piedi.

Aveva provato tutto quello che poteva per riprendersi suo marito, ma niente aveva funzionato. Lui aveva messo le cose ben in chiaro quando le aveva consegnato le carte del divorzio due mesi dopo la morte di Art.

«Mi dispiace darti un altro dolore, Gracie. Ma ho resistito finché tuo padre era malato». Zach l'aveva guardata a malapena, mentre riempiva la valigia, una sera che lei era andata in camera da letto a dirgli che la cena era pronta, ma non le ci volle molto per realizzare che avrebbe mangiato da sola. Aveva già preparato diverse borse, con le sue cose, che lo aspettavano in fila davanti alla porta. «Non voglio far soffrire nessuno più di quanto non stia già avvenendo. Ma non ti amo più ed è così già da parecchio tempo».

Lei era rimasta scioccata. Aveva veramente detto che non la amava più? Non poteva essere serio. Quando era successo? E perché?

Era scoppiata in lacrime e l'aveva pregato di rimanere con lei, per cercare un modo di far funzionare le cose. Avrebbero potuto fare terapia di coppia, gli aveva detto tra i singhiozzi, ma lui le aveva dato il colpo di grazia: «Smettila di umiliarti. Amo un'altra persona. Sono andato avanti, ti suggerisco di fare la stessa cosa».

Aveva raccolto la sua roba, sceso le scale e varcato la porta d'ingresso senza neanche salutare. O forse l'aveva fatto. Tutto quello che era riuscita a sentire era stato: *non ti amo più… amo un'altra persona.*

Stavano insieme dall'università, erano sposati da dieci anni.

Non può essere vero, diceva a se stessa. *Lui tornerà.*

All'inizio, aveva provato a fingere che tutto fosse normale, non parlando del divorzio con nessuno. Aveva aspettato settimane prima di dire a sua madre e sua sorella che lei e Zach erano separati, ma aveva aggiunto anche che stavano cercando di risolvere i loro problemi, il che era vero, peccato che lo fosse solo nella sua testa. Intanto, al lavoro, indirizzava a Zach dei casi per i quali potesse servirgli il suo aiuto, ma lui declinava sempre le sue offerte. Poi, una mattina, settimane dopo che se ne era andato di casa, Grace si trovava nella sala relax, dove qualcuno aveva lasciato una scatola di ciambelle sul tavolo. Lei aveva sbirciato dentro, poi ne aveva presa una con la glassa al cioccolato dicendo, a nessuno in particolare: «Questa la porto a Zach. Quelle al cioccolato sono le sue preferite».

Un silenzio imbarazzante era sceso nella stanza. Poi Amber le si era avvicinata, le aveva preso la ciambella dalla mano ed era uscita, ancora sogghignando. Uno dopo l'altro, senza parlare, gli altri se ne erano andati, lasciando Grace con le mani sporche di cioccolato e la sensazione di essersi persa qualcosa di importante.

Dopo una mezz'ora, la sua assistente, Terri, era entrata nel suo ufficio, aveva chiuso la porta dietro di sé, fatto un bel respiro e aveva detto: «Grace, c'è qualcosa che devi sapere. Si tratta di Zach». Un altro respiro profondo. «E Amber».

«Cosa succede a Zach?», aveva chiesto lei. «E ad Amber?»

«Grace. Non è successo qualcosa a Zach e ad Amber. È successo qualcosa a *Zach e Amber*. Loro stanno insieme. Vivono insieme».

Era come se le avesse dato un pugno nello stomaco. Così forte e inaspettato che non era più riuscita a parlare. «Zach e Amber? Stanno insieme? Ma *insieme* insieme? Ne sei sicura?»

«Credi che verrei a dirti una cosa del genere se fosse solo un pettegolezzo?»

«Come fai a sapere...?»

«Grace, lo sanno tutti qui. Non hanno fatto nessuno sforzo per nasconderlo. Non hai notato che lei è sempre nel suo ufficio?»

«Lei lavora con lui su qualcuno dei suoi casi...», aveva replicato Grace debolmente.

«Lei si lavora lui, Grace».

Grace aveva guardato il report che aveva davanti, ma l'unica cosa che riusciva a vedere era una grossa macchia nera.

«Grazie. Apprezzo la dritta», aveva risposto e con un cenno della testa l'aveva invitata a uscire.

Terri aveva colto il segnale ma, prima di aprire la porta, aveva aggiunto: «Mi dispiace di essere stata io a dirtelo, ma qualcuno doveva farlo. Non potevo restare a guardare mentre ti umili ogni giorno».

Grace aveva annuito lentamente, gli occhi bassi. Avrebbe voluto davvero ringraziare Terri, ma sembrava che la voce l'avesse abbandonata. La porta si era chiusa dolcemente, ma Grace non era riuscita a muovere neanche un muscolo. Aveva pensato alle settimane passate, alle cose che, a quanto pare, tutti a parte lei avevano notato. Era rimasta in quella posizione, seduta alla sua scrivania, finché non aveva iniziato a fare buio. Quando si era alzata, fuori dal suo ufficio aveva sentito le voci delle persone che stavano finendo la loro giornata: il ping dell'ascensore, i *buona serata* e i *ci vediamo domani* dei colleghi. Aveva aspettato che tutti i rumori si fossero spenti, aveva raccolto le sue cose, compreso il lavoro che voleva finire a casa, ma che sapeva non avrebbe neanche guardato, spento le luci e si era diretta all'ascensore. Ma passando davanti all'ufficio di Zach aveva sentito una risatina. Si era bloccata all'istante, aveva ascoltato per un secondo, poi era tornata sui suoi passi, si era chiusa nel suo bagno privato, e aveva vomitato.

Quando si fu ripresa, l'edificio era quasi deserto. Era entrata in ascensore e aveva premuto il bottone che portava al pianoterra con più forza di quella necessaria. Una volta a casa si era permessa di piangere fino a perdere la voce. Poi si era asciugata la faccia, si era versata un bicchiere di vino e aveva passato in rassegna le sue opzioni.

Il suo primo pensiero era stato quello di licenziarli tutti e due. Ma sapeva perfettamente che licenziare due impiegati più che competenti senza una causa lecita sarebbe stato come scavarsi la fossa.

«Ms. Flynn», il giudice l'avrebbe guardata dritta negli occhi – e data la sua fortuna, si sarebbe trattato di Borden, l'unico giudice della Corte di Philadelphia a cui non piaceva suo padre, «può dire alla corte perché ha licenziato Amber Costanza?»

«Sì, Vostro Onore. Mi ha rubato il marito».

«E perché ha licenziato il suo ex marito?»

«Perché si è lasciato rubare».

Il giudice l'avrebbe guardata dall'alto in basso. «Un'assistente che scopa con suo marito non è un motivo lecito per il licenziamento di nessuna delle due parti. Il risarcimento per le parti lese è di otto triliardi di dollari». A quel punto avrebbe battuto il suo martelletto e dei poliziotti in uniforme l'avrebbero messa in catene. L'avrebbero costretta a indossare la divisa arancione – assolutamente non il suo colore – e i suoi capelli sarebbero stati un disastro. La mattina dopo la sua foto sarebbe stata sbattuta sulla prima pagina del «Philadelphia Inquirer» e del «Main Line Times», ovunque su internet e in ogni supermercato da Center City fino a Jersey Shore e alle spiagge del Delaware.

Era, quindi, sicura che sbatterli fuori a calci non era una possibilità.

Aveva cercato dei sottili stratagemmi per rendere il lavoro di Amber insopportabile e pensava di aver trovato la soluzione facendola lavorare con Paul Groth, l'avvocato più vecchio e brontolone dello studio, ma lei in qualche modo era riuscita a incantarlo e farlo uscire dal suo guscio di odio, cosa per la quale tutti le erano stati grati.

Visto che Grace non aveva nessuna intenzione di lasciare lo studio che suo padre aveva fondato e Zach aveva riso al suo suggerimento di andarsene e portare Amber con sé, doveva trovare altri modi per canalizzare la sua rabbia, frustrazione e umiliazione.

Così era nato il suo blog, *TheLast2No.*

Era iniziato come qualcosa solo per se stessa. Aveva trovato quasi catartico scrivere dei suoi sentimenti e delle cose che si teneva dentro solo per mantenere la maschera che la società le imponeva. Un giorno aveva pensato che dovessero esserci dozzine, centinaia, probabilmente migliaia di donne nella sua situazione e che, come lei, potevano aver bisogno di un posto sicuro in cui dare libero sfogo alle loro emozioni, dove esternare i loro pensieri e superare il trauma. Così, Grace aveva creato un blog sotto il nome di Anna Bolena (Grace Flynn non doveva in nessun modo essere associata a una pubblica umiliazione simile!) e aveva invitato altre persone a condividere le loro storie.

La prima settimana il blog sembrava scoppiare.

Aveva ampiamente sottostimato il numero di uomini infedeli e ognuna delle mogli/fidanzate tradite reclamava il suo spazio per parlare. Lei aveva cercato di creare un ambiente in cui ciascuna di loro potesse raccontare la sua storia in modo anonimo e sfogarsi liberamente senza che le venisse detto di crescere o di andare avanti con la sua vita. Un posto in cui ogni donna potesse condividere la rabbia, l'umiliazione, la frustrazione e sapere che quello che era successo a lei era successo anche ad altre donne e che queste donne erano lì per lei, per consolarla e ricordarle che non aveva colpe e che la sua vita non sarebbe finita per questo.

Dalla semplice consolazione di un abbraccio virtuale e di una parola di conforto, il blog si era ampliato dopo che diverse follower avevano lamentato di non avere più una vita sociale, poiché con il divorzio, gli inviti degli amici cessavano. Così Grace, ogni venerdì sera, organizzava un happy hour virtuale e nominava una *Donna della Settimana,* scelta tra quelle che avevano postato qualcosa nei giorni precedenti. Tutti i partecipanti all'happy hour dovevano fare un brindisi alla prescelta e augurarle il meglio per il futuro e ovviamente maledire la persona che l'aveva fatta sentire sbagliata. Grace non faceva alcuna fatica a star dietro al blog, soprattutto quando vedeva quante donne riusciva a rendere felici. C'erano giorni in cui metteva anche da parte il suo lavoro per dedicarsi al progetto.

Per lei era un modo innocuo di concentrarsi su qualcosa che non fosse la grande storia d'amore che si svolgeva sotto al suo naso e sul dolore che ciò le causava ogni giorno.

Col passare del tempo, aveva aggiunto l'iniziativa della serata cinema, il sabato sera: avrebbero guardato tutte insieme un film selezionato con votazioni durante la settimana e poi condiviso i loro pensieri sul blog. Era un modo per andare avanti, per rimettersi in piedi. Anche Grace si sentiva molto meglio dopo qualche mese.

Anche se ogni tanto qualcuna delle partecipanti si lasciava trasportare e descriveva con minuzia di particolari cosa avrebbe fatto al suo ex o alla donna che le aveva rovinato la vita, tanto da costringere Grace a intervenire per calmare gli animi, sembrava ovvio che si trattava solo di sfoghi ipotetici. Grace cercava di stemperare le esternazioni più violente, e quando non era stato possibile aveva bloccato gli accessi al blog.

La sua decisione aveva attirato qualche protesta, qualcuna anche accompagnata da minacce, ma Grace pensava che facesse tutto parte del pacchetto. In qualsiasi ambiente quando si è costretti a zittire qualcuno particolarmente accalorato sull'argomento di cui si sta parlando, si possono scatenare polemiche e toni accesi. Ma Grace non aveva mai preso seriamente quei comportamenti e non si era mai sentita in pericolo.

L'unica cosa di cui aveva paura, era di essere scoperta.

Era stato difficile ammetterlo, ma a Grace piacevano davvero le serate con i suoi amici virtuali, a volte anche più di quelle che poteva trascorrere con i suoi amici reali. Le persone in rete si affidavano a lei come nessuno aveva mai fatto prima e questo le dava totale controllo almeno su un piccolo spicchio della sua vita. Non voleva conoscere nessuno, non voleva nessun'altra storia, per il momento – era convinta che il suo cuore si fosse ridotto alle dimensioni di una nocciolina – e i suoi amici non si erano dimostrati così comprensivi come si sarebbe aspettata.

«Gracie, lui non ti ama più. Non puoi passare la tua vita a struggerti per qualcuno che non ti ama più». La sua presunta migliore amica Michelle glielo ripeteva ogni volta che Grace se ne usciva con qualche strano piano per riprendersi Zach. «Perché vorresti stare con qualcuno che non ti vuole?»

Dopo aver visto la cartolina sexy che Grace aveva comprato per il compleanno di Zach, la sua amica Rosemary l'aveva invitata a pranzo, le aveva preso le mani e le aveva detto: «Grace tu sei meglio di così».

Anche sua sorella aveva provato – nel tipico stile schietto di Natalie – a farla rinunciare al suo sogno di riavere Zach. «Ragazza, ti stai rendendo ridicola. Lascialo andare. Ti meriti molto di più di un uomo che ti lascia dopo due mesi che hai sepolto tuo padre».

«Oh, questo dice la sorella il cui fidanzato se n'è andato nel momento in cui ha scoperto che lei era incinta?», era esplosa Grace.

Gli occhi di Nat si erano dilatati dall'indignazione ed era esplosa a sua volta. «Sì, hai ragione. Ho un estremo bisogno di avere nella mia vita un drogato che mi ha fatto scegliere tra lui e mia figlia. Non rimpiangerò mai di aver scelto Daisy. Ero felice di aspettare un bambino e mi aspettavo che fosse lo stesso per Jonathan. Ma non ho mai sprecato un secondo del mio tempo per tornare strisciando da lui. Non ne vale la pena. E nemmeno Zach. Smetti di strisciare».

Grace era uscita dall'appartamento di Natalie e aveva lasciato passare settimane prima di rivolgerle ancora la parola.

Sospirò. Sapeva che sua sorella le voleva bene e che voleva il meglio per lei. Anche Grace voleva bene a Natalie e adorava sua nipote. Le mancavano i suoi amici, ma non riusciva a stare in compagnia. Nessuno capiva come si sentiva. Era innamorata di Zach dal primo giorno in cui aveva messo piede a Legge, quando lui si era girato e le aveva sorriso. Con tutto il suo cuore pensava che lui fosse il suo grande amore, che fossero destinati a stare insieme, il suo lieto fine. I suoi genitori avevano avuto quel tipo di amore e

Grace non avrebbe accettato niente di meno. Insieme finché morte non vi separi. È così che funzionano le anime gemelle. Era questo che lei voleva dal suo matrimonio.

Quello che non si aspettava era il modo in cui le cose erano finite con Zach. Per lei era impensabile che lui avesse agito alle sue spalle e avesse avuto una relazione sotto al suo naso senza mostrare il minimo rimorso. Aveva aspettato che lui rinsavisse e tornasse da lei nella loro casa, ma più passavano le settimane, più diventava ovvio che non sarebbe successo.

Grace non aveva lasciato perdere finché non aveva realizzato che a lui non interessava che qualcuno lo sapesse o no – a quanto pare tutti allo Studio Flynn tranne lei. Non aveva neanche provato a nascondere la sua relazione, non gli importava quanto tutta quella situazione fosse umiliante per lei. Grace aveva accettato la fine del suo matrimonio – la fine del suo lieto fine – con una profonda tristezza e un'aspra delusione, perché non aveva avuto scelta. *TheLast2No* le aveva dato un senso di controllo che non aveva in nessun altro aspetto della sua vita e per ora doveva essere abbastanza.

CAPITOLO CINQUE

NATALIE

Natalie vedeva il venerdì sera come una porta d'ingresso a due giorni di completa libertà. Quella sera aveva cenato con Daisy alle sei e mezza e verso le otto era già riuscita senza problemi a gestire il gioco, il bagnetto e il momento della nanna – inclusa la lettura di uno dei loro libri preferiti, *On the Night You Were Born,* che trovava talmente bello da ringraziare silenziosamente l'autrice, Nancy Tillman, ogni volta che lo leggeva. Dopo aver chiuso la porta della camera da letto dove dormiva beatamente sua figlia, Natalie si era versata un bicchiere di vino e aveva deciso che le sarebbe piaciuta un po' di compagnia. In particolare, la compagnia di sua sorella. Prese il telefono e mandò un messaggio a Grace.

Ti va di venire qui e stare un po' insieme?

Cinque minuti dopo Grace aveva risposto:

Scusa, ho già impegni per stasera.

Che fai?

Bevo qualcosa con amici.

Qualcuno che conosco?

No.

Domenica sera cena dalla mamma?

Ci vediamo là.

Anche se a Natalie spiaceva che Grace non fosse libera, era contenta di sentire che aveva ricominciato a socializzare. Sembrava che finalmente avesse metabolizzato il fatto che Zach non sarebbe più tornato, ma allo stesso tempo si era tenuta dentro talmente tante cose che la loro madre, preoccupata, ne aveva parlato ad Isabelle Finley, una sua vecchia amica dei tempi del college che era diventata psicologa. Isabelle si era offerta di raccomandare Grace a un collega specializzato nei traumi da separazione, ma Grace aveva rifiutato. Che ora si fosse fatta dei nuovi amici e che finalmente uscisse dalla casa che lei e Zach avevano condiviso era proprio una bella notizia. Riguardo alla casa, Maggie e Natalie pensavano che la cosa migliore per Grace sarebbe stata venderla e cercarne una nuova, senza legami con il passato. Entrambe speravano che andasse avanti il prima possibile e si costruisse una nuova vita.

Natalie accese la tv e mentre guardava distrattamente un episodio di una serie poliziesca, si mise a scorrere le e-mail. Innanzitutto rispose ai messaggi di diversi studenti. Insegnava letteratura inglese alle matricole di una scuola professionale e cercava di essere il più possibile disponibile. Uscì dalla sua casella postale e aprì il sito di genealogia a cui, mesi prima, aveva mandato un campione di saliva per un test del DNA. Non si aspettava grandi cose, nonostante avesse trovato diversi cugini di secondo grado di cui non aveva mai saputo nulla, tra i quali uno che viveva vicino alla Penn State e che aveva frequentato l'ateneo come

Natalie, senza che le loro strade si fossero mai incrociate. Avevano parlato al telefono diverse volte e si erano messi d'accordo per vedersi a una partita di football quell'autunno. L'obiettivo principale di Nat era quello di trovare i progenitori di suo padre da parte materna, i cui nomi e luoghi di nascita si erano persi nel corso degli anni.

Seduta con i piedi nudi appoggiati al tavolino da caffè, controllò tutti i risultati, cercando i nomi dei suoi possibili antenati che erano stati aggiunti dall'ultima volta che aveva visitato la pagina, ma finora non aveva trovato niente di nuovo. Aveva aperto l'albero genealogico che aveva fatto per Daisy, pensando al giorno in cui avrebbe voluto sapere di entrambi i rami della sua famiglia. Jonathan aveva messo bene in chiaro che non voleva avere niente a che fare con sua figlia e Natalie non aveva avuto niente da ridire. L'ultimo anno che avevano passato insieme, Jonathan si era allontanato molto da lei. Natalie non aveva notato nessun cambiamento nelle loro vite, anche se, col senno di poi, aveva realizzato che c'erano state molte cose che lui si era preso la briga di nasconderle. Aveva scoperto che si drogava e che spacciava il giorno stesso in cui aveva saputo di essere incinta; allora gli aveva dato un ultimatum: se voleva stare con lei, doveva smettere di fare quello che stava facendo. Ma alla parola *bambino,* lui aveva immediatamente fatto le valigie. Dopo che se ne fu andato, lei non aveva avuto rimpianti. Da quel momento sapeva che avrebbe cresciuto la sua bambina da sola. Non le era mai passato per la mente di pregarlo di essere parte della vita di Daisy. Non aveva bisogno di soldi – poteva benissimo provvedere da sola a se stessa e a sua figlia – in più, suo padre aveva lasciato a lei e Grace una generosa eredità, quindi, finanziariamente, era a posto.

Finché Natalie non si era finalmente lasciata andare e aveva rivelato a sua madre dei problemi di droga di Jon,

Maggie aveva insistito affinché lei lo trovasse e gli dicesse di avere una figlia. Ma l'ultima cosa che voleva era che Daisy subisse l'influenza di un tossicodipendente criminale. Sapeva che probabilmente un giorno avrebbe fatto domande e, quando questo fosse successo, lei avrebbe risposto il più onestamente possibile. Se Daisy avesse deciso di cercare suo padre o la sua famiglia, Natalie non le avrebbe messo i bastoni fra le ruote.

Quando aveva finalmente capito la gravità della sua dipendenza, tutte le volte in cui era scomparso misteriosamente avevano finalmente avuto senso. Dal giorno in cui Daisy era nata, però, aveva incubi ricorrenti su Jon che portava la bambina con sé a Kensington, una pericolosa zona di spaccio di Philadelphia, e la perdeva da qualche parte nel labirinto di case abbandonate. Di lui che la lasciava nella spazzatura e se ne dimenticava. Di qualcuno che la rapiva e la portava Dio sa dove.

Natalie si chiese da chi avesse ereditato la sua vivida immaginazione.

Fece una krematura della lista dei cugini di terzo, quarto e quinto grado e non trovando niente di nuovo, decise di tornare alla sua ricerca per localizzare James Flynn, il suo bis-bis-bisnonno. Erano passate due ore ma, anche se aveva ridotto la lista a quattro persone, non riusciva a capire quale fosse quello giusto. James Flynn era stato un nome relativamente comune nel diciottesimo secolo in Irlanda. Stanca di fissare lo schermo, decise di lasciar perdere per quella sera e riprendere in un altro momento durante il weekend.

Il telefono di Natalie iniziò a vibrare, avvertendola di una chiamata in arrivo. Guardò lo schermo e sorrise.

«Ciao mamma», disse.

«Ciao tesoro. Come stanno le mie ragazze stasera?»

«La tua unica e sola nipote sta dormendo come un angioletto, cosa rara, ma ogni tanto succede. Ha avuto una giornata intensa all'asilo ed è tornata a casa distrutta. È crollata prima delle otto».

«Ormai è una bimba grande. E tu invece? Com'è andata la settimana?»

«Impegnativa. Abbiamo gli esami di fine semestre tra un paio di settimane e ho una pila di compiti da leggere. Ma non ho fatto nessun piano per il weekend. Volevo prendermela comoda e passare del tempo con la mia bambina domani».

«Ma sarete qui domenica a cena, giusto?»

«Certo! La cena dalla mamma la domenica sera è una delle grandi tradizioni americane. Saremo lì per le tre, se per te va bene».

«Assolutamente sì. Quando volete». Maggie fece una pausa. «Hai parlato con Grace di recente?»

«Non ci ho parlato, ma ci siamo messaggiate un po' stasera. Mi ha detto che usciva a bere qualcosa con degli amici, ma che ci saremmo viste da te domenica».

«Oh, bene. Ho provato a chiamarla, ma non ha risposto. Chissà con chi è uscita».

«Credo con qualche nuovo amico, ma finché è fuori da quella casa, parla con le persone e, forse, si diverte, non mi interessa con chi esce». Natalie sospirò. «Da una parte spero che trovi un altro lavoro. Voglio dire, so perché non lo fa – lo studio era la creatura di papà. Ma il fatto di vedere quel coglione di Zach tutti i giorni – beh, la sta sicuramente uccidendo. Sai quanto lo amasse. Penso che un po' lo ami ancora».

«Mi chiedo sempre se l'avrebbe lasciata lo stesso se lo studio fosse andato a lei invece che a me. Un giorno lei sarà il socio di maggioranza, ma ora capisco perché vostro padre ha deciso così. Voleva che lei avesse più esperienza, che si facesse un nome, senza vivere all'ombra del suo». Fece una pausa prima di aggiungere: «Ora non posso fare a meno di chiedermi se non avesse capito qualcosa di quello che stava succedendo tra loro. Aveva un'ottima opinione di Zach come avvocato. Perché non ha fatto in modo che il suo genero così brillante avesse un ruolo più di spicco? Art ha stilato un nuovo testamento una settimana prima di morire. Mi sarei aspettata qualcosa che riguardasse Zach, ma non lo menzionava neanche».

«Pensi che abbia lasciato tutto a te per vedere come sarebbero andate le cose tra Grace e Zach?»

«Sì, sospetto che sia così. Andrò presto in ufficio per il mio giro mensile, quando sorrido a tutti come se avessi veramente uno scopo. Dovrò incontrare i neoassunti. Bagnare le piante nell'ufficio di tuo padre, spolverare le mensole. Poi lo chiuderò di nuovo, porterò Lois a pranzo e proverò a prendere il treno delle due e mezza».

«Qual è esattamente il ruolo di Lois in ufficio, adesso?»

«Qualsiasi cosa voglia», scherzò Maggie. «È stata la prima persona che tuo padre ha assunto quando ha aperto lo studio. È stata la sua mano destra per trentadue anni».

«Sì, questo lo so. Ma cosa fa di concreto?»

«Più che altro, tiene vivo il suo spirito. È lì per tranquillizzare i vecchi clienti assicurandogli che, nonostante tuo padre sia morto, lo studio li seguirà al cento per cento e loro sono felici di sentirselo dire». Maggie rise piano. «In più, tuo padre mi ha fatto promettere che l'avrei fatta restare finché non avesse deciso di andare in pensione ed è quello che farò. Ogni tanto le chiedo di fare qualcosa per me. L'ultima cosa che le ho chiesto è stata di cercare tra i file di tuo padre e fare una lista dei clienti più vecchi così da essere sicura che tutti ricevessero gli auguri di Natale. Cosa ti devo dire, Nat? Lei era fedele a lui, noi siamo fedeli a lei».

Nat stava ancora pensando a suo padre mentre cercava nuove corrispondenze del DNA e considerava l'arbitrarietà con cui certi tratti vengono ereditati. Lei assomigliava molto a sua madre, gli stessi capelli biondo miele, gli stessi occhi verdi, ma il suo aspetto – alto e longilineo – l'aveva preso da suo padre. Anche il suo approccio pratico alla vita veniva da lui. Grace, d'altro canto, che era tradizionalista fino al midollo, era una copia sputata della loro nonna paterna, – capelli scuri e occhi azzurri, come Art – ma aveva ereditato l'animo romantico della loro madre. E come Maggie, Grace era minuta, con la vita lunga. Dal loro padre, Grace aveva preso la passione per il diritto, il cibo italiano e Parigi, mentre Natalie l'amore per le serie crime alla tv, le scalate e le rockband degli anni Sessanta. Leggendo i nomi delle generazioni passate sullo schermo del computer, Nat non riusciva a non chiedersi chi tra i suoi avi le avesse trasmesso il suo spirito libero e chi, invece, come Grace, non colorasse mai fuori dai bordi.

Le ricerche le fruttarono solo un nome interessante, ma una vera chicca. Lily Mullin, la bis-bisnonna irlandese del loro padre da parte materna, era stata una cuoca in una delle famiglie più importanti di Philadelphia. Era scomparsa dal nucleo familiare col censimento successivo, ma Natalie l'aveva trovata nella casa del suo bis-bisnonno, John McKeller – come sua moglie. Come, Natalie rifletté, era riuscita una giovane apprendista cuoca – di sedici anni! – a diventare la moglie di un uomo che era erede di una fortuna e di molti anni più vecchio di lei? Qualsiasi fosse la loro storia, era sicuramente romantica: Lily e John avevano avuto nove figli, i quali erano riusciti a celebrare il cinquantesimo anniversario di matrimonio dei loro genitori. Natalie riguardò la lista delle corrispondenze, chiedendosi se i suoi cugini di secondo, terzo e quarto grado conoscessero la storia. Non sarebbe stato difficile capire chi fosse collegato a quel lato paterno della famiglia – sarebbe bastato cercare quale famiglia avesse un McKeller nel suo albero genealogico.

«Un compito per un altro giorno», si disse, mentre usciva dal sito e dava un'altra controllata veloce alle e-mail prima di spegnere il computer. Aveva promesso a Daisy che avrebbero visitato il Please Touch Museum e sperava di uscire presto di casa.

Ma, prima, le infornate del weekend.

Scones per la mattina, cupcake come dessert dopo cena il giorno dopo e qualcuno da portare a casa di Maggie la domenica. Daisy adorava i cupcake, di qualsiasi gusto, con qualsiasi decorazione, con o senza zuccherini, orsetti gommosi o scaglie di cioccolato (le preferite di Natalie). Quel weekend avrebbe celebrato l'autunno: gli scones sarebbero stati al gusto di zucca e i cupcake al cioccolato decorati con la crema al formaggio e zuccherini arancioni, gialli e marroni. Natalie avrebbe cucinato tutto quella sera e Daisy l'avrebbe aiutata con le decorazioni il giorno dopo, una volta tornate a casa.

Quattro anni prima Natalie avrebbe riso se qualcuno le avesse detto che avrebbe passato i suoi venerdì sera a infornare dolcetti e i sabati sera sul divano a condividere popcorn con una bambina di tre anni. Poi era arrivata Daisy e la vita di Natalie aveva cambiato rotta completamente. Mentre stava con Jon, i venerdì sera usciva sempre con le amiche. E prima di lui, la discoteca era tappa fissa. A quei tempi, se avesse voluto una compagnia maschile, ci sarebbero stati diversi uomini felici di uscire con lei e che non si sarebbero fatti spaventare dal fatto che avesse una bambina. Sfortunatamente non aveva incontrato nessuno che la attirasse, o almeno non in quello che lei riteneva importante.

Suo padre era lo standard su cui misurava tutti gli uomini con cui usciva. Art Flynn era stato un uomo di bell'aspetto, intelligente, gentile, premuroso e affettuoso – e aveva un senso dell'umorismo particolare che lei adorava. Per un po' le era sembrato che Jon fosse all'altezza, ma una volta crollata la facciata, gli era rimasto solo un bel viso e anche quello aveva iniziato a logorarsi a causa della droga. Nonostante il fatto che avrebbe voluto accorgersene prima, Natalie si era rifiutata di abbattersi. I peccati di Jon non erano i suoi e non era disposta a prendersene la responsabilità. Suo padre l'aveva appoggiata al cento per cento quando aveva deciso di tenere la bambina e crescerla da sola, mentre Maggie voleva che cercasse Jonathan per avere supporto. Art non era d'accordo con la moglie e il suo ultimo regalo a Natalie aveva reso l'aiuto di Jon assolutamente non necessario. Non viveva nel lusso, ma lei e Daisy stavano bene e c'erano abbastanza soldi da garantire a Daisy una buona educazione.

«Jonathan Banks è fuori dalla nostre vite adesso e per sempre», dichiarò Natalie mentre accendeva le luci della cucina e raccoglieva Boo Boo Kitty, il gatto di pezza che Daisy aveva lasciato sul pavimento. «Caso chiuso».

Prese il quaderno a spirale che conteneva le ricette di sua nonna e lo mise sul piano della cucina. «Caso chiuso». Trovò la ricetta degli scones e iniziò ad allineare gli ingredienti vicino al quaderno. Era stata contenta di sentire sua madre così su di morale al telefono, perché aveva l'impressione che Maggie non fosse più la stessa dopo essere tornata dalla rimpatriata un mese prima. Non c'era niente che Natalie potesse fare, ma sembrava che si fosse portata a casa una certa dose di tristezza da Wyndham Beach. Quando aveva provato a indagare, Maggie le aveva detto che si era divertita molto, che aveva passato delle giornate deliziose con le sue due più care amiche e che aveva rivisto un sacco di persone che non vedeva né sentiva da tempo.

«È stato un weekend meraviglioso», le aveva detto Maggie. «Dovrei tornare là più spesso. Nessuno ti conosce come le persone con cui sei cresciuto e nessun amico ti vuole più bene».

Liddy ed Emma stavano bene, aveva detto a Natalie e tutto nella sua città natale era magnifico. Allora perché aveva l'impressione che fosse successo qualcosa che aveva spento la scintilla di sua madre? Forse sarebbe riuscita a farla parlare della rimpatriata quella domenica, o almeno avrebbe cercato di capire se fosse successo qualcosa. Forse l'aveva scossa il fatto che fosse il primo viaggio senza suo padre, o forse aveva fatto visita al cimitero dove erano sepolte sua madre e sua sorella.

Natalie raddoppiò le dosi per gli scones, così ne avrebbe avuto qualcuno in più da portare alla cena. Decise che domenica sarebbe partita presto per Bryn Mawr per arrivare prima della sorella e rimanere un po' da sola con sua madre, nella speranza di farla parlare un po' di sé. Al massimo, Natalie avrebbe trascorso del tempo in più con lei e sua figlia, accompagnata a un buon caffè e agli scones fatti in casa, e onestamente non vedeva l'ora.

CAPITOLO SEI

MAGGIE

Stare seduta in veranda, circondata dalla sua giungla di piante, con la sua nipotina intenta a sfogliare un libro rannicchiata vicino a lei e Grace e Natalie che chiacchieravano amabilmente, era l'idea di Maggie di una serata perfetta. C'erano poche cose che la rendevano più felice che avere le sue ragazze a casa. La cena era stata priva di drammi e le sue figlie erano riuscite a trascorrere un pomeriggio senza discutere per qualcosa di stupido.

«Mamma, sei pronta per la ricarica?» Grace era in piedi, la bottiglia di vino bianco in bilico sul suo bicchiere.

«Oh, solo un goccio. Grazie, Gracie». Maggie le avvicinò il bicchiere mentre Daisy si sedette sul pavimento, bisbigliando qualcosa al gufo e allo scoiattolo stampati sulle pagine del libro.

«È tutto quello che è rimasto». Grace vuotò la bottiglia e la appoggiò sul tavolo.

«Aspettate un attimo mentre vado a prendere carta e penna». Maggie si alzò e si diresse verso la cucina.

«Fammi indovinare». Natalie tolse un paio di foglie gialle da un pothos. «È giunto il momento di fare la lista per la cena del Ringraziamento».

«Perché dobbiamo fare una lista?» Grace fece una smorfia. «Facciamo le stesse cose tutti gli anni».

«È più per me, per ricordarmi cosa devo comprare». Maggie tornò dalle figlie, con in mano un blocchetto e una penna. «A meno che non vogliate andare a cena fuori».

«No», risposero entrambe all'unisono.

«Ma sappiamo cosa scrivere, mamma. Il tacchino. Le cose per il ripieno...», iniziò a elencare Natalie.

«Il pane al mais», aggiunse Grace.

«I mirtilli rossi e le salsicce alla salvia», aggiunse Maggie iniziando a scrivere.

«Le patate per la purea. Le patate rosse da fare al forno. I fagiolini». Grace contava le cose sulle dita delle mani.

«E le carote?», chiese Daisy, all'improvviso.

«Sì. A te piacciono le carote e il succo d'arancia. Le compreremo sicuramente». Maggie continuava a prendere nota. Alzò gli occhi dalla lista. «Adesso dovete solo decidere chi porta l'aperitivo e chi il dolce tra voi due».

Natalie guardò la sorella. «Perché non ne portiamo uno a testa?»

«Certo. Perché non iniziare adesso a pensare dove vomiteremo dopo tutto quel cibo?» Grace alzò gli occhi al cielo.

«Siamo tre adulti e una bambina. Di quanto cibo abbiamo bisogno?»

«Veramente, ho invitato Liddy ed Emma a unirsi a noi quest'anno». Maggie guardò le sue figlie. «Salviamo Liddy da un banchetto con un gruppo di amici ed Emma sarebbe stata da sola perché Chris è in tour con la band. A questo proposito, noi tre venerdì...»

«Bello! L'ultima volta che le ho viste è stato al funerale della nonna», la interruppe Natalie. «L'ultima volta che sono stata a Wyndham Beach. Quindi saremo cinque donne e una bambina».

«Oh, potremmo prendere i biglietti per lo spettacolo speciale ai Longwood Gardens. Adesso li cerco online e li prenoto per tutte». Grace cercò il telefono nella borsa.

«No, non lo possiamo fare. Emma, Liddy e io partiamo venerdì pomeriggio per Charlotte». Maggie alzò gli occhi dal blocco di carta. «Stavo cercando di dirvelo».

Natalie e Grace si scambiarono uno sguardo confuso. «Cosa c'è a Charlotte?»

«Chris ha invitato noi tre al suo concerto di venerdì sera e abbiamo deciso di stare in città tutto il weekend. Ha organizzato tutto lui, a partire dalla macchina che ci verrà a prendere venerdì mattina e ci porterà all'aeroporto dove prenderemo un jet privato per il Nord Carolina. Ci ha sistemate nell'albergo più bello della città. Oh, e vi ho detto dei posti in prima fila al concerto?»

«Mamma!», esclamò Grace. «Cosa? Quando e come è successo tutto questo?»

«Ne abbiamo parlato per un po', dal giorno della rimpatriata. Emma mi ha chiamato ieri, dicendomi che Chris aveva organizzato tutto e se ero disponibile».

«Se lei era disponibile». Natalie alzò gli occhi al cielo. «Ma dai».

«Ma dai», ripeté Daisy, annuendo con enfasi.

«E noi ne veniamo a conoscenza adesso perché...?» Grace era così sorpresa da avere ancora gli occhi spalancati.

«Sono così gelosa che potrei piangere». Natalie sembrava veramente sull'orlo del pianto. «Il piccolo Chrissy Dean, rockstar e uomo del mistero internazionale».

Grace fece finta di tossire. «Neanche troppo mistero. Ho letto che gestisce benissimo tutto quello che gli arriva addosso».

«Si può sempre fantasticare. Emma gli ha fatto visita in California e ha raccontato che c'erano donne che lo seguivano a casa, che scavalcavano la recinzione per entrare, c'era un andirivieni continuo ed Emma... beh, diciamo che non era proprio entusiasta di vedere tutte quelle ragazze che seguivano suo figlio».

«Cosa si aspettava? È bello, ricco, famosissimo. E sa persino cantare per davvero». Grace contò i pregi di Chris sulle dita della mano. «Emma non dovrebbe farsi troppe illusioni sul fatto che lui sia diverso dagli altri ragazzi che sono belli, ricchi, eccetera eccetera».

«È il suo bambino. Il suo unico figlio», le ricordò Maggie, poi cambiò argomento. «Comunque, siamo sicure che ci divertiremo tantissimo questo weekend».

«Sono veramente gelosa, mamma. Non stavo scherzando», le disse ancora Natalie.

«Ti porto una maglietta».

«Anche per me», Grace alzò la mano.

«Anche per me», intervenne Daisy.

«Vedrò se riesco a trovarne una piccola abbastanza per te», le disse Maggie. «Oh, Grace, puoi prenderlo tu il vino per il Ringraziamento?»

«Certo. Prendo qualche bottiglia in più, visto che ci sono anche Liddy ed Emma».

«Bene, sembra che il nostro Ringraziamento sia organizzato. Buon per noi». Maggie si alzò e recuperò i bicchieri vuoti per portarli in cucina, che era stata ristrutturata l'anno prima che Art morisse. Essendo un cuoco provetto, lui aveva scelto tutto quello che preferiva, dagli alti mobiletti bianchi al piano di lavoro di granito, le piastrelle per il paraschizzi, gli elettrodomestici e i pavimenti. Tutte le volte che entrava nella stanza guardava la sua nuova cucina con soddisfazione, faceva passare le mani sui ripiani lisci o si fermava a togliere una macchiolina dallo sportello del frigorifero di acciaio inossidabile.

«Chissà com'è Chris adesso», rifletté Natalie, seguendo la madre.

«Era così rompiscatole quando eravamo piccoli», disse Grace.

«Chi era un rompiscatole?», chiese Maggie mentre risciacquava i bicchieri.

«Chris». Grace si appoggiò al tavolo.

«Perché dici così? È sempre stato carino con voi. E ha solo un anno più di te, Grace. Non ti ricordi quando vi portava in giro sul suo carrettino?» Maggie iniziò a mettere i piatti sporchi nella lavastoviglie. «Nat? Tu ti ricordi?»

Natalie aggrottò la fronte, mentre scandagliava i suoi ricordi. «Non proprio».

«Io mi ricordo». Grace tirò fuori una sedia da sotto il tavolo, si sedette e si sistemò sua nipote sulle ginocchia. «Più o meno».

«Abbiamo delle foto da qualche parte. Eravate così carini quando eravate piccoli».

«Peccato che siamo diventate dei mostri, crescendo, vero, Nat? A parte Chris, che è diventato così perfetto».

Natalie annuì. «Chris è sempre stato perfetto. C'è sempre stato qualcosa di speciale in lui. Come se fosse ovvio fin da subito che sarebbe diventato qualcuno da grande».

«Ha lavorato tanto per essere dov'è, ricordatevelo. Emma dice che hanno suonato in tanti piccoli club prima di avere un accordo con una casa discografica. Non gli è proprio caduto tutto tra le braccia, sapete», disse Maggie.

«A parte l'attricetta con i capelli rossi che ho visto abbarbicata a lui ai Billboard Music Awards qualche mese fa. Credo che lei gli sia caduta tra le braccia molto facilmente». Grace si sporse sul tavolo per prendere un libro che Daisy non riusciva ad afferrare.

«Non fate questi discorsi quando Emma sarà qui, ok?»

«Certo, mamma. Non faremmo mai niente per turbare Emma», disse Grace. «D'altra parte, mi sarebbe piaciuto essere inclusa nel vostro viaggio a Charlotte».

«Magari la prossima volta», le disse Maggie. «Questa volta è solo per le mamme».

Natalie si voltò verso sua madre. «Quando è stata l'ultima volta che sei andata a un concerto rock?»

Maggie si girò e si appoggiò al tavolo, pensando. «Era al vecchio Spectrum a Philadelphia, ma non mi ricordo che anno fosse. Io, vostro padre e i Larson siamo andati a vedere Steve Winwood. Warren Zevon apriva il concerto».

«Amavo quel posto. Ho visto il mio primo concerto lì. Britney Spears», disse Natalie. «Che peccato l'abbiano demolito».

«Il progresso, sorella», le disse Grace. Poi si girò verso la madre e disse: «E una donna elegante come te, cosa ha intenzione di mettersi per l'occasione?»

«Questa è un'ottima domanda. Chiederò a Emma».

«Oh, guarda che ora abbiamo fatto», esclamò Grace all'improvviso. Sollevò Daisy e la appoggiò sul pavimento vicino al tavolo. «Devo andare».

«Che impegno così urgente potrai mai avere alle sette di domenica sera?», le chiese Natalie.

«Devo vedermi con degli amici». Grace si diresse verso la porta. «Mamma grazie per la cena. Era deliziosa, come sempre».

«Togliamo il disturbo anche noi». Natalie guidò Daisy verso l'ingresso.

«Vieni, cucciola. Dammi un bacio». Grace abbracciò forte la nipote e la riempì di baci su tutta la faccia, poi la passò alla madre. «Ma ci pensi che nostra madre ha vinto dei biglietti in prima fila a un concerto rock mentre noi stiamo a casa sul divano?»

«Sì! Cosa abbiamo sbagliato?» Natalie finse una posa indignata.

Grace sospirò. «Forse se siamo fortunate si ricorderà di portarci delle magliette».

«Forse». Maggie appoggiò un braccio sulle spalle di Grace e la accompagnò verso la porta. «E se siete veramente fortunate, Chris ve le autograferà».

Natalie finse uno squittio. «Oh Gracie hai sentito? Forse avremo delle *magliette autografate* dal nostro amico d'infanzia».

«Sì, il nostro amico d'infanzia che adesso è uno degli uomini più sexy del pianeta». Grace aprì l'armadio per prendere il cappotto, poi passò il loro anche a Natalie e Daisy.

«Non pensavi fosse sexy allora. Pensavi fosse un rompiscatole». Natalie si abbassò per aiutare la figlia.

«Tu sicuramente non lo pensavi». Grace fece un sorrisetto alla sorella.

«Se la memoria non mi inganna, nessuna di voi due era particolarmente innamorata di Chris quando eravate più giovani». Maggie aprì la porta e appoggiò la schiena a uno degli stipiti.

«Nat lo era». Grace scese il primo gradino e si girò a fare una smorfia alla sorella. «Negalo pure adesso, ma c'è stato un periodo...»

Natalie si mise a ridere. «Eravamo amici. Siamo sempre stati solo amici».

«Se lo dici tu», le sussurrò Grace.

«Mamma è tutto a posto? Stai bene?», chiese Natalie a voce bassa mentre si abbottonava la giacca.

«Perché? Sembro malata? Sono pallida?» Si spostò di qualche passo per guardarsi nello specchio all'ingresso. «Sembra tutto a posto. Perché me lo chiedi?»

«No no, hai un aspetto fantastico. È solo che… sembri, forse, un pochino distratta?» Natalie era in difficoltà ad addentrarsi nella vita privata di sua madre. «E stai trascurando le piante».

Maggie aggrottò la fronte, le mani appoggiate sui fianchi: «Di cosa stai parlando? Io non trascuro niente».

«Mamma, ho tolto delle foglie secche da diverse piante in veranda. Non mi ricordo di averlo mai fatto in vita mia, né di aver mai visto una foglia secca in questa casa».

«Io non ne ho viste di foglie secche», protestò Maggie.

«È proprio quello che intendo. Sei sempre stata molto meticolosa con le tue piante. Mi sono solo chiesta se avevi qualche pensiero per la testa». Vista la reazione della madre, Natalie ora scelse con cura le parole. «Non volevo accusarti di niente. Te l'ho chiesto perché non è da te non notare certe cose. Non sembri più la stessa da quando sei tornata da Wyndham Beach».

Maggie fece un gesto con la mano per chiudere il discorso. Sapeva perché non sembrava la stessa dopo la rimpatriata, ma non aveva intenzione di condividere la cosa con le sue figlie. Era qualcosa che doveva ancora discutere con se stessa e che non aveva niente a che fare con loro due. Qualcosa a cui stava evitando di pensare. «Cerco di distrarmi dal fatto che si stanno avvicinando le feste e vostro padre non sarà con noi».

«Oh, beh. Questo ha un senso». Natalie guardò la sorella, che aveva assistito allo scambio, ma non aveva partecipato. «Papà ci manca sempre di più al Ringraziamento. Ricordi quanto gli piaceva mettere il tacchino su quel grosso vassoio bianco…»

«Quello con disegnato il grosso tacchino», annuì Grace.

«…E portarlo in tavola, con tutta la cerimonia del taglio». Natalie sorrise al ricordo.

«Papà andava matto per tutte le feste», ricordò Grace. «Adorava vedere la sala da pranzo addobbata per il Ringraziamento. La tovaglia color prugna con i tovaglioli dorati e i piatti con la cornucopia al centro. La tavola era sempre così bella».

«Mamma faceva sempre quei meravigliosi centrotavola», aggiunse Natalie.

«E prendeva quelle piccole zucche, ci metteva dentro una candela e ne distribuiva una a testa», disse Grace.

«La mamma è proprio qui e può sentirvi», disse Maggie, con dolcezza, sperando di alzare il velo di nostalgia che rischiava di trasformarsi in qualcosa di più triste e cupo. «E sì, vostro padre adorava le feste, e sì, prima che me lo chiediate, ho ancora la tovaglia color prugna, i tovaglioli e andrò a comprare le piccole zucche al mercato».

«Eccellente». Grace alzò i pollici in segno di approvazione.

«Non vedo l'ora. Grazie ancora per la cena».

Natalie si girò verso Daisy. «Daisy, cosa dici alla nonna?»

«Grazie per il libro». La nipote si sporse per un abbraccio e stampò un grosso bacio sulla guancia della nonna.

Il cuore di Maggie si sciolse. «È stato un piacere. Vieni a trovarmi ancora».

Daisy la guardò, sorrise e rispose: «Lo farò».

Natalie diede un bacio a sua madre e seguì Grace fuori dalla porta.

Maggie rimase sul primo scalino a guardare le sue ragazze scendere lungo il vialetto e intanto si mise a sistemare i crisantemi colorati che aveva comprato per portare un po' di autunno al suo portico. Osservandoli, notò che anche loro sembravano trascurati. Le zucche che aveva scavato per Halloween erano quasi del tutto marcite. Maggie si fece un appunto mentale di imbustarle e metterle nel bidone dell'immondizia prima che passassero a vuotarlo.

Incrociò le braccia al petto e guardò Grace avvicinarsi alla sorella, mentre Daisy era già agganciata al suo seggiolino. Le sue figlie parlarono per qualche secondo, mentre si abbracciavano.

Natalie salì in macchina e Grace camminò fino alla fine del vialetto per prendere la sua. Un ultimo saluto e Maggie tornò in casa. Sistemò i giocattoli di Daisy nel cesto che teneva nel soggiorno e abbassò il fuoco del camino al minimo mentre finiva di sistemare gli ultimi segni della loro visita: una foto fuori posto, una rivista su un tavolino. Si sedette su una poltrona vicino al fuoco, dove aveva lasciato il libro che avrebbe dovuto leggere per il club di lettura e accese la lampada più vicina. Lesse una dozzina di pagine prima di ammettere che né la storia né i personaggi la appassionavano. Chiuse il libro e per un attimo si perse a osservare il fuoco, poi prese il telefono e chiamò Emma.

«Come dobbiamo vestirci per il concerto di Chris?», le chiese, quando l'amica rispose. «Credo che le mie figlie siano preoccupate che io possa vestirmi come una diciannovenne. O peggio, come una cinquantottenne. Come dovrebbero vestirsi tre ex ragazze a un concerto rock?»

«Ci mettiamo le magliette con la faccia di mio figlio che Chris ci ha mandato e i nostri jeans preferiti», le rispose l'amica.

Discussero i dettagli dell'itinerario che Chris aveva organizzato per loro, il viaggio, le cose da mettere in valigia; poi si diedero la buonanotte. Maggie chiuse le porte di casa, inserì l'allarme, poi salì lentamente i gradini che portavano al secondo piano, col cuore pesante. Per tutta la sera aveva cercato di non pensare al fatto che il giorno seguente sarebbe stato l'anniversario del peggior giorno della sua vita. In suo onore, si sarebbe concessa un bel pianto sotto la doccia, un'abitudine che aveva sviluppato mentre Art era ancora vivo. Quando apriva l'acqua forte abbastanza da coprire i suoi singhiozzi e se Art notava gli occhi gonfi e rossi, dava la colpa all'acqua troppo calda. Nel corso degli anni, si era talmente abituata a piangere da sola che aveva smesso di aspettare qualcuno che la consolasse e che condividesse il suo dolore. Quel qualcuno era l'unica persona che sapeva quale fosse la causa del suo cuore spezzato ma, quando era davvero importato, non aveva capito quanto lei stesse soffrendo. Così, aveva imparato a fare tutto da sola e cercava sempre di non pensare che quel giorno era ricordato solo da lei e da nessun altro.

La tranquilla cena del Ringraziamento dei Flynn si rivelò tutt'altro che tranquilla. Nonostante il fatto che Maggie era stata costretta ad accettare che il suo tacchino non sarebbe mai stato tanto dorato né succoso come quello di Art, né il suo pasticcio di patate tanto buono e nemmeno la salsa ai mirtilli rossi altrettanto dolce (benché avesse seguito la ricetta alla lettera), la giornata era stata un successo. Grace era andata all'aeroporto a prendere Liddy ed Emma ed erano arrivate a casa nel momento in cui il fiorista le stava consegnando un meraviglioso centrotavola dalle sfumature autunnali. Quando Maggie aveva letto il biglietto – *Vorrei essere lì con voi. Ci vediamo presto. Con affetto, Chris.* – Emma aveva sospirato e aveva detto: «Ah, il mio bambino».

«Pensa a quanto avrebbe potuto valere se l'avesse firmato lui», fece notare Grace. «Avresti potuto metterlo all'asta».

«E se avessi tenuto da parte tutti i suoi calzini sporchi invece di lavarli, a quest'ora avresti una piccola fortuna», disse Maggie.

«Sì, beh, se solo l'avessimo saputo prima», rise Emma. «Avrei dovuto imparare a leggere le foglie di tè come mia madre».

«Io propongo di brindare a Chris per aver mandato questi bellissimi fiori». Senza aspettare la risposta delle altre, Grace si avvicinò a un cassetto e ne tirò fuori un cavatappi. «Nat, prendi dei bicchieri».

Nat distribuì i bicchieri e Grace li riempì di vino.

«A Chris», disse Grace. «Con gratitudine per il suo essere così premuroso».

«E che possa unirsi a noi il prossimo anno», aggiunse Emma mentre alzava il suo bicchiere.

«Grazie, Chris. Sei proprio un bravo ragazzo», disse Liddy, scatenando delle risate e delle pacche sulle spalle di Emma. «Sappiamo che è tutto merito tuo, Em».

«Grazie». Emma bevve un sorso.

«A Cesare quel che è di Cesare», aggiunse Maggie.

«Allora, come sfruttiamo il tempo che ci separa dalla cena?», chiese Grace.

«Giochiamo a carte?», propose Natalie. «O a Monopoly?»

«Monopoly!»

Tutte erano d'accordo.

Maggie trovò la scatola, la portò in cucina e preparò il tavolo che dava sul cortile. Mentre i soldi finti venivano distribuiti, finirono la bottiglia di vino che avevano aperto per celebrare Chris e ne aprirono una seconda in una delle numerose tappe per controllare la cottura del tacchino e poi una terza. Fermarono il gioco il tempo sufficiente per godersi la cena sulla bellissima tavola addobbata di Maggie, con le porcellane, le posate d'argento e il tacchino sul vassoio bianco. Dopo aver fatto onore a ciascuna delle due torte – con la zucca e con le noci pecan – sgomberarono il grande tavolo e caricarono la lavastoviglie prima di fare tre partite di Candyland così che anche la piccola Daisy potesse partecipare ai festeggiamenti. Ma una volta che la piccola fu messa a letto, terminarono la partita spietata a Monopoly.

Poco prima delle undici, dopo aver conquistato le tre proprietà arancioni e le quattro stazioni, Grace fu dichiarata vincitrice e magnate immobiliare.

«Wow. È stata una vittoria impressionante», ammise Natalie.

«Congratulazioni, ma non mi ricordavo fossi così agguerrita a Monopoly».

«Hai giocato come se la tua vita dipendesse da questo gioco», disse Maggie mentre guardava Grace contare i soldi della vincita.

«Io e Zach ci giocavamo un sacco», raccontò Grace sorridendo. «Lui ci si immergeva completamente. Ci sono anche dei siti online dove puoi imparare le strategie e come massimizzare le tue vincite».

«Ah, davvero?» Natalie si appoggiò allo schienale della panca su cui era seduta. «Racconta un po'».

«Sì, sono molto dettagliate. Ho dovuto farlo smettere di guardare perché se no le avrebbe usate per barare».

«E tu adesso hai barato?», la guardò Natalie di sottecchi.

«Forse», le rispose la sorella, sorridendo.

Natalie gettò la sua pedina sulla plancia del gioco. «Imbrogliona!»

Risero tutte, poi dopo ancora un paio di chiacchiere, Liddy, alzandosi e stiracchiandosi, disse: «Okay, io la finirei qui per stasera. Domani sarà una lunga giornata. È stata una serata divertente, ragazze – imbrogli a parte. E Maggie, grazie per la cena deliziosa».

«Non negli standard di Art, ma siamo sopravvissute al mio ennesimo tentativo di ricreare la cena del Ringraziamento perfetta di mio marito». Maggie si era alzata insieme a Liddy.

«Mamma, smettila. Era tutto buono», la rassicurò Natalie.

«Tesoro, la cena del Ringraziamento dovrebbe essere più che *buona*. Ma va bene. Quando si tratta di cucinare per le feste, devo ancora imparare parecchie cose».

«Gli standard di papà sono inavvicinabili», le ricordò Grace. «Detto questo, non buttarti giù. Hai fatto un ottimo lavoro».

«Grazie, Gracie».

«Dai retta alle tue figlie». Emma augurò a tutte la buonanotte.

«Per me questo è stato il miglior Ringraziamento da... anni, direi. Chris è sempre in giro da qualche parte, così mi ritrovo sempre a essere ospite di chiunque mi voglia».

«E io sono reduce da anni di banchetti con i membri del mio club del libro», aggiunse Liddy.

«Allora consideratevi entrambe ospiti permanenti a casa mia», decretò Maggie. Non era il tipo di festa tipico dei Flynn, ma era stato divertente. Più divertente degli ultimi due. *Il cambiamento è positivo,* ricordò a se stessa. Forse la sua vita ne aveva bisogno.

«Perfetto. Speravo che lo dicessi». Liddy abbracciò l'amica prima di dirigersi verso le scale. «Sono proprio stufa del pasticcio di fagiolini di Maureen Harper e della torta di zucca molliccia di Deb Burke». Si girò verso Emma. «Io vado a letto. Tu che fai?»

Emma annuì. «La macchina passa a prenderci presto domani mattina».

«Voi due andate a riposare. Io chiudo le porte e mi infilo a letto».

«Mamma, finiamo noi di sistemare qui in cucina», disse Natalie, mentre Liddy ed Emma salivano le scale. «Domani sarà un grande giorno».

«Infatti, su. Smamma». Grace la spinse con entrambe le mani verso le scale. «Non capita tutti i giorni di avere un autista e di volare su un jet privato per andare a vedere un concerto. Vai a riposarti. Ci pensiamo noi qui».

«Grazie, ragazze. È stata una giornata lunga e sono stanca. Ci vediamo domani mattina, se sarete già sveglie». Maggie diede un bacio a entrambe e si incamminò verso la sua camera da letto.

Il venerdì mattina presto, una lunga auto nera parcheggiò davanti a casa e ne uscì un robusto autista. Maggie aprì la porta prima che arrivasse al portico. L'uomo si toccò il cappello in segno di saluto e indicò le valigie impilate all'ingresso. «Questi sono i bagagli?»

Maggie annuì.

Senza dire altro, le recuperò e si avviò verso la macchina.

«Usciamo tra un minuto», gli gridò Maggie.

Emma uscì dalla cucina, la tazza da viaggio piena di caffè in una mano e una brioche nell'altra. Liddy, in ritardo come sempre, volò giù dalle scale, andò a recuperare il caffè che Maggie le aveva preparato e seguì le altre fuori, fermandosi solo per aspettare Maggie che chiudeva la porta dietro di loro. Nemmeno cinque minuti dopo l'arrivo dell'autista, erano già dirette all'aeroporto; tre frivole, entusiaste donne adulte che ridevano come bambine.

Maggie non aveva mai volato con un aereo privato e la sua curiosità era alle stelle.

«Ora non sarò più capace di viaggiare sugli aerei normali», disse alla hostess, che si presentò come Ginger, che le stava porgendo un bicchiere di champagne. «Anche la prima classe mi sembrerà dozzinale».

Emma girò il sedile per essere faccia a faccia con le amiche e alzò il bicchiere: «A noi. Ai viaggi. All'amicizia».

«A noi», ripeté Liddy.

«All'amicizia. E ai figli che mandano aerei privati a prendere le madri e le loro amiche per andare a vedere un concerto». Maggie appoggiò il bordo del bicchiere a quelli delle altre e bevve un sorso.

Emma tirò fuori il telefono. «Ho la playlist del concerto. Adesso le ascoltiamo e impariamo almeno i ritornelli».

«Mi stai prendendo in giro». Liddy la guardò da sopra al bicchiere. «Em, l'unica persona che canta peggio di me sei tu. Vuoi davvero torturare tutte le persone vicino a noi stasera?»

«Non riusciranno a sentire nient'altro che la band, credimi. Allora, la prima si chiama *If You See Me*». Emma alzò il volume e ripeté le parole del ritornello: *if you see me, keep on walkin', don't come knockin' on my door.*

«Vedete com'è facile? Non dobbiamo per forza imparare tutta la canzone, solo quel che basta per fare in modo che Chris lo noti e sia contento», spiegò Emma.

«Em, tesoro. Chris sarà circondato da diciottomila ragazze urlanti più o meno vestite», le fece notare Liddy. «Non penso gli interessi che sua madre e le sue amiche sappiano le sue canzoni».

«Vedrete, ne sarà felice». Emma continuò a guardare il telefono. «Ok, su questa ci siamo, giusto? Ora la prossima. Si chiama *Livin' My Best Life...*»

Ginger servì insalata di cavolo seguita da soufflé di zucca e per qualche minuto si fermò anche la musica. Ma, una volta che i loro vassoi furono vuoti, Emma continuò con il corso accelerato sui successi dei DEAN.

Due ore dopo, l'aereo atterrò e furono scortate fuori insieme alle loro valigie.

«Chi verrà a prenderci?» Maggie seguì Ginger sulla pista.

Emma alzò le spalle. «Chris ha detto che avrebbe mandato qualcuno».

«Non sai chi?», chiese Liddy.

«No». Emma continuò a camminare.

«Come lo troviamo?» Liddy la raggiunse.

«Credo che lei abbia trovato noi». Maggie prese il braccio di Emma e le indicò la sua sinistra, dove una giovane donna teneva tra le mani un cartello che diceva BENVENUTA MAMMA DEAN & AMICHE.

«Sì. Siamo noi». Emma andò dritta verso di lei e Liddy e Maggie la seguirono. «Siamo qui». Le fece un cenno con la mano.

L'autista sorridente – che si presentò come Penelope – le scortò alla macchina e le portò all'indirizzo dove avrebbero alloggiato. Chris aveva detto alla madre di aver trovato un bel posticino vicino al luogo del concerto, piccolo, ma lussuoso. Quando arrivarono al boutique hotel, scoprirono che aveva riservato tutte le stanze al piano più alto così che non fossero disturbate.

«Oh, adesso si sta mettendo in mostra». Maggie prese in giro Emma mentre venivano accompagnate alla loro suite. Nella sala comune, su un tavolino rotondo c'erano ad aspettarle un grande vaso di dalie, un vassoio di frutta, formaggio e una bottiglia di vino.

«Tutto questo è fantastico. Ricordami di ringraziare tuo figlio per essere stato così buono con mamma Dean e le sue amiche».

«Lo ringrazierai tu stessa più tardi. Voleva venire qui a cenare con noi, ma aveva qualche intervista da fare. Lo vedremo sicuramente dopo lo show». Emma si sistemò su una delle poltrone vicino al camino. «Sono impaziente. Non lo vedo dal mio compleanno».

«È stato due mesi fa». Liddy prese la bottiglia di vino. «Volete?»

«Per me no, ma sentiti libera», aggiunse Emma, malinconica. «Due mesi sono tanto tempo».

«Anche io passo, per adesso». Maggie si mise comoda sul divano. «Io non riesco neanche a stare due settimane senza vedere le mie ragazze».

«Credo che per le femmine sia diverso. Voi andate a fare shopping insieme, andate a cena». Emma si tolse le scarpe. «L'ultima volta che ho fatto colazione con Chris, lui stava rientrando da una notte fuori».

«Hanno solo stili di vita diversi, Em». Maggie consultò la brochure che aveva preso nella hall dell'albergo. «Stavo guardando le cose che si possono fare a Charlotte. C'è un tour a piedi chiamato Liberty Tour. Diciannove siti storici della Rivoluzione Americana. Ci sono anche dei tour in carrozza. Oh, c'è anche la NASCAR Hall of Fame».

«Io farei il tour a piedi», disse Liddy.

«Sì, anch'io». Maggie posò la brochure.

«E con me siamo tre», esclamò Emma, che però sembrava immersa nei suoi pensieri. Qualche istante dopo disse: «Credo che dovremmo fare qualcosa di speciale per commemorare questo viaggio. Qualcosa di diverso. Qualcosa che ci ricorderemo... per sempre».

«Tipo cosa?» Liddy si unì a Maggie sul divano, faccia a faccia con Emma. «Potremmo farci una foto a ogni tappa del tour».

«È un'idea. Però, pensavo a qualcosa di più permanente». Gli occhi di Emma iniziarono a brillare.

Maggie rise. «A cosa stai pensando esattamente? Tuo figlio dovrà venire a pagarci la cauzione?»

«Non credo che ci arresteranno per un tatuaggio». Emma guardò prima Maggie, poi Liddy.

«Vuoi farti un tatuaggio?» Le sopracciglia di Maggie si alzarono per lo shock. «Em, non è da te».

«Pensavo che tutte e tre potremmo farci un tatuaggio. Lo stesso tatuaggio».

«Tatuaggi abbinati?» disse Liddy, seccamente.

«Sì. Perché no?»

«Perché siamo...», iniziò Liddy, poi si fermò. «Non lo so perché no... Maggie?»

Maggie fece spallucce. «Non ho mai pensato di farne uno, ma potresti convincermi facilmente. Dipende, ovviamente, da cosa hai in mente».

«Pensavo a qualcosa di piccolo e carino, ma che ha un significato per noi tre. Qualcosa che simbolizzi i nostri anni di amicizia», disse Emma, dolcemente.

«Per esempio?», chiese Liddy.

Emma scosse la testa. «Non lo so. Speravo che una di voi due avesse un'idea».

Rimasero sedute in silenzio per un po', ognuna vagliando qualche possibilità. Fu Maggie a rompere il ghiaccio: «Beh, magari qualcosa che ha tre parti, come un trifoglio. O un triangolo. O un nodo celtico».

«O tre stelle. Tre cuori. Tre piccoli kayak», aggiunse Liddy.

«Lid, sono anni che non andiamo a fare kayak», le ricordò Emma.

«Vero. Però lo facevamo. E potremmo farlo ancora». Liddy sembrò ripensarci. «Ok, cancella i kayak».

«Potrebbe essere qualcosa che condividiamo, come per esempio la stessa rosa o la stessa farfalla». Emma stava ancora valutando le ipotesi. «Una piuma. Una libellula».

«Sole, luna e stelle». Liddy buttò lì altre possibilità. «Il sole con tre piccoli pianeti, come noi tre».

«È più difficile di quanto pensassi. Magari dobbiamo trovare un tatuatore e vedere cosa ci propone. Sai, magari nel libro dei disegni», suggerì Emma.

«Pensi davvero che saremo capaci di decidere mentre siamo là?» Maggie cercò il suo telefono. «Ci sono diversi tatuatori a Charlotte. Sto leggendo le recensioni proprio adesso». Lesse mentalmente e poi a voce alta. «*Ha rovinato un disegno piccolo. Evitare a tutti i costi.* Okay, Anthony su Main Street bocciato. Eccone un'altra. *Ho dovuto prendere antibiotici per un mese dopo aver fatto un tatuaggio da S.* Ah, grazie ma no. Niente Mr. S.». Maggie ne cercò altre. «Oh, forse ci siamo. Nicole's Tattoos. Ha quasi tutte recensioni da quattro o cinque stelle». Alzò gli occhi dal telefono. «Io sceglierei Nicole».

Liddy ed Emma approvarono.

«Provo a chiamare e chiedere informazioni. Per esempio se dobbiamo prendere appuntamento». Maggie compose il numero e aspettò. Fu la stessa Nicole a rispondere e le fece tutte le domande che le venivano in mente. Quando riagganciò, non sembrava felice.

«Nicole non può prenderci tutte e tre insieme. E, a meno che non abbiamo già un disegno, dobbiamo sceglierne uno dei suoi».

«Se non lo facciamo insieme, perdiamo una parte del divertimento», disse Emma, mentre il suo telefono iniziava a suonare. «Oh, è Chris». Fece un largo sorriso. «Ciao. Sì. Siamo qui e non vediamo l'ora di vederti».

Mentre Emma parlava con suo figlio, Maggie prese qualche acino d'uva dal cestino. Si versò un bicchiere di vino e tornò nella stanza in tempo per sentire Emma dire: «Oh, sarebbe fantastico. Richiamami appena sai qualcosa. E grazie, tesoro».

Emma si girò verso le altre con soddisfazione. «Chris pensa che l'idea del tatuaggio sia fantastica. Chiamerà lui Nicole e vede se riesce a fissarci un appuntamento per domani promettendole un paio di biglietti per il concerto o qualcosa di simile».

«Grande idea. Credo proprio che funzionerà». Maggie riprese il suo posto sul divano.

«Non farà in tempo a cenare con noi prima del concerto, ma ci manda una macchina. Mi ha dato anche istruzioni su dove andare una volta arrivate». Emma rise. «E ha incaricato qualcuno di comprarci dei tappi per le orecchie. Io gli ho assicurato che non ne avremo bisogno – come se non fossimo mai state a un concerto – ma il pensiero è stato molto dolce».

Maggie annuì. «È il pensiero che conta».

«Molto dolce da parte sua», concordò Liddy. «Ma direi di sì, sono stata a dozzine di concerti ai miei tempi. Ho visto anche i The Who qualche anno fa e loro sì che facevano *rumore*».

Il telefono di Emma suonò di nuovo e lei guardò lo schermo. «È Chris... ciao. Ok. Oh, fantastico. Grazie!» Fece vedere il pollice in su alle amiche. «È stato molto carino da parte tua. Lo farò. Ci vediamo dopo».

Alzò il telefono con un gesto trionfante. «Abbiamo appuntamento domani a mezzogiorno».

«Ha dovuto promettere a Nicole il suo primogenito?», chiese Maggie.

«Gli ha estorto quattro biglietti e i pass per il backstage per il concerto di domani, ma ha detto che non è stato un problema. E non vede l'ora di vederci stasera». Emma si alzò e si avvicinò al tavolo per prendere i menù. «Allora, io opterei per una cena veloce. Qualcosa di leggero, direi. Verranno a prenderci tra novanta minuti e mi serve un po' di tempo per entrare nel look *mamma della rockstar*».

«E come sarebbe questo look??», chiese Liddy.

«Ci trucchiamo e mettiamo dei bei gioielli».

Liddy guardò Maggie e le disse con disinvoltura: «Sta per farlo. Sta per mettersi le perle per andare a un concerto rock».

Studiarono attentamente il menù prima che Emma chiamasse per ordinare. Una volta messo giù il telefono, si girò verso le amiche e disse: «Adesso dobbiamo decidere dove vogliamo farlo».

Maggie guardò il tavolo, poi di nuovo Emma. «Io direi sul tavolo».

Emma rise. «Non la cena. Intendevo i tatuaggi. Secondo me dovremmo fare la stessa cosa nello stesso punto. Magari uno che non si affloscì».

«Tesoro, prima o poi tutto si affloscerà», fece notare Liddy.

«Allora dobbiamo scegliere un punto discreto per questo piccolo tatuaggio dove l'afflosciarsi non si vedrà troppo», disse Maggie.

«Perché fare un tatuaggio se nessuno potrà vederlo?», chiese Liddy.

«Non lo facciamo per nessun altro», le rispose Emma. «Lo facciamo per noi stesse».

«Ottima osservazione». Maggie ci pensò per un momento. «Cosa ne dite di farlo in mezzo alle spalle? Sappiamo che ci sarà sempre – in qualsiasi *modo* diventi».

Emma si alzò per aprire la porta. «A me piacerebbe vederlo. Se ce l'avessi sulla schiena, riuscirei a vederlo solo allo specchio e che divertimento ci sarebbe?»

Il servizio in camera portò dei carrelli carichi di piatti nascosti sotto a cloche luccicanti, mentre le tre donne preparavano il tavolo. In poco tempo, divorarono le loro omelette e la macedonia e, dopo aver finito, Emma distribuì le magliette che Chris aveva mandato per loro.

Erano nere, di cotone e a manica corta. La faccia di Chris era stampata sul davanti al centro, con i membri della sua band dietro di lui. La scritta DEAN era in azzurro chiaro, in corsivo, sotto all'immagine. Maggie e Liddy erano tanto in visibilio che passò qualche minuto prima che andassero a cambiarsi.

«Adoro che Chris abbia fatto fare queste magliette apposta per noi, Em». Maggie si guardò allo specchio e si sistemò i capelli. «Mi fa sentire come se avessi di nuovo ventun anni e stessi per andare a vedere Bruce Springsteen con la mia consorella ad Hartford. Sua zia lavorava per la pubblicitaria e ci aveva trovato dei posti fantastici».

Un ricordo agrodolce colpì Maggie senza preavviso e quasi si piegò su se stessa per il dolore. Si avvicinò alla finestra e abbassò la testa, facendo finta di cercare la limousine mentre lo soffocava. Brett se n'era andato la settimana prima per andare a giocare in Ohio e lei aveva crisi di pianto un giorno sì e uno no, anche mentre faceva la valigia per tornare a Pittsburgh per il suo ultimo anno. Lui era tornato prima per fare qualche allenamento extra, perché si diceva che ci sarebbero stati dei reclutatori e voleva essere sicuro di essere pronto.

«Lo faccio per noi», le aveva detto prima di salire in macchina e partire. «Per il nostro futuro. Se firmassi un contratto con una squadra professionista, avremmo il futuro in tasca». Le aveva dato un bacio lungo e intenso, poi era partito per Columbus, la radio ad alto volume, le dita che picchiavano a ritmo contro il volante. Lei era rimasta alla fine del vialetto finché la macchina non era sparita, girando sulla strada che da Cottage portava a Front Street.

«Dove si teneva?», le chiese Emma.

Maggie ritornò di colpo al presente. «Scusa. Dove si teneva cosa?»

«Il concerto».

«East Rutherford, New Jersey. La Brendan Byrne Arena. Era agosto e faceva un caldo infernale. Tipo quaranta gradi all'ombra. E si era pure scaricata l'aria condizionata sulla mia vecchia macchina! Il concerto, però, è stato fantastico. Uno dei migliori. Dopo, abbiamo guidato tutta la notte per tornare a Pittsburgh. Siamo arrivate giusto in tempo per la colazione».

Qualcuno bussò alla porta, salvandola dal condividere altri ricordi.

«Dev'essere l'autista». Gli occhi di Emma brillarono dall'emozione mentre prendeva la borsa e la metteva a tracolla. «Pronte, ragazze?»

«Facciamolo». Maggie si avvicinò alla porta e la aprì. Ad aspettarle c'era la stessa giovane donna che era andata a prenderle in aeroporto.

«Fai strada, Penelope». Emma si fermò un istante a chiudere la porta. «Sono così emozionata, non ce la faccio più a resistere».

«Sei già stata a un concerto di Chris», le ricordò Liddy.

«Sì, ma non con le mie due migliori amiche». Emma prese loro le mani mentre entravano nell'ascensore. «E non vedo l'ora di vedere il mio bambino».

«Il suo bambino». Liddy attirò l'attenzione di Maggie con una gomitata. «Il suo bambino che tra meno di novanta minuti avrà un migliaio di donne adoranti che gli lanciano preservativi con il loro nome scritto sopra».

Penelope rise senza commentare e schiacciò il pulsante che le avrebbe portate giù fino all'atrio.

La Charlotte Spectrum Arena di Charlotte straripava di gente dal parcheggio fino all'atrio principale. Maggie, Liddy ed Emma furono trascinate verso un'entrata sul retro sorvegliata da addetti alla sicurezza e condotte all'interno tramite un corridoio.

«Ci sono bodyguard dappertutto», sussurrò Liddy.

«Così nessuno può entrare a molestare gli artisti. Chris mi ha detto che dobbiamo esibire i pass quattro volte prima di incontrarlo». Emma fece vedere il suo pass alla guardia alta, muscolosa e barbuta che sorvegliava i camerini.

Lui si girò e aprì la porta dietro di sé ed Emma scomparve tra le braccia di suo figlio. Chris la strinse per un attimo, poi si voltò verso Liddy e Maggie e fece loro segno di seguirla. Mentre la porta si chiudeva di nuovo, Chris sollevò sua madre da terra e la fece roteare.

«Mettimi giù», Emma protestò, in un modo che a Maggie non sembrò molto convincente.

«Sei bellissima, mamma». Le stampò un bel bacio sulla guancia, poi si girò verso le sue ospiti. «Mrs. Flynn! Sono così contento di vederla». Diede un bacio anche a Maggie, poi fece lo stesso con Liddy. «Mrs. Bryant anche lei è in gran forma».

Chris guardò Maggie come un bambino a cui era stato regalato un fucile ad aria compressa per Natale. Era raggiante, un braccio stretto a sua madre. Con l'altro si allungò per stringere anche lei.

«Mrs. Flynn, mi è dispiaciuto molto per suo marito. Sarei voluto venire al funerale, ma...»

Maggie lo interruppe. «Tua madre mi ha spiegato che eri fuori Paese, Chris. Non pensavamo di vederti. Ma i tuoi fiori erano splendidi. Assolutamente perfetti. Le dalie erano i fiori preferiti di Art. E grazie per il centrotavola di ieri. Era bellissimo».

«È stato un piacere. Ma avrei comunque preferito esserci». Prima che Maggie potesse rassicurarlo di nuovo, continuò: «Come sta Natalie? Non la vedo da... diavolo, anni».

«Nat sta bene. Insegna inglese e scrittura creativa in una scuola professionale. Non è cambiata molto», disse Maggie. «La solita vecchia Nat».

«E Grace?»

Maggie fece una pausa, chiedendosi se dovesse dire la verità, poi si ricordò che la maggior parte delle volte le persone chiedono come vanno le cose solo per gentilezza, dando per scontato che la risposta sia tutto bene.

Maggie scelse la semplicità. «Gracie sta bene, grazie. Le farò sapere che hai chiesto di lei».

«La mamma mi ha detto che ha avuto una bambina. Natalie, intendo».

«È così. Daisy ha tre anni ed è la bambina più bella e intelligente del pianeta», gli disse Maggie.

«Sicuramente avrà delle foto», la esortò lui.

«Certo che ne ho!». Maggie rise. «Che razza di nonna sarei se non avessi delle foto?»

Lui allungò una mano. «Su, le tiri fuori».

«Non serve che...» Maggie iniziò a protestare, pensando che fosse carino da parte sua chiedere, il che era sufficiente.

«Sì, invece. Voglio vedere che aspetto ha la bimba di Nat». Ancora quel sorriso. Maggie ricordava che quel sorriso lo aveva tirato fuori da diversi guai da ragazzo. Prese il telefono dalla borsa, sfogliò le foto finché non ne trovò una di Daisy e lo passò a Chris. «Se insisti...»

Fece scorrere le foto parecchie volte, il suo sorriso che si allargava a ogni passaggio. «Assomiglia a Nat».

«Sì, è vero. Ehi, non devi per forza guardarle tutte», gli disse Maggie.

Ne guardò ancora un paio, si soffermò su una o due, poi restituì il telefono a Maggie.

«Nat sembra stare bene. Me la saluti tanto». La strinse in un altro abbraccio. «E le dia questo da parte mia. Forse un giorno ci ritroveremo di nuovo a Wyndham Beach».

«Ne sarebbe felice. Anche Grace». Poi, ricordandosi che quello che aveva davanti non era solo Chris, il loro amico d'infanzia, ma anche *quel* Chris Dean, aggiunse: «Speravano di poter assistere a un tuo concerto una volta di queste». Si indicò la maglietta. «E stavano tramando alle mie spalle per rubarmi questa. Grazie per le magliette, comunque».

«È stato un piacere, dica a Nat che mi piacerebbe vederla quando vuole. Abita ancora a Philadelphia?»

«Fuori città, ma sì, tutte e due abitano ancora là».

«Il tour dovrebbe fare una tappa lì in primavera. Mi farò sentire. E quelle magliette sono un'edizione molto limitata: le ho fatte apposta per voi tre. Ma ne farò stampare qualcuna in più».

«Sarebbe una sorpresa fantastica».

«Mrs. Bryant, speravo di poter avere un momento per parlarle...» Abilmente, si allontanò con lei di qualche passo, il braccio attorno alle sue spalle come per proteggerla.

Maggie non riusciva a sentire cosa si stessero dicendo, ma sapeva che si trattava di Jessie. Stava sicuramente cercando di confortarla, nonostante Maggie sapesse che aveva cancellato un concerto per poter essere a casa per il funerale.

«Hai cresciuto un ragazzo ammirevole, Em», disse Maggie a voce bassa.

«Lui è così», le sussurrò Emma.

Un momento dopo, qualcuno urlò: «Chris! È ora, amico!»

Chris alzò un braccio dietro alle spalle di Liddy per far vedere che aveva sentito, ma finì comunque di dire quello che doveva prima di darle un altro abbraccio. Liddy tornò verso Emma e Maggie, gli occhi lucidi, ma sorridente.

«Che ragazzo», disse, semplicemente.

«E adesso questo ragazzo va a lavorare». Chris toccò Emma su una spalla. «Mamma, vi ho trovato dei tappi».

«Tappi? Ti prego», gli rispose sua madre, indignata. «Vado a sentire concerti da prima che tu nascessi».

«Forse, ma era comunque prima che inventassero amplificatori e chitarre elettriche, giusto?», la prese in giro, annuendo a qualcuno alle spalle di Maggie.

Lei si girò, trovandosi davanti due uomini massicci con le braccia tatuate fino ai polsi con indosso delle magliette nere con una scritta bianca che diceva DEAN SICUREZZA in maiuscolo.

«Signore», Chris stava dicendo, «questo è Turk e questo è Brando. Sono le vostre guide per stasera».

Guardò oltre la testa di Maggie e disse: «Queste sono mia madre e le sue due amiche. Proteggetele a costo della vita, ragazzi».

Si girò verso Emma. «Divertitevi, ci vediamo dopo».

Liddy guardò un bodyguard, poi l'altro e tornò indietro. «Tu sei Brando eh?», chiese.

«Sì, signora», annuì lui solennemente.

«Beh, effettivamente c'è una leggera somiglianza». Liddy si sfregò le mani con trepidazione. «Ok, andiamo ragazzi. Abbiamo uno show che ci aspetta».

Chris aveva riservato per loro dei posti comodi, ma le tre amiche avevano declinato l'offerta perché volevano *vivere l'intera esperienza.* Così, invece dei posti comodi, si trovavano al centro della prima fila, *a distanza di sputo,* come aveva fatto notare Liddy, dal palco. Quando la band prese posto sul palcoscenico, l'intera arena impazzì in urla e strilli e Maggie iniziò a rimpiangere i tappi. Il livello del rumore era più alto di qualsiasi cosa avesse mai sentito. Quando si mise le mani sulle orecchie, Turk – o Brando, non era sicura quale dei due – le offrì una piccola scatoletta.

«Tappi», le disse, indicandosi le orecchie per farle capire. «Non bloccheranno tutto, ma lo renderanno sopportabile».

«Che?» Si avvicinò per chiedere di ripetere, ma rinunciò. Prese la scatoletta, la aprì e fece scivolare i due piccoli tappi color pelle dentro le orecchie. L'effetto fu immediato. Il livello di rumore si abbassò notevolmente, ma riusciva comunque a sentire. Richiamò l'attenzione delle sue amiche perché facessero lo stesso. Emma e Liddy annuirono, presero da Turk (o Brando) la preziosa scatolina e tutte e tre stavano sorridendo quando la band iniziò a suonare.

Come promesso, Chris seguì la lista di canzoni che aveva mandato a Emma. Si accorsero ben presto che nessuno intorno badava a loro, nemmeno quando iniziarono ad agitare le braccia e a cantare e ballare. Quando le luci si abbassarono e e il buio si accese delle torce dei cellulari, Maggie guardò le amiche e fece lo stesso con il suo. Ridendo, Liddy ed Emma la imitarono. Quando iniziarono a volare gli oggetti, Maggie tirò fuori dalla borsa un pacchetto di mentine e le lanciò direttamente a Chris, che le prese con una mano, le guardò e rise, prima di mettersele in tasca.

A metà dello spettacolo, fece segno alla folla di calmarsi. Quando iniziò a parlare, l'arena si fece più silenziosa di quanto era stata fino a quel momento.

«Se siete mai stati a un nostro concerto, sapete che mi piace fermarmi a prendere fiato e condividere con voi qualche piccolo aneddoto personale. Stasera, c'è qui con me la mia ragazza preferita. La donna che è stata al mio fianco – sempre – e che mi ha supportato anche quando era difficile per lei».

Diamine se lo era stato, pensò Maggie, ricordando quanto Emma e suo marito avevano litigato quando Chris aveva rifiutato una carriera in banca, quanto Harry detestasse la passione di Chris per la musica. Che suo figlio avesse un talento naturale per suonare qualunque strumento gli capitasse tra le mani era qualcosa che lo faceva andare su tutte le furie. Tutte quelle discussioni lasciavano sempre Emma sfinita.

Chris camminò fino al limite del palco, il microfono in mano e guardò giù verso la prima fila con gli occhi colmi d'amore. «Ragazzi, salutate mia madre, la bellissima Emma Dean».

L'applauso partì immediatamente, seguito dalla cantilena *Em-ma, Em-ma,* che fece piangere Emma così forte da costringerla a coprirsi il viso. Chris scese dal palco con agilità e corse ad abbracciare la madre. Dopo qualche parola sussurrata solo a lei, le passò una mano sulla schiena per un secondo prima di correre di nuovo sul palco, fare un segno alla band e ripartire con la seconda parte del concerto.

Dopo lo show, Maggie, Emma e Liddy furono scortate verso l'affollato camerino, dove si riunivano i ragazzi della band, i tecnici, diversi uomini in giacca e cravatta e qualche donna. Uno dei membri della band, Todd, le aveva accolte dicendo che Chris era andato a farsi una doccia e che gli aveva assegnato il compito di sorvegliare la stanza – niente parolacce e nudismo – finché non fosse tornato.

«Carino da parte sua nominare un accompagnatore», mormorò Liddy. «Come se noi non fossimo volgari come marinai quando la situazione lo richiede e ti assicuro che ne abbiamo vista di gente nuda ai nostri tempi. Incluso Chris. Da bambino, ma è comunque valido».

«Si fidi, signora», le disse Todd. «Non le piacerebbe essere qui durante un tana liberi tutti. Comunque, il capo ha detto di comportarsi bene finché sua madre è qui».

E per la maggior parte del tempo, fu così. Qualcuno portò delle grandi borse e ne svuotò il contenuto sul pavimento. Maggie osservò con divertimento tutte le cose che ne uscirono, inclusi reggiseni di pizzo e, sì, preservativi con delle scritte. Stava per fare dei commenti quando Chris ricomparve, recuperò una birra per strada e si diresse verso sua madre.

«Allora? Cosa ne dici?», le chiese.

«È stato fantastico, tesoro. Davvero». A Emma sarebbe piaciuto anche se Chris avesse cantato come un gatto a cui si era incastrata la coda in una porta.

Lui le sorrise e tirò fuori la scatoletta di mentine dalla tasca. «Solo lei, Mrs. Flynn». Baciò Maggie sulla fronte. «Non posso credere che se lo sia ricordata».

«Stai scherzando? Adoravi quelle caramelle. Tu e Ted... non mi ricordo il cognome, ma suo padre faceva il barbiere in Front Street».

«Ted Affonseca». Chris aprì la scatola, ne fece cadere qualcuna sulla mano e se le lanciò in bocca. «Sono ancora le mie preferite e il padre di Ted fa ancora il barbiere. Devo passare a trovarlo il prima possibile». Si passò una mano tra i capelli biondi che arrivavano fino all'attaccatura del collo. Qualcuno gli toccò una spalla e gli si avvicinò per bisbigliargli qualcosa. Chris annuì e disse: «Digli che sarò da lui tra un minuto».

Si girò verso Emma. «Mi sono dimenticato che avevo accettato di rilasciare un'intervista dopo il concerto. Non voglio mandarvi via. Potete restare se volete, ma non ho idea di quanto tempo starò via».

«Non essere sciocco. Ce ne andiamo anche noi», gli disse Emma. «Sappiamo che hai anche altri doveri».

«Nessuno è più importante di te, ma sì, devo pensare a questa cosa e poi vorrei andare a mangiare un boccone. E, cavolo, è già mezzanotte passata». Diede una piccola gomitata a sua madre. «Hai sforato il coprifuoco, mamma».

«Ma ne è valsa la pena». Emma abbracciò il figlio. «Riusciamo a vederci prima di domenica mattina?»

«Devo consultarmi bene col mio manager, ma se non ho impegni puoi scommetterci». Le accompagnò alla porta. «Domani avete un grande evento, eh, signore? Primo tatuaggio?»

«Lo è. Per tutte noi». Emma lo prese per un braccio e glielo strinse.

«Mi raccomando, scegliete bene», disse, mentre la guardia apriva loro la porta e si spostava per lasciarle passare. «Qualcosa che dimostri quello che siete l'una per l'altra».

E questo, pensò Maggie mentre camminavano lungo il corridoio affollato per raggiungere la loro macchina, *è esattamente lo scopo del tatuaggio.* Non era ancora sicura di quale sarebbe stato, ma sarebbe sicuramente stato bellissimo.

CAPITOLO SETTE

GRACE

Le case di Linden Circle addobbate per Natale illuminavano di gioia ogni portico e vialetto, dall'inizio alla fine del quartiere, mentre la bella casa di Grace rimaneva nella triste e totale oscurità. C'era stato un periodo, non tanto tempo prima, in cui la vista del quartiere tutto agghindato a festa le avrebbe sollevato il morale, ma quest'anno aveva l'impressione che ogni bella casa illuminata si prendesse gioco di lei. Si fermò alla cassetta della posta, dove ad aspettarla sapeva ci sarebbero stati cataloghi di regali last-minute, bollette e qualche biglietto d'auguri. Poi si diresse verso la fine del vialetto. Con le chiavi e la posta in una mano e borsa e valigetta nell'altra, chiuse la portiera della macchina con una spallata, fece i quattro gradini che la separavano dall'ingresso, infilò la chiave nella serratura ed entrò nella sua casa silenziosa.

Da quando Zach se n'era andato, non era mai riuscita a entrare in quello che era stato il loro nido senza sentirsi pervadere da una sensazione di fallimento. Lo aveva sposato credendo che la loro fosse una storia con un lieto fine e aveva comprato quella casa con la sicurezza che sarebbe stato il loro piccolo paradiso. Dopo aver concluso la trattativa, il primo giorno, lui l'aveva portata in braccio oltre la soglia e avevano iniziato la loro vita insieme. Grace non aveva mai – nemmeno per un istante – sospettato che il suo matrimonio da favola sarebbe finito. Ancora non riusciva a capire cosa fosse successo, per quale ragione Zach avesse smesso di amarla e si fosse innamorato di un'altra. Viveva da un po' con il dubbio di aver fatto qualcosa di sbagliato. Non che avesse più importanza, ma avrebbe voluto sapere cosa potesse aver fatto di così spiacevole da renderla impossibile da amare.

Accese la luce, gettò la borsa e la posta sul bancone, la valigetta per terra e il cappotto su una sedia. Il pensiero delle feste che si avvicinavano la rendeva esausta. Andò in soggiorno e accese l'albero di Natale, rimanendo a fissare le lucine per qualche secondo. Non era sua intenzione fare l'albero – non lo voleva proprio – ma sua madre e sua sorella avevano insistito, perché pensavano potesse rallegrarla. Non era stata capace di spiegare che le faceva l'effetto contrario. Ogni volta che lo guardava, con tutti gli ornamenti e l'angelo in cima, i ricordi che le evocava le facevano venire voglia di piangere. Il loro primo Natale, lei e Zach erano andati in una fattoria per comprare l'albero mentre la neve cadeva lentamente. Li avevano ispezionati attentamente uno per uno finché non avevano trovato quello giusto. Avevano lottato per caricarlo in macchina, ridendo a crepapelle tutte le volte che finiva a terra. Zach si era occupato delle luci, mentre Grace aveva scelto gli addobbi, qualcuno nuovo, qualcuno vecchio. C'erano angioletti che lei aveva fatto all'asilo e l'impronta della piccola mano di lui impressa in un cuore di gesso appesa con un nastro rosso. Anche l'anno prima – dopo che lui l'aveva lasciata – aveva appeso il cuore sull'albero, sperando fino all'ultimo che lui cambiasse idea. Avendolo visto seguire Amber come un cagnolino – per non dire altro – per dodici mesi, Grace aveva messo da parte ogni speranza.

Una settimana prima Zach aveva anche avuto il coraggio di chiederle il cuore di gesso per l'albero di Natale che avrebbe fatto con Amber. Grace gli aveva promesso che l'avrebbe cercato e così aveva fatto. Una volta trovato, l'aveva ridotto in polvere con un batticarne.

«Scusa», gli aveva detto il lunedì successivo, quando le aveva chiesto ancora del prezioso addobbo, «penso di averlo perso da qualche parte». Il fatto che lui sapesse che lei stava mentendo senza poterci fare proprio niente, le provocò uno strano piacere.

Si sedette sul divano. Non riusciva a non essere abbattuta per come era diventata la sua vita. Anche sedersi nella sua stanza preferita la rendeva triste. Aveva amato quella casa dal primo momento in cui l'aveva vista e aveva selezionato con cura ogni oggetto d'arredo. Ora tutte le cose che avevano scelto insieme erano state messe da parte, proprio come lei. Zach non aveva preso altro che i suoi vestiti e qualche oggetto personale, lasciando indietro qualsiasi cosa avesse a che fare col loro matrimonio, come se volesse cancellarlo dalla sua vita. Eppure, tutti i giorni si presentava al lavoro nello studio che portava il nome di suo padre.

Si chiedeva spesso come suo padre avrebbe trattato un genero traditore che lavorava per lui. Ma non c'erano stati tradimenti mentre Art era vivo, era abbastanza sicura che fosse così. Zach era stato molto felice di sposare la figlia del suo capo – finché il suo capo non era morto. Gli era stato facile amarla quando pensava che lei – e di conseguenza anche lui – avrebbe ereditato lo studio. La morte di suo padre aveva cambiato tutto.

Il suo stomaco brontolò, ricordandole che aveva saltato il pranzo e che era quasi ora di cena. Si alzò per andare in cucina alla ricerca degli avanzi del giorno prima, continuando a lamentarsi con se stessa della piega che avevano preso gli eventi. Non capiva perché lei e Zach non potessero avere lo stesso tipo di amore che avevano condiviso i suoi genitori. Loro erano anime gemelle. Erano perfetti insieme. Destinati. Erano fatti per stare l'uno con l'altra. Si chiese se sua madre avesse mai provato la stessa sensazione di amarezza mentre suo marito le veniva portato via. Se si fosse mai chiesta il perché. Perché non avevano potuto invecchiare insieme.

C'erano dei momenti in cui Grace provava rabbia per la morte di suo padre, non solo per lo sconvolgimento nella vita di sua madre, ma anche per quello che era successo alla sua. La sua morte era stata la goccia che aveva portato al divorzio o lui era stata l'unica cosa a tenerli insieme? Non era sicura di nessuna delle due cose. Suo padre era stato così fiero di accompagnarla all'altare il giorno del matrimonio, mentre lei fluttuava nel suo abito di tulle di Vera Wang. Era stato così contento che Zach diventasse suo marito. E poi *poof*! Suo padre non c'era più, Zach non c'era più e a lei non era rimasto altro che la sua casa e il suo lavoro. Andava in ufficio tutti i giorni, chiudeva la porta, faceva quello che doveva a testa bassa e poi tornava a casa. La routine la stava uccidendo.

L'unica cosa che la teneva sana di mente era *TheLast2No*.

Mangiò gli avanzi del thailandese che aveva ordinato due sere prima, mentre accendeva il computer ed entrava direttamente nel suo blog. Guardando la sezione dei commenti, trovò una discussione in corso.

JK-Taurus: Sono sempre stata una brava persona. Non ho mai fatto male a una mosca. Ma tutto quello a cui riesco a pensare adesso è – beh, fare del male.

BlackWido55: In che senso?

JK-Taurus: Nel senso, fargli del male.

JanieJoPa: Intendi, fisicamente?

JK-Taurus: Sì. E anche molto.

LizzieCake_25: Posso capirti. Io penso spesso a prendere a mazzate le ginocchia del mio ex.

Grace dovette intromettersi e ricordare alle commentatrici che sul blog non erano permessi commenti che incitassero alla violenza.

Annie Boleyn: Ehi, LizzieCake_25! Ricordati le regole del blog! Niente violenza!

LizzieCake_25: Non ho detto che lo farei. Dico solo che ci ho pensato. Ed è così. Pensavo che l'obiettivo del blog fosse quello di lasciarci sfogare senza essere giudicate.

Annie Boleyn: Nessuno ti sta giudicando LizzieCake_25.

LizzieCake_25: A me sembra che tu lo stia facendo.

Annie Boleyn: Ti stavo solo ricordando le regole.

JK-Taurus: Passare il resto dei miei giorni dietro le sbarre? Non vedere mai più i miei bambini? Così che quel demente del loro padre abbia la custodia esclusiva e possa crescerli con la sua nuova moglie?

BlackWido55: Solo se ti fai prendere.

JK-Taurus: Con la fortuna che ho, mi beccherebbero subito. Non l'ho mai passata liscia in vita mia.

BlackWido55: Ci sono dei modi, se sei furba abbastanza. Scrivimi in privato se vuoi saperli.

OurMissArden: Ragazze! Non posso credere a quello che leggo! Non potete parlare sul serio!

BlackWido55: Le ha rovinato la vita e la sta facendo franca. Quel pezzo di merda le ha dato tre figli e adesso se n'è andato con un'altra. Perché non dovrebbe essere punito?

Grace sgranò gli occhi. BlackWido55 stava davvero incoraggiando JK-Taurus a fare del male fisico a suo marito? Era ora di intromettersi di nuovo. Indossò i panni di Annie e iniziò a scrivere.

Annie Boleyn: Ragazze, ho iniziato questo blog come un luogo sicuro in cui potessimo offrire supporto l'una all'altra. Fidatevi, nessuno ne ha avuto più bisogno di me. Ma se continuate così, sarò costretta a chiuderlo.

Grace vide BlackWido55 e JK-Taurus uscire dalla conversazione.

OurMissArden: Sono l'unica che si è preoccupata per un momento?

LizzieCake_25: Lo sai che a BlackWido55 piace fare la voce grossa. È sempre sulle spine.

Grace monitorò la conversazione un po' più a lungo, ribadendo un'ultima volta prima di chiudere che istigare alla violenza era assolutamente vietato. Il blog era stato la sua àncora di salvezza, ma ultimamente qualcuna delle sue follower aveva iniziato ad avere un tono più aggressivo, suggerendo cose che andavano oltre quello che era il suo scopo iniziale. Doveva tenere d'occhio BlackWido55. Se avesse continuato, Grace avrebbe dovuto escluderla per sempre.

Si versò un altro bicchiere di vino e pensò a come passare il resto della serata. Avrebbe potuto guardare un film, iniziare a incartare i regali di Natale e metterli sotto l'albero o scrivere i biglietti di auguri come tutti gli anni. Si ricordò di averne visto qualcuno tra la posta, così andò ad aprirli per vedere quali nomi avrebbe dovuto aggiungere alla sua lista. Uno era da parte di una sua vecchia amica del college, che aveva lasciato lo studio prima che lei e Zach si separassero ("I miei più cari auguri a entrambi! Con amore, June") e l'altro era da parte di Emma Dean, sulla busta campeggiava la scritta FOTO. NON PIEGARE. Aprì il biglietto e il bancone si riempì di foto.

Erano tutte del viaggio di sua madre a Charlotte: loro tre in prima fila al concerto, una foto di Chris sul palco – alla quale sorrise perché Chris era così carino e così rockstar –, le tre donne sedute su una carrozza trainata da cavalli, una al museo NASCAR, un'altra dentro al negozio dove si erano fatte fare un tatuaggio (ancora si chiedeva che cosa avesse spinto sua madre a farsi convincere, ma almeno era piccolo e in un posto discreto. Grace avrebbe scommesso che l'idea era stata di Liddy, ma sua madre l'aveva smentita dicendo che era stata di Emma). L'ultima era di sua madre e Chris. Lui aveva un braccio attorno a lei e in una mano teneva un pacchetto di mentine. Guardò di nuovo la foto prima di lasciarla sul bancone insieme alle altre, pensando che sua madre aveva una vita più divertente e piena della sua. Era contenta, però, per lei, sapeva che era stato difficile da quando Art era morto.

Grace pensò, e non era la prima volta, che le donne della famiglia Flynn non avevano gran fortuna in fatto di uomini. Il marito di Maggie era morto una settimana prima di compiere sessant'anni. Il marito di Grace l'aveva lasciata per la sgualdrina che lavorava in ufficio. Natalie… beh, Nat non aveva mai avuto un marito, ma il *paparino* – termine che Grace non avrebbe mai usato in presenza di sua madre – l'aveva lasciata. Non aveva capito quanto la cosa avesse sconvolto sua sorella, ma se avesse avuto più fortuna, avrebbe trovato un uomo che sarebbe rimasto al suo fianco, che avrebbe voluto avere un bambino con la donna che amava. Non un tossicodipendente.

La fortuna era proprio cieca.

Risciacquò il bicchiere, spense le luci della cucina e tornò in salotto. Voleva dare un'altra occhiata al blog prima di andare a dormire. Aprì la pagina, diede una sbirciata agli ingressi giornalieri e rimase sbigottita nel vedere che non solo BlackWido55 era riapparsa, ma che si era unita alla conversazione dopo che lei si era disconnessa e le cose stavano prendendo una brutta piega.

LilacLadyNJ: Non lo so... io...

BlackWido55: Ascolta, devi prendere la situazione in mano e dare a quella stronza una lezione che non dimenticherà.

Annie Boleyn: Credo che sia abbastanza per stasera, ragazze. Ho deciso che chiuderò il blog per un po'.

LilacLadyNJ: Oh, ma Annie, questo è l'unico posto in cui mi sento sicura di poter dire tutto quello che penso su quello che mi è successo.

Annie Boleyn: Lo capisco, davvero. Ma i toni stasera sono diventati troppo forti e hanno fatto scattare una serie di allarmi che non mi piacciono per niente. Bisogna calmare un po' le acque.

BlackWido55: Sta parlando di me. E per calmare le acque, intende azzittire me.

Annie Boleyn: Non voglio azzittirti, ma voglio che moderi il tono. Questo dovrebbe essere un gruppo di supporto, dovremmo aiutarci a vicenda ad andare avanti.

BlackWido55: Oh, davvero? E tu sei riuscita ad andare avanti, Annie? Scommetto che se avessi la possibilità, rovineresti quella fighetta che ti ha rubato il marito.

Annie Boleyn: Sì, la vorrei fuori dalla mia vita e, anche meglio, dalla sua, ma non letteralmente. Non farei mai niente che possa farle del male.

BlackWido55: Certo che lo faresti. Se la facessi franca, ci sarebbero sicuramente un sacco di cose che le faresti. E anche a lui. Vuoi sapere cosa ho intenzione di fare al mio ex?

Annie Boleyn: No. E per stasera è tutto, signore. Sarò qui alle 8 di venerdì sera per l'happy hour, se qualcuna di voi è libera e vuole un po' di compagnia.

Con le mani che tremavano, bloccò i commenti per la notte e chiuse il blog. BlackWido55 era sempre stata una testa calda che portava le cose al limite. La sua storia era un classico: era felicemente sposata con l'amore della sua vita finché lui non era scappato con l'istruttrice di yoga. Ci scherzava su dicendo che non solo aveva perso suo marito, ma anche la miglior istruttrice di yoga che avesse mai avuto. Si era sfogata pesantemente, ma tutte lo facevano, soprattutto all'inizio. Era il motivo per cui entravano in *TheLast2No,* per lamentarsi, piagnucolare e lanciare maledizioni sugli ex – da qui la nuova rubrica del blog, *Maledici il tuo ex,* dove poter dar sfogo a tutto quello che passava per la testa. Ogni tanto qualcuna calcava la mano con le fantasie, ma sempre di quello si trattava. Fantasie. Solo il cielo sapeva quante ne aveva avute Grace, che non aveva mai condiviso, e non aveva mai giudicato quelle delle altre. Per la maggior parte delle ragazze del blog, metterle per iscritto una volta era sufficiente per non riparlarne più. Ma BlackWido55 non era capace di lasciar perdere e i suoi interventi diventavano sempre più aggressivi.

In un modo o nell'altro, Grace aveva intenzione di tenerla a freno. Sperava che si sarebbe calmata prima di venerdì.

Grace era un avvocato, dannazione. Non poteva permettere che il suo blog diventasse un ritrovo di persone che istigavano alla violenza.

Qualcuno avrebbe potuto farsi del male. In quel caso, non era esagerato immaginare che il blog sarebbe finito in un'indagine. E nessuno più di Grace aveva tutto da perdere se fossero risaliti a lei.

CAPITOLO OTTO

NATALIE

«Ehi, Natalie! Aspetta!»

Natalie si girò, sentendosi chiamare. Stava per aprire la porta dell'aula dove teneva il corso di recupero. Glenn Patton, il professore che insegnava scrittura creativa al secondo anno, coprì lo spazio che li separava con quattro veloci falcate delle sue lunghe gambe.

«Volevo solo aggiornarti sulla situazione di Ava Beech». Aveva il fiato corto. Natalie si chiese da quanto tempo la stesse cercando.

«C'è qualche problema?», chiese mentre apriva la porta e si sporgeva per accendere le luci nell'aula. «Per quanto ne so, se la cava molto bene nella tua materia, così come in tutte le altre».

«Infatti, è così. Molto bene. Non è questo il problema». Si passò una mano tra i capelli scuri come il carbone. «Le ho chiesto se avesse intenzione di iscriversi al corso anche l'anno prossimo, perché nella lista che mi hanno dato non c'era il suo nome. Mi ha detto che non le è possibile. È a corto di fondi. E sta già facendo due lavori». Seguì Natalie all'interno della stanza. «Odierei vederla lasciare la scuola. È una studentessa modello e ha un talento incredibile. Lei...»

Natalie alzò una mano per interrompere l'onda di adrenalina del collega. «Non c'è bisogno che mi elenchi tutti i pregi di Ava. Lei è esattamente il tipo di studente che il mio programma ha lo scopo di aiutare. Ha davvero un talento incredibile e avrebbe solo bisogno di un piccolo aiuto per fare quello che dovrebbe. Mi piace la ragazza e sono assolutamente d'accordo con te. Non dovrebbe neanche pensare di lasciare gli studi. Una come lei...» Natalie scosse la testa.

«Mi chiedevo, visto che tu lavori principalmente con quelli del primo anno, se fossi a conoscenza di qualche borsa di studio, qualche programma scuola-lavoro, qualcosa a cui io possa raccomandarla».

«Non così su due piedi, ma ci penserò su».

Diversi studenti si fecero strada nell'aula, chiacchierando e sbattendo gli zaini sul pavimento. Era l'ultimo giorno del semestre ed erano ansiosi di iniziare la pausa natalizia.

«Comunque, domani sera c'è un gruppo jazz che suona all'Hungry Bees. Mi chiedevo se fossi interessata». Fece una pausa, imbarazzato, ma a Natalie sembrò adorabile. «A venire con me, intendo. Dopo la festa di Natale di Yvonne».

«Mi piacerebbe. Devo solo trovare qualcuno che mi tenga Daisy». Gli fece un sorriso. La loro collega del dipartimento di storia, Yvonne Connor, organizzava tutti gli anni una festa di Natale per l'intera facoltà. Natalie aveva sempre partecipato, ma stava pensando di non farlo quest'anno. «Posso dirti qualcosa più tardi? Fammi vedere se riesco a organizzarmi».

«Certo. Scrivimi. O chiamami. Come preferisci». Entrarono altri studenti, così lui si congedò. «Ti lascio...»

Lei sorrise ancora e appoggiò la borsa sulla scrivania. Glenn era carino, in assoluto lo scapolo più ambito dell'intera facoltà. Era alto, belloccio, ma anche gradevole, intelligente e prendeva a cuore i suoi studenti – tutto quello che avrebbe potuto cercare in un uomo, se solo ne stesse cercando uno – e lei sapeva che era da un po' che voleva chiederle di uscire. Le piaceva la sua personalità alla mano e il fatto che non ritenesse la sua bellezza una giustificazione per comportarsi da stronzo. Era sempre stato rispettoso con le donne della facoltà, compresa l'odiosa Belinda West, che non aveva mai avuto una buona parola per nessuno da quando Natalie l'aveva conosciuta. Però, nonostante Glenn fosse carino e interessante, non aveva ancora sentito la scintilla e avrebbe odiato fargli credere il contrario. Era uscita solo con due persone da quando Jonathan se n'era andato, ma, nonostante fossero entrambi carini, non aveva voluto rivederli. In verità, non aveva molta voglia di uscire con qualcuno, ma si era sforzata per dimostrare a se stessa di non essere il tipico cliché di quella che va con i piedi di piombo perché si è scottata una volta. Sapeva perfettamente che al mondo c'erano dei buoni partiti – ottimi, anche –, ma al momento non ne stava cercando uno.

Alla fine della sua ultima lezione, controllò la casella e-mail prima di andare verso il parcheggio, lottando contro il vento che aveva iniziato a soffiare forte. C'era aria di neve, che Daisy stava aspettando con impazienza.

Entrò in macchina e azionò il riscaldamento dei sedili e del volante. Era un bel cambiamento dalla vecchia Jeep di suo padre su cui aveva imparato a guidare che aveva sempre il riscaldamento guasto. Un gran passo avanti per una che soffre il freddo. Mentre aspettava che la macchina si riscaldasse, pensò ad Ava. Era davvero una studentessa modello. Natalie non sopportava l'idea che dovesse lasciare gli studi, ma un terzo lavoro non le avrebbe comunque consentito di studiare. Partì mentre il volante iniziava a scaldarsi. C'era un pensiero che continuava a girarle in testa dal momento in cui Glenn le aveva chiesto aiuto. Prese il telefono e chiamò sua madre.

Maggie rispose allegra: «Ciao Nat. Ti stavo proprio pensando».

«Ed eccomi qui. Che succede?»

«No, tu hai chiamato me. Racconta prima tu». In sottofondo poteva sentire della musica classica. Si immaginò sua madre seduta in veranda, una tazza di caffè in mano e il libro che stava leggendo appoggiato a faccia in giù sulle gambe.

«Ti ricordi quando papà parlava di finanziare borse di studio nei college locali?»

«Certo. Eri presente quando ne discutevamo. Sai quanto sperasse di portare avanti la cosa. Lui stesso ha potuto studiare solo grazie alle borse di studio». Maggie fece una pausa. «Dove vuoi arrivare?»

«È riuscito a concretizzare il progetto?» Natalie fissava il parabrezza, mentre piccoli fiocchi di neve iniziavano a scendere portati dal vento.

Sua madre esitò a rispondere. Dopo qualche secondo, le disse: «Non ne sono sicura».

Natalie scoppiò a ridere. «Come fai a dire di non esserne sicura? Sai dove è finito ogni centesimo del patrimonio di papà».

«So quali erano le intenzioni di tuo padre. Però non so... Lasciami parlare con Alvin, poi ti richiamo». Alvin si era occupato delle finanze della loro famiglia negli ultimi venticinque anni. «O hai bisogno di una risposta subito?»

«Domani va bene».

Maggie sospirò. «Adesso mi puoi dire cosa sta succedendo? Perché questo interesse improvviso?»

«C'è una studentessa qui – una studentessa eccellente, una ragazza d'oro con un sacco di potenziale. Una di quelle che hanno una vita difficile, ma che si sta spezzando la schiena per farcela. Mi hanno appena detto che deve lasciare gli studi perché non riesce a far fronte alle spese. Mamma, fa già due lavori. Pensavo che, se papà avesse continuato con quel progetto…» Era il turno di Natalie di sospirare. «So che ne abbiamo parlato tante volte, ma non riuscivo a ricordarmi se l'avesse fatto davvero».

«Allora stiamo parlando di un solo studente? Per il resto dell'anno?» Natalie poteva sentire il cervello di sua madre che si metteva in moto. «Ma cosa succederà l'anno prossimo? Vorrà iniziare il college dopo essersi diplomata al centro...»

«La speranza è quella».

«Lasciami guardare un paio di cose. Ti aggiorno domani».

«Ok, grazie mamma. E… beh, *grazie*».

«È davvero un piacere. È esattamente il tipo di cose che tuo padre voleva fare – il tipo di ragazzi che voleva aiutare». Maggie riagganciò e Natalie era certa di aver sentito la voce di sua madre spezzarsi.

Una volta recuperata Daisy all'asilo, si ricordò di non aver chiesto alla madre se fosse disponibile a fare da babysitter l'indomani. Non aveva ancora deciso se andare o no a quell'appuntamento, ma non ebbe bisogno di prendere una decisione.

La tempesta che imperversò quella sera lo fece per lei. La mattina dopo trenta centimetri di neve la aspettavano fuori dalla finestra del suo appartamento e le previsioni ne davano altra in arrivo durante la giornata. Mandò un messaggio a Glenn declinando il suo invito – *Le strade sono inagibili. Grazie. Magari la prossima volta.* – e si preparò alla prima neve dell'anno. Mentre Daisy giocava alla veterinaria con i suoi animaletti di pezza, Natalie si rannicchiò in una poltrona con il computer sulle gambe. Con un tasto del telecomando, accese il caminetto a gas. Chiunque l'avesse inventato – accendere un fuoco con un bottone! – avrebbe dovuto essere nella Hall of Fame degli inventori, se fosse mai esistita. Al caldo e comoda, sua figlia che chiacchierava con i suoi amici, Natalie accese il computer. Dopo aver letto e risposto a qualche e-mail di lavoro, aprì il sito di genealogia.

Le storie che suo padre le aveva raccontato sulla sua prozia Lola Barnes comprendevano diverse possibilità. Dopo essere scappata di casa a quindici anni – questo era certo – la storia diventava confusa. A seconda del membro della famiglia che raccontava la storia, Lola: era andata a Chicago ed era diventata un'attrice di teatro; si era spostata a ovest e aveva aperto un bordello o era stata una delle prime donne a giocare a baseball come professionista. Forse erano tutte vere, forse nessuna. Natalie non si era ancora avvicinata alla verità, da quando aveva iniziato, ma la ricerca era affascinante.

La prima cosa che notò aprendo il sito fu un nuovo messaggio sul suo account. Cliccò sul simbolo della posta in arrivo, sperando di trovare delle novità sui parenti che stava cercando.

Diede un'occhiata veloce al testo, poi tornò indietro leggendo parola per parola almeno due volte. Qualcuno doveva aver ricevuto una finta corrispondenza. O quello, pensò, o stavano cercando di truffarla. Lesse il messaggio un'ultima volta prima di cancellarlo.

Ciao –

Da settimane sto cercando le parole giuste per scriverti – ma sembra che io non sia ingegnoso come pensavo, allora ho deciso di scriverti e basta. Il mio nome è Joe Miller e credo di essere il tuo fratellastro. In realtà, basandoci sui risultati del DNA, sono quasi sicuro di esserlo. A meno che qualcuno ti abbia detto più di quanto abbiano mai detto a me – a parte il fatto di essere stato adottato, cosa che ho sempre saputo –, questo potrebbe essere uno shock per te. Mi dispiace dover essere io a dirtelo, come figlio unico di genitori deceduti, ma trovare qualcuno che condivida la mia storia sarebbe fantastico. Ricevere una qualunque tua risposta significherebbe tantissimo per me. Ho sempre voluto una sorella.

Dev'essere una truffa, si disse Natalie. *Sicuramente. Come se io mi mettessi a rispondere a una persona qualsiasi che finge di essere mio parente! Un fratellastro soprattutto! Io non sono il tipo che si fa fregare dalla storia del parente perduto.*

Sbuffò. «Sì, perché io sono nata ieri».

Daisy alzò gli occhi dal libro che stava leggendo al suo pupazzo preferito, Ellie E. Fante. «Mamma, tu sei nata in estate. L'ha detto la nonna».

«È così. Grazie per avermelo ricordato». Natalie tornò a scansionare la lista dei risultati dei campioni di DNA, trovando dei cugini di nome Laney e Alex, diversi cugini di secondo grado e altri di terzo, quarto e quinto. Mettendo da parte il messaggio del suo "fratellastro Joe Miller", si mise a spulciare il sito, sperando di scoprire qualcosa sulla sfuggente Lola Barnes.

La neve smise di cadere, così Natalie si infagottò bene, fece lo stesso con Daisy e uscirono a costruire un pupazzo di neve. Ma fecero in tempo solo a formare le tre sfere che ne avrebbero composto il corpo, prima che la tempesta ricominciasse più forte di prima.

«Non ha la faccia, mamma», protestò Daisy, quando Natalie le disse che dovevano rientrare. «E ha bisogno dei bottoni. Vedi?» Indicò la palla di neve centrale che costituiva l'addome del pupazzo.

«Gli faremo una faccia più tardi, quando avrà smesso di nevicare e il vento si sarà calmato un pochino». Natalie guidò sua figlia verso la porta e una volta dentro si tolsero i vestiti bagnati. Preparò una cioccolata calda e decisero di berla davanti al camino. Cullata dal caldo, Natalie prese tra le braccia il piccolo corpicino di Daisy, che piano piano crollò nel sonno. Quasi contro il suo volere, il messaggio di Joe Miller le tornò in mente. Aveva stabilito in fretta che il messaggio fosse una truffa, ma non aveva considerato che anche lui doveva aver mandato un campione di DNA per avere accesso al sito. Ma un fratellastro? Non era possibile. Chiunque leggesse i risultati dei test, non aveva fatto un buon lavoro. Poteva essere un secondo cugino, ma non un fratello, per metà o in qualsiasi altro modo.

Allo stesso tempo, però, non riusciva a non fantasticarci. Era possibile, certo, ma non nel suo mondo. Si chiese quanti anni potesse avere Joe Miller. Se fosse stato più vecchio? Magari il frutto di una relazione di suo padre prima che incontrasse sua madre? No, non era possibile che Art Flynn avesse abbandonato un figlio, il che poteva voler dire che non ne sapeva niente.

Il pensiero che uno dei suoi genitori potesse aver avuto una relazione extraconiugale non le passò neanche per la mente.

Tutte le opzioni le sembravano assurde. Più tardi recuperò il messaggio che aveva cancellato e rispose al signor Miller suggerendogli di contattare i gestori del sito perché dovevano aver commesso uno sbaglio. Lei non poteva essere sua sorella, ma gli augurava di riuscire nella sua ricerca.

CAPITOLO NOVE

MAGGIE

Il primo lunedì di gennaio Maggie si vestì in modo adeguato per entrare in un ufficio legale nel centro di Philadelphia – un tailleur su misura, tacchi e una giacca di seta – e si diresse verso la stazione di Bryn Mawr per fare la sua visita mensile allo Studio Flynn. Prese posto, accavallò le gambe e aprì il giornale che aveva portato con sé. Si fermò dopo un momento, per tirarsi indietro la manica sinistra e guardare il tatuaggio che lei, Liddy ed Emma avevano deciso di farsi dopo quella che era stata una lunga riflessione.

Quel sabato, a Charlotte, erano entrate in quel piccolo negozietto esattamente a mezzogiorno. L'artista le stava aspettando, anche se a Maggie sembrava ancora scettica. Come poteva una di quelle ben vestite donne di mezza età essere la madre di quel figo di Chris Dean?

«Chi di voi è Emma?» La ragazza era seduta su una poltrona di pelle dietro a una scrivania così grande che faceva sembrare la sua figura minuta ancora più piccola.

Era una pubblicità vivente della sua arte: dei rampicanti le si intrecciavano lungo le braccia, avvolgendosi attorno al collo; rose sbocciavano insieme ad ali d'angelo. Dalla scollatura della maglietta si poteva vedere un altro paio di ali, più grosse, che abbracciavano un cuore coperto di fiori.

Emma, che stava fissando i rampicanti, alzò una mano. «Io sono Emma».

«Io sono Nicole. Tuo figlio ha chiamato e ha detto che arriverà in ritardo. Spero che non mi abbiate preso in giro. Perché mi arrabbierei molto se entrasse qualcuno tipo un tecnico dei DEAN, dicendo che Chris non può venire e io ho chiuso il negozio e cancellato gli altri appuntamenti per voi. Odierei essere stata raggirata».

«Se Chris ha detto che verrà, verrà». Il tono sicuro di Emma calmò la ragazza.

«Sapete già cosa volete fare?»

«Non proprio». Maggie fece scorrere lo sguardo da Emma a Liddy. «Speravamo tu potessi mostrarci qualcosa».

«Fortunatamente per voi, sì». Nicole aprì un cassetto e tirò fuori diversi faldoni che appoggiò sulla scrivania. «Proprio nessuna idea? Qualche soggetto? Qualcosa che vi possa piacere o non piacere. Datemi una mano».

«Qualcosa che si possa fare in tre», disse Liddy, sporgendosi verso uno dei faldoni.

«Intendete tre di qualcosa?» Senza aspettare la risposta, Nicole aprì uno dei cataloghi, sfogliò alcune pagine e poi lo girò verso le sue clienti. «Tre cuori. Un trifoglio. Tre stelle». Sfogliava le pagine prima che le donne riuscissero a vedere bene. «Tre scimmie – sapete, non vedo, non sento e non parlo».

«Non sono sicura sia appropriato», mormorò Emma proprio mentre Liddy diceva: «Questo potrebbe andare».

«Poi c'è la croce celtica. Il nodo celtico. La spirale celtica». Alzò lo sguardo verso di loro. «Rappresenta i tre stadi della vita di una donna: la giovane, la madre e la vecchia».

«Mi hai perso dicendo vecchia». Maggie fece una smorfia e le fece segno di andare avanti.

«Allora chiamatela la matriarca. È un bel tatuaggio, molto popolare. È il simbolo del potere delle donne». Nicole si raddrizzò sentendo la porta del negozio aprirsi. Spalancò gli occhi.

«Saresti dovuta partire subito con matriarca». Emma si abbassò sulla scrivania per vedere meglio.

«Vi prego, non ditemi che state ancora decidendo», disse Chris mentre si avvicinava a loro con una busta tra le mani.

«Oh ciao». Emma alzò a malapena gli occhi dal faldone. «Sì, stiamo ancora decidendo. Nicole – questa è Nicole, Chris, lei è quella che ci farà i tatuaggi».

Lui si spostò dal fianco di sua madre e le strinse la mano.

«Oh mio Dio, tu sei *davvero* Chris Dean». Nicole sembrava sul punto di svenire.

Lui annuì. «E queste sono davvero mia madre e le sue amiche. Speravo che tu potessi aiutarle».

«Ci sto provando». Nicole era come abbagliata.

«Devi rimetterle in riga?» La guardò sorridendo.

«Non ancora, ma ci siamo vicini». Lei gli sorrise a sua volta, un po' più a suo agio.

«Vediamo un po' cosa c'è qui». Chris guardò i faldoni, girando le pagine. «Mrs. Flynn, c'è qualcosa che la ispira?»

«Intendi abbastanza da volerlo sul mio corpo fino al giorno della mia morte?» Maggie scosse la testa. «Non ancora».

«Mrs Bryant?» Si girò verso Liddy.

«A me piaceva l'idea delle scimmie *non vedo, non sento e non parlo*, ma tua madre me l'ha bocciata», gli disse Liddy.

Gli indicò il tatuaggio e lui rise. «Ne avreste una ciascuna, giusto? Non tutte e tre sul... dov'è che lo volete fare?»

«All'interno della caviglia», gli rispose sua madre. «Che ne dite di tre maccheroni? Come in *fatti della stessa pasta*». Prese il catalogo per mostrarlo alle amiche.

«Sembra più un simbolo fallico», le fece notare Maggie.

Emma lo allontanò un po', per guardarlo meglio. «Forse. È passato un po', non sono sicura di ricordarmi bene come sia fatto».

Chris fece finta di tossire. «Mamma. Andiamo avanti».

Sfogliarono ancora qualche pagina prima che Maggie dicesse: «Aspetta. Vai all'ultima pagina. Penso di aver visto qualcosa...»

Emma arrivò alla pagina e gli altri si avvicinarono.

Chris indicò un disegno: «Questo».

«È proprio quello che avevo notato». Maggie lo studiò da vicino. Erano tre ghirigori, tre curve che rappresentavano le onde dell'oceano. «Mi piace. Tre onde, che affrontano il mare della vita insieme. Il mare è eterno – poi non mi ricordo come vada avanti la frase».

«È un'ottima scelta Mrs. Flynn. Siete cresciute in una città balneare e avete affrontato le tempeste della vita insieme». Chris guardò sua madre e le sue amiche.

«Sì, mi piace proprio. È piccolo abbastanza da essere discreto, è carino e ha un significato. Ma non lo voglio fare sulla caviglia». Maggie indicò il polso sinistro. «Lo voglio fare qui. Voglio poterlo vedere quando mi va, senza dover tirare su i gambali dei pantaloni, abbassarmi le calze o togliermi gli stivali. Tirare su una manica è più facile».

Liddy annuì. «Sono d'accordo». Prese in mano il catalogo. «È questo che volevamo celebrare con il nostro tatuaggio, no? Il fatto che nelle nostre vite abbiamo passato momenti di merda, ma siamo ancora qui insieme».

«Mrs. Bryant», le disse Chris, visibilmente divertito, «una cosa che ho sempre adorato di lei è la schiettezza».

«Mi piace. Onde dello stesso mare», concordò Emma. «Ottimo lavoro, Maggie. Hai salvato la povera Nicole da un pomeriggio molto complicato...»

Chris rise e con un gesto della mano interruppe il suo flusso di parole. «Vi prego. Io ci sono già passato. Questa ragazza ha un negozio da portare avanti. Allora avete deciso? Questo?»

Emma, Liddy e Maggie annuirono.

«Ottimo. Sono contento». Consegnò la busta a Nicole. «Come promesso, quattro biglietti in prima fila e i pass per il backstage. Non potrò mai ringraziarti abbastanza per aver trovato spazio per loro. Ti farò pubblicità stasera durante lo show, nel caso in cui qualcuno abbia bisogno di un tatuaggio».

«Magari potresti restare per vedere se faccio un buon lavoro». Nicole prese la busta con le mani che le tremavano. «Non vorrai essere ricordato come quello che ha fatto una bella recensione a un pessimo tatuaggio».

«Andrà benissimo». Si girò per dare un bacio prima a sua madre – «Ti voglio bene, mamma» – poi a Liddy e Maggie. «È stato bello vedervi, signore. Sono contento che siate riuscite a venire al concerto. Devo andare adesso: ho un appuntamento tra quindici minuti e non posso fare tardi. Nicole, grazie ancora. Ci vediamo stasera». Era quasi arrivato alla porta, quando si fermò e si girò. «Ehi, Mrs. Flynn, si ricordi di dire a Nat qualsiasi data, quando vuole. Mi piacerebbe vederla».

«Sono sicura che coglierà l'occasione al volo», gli rispose Maggie. Lui annuì ed uscì.

«Cavolo». Nicole scivolò sulla sedia e si fece aria con la busta.

«Beviti un bicchiere d'acqua e riprenditi», le disse Emma. «Non infilerai un ago nella mia pelle con quelle mani tremolanti».

«Scusate. Sto bene. Lui è solo... così...» Nicole aveva ancora gli occhi spalancati.

«Lo so». Emma le diede una pacca sul braccio. «È un bravo ragazzo».

Era proprio una frase da mamma, Maggie aveva riso in quel momento e ne stava ridendo adesso al ricordo, mentre scendeva dal treno alla fermata in centro città e attraversava tre isolati per raggiungere lo Studio Flynn.

Una volta arrivata, salutò la segretaria e diversi membri dello staff. Aveva scambiato due parole con Lois, mentre apriva la porta dell'ufficio di Art che lei aveva sorvegliato come un pitbull dal giorno in cui si era ammalato. Maggie si sedette al posto che una volta era stato di suo marito e che lei ora usava per occuparsi delle cose che Art le aveva inaspettatamente lasciato. Mentre stava per morire, le aveva detto che avrebbe cambiato la struttura dello studio così che, mentre Alvin Cummings si sarebbe occupato delle finanze e George Young sarebbe stato l'effettivo senior partner e avvocato di riferimento, lei, Maggie, avrebbe avuto l'ultima parola su ogni cosa.

«Fidati del loro lavoro», le aveva detto Art. «Non sarà necessario che tu venga interpellata per la maggior parte delle cose. I contabili ti daranno i report di fine anno, e se avrai delle domande potrai chiedere a loro o ad Alvin. George si occuperà del lavoro, assunzioni e licenziamenti, ma lo studio è nelle tue mani. Se mai deciderai di venderlo, fallo valutare e offrilo per primo a George con uno sconto del dieci per cento sul valore. Potrai anche decidere di scioglierlo – anche se è più facile a dirsi che a farsi. Ci sono dei passaggi precisi da seguire. Spero che tu lo tenga com'è, ma come abbiamo imparato in questi mesi, non sai mai cosa ti può succedere. Mi sarebbe piaciuto vedere Grace diventare il volto dello studio, ma non è ancora pronta. E se un giorno sentirai il bisogno di chiudere tutto, per una qualsiasi ragione, fallo e non ti preoccupare di avermi deluso. Non avere paura di andare avanti, Maggie. Saprai quando – e se – qualcosa dovrà essere fatto e sono sicuro che farai la cosa giusta».

Aveva fatto la cosa giusta facendo veramente il minimo indispensabile. Aveva guardato i report che Alvin e George le mandavano ogni quadrimestre, chiesto qualche informazione e aveva preso l'abitudine di andare ogni primo lunedì del mese più che altro per ricordare agli impiegati che c'era ancora un Flynn al comando.

La faceva impazzire il pensiero che Zach fosse ancora lì dopo quello che era successo. Era sempre riuscito a non essere in ufficio, durante le sue visite o comunque non si faceva vedere. Lei non aveva ancora idea del perché avesse lasciato Grace in quel modo, perché avesse smesso di amarla, come diceva, così presto dopo la morte di Art. Aveva contato sul fatto che Art lasciasse lo studio direttamente a Grace e, quindi, per vincolo matrimoniale, a lui? Era stato così deluso dalla decisione di Art di lasciare tutto a Maggie che se l'era presa con Grace? Non l'avrebbe mai saputo.

Maggie fece tutto quello che si era prefissata di fare quella mattina: incontrare Alvin e George per sottoscrivere a nome dell'ufficio delle borse di studio per ragazzi meritevoli del centro di formazione locale.

«Mi piacerebbe che i soldi che lo studio mi paga come amministratore delegato fossero usati per la retta e i libri per i due anni di corso, e se il ricevente mantiene una media eccellente, anche tutte le spese, compreso vitto e alloggio, per gli ultimi due anni in un college a sua scelta», aveva detto loro.

«È molto generoso da parte tua», le aveva detto Alvin. «So che Art aveva intenzione di fare qualcosa del genere, ma sei proprio sicura...?»

«Assolutamente. Art mi ha lasciato più di quanto mi serva per vivere dignitosamente», aveva continuato. «Credo che questo sia il minimo che io possa fare».

I due uomini l'avevano guardata e avevano annuito.

«Consideralo fatto», le aveva detto George.

Soddisfatta, Maggie era tornata nell'ufficio di Art, dove aveva annaffiato le piante. Era passata a salutare Grace, ma era in tribunale, allora, dopo un ultimo sguardo all'ufficio, aveva raccolto le sue cose e si era chiusa la porta alle spalle.

Dopo il pranzo con Lois al ristorante preferito di Art, Maggie si incamminò verso la stazione.

Non appena fu sul treno, chiamò Natalie.

«Missione compiuta», aveva esordito non appena aveva sentito la voce della figlia dall'altra parte.

«Mamma, è incredibilmente generoso. Non so neanche come spiegarti quanto tutto questo significhi per Ava». Natalie aveva pianto quando Maggie le aveva spiegato l'accordo.

«Beh, ricordati che assegneremo due borse di studio all'anno, quindi, se non hai nessun altro studente in mente, potresti volerne parlare con i tuoi colleghi».

«Oh, no. Potrei raccomandare almeno una dozzina di studenti», le aveva detto Natalie. «Ma ne ho uno in particolare in mente. Grazie davvero tanto, mamma».

«Pensa a un secondo ricevente e io mi occuperò di contattare il centro. Dobbiamo passare tramite loro per organizzare tutto, anche se sono sicura che non ci saranno problemi. Nessuno rifiuterebbe delle borse di studio offerte da un prestigioso studio legale. Li chiamerò domani in mattinata».

«Papà ne sarebbe molto felice».

«In qualche modo, penso che lo sappia e che ne sia felice davvero. E sarebbe fiero del fatto che sia stata tu a renderlo possibile. Grazie per avermelo ricordato, Nat. Una borsa di studio a suo nome era un suo sogno. Era una delle cose a cui teneva di più negli ultimi tempi». Maggie si schiarì la voce, il pensiero di suo marito che le guardava dall'alto le faceva stringere la gola.

Non aveva idea di cosa poteva esserci una volta lasciato questo piano – questa *dimensione*– ma lei sperava che, ovunque Art fosse, avrebbe saputo che lei stava facendo del suo meglio e che avrebbe approvato. «Adesso, ti ricordi che martedì vado a Wyndham Beach per l'inaugurazione della mostra di Jessie Bryant al centro d'arte di Emma?»

«E che mi hai chiesto di annaffiarti le piante in veranda venerdì? Certo che me lo ricordo. Daisy è già pronta con il piccolo annaffiatoio che le hai regalato per Natale».

«Che Dio benedica il suo cuoricino», sussurrò Maggie.

«Allora hai intenzione di stare là, quanto, una settimana con Liddy e Emma?»

«Più o meno sì, una settimana. In realtà, non ho ancora deciso. Voglio aspettare di vedere come sta Liddy dopo la mostra». Maggie rimase in silenzio per un secondo. «Avrà bisogno di qualcuno a cui appoggiarsi. Il fatto che Jessie abbia fatto quello che ha fatto la sta ancora divorando. Non che possa biasimarla. Non riesco neanche a immaginare il dolore che ha provato». Maggie tremò. Sapere che tuo figlio sceglie di lasciare questa vita è forse la cosa più dolorosa che possa affrontare un genitore. Non sapere il perché non lo rende neanche quantificabile.

Maggie decise di andare in macchina fino a Wyndham Beach, dato che le previsioni del tempo erano buone. Le ci sarebbero volute sette o otto ore a seconda del traffico, ma sentiva il bisogno di alleviare lo stress delle feste, che avevano portato momenti di gioia, ma anche di profonda tristezza.

Art le mancava sempre di più durante le vacanze di Natale. Lui adorava il periodo che andava dal giorno del Ringraziamento – quando tirava fuori tutti i suoi cd di Natale – all'anno nuovo. Decorava la casa con gran cura dentro e fuori, adorava cucinare per la sua famiglia, così come organizzare feste – una per amici e vicini, l'altra per colleghi di lavoro. Quando le ragazze erano piccole, faceva in modo che la vigilia di Natale arrivasse a casa Babbo Natale a portare i regali, e le bambine non avevano mai scoperto che si trattava di Alvin, l'amico dell'ufficio. Art cucinava un pasto speciale per la vigilia e insisteva che lei e le ragazze preparassero dei biscotti da distribuire ai vicini. Le festività, da quando se n'era andato, erano state piatte e senza colori e il bisogno di tenere vive le tradizioni rendeva Maggie esausta. Cucinava, infornava e decorava la casa per onorare la sua memoria, ma una volta finite le feste, quando tutto veniva impacchettato di nuovo, lei era più stanca di prima.

La morte di Art l'aveva lasciata libera e, all'inizio, non sapeva cosa avrebbe fatto con il resto della sua vita. Alternava periodi in cui non faceva nulla se non starsene in casa per giorni interi ad altri in cui si buttava a capofitto nelle attività. Aveva smesso di insegnare e fare volontariato, per poi tornare a presiedere gli enti che aveva abbandonato, prima di fare di fare di nuovo un passo indietro per qualche mese. Sapeva che non c'era un equilibrio nel suo modo di affrontare le cose, e ci erano voluti mesi prima che riuscisse a trovare un passo. Ma anche dopo essere riuscita a darsi una stabilità negli impegni, le capitava sempre più spesso di chiedersi: *è tutto qui?*

Era stata la moglie di Art per trent'anni e ora che non lo era più, non era sicura di quello che voleva fare. Il viaggio a Wyndham Beach era arrivato al momento giusto. Dopo tutta la stanchezza delle feste e le emozioni che ne erano scaturite, una settimana fuori casa era esattamente quello di cui aveva bisogno.

Guidò lungo l'autostrada del New Jersey e seguì la solita strada verso Wyndham Beach, attraverso gli stati di New York e del Connecticut, Rhode Island e Massachusetts. Sperava di usare le ore del viaggio per meditare sulla sua situazione, ma sapeva che non c'era un viaggio lungo a sufficienza per affrontare il vero problema. *Una settimana a casa* era come aveva pensato a quel weekend. Da qualche parte, nella sua mente, pensava ancora a Wyndham Beach come a casa. Nel suo cuore, lei sapeva che aveva bisogno dell'aria del mare così come di dormire e mangiare. Il fatto che stesse tornando perché Liddy aveva bisogno di lei, rendeva il viaggio ancora più significativo. Era passato un po' di tempo dall'ultima volta che si era sentita davvero utile a qualcuno a cui voleva bene.

C'era, però, l'elefante nella stanza. Brett. Vederlo aveva avuto un effetto molto forte su di lei. Negarlo sarebbe stata una grossa bugia e ne era consapevole. Sembrava che, dopo tutto quel tempo, tutte le cose che si era sforzata di dimenticare non lo erano mai state davvero. Le era bastato sentire le sue braccia attorno a lei, la sua voce nelle orecchie.

La verità era che non riusciva a non pensare a lui da dopo la rimpatriata e niente di quello che si era detta in tutti quegli anni – compreso il giorno peggiore della sua vita – era servito a non pensarci. Non sapeva quale dei due uomini incolpare per il casino in cui era: Art per essere morto o Brett per essere il ricordo vivente della vita che poteva avere – e del fatto che aveva ancora una vita.

«Lid, sei sicura di farcela?» Maggie aveva insistito per guidare fino al centro d'arte temendo che Liddy sarebbe stata emotivamente provata dalla situazione. Ma Liddy dava prova di una forza incredibile. Stava affrontando la prima mostra delle opere di sua figlia con gli occhi che sprizzavano più di orgoglio che di dolore.

«Stai scherzando? La mia bambina avrebbe adorato tutto questo. Lei non è qui, quindi io devo esserci per lei. E anche tu ed Emma ci sarete per lei». Liddy aveva gli occhi lucidi, ma riuscì a non piangere. «Era un'artista fantastica e sono fiera del fatto che il suo lavoro sia finalmente riconosciuto». Fece un sorriso ironico. «Anche se solo dalle persone della città».

«Emma è convinta che l'inaugurazione attirerà un interesse più vasto. Dice di aver già avuto diverse offerte, quindi vedremo. Non sarebbe bello se le opere di Jess venissero esposte in una grande galleria di Boston?»

«Sarei felice anche di una piccola galleria di Boston», disse Liddy. «È qualcosa che lei non ha mai avuto la possibilità di organizzare mentre era ancora viva. Anche se penso che le lettere che Chris ha mandato ai galleristi in cui parla della sua amica d'infanzia talentuosa abbiano fatto la differenza».

«È stato molto carino da parte sua», aggiunse Maggie.

«È un bravo ragazzo», affermò Liddy solennemente. Lei e Maggie si guardarono e scoppiarono a ridere. «Si arrabbierebbe a sentirmelo dire?»

«Ma va. Alzerebbe gli occhi al cielo e darebbe la colpa alla mamma che è in te. Sa che Emma lo dice sempre». Maggie svoltò nella strada di ghiaia e conchiglie che portava al centro d'arte. «Oh. Il parcheggio è pieno. Non vedo posti liberi. Sembra che almeno metà della città sia qui». Si girò verso Liddy, che abbassò il finestrino per vedere meglio. «Che ne dici se ti lascio qui, parcheggio su Bay Street e ti raggiungo?»

«Sei sicura? Posso venire con te». Liddy stava allungando il collo per vedere chi stava scendendo dalla BMW nera che aveva preso l'ultimo posto libero.

«Vai dentro», le ordinò con affetto, sapendo quanto fosse impaziente di entrare. «Ti raggiungo tra un minuto».

«Ok, se sei proprio sicura», disse mentre stava già scendendo dalla macchina.

Maggie era contenta di essere riuscita a convincerla a non mettere il tubino nero che aveva indossato alla rimpatriata, ma la gonna viola che, nel corso degli anni, era diventata un po' la sua firma. Nonostante gli sforzi per mettere da parte i vestiti da hippie e indossare qualcosa – parole sue – «di più adatto alla sua età», Liddy non sembrava se stessa senza dei fili di perle colorate al collo e i capelli che svolazzavano dietro di lei o legati in una lunga treccia. Nel profondo, Liddy sarebbe sempre stata una figlia dei fiori, anche se ormai un po' invecchiata e stava iniziando ad abbracciare il suo vero io.

«Hai sempre avuto uno stile tutto tuo», le aveva detto Maggie quella mattina. «Penso tu debba rimanere fedele a te stessa. Non che non sia bello agghindarsi un po' ogni tanto. Eri spettacolare alla rimpatriata con quel vestito nero, ma questo è un vernissage e nessuno sa come vestirsi per l'occasione meglio di te».

«Vero». Liddy aveva messo da parte il vestito nero senza neanche più guardarlo. «Allora meglio la gonna viola?»

La gonna viola, con un maglione di cashmere color avorio, un filo di perle colorate e un paio di stivali di pelle marrone alti fino al ginocchio: la quintessenza di Liddy. Maggie rimase seduta, guardando la sua amica sfidare il vento freddo che soffiava dalla baia, la gonna ondeggiante e la giacca stretta attorno a sé mentre entrava nell'edificio piatto.

«Vai e conquista, Lids», mormorò Maggie tra sé e sé, mentre girava attorno al parcheggio per tornare sulla strada. Trovò un posto non lontano dal centro, poi si incamminò sulla strada, le conchiglie che si spezzavano sotto i suoi piedi.

Una volta dentro, trovò Emma intenta in una discussione con un uomo alto, stempiato, che sembrava essere appena uscito da un solarium. Portava degli occhiali dalla montatura di metallo e una giacca sportiva da marinaio abbinata a dei pantaloni kaki e sembrava totalmente assorto nella conversazione, o in Emma – Maggie non era sicura quale delle due. Era comunque un buon segno, si disse, mentre si guardava intorno per trovare Liddy. La trovò in piedi accanto a un piccolo uomo pelato con un dolcevita nero, immersa in una conversazione su uno dei dipinti di Jessie, quello che Liddy aveva chiamato *Tempesta di neve.*

«L'uso del bianco è sorprendente», le stava dicendo l'uomo, indicando con il dito il quadro come se le stesse insegnando qualcosa. «Gli schizzi di bianco più chiaro su quello più scuro danno veramente l'illusione della tempesta. Posso vedere i fiocchi cadere e cadere, ruotare nell'aria spinti dal vento. Sì, li vedo». Stava annuendo con la testa. «È davvero... sorprendente».

Liddy si girò quando Maggie le sfiorò la schiena e incrociò gli occhi in una smorfia, prima di girarsi di nuovo verso il suo interlocutore.

«Vai avanti, Darren», gli disse Liddy, rimanendo impassibile. «È affascinante».

«Sì, certo». Lui annuì come a riconoscere la propria importanza e competenza. «Ora, nell'angolo della tela, ha aggiunto un sorprendente tocco...»

Maggie soffocò una risata. *Sorprendente* doveva essere la sua parola del giorno. Si aggirò per la mostra, fermandosi ad ascoltare le conversazioni qua e là. I dipinti di Jessie piacevano molto, giudicando da quello che Maggie riusciva a sentire.

Bene, pensò. *Bene per Jessie, ottimo per Liddy.* Maggie sapeva quanto la sua amica avesse bisogno di avere riconoscimenti per il lavoro di sua figlia.

Camminò fino a quando non si trovò davanti a un'altra tela bianco-su-bianco, riflettendo sul fatto che, nonostante non riuscisse a vederci quello che ci vedevano gli esperti d'arte, lei li trovava rilassanti, quando sentì qualcuno che le toccava la spalla.

«Maggie? Tu sei Maggie, vero?»

Maggie si girò e si trovò faccia a faccia con la moglie di Brett Crawford.

«Maggie, io sono Kayla. Kayla Crawford. Non siamo mai state presentate, ma io so chi sei».

«Oh, bene. Come stai?» Maggie finse il suo sorriso più gentile. «Ti sta piacendo la mostra? Jessie ha fatto davvero un lavoro sorprendente» – *appunto* – «non credi?»

«Brett e io ci siamo separati. Stiamo divorziando. Ho solo pensato che dovessi saperlo». La sua espressione era indecifrabile.

«Perché me lo stai dicendo, Kayla?» Maggie abbassò la voce e si allontanò dai dipinti, mentre cercava di non apparire sorpresa.

«Perché dovresti saperlo. Siete entrambi liberi adesso». I suoi occhi erano pieni di lacrime e Maggie non riuscì a non dispiacersi per lei.

«Kayla, non so cosa tu possa aver sentito, o cosa pensi, o cosa pensi di sapere...», iniziò a dire Maggie.

«So che lui non ha mai amato nessun'altra a parte te», la interruppe Kayla, in modo piatto, come se stesse solo accettando un fatto, senza accusare nessuno.

«Perché pensi questo? Lui ha sposato te».

«Solo perché non ha potuto avere te. Sei sempre stata tu, Maggie. Me l'ha detto lui. So che tuo marito è morto. Ora puoi avere il mio. È sempre stato tuo, comunque».

Prima che potesse ribattere qualcosa, Kayla si girò e lasciò l'edificio.

Cercando di riprendersi dopo quella conversazione inaspettata, Maggie si mosse in mezzo alla folla per raggiungere l'ufficio di Emma, per stare un paio di minuti da sola a elaborare quello che era appena successo. Aprì la porta ed entrò, trovandola seduta alla sua scrivania ancora impegnata nella conversazione con l'uomo con la giacca da marinaio.

«Oh Em, scusa. Non sapevo...»

«Maggie, entra pure. Ti presento Owen Harrison». Emma sorrise. «Owen, questa è la mia cara amica, Maggie Flynn. Maggie è cresciuta qui, a Wyndham Beach, ma è da tempo che vive in Pennsylvania. Maggie, Owen è...»

Prima che lei potesse chiedere, lui disse: «Sì, quell'Harrison».

Owen allungò la mano verso Maggie. «E sì, non serve che tu lo chieda – la giostra verrà portata fuori e assemblata in tempo per il 4 luglio. Ti dico la verità, me lo sarei dimenticato, ma questa donna non perde occasione di ricordarmelo nelle sue telefonate annuali».

Maggie annuì. «Emma sa essere molto persuasiva quando vuole qualcosa».

«Sembra proprio che sia così». Si girò verso l'area espositiva. «È sicuramente riuscita a spargere la voce su questa artista sconosciuta. Qui ci sono galleristi molto influenti in città. Con quale stratagemma sei riuscita a convincerli a uscire da Boston e guidare fino a qui per vedere il lavoro di una sconosciuta?»

«Preferisco pensare a Jess come "non scoperta"». La donna sorrise con grazia. «E lasciamo la storia di come li ho convinti per quest'estate, quando tornerai per allestire la giostra». Aprì un cassetto della scrivania, ne tirò fuori un biglietto e glielo porse. «Qui c'è il mio indirizzo e il mio numero di telefono. Così puoi farci sapere per quando dobbiamo aspettarti. Non voglio pubblicizzare qualcosa per cui poi dovermi scusare se l'evento non si tiene».

«Oh, fidati. Tornerò. Apprezzo la tua tenacia – e la tua preoccupazione verso la comunità». Infilò una mano nella tasca posteriore dei pantaloni per prendere il portafoglio, lo aprì e, a sua volta, tirò fuori un biglietto che passò a lei. «Hai la mia parola».

Si girò verso Maggie e, con un cenno quasi formale, disse: «È stato un piacere, Maggie Flynn». Poi aggiunse, rivolto a Emma: «Ci sentiremo presto».

Un ultimo sorriso a entrambe le donne e uscì.

«Bene, bene». Maggie si sedette sull'angolo della scrivania di Emma. «Questo è stato molto interessante. Lo hai davvero chiamato tutti gli anni per ricordargli della giostra?»

Emma annuì. «Certo che sì. Volevo essere sicura che qualcuno con il cognome Harrison si ricordasse e si organizzasse per farlo succedere».

«A me sa tanto di molestia», la prese in giro Maggie.

«Ha funzionato, no?» Emma rise.

«Sembrerebbe. E sono sicura che Owen tornerà da qualunque posto in cui si trovi per essere sicuro che accada», le sorrise Maggie. «Ho visto il modo in cui ti guardava».

«Davvero? Non me ne sono accorta». Le guance di Emma si tinsero di rosa.

Maggie rise a squarciagola. «Bugiarda!»

«Non mi interessa. È carino. Più carino di quanto mi aspettassi. E non avevo idea di che età potesse avere il nuovo erede degli Harrison», le disse Emma. «Vedremo quest'estate se è tutto fumo o no. Ora, c'è qualcosa che volevi dirmi o sei venuta qui per scappare dalla folla?»

«Sì. E sì».

«Non posso darti torto. Gli esperti possono essere un po' noiosi a volte. Ma non mi interessa finché spargono voce sul lavoro di Jessie». Emma si avvicinò alla porta e guardò fuori. «Sarebbe così importante per Liddy».

«Ci metterai un po' a sapere se sono interessati alle opere di Jessie, vero?»

«Oh, no. Diversi mi hanno già espresso interesse per l'intera mostra, per esporla in città. Sto raccogliendo informazioni, così poi posso andare da Liddy sapendo chi offre cosa».

«La mostra è un successo».

«Più di quanto sperassi», disse Emma, con sollievo.

«Sei una buona amica, per aver organizzato questo per lei, Em».

«Sei una buona amica per essere qui per lei, Mags».

«Siamo amiche per la vita, noi tre».

«E ci sono i nostri tatuaggi a testimoniarlo». Emma allungò il braccio, a mostrare le tre onde, una accanto all'altra. «Siamo onde dello stesso mare, ci alziamo e cadiamo insieme». Emma fissò l'inchiostro per qualche secondo. «Allora, a cosa si riferiva l'altro *sì*?»

«L'altro... oh». Maggie annuì, ricordandosi il motivo per cui era entrata nel suo ufficio. «Sapevi che Brett e Kayla Crawford sono separati? Che stanno divorziando?»

«Cosa? No!» Emma spalancò gli occhi alla notizia. «Chi te l'ha detto?»

«Lei. Kayla. Qualche minuto fa».

«E perché? Perché te l'avrebbe detto?» Emma realizzò. «Aspetta, perché l'avrebbe detto a *te?*»

Maggie non voleva dirlo a voce alta, se l'avesse fatto, sarebbe diventato reale.

«Maggie? Cosa ti ha detto?»

«Ha detto», Maggie fece un respiro profondo, «che era per colpa mia. Che lui ha sempre amato solo me».

L'amica la fissò per un secondo.

«Questa non è una novità. Tutti l'hanno sempre saputo». La squadrò perplessa. «Ma perché è diventato un problema adesso?»

Le parole di Emma suonarono nelle orecchie di Maggie per il resto della settimana. Mentre la novità del nuovo divorzio – il terzo! – di Brett Crawford si spargeva a macchia d'olio, la vera notizia era quanto successo avesse avuto la mostra di Jessie Bryant, quanti pezzi grossi del mondo dell'arte si erano presentati, quante gallerie d'arte di Boston erano in lizza per esibire la collezione e quanto era stato offerto a Liddy per le varie tele. *Inverno bianco,* come Emma aveva deciso di chiamare la collezione di opere in bianco, era diventata la collezione di punta e Liddy si stava ancora riprendendo dalla notizia. Maggie era contenta che tutto questo stesse allontanando l'attenzione dalla coincidenza tra l'annuncio del divorzio e la sua presenza in città.

Emma fece un salto a casa di Liddy la mattina in cui Maggie avrebbe dovuto partire. Si era fermata in pasticceria e aveva recuperato una selezione di magnifici pasticcini.

«Sono così belli che è quasi un peccato mangiarli», dichiarò Maggie.

«Quasi, ma non abbastanza». Liddy versò una tazza di caffè a Emma e gliela passò. «Grazie per questi. Sembrano deliziosi».

«Madeline è tornata dalle vacanze», annunciò Emma, mentre prendeva posto. Girandosi verso Maggie, aggiunse: «Madeline Affonseca è la miglior panettiera del mondo. Si è presa una meritata vacanza dopo Capodanno ed è appena tornata».

«Mi sembra familiare il nome, Affonseca», disse Maggie, cercando di dare un volto a quel nome.

«È la moglie del barbiere, Lou Affonseca». Emma diede un morso a un danese al limone e alzò gli occhi al cielo. «È perfetto. Il loro figlio, Teddy, è amico di Chris. Vanno sempre a bere qualcosa insieme, quando torna in città».

Maggie prese un pasticcino alla mandorla. «Ha un profumo delizioso».

«Oh! Mi stavo quasi dimenticando», Emma si diede una pacca sulla fronte con la mano. «Sono stata a Cottage Street stamattina per lasciare le chiavi del centro alla mia assistente, Marian, che vive alla fine della strada. E indovinate cos'ho visto!»

«Mi arrendo! Cosa?» Maggie si leccò la glassa dalle punte delle dita.

«Un cartello con la scritta VENDESI davanti alla tua vecchia casa». Emma diede un altro morso al danese. «La casa in cui sei cresciuta è in vendita».

«Aspetta! Cosa?» Liddy si sedette. «Quando è successo?»

«Probabilmente, molto di recente». Emma continuò ad assaporare il suo dolce. «Ieri mattina quando sono andata a prendere Marian non c'era».

«Ma non ci hanno appena speso una marea di soldi? Rinnovata tutta dalle fondamenta?» Maggie si girò verso Liddy. «Non avevi detto...?»

Liddy annuì. «Sì. Hanno rifatto tutto. Hanno anche fatto un'aggiunta sul retro».

«Perché dovrebbero vendere così presto dopo averci speso così tanti soldi?», si chiese Maggie.

«Forse non riuscivano a gestire i fantasmi dei Wakefield». Liddy fece ballare le sopracciglia.

«I fantasmi dei Wakefield sono innocui», disse Maggie con un gesto sbrigativo della mano. «Tranne forse la prozia Ida. Mi hanno detto fosse un mostro».

«Definisci *mostro*», disse Liddy mentre prendeva dello zucchero per il caffè.

«Era una *serpe vendicativa*». Maggie stava osservando il secondo danese. Il viaggio fino in Pennsylvania era *lungo*. «O almeno così sosteneva la bisnonna. Ma mia mamma diceva sempre che la bisnonna non volesse un gran bene a Ida. Quindi non so bene cosa significhi».

«Forse Ida se l'è presa con i bambini dei Blanchard, per quello se ne vanno».

«È più probabile che Peter – sarebbe il marito – sia stato trasferito per lavoro da qualche parte», disse Liddy. «Non fai le valigie e te ne vai da una casa che hai appena rinnovato da cima a fondo senza una buona ragione».

«Ida a me sembrava un'ottima ragione». Emma si pulì la bocca con un tovagliolo, poi si alzò. «Odio andarmene prima che tu parta, ma ho promesso a Marian che non avrei fatto tardi. Siamo sommersi di telefonate di persone che vogliono sapere fino a quando durerà la mostra». Diede una pacca a Liddy sulle spalle. «Se mai deciderai di vendere qualcosa, dovremo organizzarci. Ho offerte per ogni singolo quadro. Le cifre sono da perdere la testa».

«Ci sto ancora pensando, ma grazie Em».

«Prenditi il tuo tempo. Non c'è fretta. Li possiamo tenere qui quanto vuoi». Baciò Maggie su una guancia. «Fai buon viaggio, Mags. Ci sentiamo».

«Certo». Maggie si alzò per abbracciare l'amica. «Penso di tornare in primavera».

«È bello vederti di più. Ci manchi quando non ci sei». Si avviò verso la porta, ma a metà strada si voltò un'ultima volta: «Maggie, devi considerare di comprare la casa di tua madre».

Maggie alzò gli occhi al cielo. Per quanto amasse Wyndham Beach, la sua vita era a Bryn Mawr, no? Le sue figlie vivevano lì, la casa che condivideva con Art era lì.

«Emma ha ragione, lo sai», le disse Liddy, dopo che l'amica se ne fu andata.

«Anche tu vuoi vedermi di più?»

«Furbetta. No. Cioè, sì, certo che lo voglio, ma dovresti dare un'occhiata alla casa di tua madre».

«Perché dovrei farlo?»

«Pura curiosità se non altro. Non vuoi vedere le modifiche che hanno fatto?»

«Mi piaceva com'era prima. In più, se anche fossi interessata – e non lo sono – ho intenzione di partire non appena finirò questo danese». Maggie lo divorò in un boccone. «Quindi non ho tempo».

«Potresti prendertelo, il tempo».

«Liddy».

«Okay». Liddy alzò entrambe le mani in segno di resa. «Non affronterò più l'argomento».

E non lo fece. Nonostante questo, sulla via del ritorno, Maggie si ritrovò a girare in Cottage Street, anche se, tecnicamente, non era di strada. Voleva vedere la villetta per l'ultima volta, prima di partire. Il suo rivestimento di cedro ormai ingrigito dall'aria salmastra le suscitò un'immediata sensazione di famigliarità mentre lo guardava dall'altra parte della strada, dove aveva parcheggiato. Anche nel freddo di quella mattina di fine gennaio, con i cespugli e gli alberi coperti dalla brina, per lei era bellissima e, nel profondo del suo cuore, sapeva ancora di casa.

Si chiese chi sarebbe andato a vivere nel posto in cui lei era cresciuta.

Per *sfizio*, si scrisse il nome e il numero dell'agente immobiliare, poi rimase seduta per un paio di minuti, pensando ai giorni felici che aveva passato tra quelle mura, quando sua sorella era ancora viva e i suoi genitori non avevano ancora divorziato. Controllò l'orologio sul cruscotto: aveva deciso che sarebbe passata in pasticceria per prendere qualche leccornia da portare a casa a Natalie e Daisy, che avevano passato il weekend da lei.

Non era stata totalmente onesta con Liddy ed Emma. La verità era che Maggie stava morendo dalla voglia di vedere l'interno dell'edificio. Era curiosa, non poteva negarlo. Questa poteva essere la sua unica occasione per farlo. Prese il telefono, compose il numero, e le rispose la segreteria.

«Salve, Ms. Brock, il mio nome è Maggie Flynn. Sono a Wyndham Beach per poco stamattina, ma se fosse possibile, mi piacerebbe parlare dell'annuncio su Cottage Street. Può richiamarmi a questo numero se ha tempo per mostrarmi la proprietà. Altrimenti, ne riparleremo se sarà disponibile la prossima volta che sarò in città». Maggie terminò la chiamata e rimise il telefono in tasca.

Ecco. Se sarà destino, richiamerà prima che io me ne vada. Altrimenti... non era destino.

Fece inversione nel parcheggio vicino alla spiaggia e si diresse verso il centro della città, dove si sarebbe fermata in pasticceria come da programma. Era quasi su Front Street quando suonò il telefono.

Lo tirò fuori dalla tasca. «Parla Maggie».

«Ms. Flynn, sono Barbara Brock, dell'agenzia immobiliare. Ho ricevuto il suo messaggio. È interessata alla casa su Cottage Street, a Wyndham Beach?»

«Oh, sì. Grazie per avermi richiamata».

«Mi piacerebbe farle vedere la proprietà. È unica. Una delle abitazioni più antiche in città, costruita da una delle più vecchie famiglie. È sempre stata loro fino a otto anni fa». La donna fece una pausa. «Conosce la città?»

«Sì, certo. Sono nata qui», le disse Maggie.

«Beh, se ha voglia di fare una passeggiata, io sto andando là proprio adesso».

«Posso raggiungerla in tre minuti».

Maggie imboccò il vialetto della vecchia casa dei Wakefield, scese dalla macchina e camminò lungo il marciapiede in mattoni che una volta le era tanto familiare, fino al portico. Salì i gradini consumati e stava per bussare, quando una donna dall'aspetto piacevole le aprì la porta. Doveva avere più o meno la sua stessa età.

«Ms. Flynn? È perfettamente in orario. Sono Barbara Brock. Prego, entri pure». Si fece da parte per farla passare.

«La ringrazio infinitamente per aver ritagliato del tempo per me». Maggie le sorrise e cercò di guardare oltre le spalle della donna per vedere la stanza vicino all'ingresso. Ma nel farlo fu come investita da un mare di un bianco abbagliante.

«È un piacere. Ho avuto una visita questa mattina presto e ne ho un'altra a mezzogiorno, quindi quest'orario era perfetto per me». Sorrise caldamente. «Ho un sacco di persone interessate. Ma penso possa immaginarlo». Indicò il salotto e la sala da pranzo. «Una villa con questa eleganza e con la sua storia, in più tutta rinnovata e funzionale per la tipica famiglia moderna... beh, un'occasione che non capita spesso». Il telefono di Barbara vibrò, mentre lo teneva in mano. Guardò lo schermo e le disse: «Perché non fa un giro, mentre io rispondo?» Uscì sul portico, lasciando Maggie da sola, in quel luogo pieno di ricordi.

Rimase sulla soglia del salotto per quella che le sembrò un'eternità. La stanza era, come l'ingresso, bianca. Pareti bianche, mobili bianchi, così come i tappeti e i cuscini. Si sentì disorientata per un momento mentre con gli occhi cercava qualcosa che le fosse familiare. Trovò il caminetto, ma anche quello era stato dipinto... di bianco. L'unico tocco di colore nella stanza veniva da due piante che fiancheggiavano l'entrata della sala da pranzo, anche quella immersa in un mare di bianco.

Era come inchiodata sul posto – lo stesso posto in cui era quando suo padre, seduto sulla sua poltrona di pelle marrone, le aveva comunicato che lui e sua madre stavano divorziando e che si sarebbe trasferito in Michigan. Erano passati quasi quarant'anni da quel giorno. Era rimasta così scioccata che aveva smesso di respirare per qualche minuto. Sua madre aveva mantenuto il suo cipiglio stoico, rimanendo seduta sul divano a fissare il vuoto, senza muovere un singolo muscolo. Maggie non era mai riuscita a capire come davvero si fosse sentita in quel momento. Per lei, invece, era come se le fosse caduto il mondo addosso, dritto sulla sua testa.

Non era ancora stata capace di uscire dal suo inferno personale, tanto da dover iniziare il college con un semestre di ritardo, che suo padre aveva deciso di essere stufo della vita costiera del Massachusetts e che sarebbe tornato al nord, da dove era venuto. Maggie aveva girato i tacchi ed era salita per la scala per chiudersi nella stanza di Sarah. A quel tempo, Sarah era già morta da sei anni, ma Maggie non aveva mai sentito la sua mancanza – il bisogno di averla vicino – tanto come in quel momento. Si era sdraiata sul letto della sorella, abbracciando il suo cuscino. Suo padre se n'era andato il giorno dopo e non si era mai degnato di tornare, nemmeno per il funerale della mamma di Maggie, cosa per la quale lei non l'aveva mai perdonato. Non si parlavano da anni. Era come se lui avesse dimenticato di avere una vita – e una famiglia – in Massachusetts. Lei e sua madre erano state dimenticate tanto velocemente quanto un giornale vecchio.

«Pronta per vedere la cucina?» Il tocco sulla spalla di Barbara la riportò al presente.

«Cosa?» Maggie sbatté le palpebre, tornando nella stanza bianca. «Oh, sì».

Seguì l'agente immobiliare oltre le scale che ancora mantenevano il rivestimento di quercia. Quella e il pavimento erano gli unici dettagli originali che la donna poté riconoscere.

«Spero lei sia pronta». Barbara era rimasta all'ingresso della cucina, un braccio disteso come un presentatore tv durante una svendita. «È tutta rinnovata. Tutta tecnologia d'avanguardia, elettrodomestici d'alta gamma. Cosa ne pensa?»

«Penso sia… bianco». A Maggie sembrò di essere caduta dentro un globo di neve. Tutto aveva lo stesso colore bianco accecante.

«Assolutamente alla moda, ogni centimetro». Barbara sprizzava entusiasmo. «Il sogno di ogni chef. Ucciderei per una cucina così in casa mia. I vecchi proprietari ci hanno speso una fortuna». Fece scorrere una mano sul topper dell'isola.

«Granito?», chiese Maggie, fingendo di avere qualcosa da dire.

Barbara scosse la testa. «Fa così demodé... Questo è quarzo. Molto più chic. Più facile da mantenere e da pulire del marmo». Abbassò la voce. «Quelle travi lassù? Sono state recuperate da un vecchio albero che stava nel cortile sul retro e che è caduto durante una tempesta».

Maggie si avvicinò alle porte francesi che si aprivano sul giardino e sbirciò fuori. I letti di fiori che sua madre piantava ogni anno erano spariti e non c'era traccia delle peonie per cui aveva vinto tanti premi. Combatté con un conato di vomito. Venire lì non era stata una buona idea come pensava.

«Aspetti di vedere la stanza padronale».

Maggie seguì Barbara fino a quando la donna non si fermò all'improvviso. «Oh, la sala da pranzo. Da questa parte».

La porta che si apriva sulla sala da pranzo era stata spostata con la ristrutturazione. Maggie si sentì disorientata avvicinandosi alla stanza da un'altra direzione. Le faceva male vedere come la carta da parati di sua madre fosse stata strappata via e il candelabro che era stato della sua famiglia per tre generazioni fosse stato rimpiazzato da un'installazione di metallo cromato e vetro.

«Lo so, vero?» Barbara scambiò lo shock di Maggie per stupore. «Il lampadario è da togliere il fiato».

Maggie si morse un labbro. «Mi sarei aspettata uno stile più classico per una casa così antica».

«Dicono che qui ci fosse un vecchio candelabro, ma, ovviamente, se ne sono sbarazzati con la ristrutturazione. Faceva così antico».

«Ha qualche idea di dove possa essere finito?», le chiese Maggie.

Barbara scosse la testa. «Credo l'abbiano venduto a qualche antiquario, ma non lo so per certo».

Maggie lasciò la stanza, diretta verso le scale, la testa che le pulsava.

«Ora si prepari per vedere la camera padronale più bella che abbia mai visto». Barbara la superò di qualche passo e arrivò in fondo al corridoio del secondo piano. «Questa è davvero irresistibile. Se sta cercando qualcosa di lussuoso, ha trovato il posto giusto». Aprì la porta con un gesto plateale ed entrò.

Per un momento Maggie si sentì persa, come se cercasse di ricordare com'era fatto il secondo piano quando lei ci viveva.

«Qui è ovviamente tutto nuovo», le stava dicendo Barbara. «Le camere da letto originali sono quelle dall'altra parte del corridoio e la porta dopo questa».

Maggie camminò attraverso la stanza con quei mobili così moderni – tutti bianchi per adeguarsi ai muri – fino al bagno, tutto cromato. Il design, però, le sembrava funzionale, con la vasca e la grande doccia di vetro. Il doppio lavabo riservava una sorpresa: le vasche erano decorate con dei fiori, che facevano quasi a pugni con la durezza del resto della casa, ma li trovò adorabili. In una parete era stato incassato un caminetto a gas, che Maggie dovette ammettere stava bene con il resto della stanza. Ridipingendo le pareti con un colore carino – come un blu molto chiaro o un verde mare, forse – sarebbe stata perfetta.

«Non è rimasta a bocca aperta?», le chiese Barbara, ansiosa, notando che la sua possibile compratrice era silenziosa.

«È un modo per dirlo». Maggie si fermò ad ammirare la vista della baia. Almeno non avevano cambiato il paesaggio.

«È bellissimo, vero? Sembra un quadro».

Maggie annuì e lasciò la camera padronale tornando nel corridoio. Aprì la porta che una volta portava alla stanza dei suoi genitori, ma che adesso doveva appartenere a due bambini. Il letto a castello aveva la forma di una nave pirata, e i muri interni erano stati dipinti – alleluia! – di blu. Le ci vollero solo un paio di passi per arrivare alla sua vecchia camera, che era diventata un ufficio con una scrivania di vetro e acciaio e un tappeto bianco sul pavimento di pino. Si fermò davanti alla vecchia stanza di Sarah prima di entrarci e ci trovò una bella camera con una coperta colorata sul letto.

«Ha visto abbastanza?» Barbara si affacciò alla porta.

«Credo di sì». Maggie lasciò la stanza senza guardarsi indietro e si diresse al piano inferiore.

«Sono sicura che sia sopraffatta da tutto questo». Barbara seguì Maggie giù dalle scale. «C'è tanto altro da vedere. Se ha tempo di soffermarsi su...» Il suo telefono suonò. «Mi scusi un momento, devo rispondere».

Maggie tornò in cucina, dove cercò di trovare qualcosa che le riportasse alla mente un ricordo e la rassicurasse che quella in cui si trovava era ancora la casa in cui era cresciuta. Chiuse gli occhi, fece un respiro profondo, cercando anche solo un odore familiare. Vaniglia e cannella erano la base delle ricette di sua madre. Il ripieno del tacchino del Ringraziamento, salvia, cipolla e sedano. Voleva riuscire a rivedere lei e Sarah, i loro gomiti che si toccavano sul tavolo, guardando la loro madre che lavorava l'impasto dei biscotti finché non era perfetto. I ricordi erano rimasti, nonostante la stanza fosse diversa.

Riusciva a sentire i fantasmi delle persone che avevano abitato quella casa guardarla dall'oscurità. Per la prima volta nella sua vita, capì quello che cercava di dirle sua nonna paterna: *la tristezza ti lega ai luoghi tanto quanto la felicità.*

Maggie fece inversione, dirigendosi verso il centro della città, la testa le stava ancora girando dopo il tour della proprietà. Era strano notare che, nonostante tutto fosse cambiato, le sensazioni che aveva avuto erano state le stesse. In qualche modo, il calore che aveva caratterizzato la sua casa era rimasto intatto dietro a quella patina bianca. Un calore che l'aveva raggiunta a ogni passo. Era stata un'esperienza surreale. Da una parte, la ristrutturazione fatta dai nuovi proprietari le aveva procurato una certa amarezza, dall'altra non poteva negare che l'ambiente era rimasto comunque caldo e accogliente.

Rallentò mentre si avvicinava a Front Street e trovò parcheggio di fronte alla pasticceria. Quando aprì la porta del negozio, fu investita da un mix di profumi così buoni che non seppe più su quale soffermarsi tra i dolci esposti.

«Oh mio Dio», mormorò, mentre osservava attentamente le quattro vetrine che componevano il bancone. Torte, pasticcini e cupcake, ovviamente, tartellette di frutta, macarons colorati, biscotti con decorazioni elaborate e dei piccoli bocconcini pieni di zucchero che non aveva mai visto. Ci mise un po', ma riuscì a scegliere una vasta selezione.

Mentre aspettava che il suo ordine fosse pronto, si fece servire una tazza di caffè, poi si alzò per pagare.

«Immagino tu abbia ancora un debole per i dolci».

La voce la attraversò come la lama affilata di un coltello.

Senza girarsi, annuì e rispose: «Sembrerebbe».

«Com'è andato il tuo weekend da Liddy? So che sei rimasta in città per qualche giorno».

Maggie si girò e si ritrovò faccia a faccia con Brett. «Oh, devi averlo saputo da tua moglie. L'ho incontrata al centro d'arte domenica».

«Sì, me lo ha detto». Brett la prese per un braccio e cercò di allontanarla di qualche passo dal bancone, ma lei non si mosse. «Sei in forma, Maggie».

«Grazie. Ora, se vuoi scusarmi, devo...» Cercò di girarsi per ritirare il suo pacchetto, ma lui le prese il braccio per la seconda volta. Il suo tocco era gentile, senza nessuna pressione, ma a lei sembrava di essere in una morsa. «Lascia andare, Brett».

Lui le lasciò il braccio.

«Maggie, devo parlarti». Abbassò la voce. «È importante».

«Ne dubito». Non voleva sentire una dichiarazione d'amore uscire dalle sue labbra, non voleva sentirgli dire che aveva amato sempre e solo lei. Era già stato difficile sentirselo dire da Kayla.

«Tu non capisci», insistette, sempre a bassa voce.

«Io capisco benissimo, grazie. Ora devo andare». L'ultima cosa di cui aveva bisogno era avere a che fare con Brett, dopo aver dovuto sopportare quello che considerava la devastazione della sua casa di famiglia e tutte le emozioni che quella visita le aveva provocato – la morte di sua sorella, il divorzio dei genitori, l'abbandono di suo padre. Brett era stato presente a ogni momento. Sapeva già quello che aveva intenzione di dirle – *grazie, Kayla* – e non poteva sentirlo di nuovo. Il suo cuore non avrebbe retto altre emozioni.

«C'è qualcosa che devi sapere, Mags».

«Te lo dico per l'ultima volta». Lo guardò dritto negli occhi, cercando di ignorare la tempesta che aveva dentro. «Non ho niente da dirti e non voglio sentire niente di quello che tu hai da dire a me. Ora...»

«Maggie, per favore».

Prese il suo pacchetto con i pasticcini dal bancone e si diresse verso la porta, che un uomo gentilmente le tenne aperta. Gli sorrise per ringraziarlo.

Controllò da entrambe le parti prima di attraversare, imponendosi di non voltarsi indietro verso il negozio. Poteva sentire gli occhi di Brett su di lei, mentre andava verso la macchina con le gambe che le tremavano. Era uscita di testa al pensiero che Brett stesse per farle una dichiarazione di amore eterno. Si sarebbe tappata le orecchie pur di sentire qualsiasi cosa lui volesse dirle, dopo che era passato così tanto tempo da quando si erano lasciati e lei aveva dovuto imparare a vivere con le macerie di quella che una volta era la loro relazione. Era più di quello che potesse affrontare quella mattina e le sembrò di non riuscire ad andarsene dalla città abbastanza in fretta.

Fece un sospiro di sollievo quando arrivò sulla Route 6, decisa a mettere più chilometri possibile tra lei e Brett. Ma più si allontanava, più le sembrava che i fantasmi di Cottage Street si avvicinassero. Aveva la sensazione che la stessero seguendo e fossero ammassati dietro di lei, nel sedile posteriore. Più fuggiva, più il passato la raggiungeva, il bene e il male.

Le parole di Kayla continuavano a rimbombarle in testa. Rivedere Brett, ritornare nella sua casa d'infanzia le aveva ricordato un tempo in cui la sua strada sembrava scritta.

A settembre avrebbe iniziato il college. Dopo la laurea, lei e Brett si sarebbero sposati e avrebbero vissuto insieme in qualsiasi città li avrebbe portati il football – nessuno, nemmeno lei, aveva mai dubitato del suo futuro da professionista. Lei avrebbe insegnato per un paio d'anni – tre al massimo – e poi avrebbero pensato a mettere su famiglia. Dopo la carriera nel football, sarebbero tornati a Wyndham Beach e sarebbero vissuti felici e contenti.

Non aveva mai pensato che qualcosa potesse scalfire quello che sembrava essere il suo destino o che ci fossero delle forze dell'universo che potessero cambiare le cose in un secondo.

Si era trasferita a Seattle con Brett dopo la laurea, ma non era stata capace di scrollarsi di dosso il dolore di una decisione importante che era stata costretta a prendere, lo stress di mantenere il segreto che la stava divorando. Non era stata capace di perdonarlo per non saper comprendere il suo dolore; non avrebbe potuto sposare un uomo che ignorava, non sapeva quanto volutamente, il suo tormento. Alla fine l'unica cosa che riuscì a fare fu lasciare Brett e i sogni che avevano condiviso.

Il suo viaggio solitario l'aveva portata a Philadelphia e a un uomo che l'amava e che le aveva offerto una vita, una famiglia e una casa. Aveva amato Art in qualche modo, forse non con la stessa passione che provava per Brett, ma con la fermezza e la determinazione di non fargli mai sapere che nel suo cuore aveva il secondo posto. Aveva guardato un'ultima volta al suo passato, alla vita a cui aveva rinunciato, prima di dire *lo voglio.*

La tristezza ti lega ai luoghi tanto quanto la felicità.

«Amen, nonna», disse, a voce alta. «Amen».

Tanto quanto la felicità. Doveva ammettere che c'era stata anche una parte uguale di felicità, e c'era anche quella felicità ammassata tra i fantasmi che la seguivano, pregandola di riflettere – e l'avrebbe fatto. Ma non quel giorno. Quel giorno era riservato alla nostalgia e alle perdite che le avevano cambiato la vita. Ci sarebbero stati altri giorni per ricordare la gioia e le risate che c'erano state nella sua casa – e nella sua famiglia. C'era molto da ricordare. Ma non quel giorno.

CAPITOLO DIECI

GRACE

Grace rilesse l'articolo per la terza volta prima di alzarsi e chiudere la porta del suo ufficio.

Doveva esserci un errore. Doveva *per forza* essere un errore.

Qualcuno aveva stampato una colonna pubblicata sul «Philly News» e su «Views Online» e gliel'aveva buttata sulla scrivania. Aveva la data del giorno prima e la sezione cerchiata in rosso le fece venire i brividi.

Si dice che il blog online conosciuto come *TheLast2No* – un blog riservato alle sole iscritte, tutte donne, che possono dar sfogo alla loro rabbia contro gli ex che le hanno lasciate, tradite e riempite di bugie – sia stato creato da una nota avvocatessa del centro città, a sua volta lasciata dal marito per una delle loro assistenti. Si dice anche che l'avvocatessa, che si firma come Anna Bolena (carino, no?), fosse devastata per essere stata – ebbene sì – l'ultima a saperlo, e ovviamente non ha preso molto bene la storia della relazione. Mi è stato riferito che l'avvocatessa rifiutata ha finto per diversi mesi che il suo matrimonio andasse benissimo, dopo che suo marito era andato in cerca di pascoli più verdi – leggi: giovani – ma tutti all'interno dello studio sapevano la verità. È solo questione di tempo prima che si scopra la vera identità di Anna Bolena e l'intera comunità legale sappia che faccia ha una donna disperata. La prossima volta – perché ci sarà una prossima volta – evita l'umiliazione e #lasciacorrere.

Grace sentì che un'ondata di nausea stava per sopraffarla. Chiuse gli occhi e cercò di soffocarla. Come avevano fatto a scoprirlo? Non aveva detto a nessuno – nessuno! – di *TheLast2No*. Chi poteva averlo capito? E chi l'aveva detto a – andò a leggere il nome – Amy Spinelli?

Era sicura che entro il giorno seguente il suo nome sarebbe stato collegato al blog. Solo un cieco non avrebbe capito che Anna Bolena era lei, che *TheLast2No* era il suo blog e la donna disperata che non aveva capito quello che tutti sapevano da tempo era sempre lei. Amy Spinelli avrebbe potuto scrivere direttamente *Grace Flynn* in una parentesi dopo *una nota avvocatessa del centro città che è stata lasciata dal marito per una dei loro assistenti.*

Grace si tenne la testa fra le mani, ma non si diede il permesso di piangere. Non poteva sopportare un'altra umiliazione. Non ne aveva la forza.

Chiuse il computer e lo mise nella valigetta insieme ad altri fogli, pulì la scrivania, spense la luce e camminò fino all'ascensore a testa alta. Arrivata nel parcheggio, caricò le borse in macchina, accese il motore e si mise alla guida come se niente fosse. Arrivò quasi fino a Spruce Street prima che le lacrime iniziassero a scendere.

Pensava di avere già raggiunto il livello massimo di umiliazione e che da lì in poi sarebbe riuscita a mantenere un minimo di dignità ignorando la coppia felice in ufficio e facendosi i fatti suoi.

Evidentemente, qualcuno voleva proprio assicurarsi che lei perdesse il poco orgoglio che le era rimasto.

Senza pensare a dove fosse diretta, si ritrovò sulla superstrada Schuylkill che portava a Bryn Mawr.

Una volta nel vialetto di sua madre, scoppiò in lacrime per venti minuti. Alla fine, singhiozzando e con il viso segnato dal pianto, scese dalla macchina e si diresse verso la porta d'ingresso.

«Gracie? Sei tu?» Sua madre la chiamò dal giardino. Maggie indossava dei vecchi jeans con le ginocchia sporche di terra, una delle vecchie felpe di Art della Penn State e degli occhiali da sole. «Stavo approfittando della bella giornata per fare un po' di giardinaggio. Chi avrebbe mai detto che ci sarebbero stati diciotto gradi a febbraio?»

Grace camminò verso sua madre lentamente. Ora che era davanti a lei, cosa avrebbe potuto dirle per prepararla all'imbarazzo che stava per piombare sulle loro teste?

«Pensavo di...» Maggie fece una pausa. «Grace? È tutto a posto?»

Grace scosse la testa. «No, mamma. Non è tutto a posto...»

Quarantacinque minuti dopo aveva vuotato il sacco, aveva raccontato a sua madre tutto quello che era successo, da quando Zach se ne era andato di casa dicendo di essere innamorato di un'altra donna, a quando e come aveva scoperto che si trattava di Amber, fino alla creazione del blog.

«Per me era uno spazio dove scaricare tutte le mie emozioni. Mi faceva sentire come se avessi di nuovo il controllo su una piccola parte della mia vita, mentre tutto il resto non lo era più». Grace prese posto al bancone della cucina. Era il ritratto dello sconforto. «Lì potevo dire che ero devastata dall'abbandono di Zach e che ero sconvolta dopo aver saputo di Amber. Non ne avevo idea, mamma. Ma, a quanto pare, tutti in ufficio lo sapevano. Mi sono resa ridicola».

«Tesoro, perché non sei venuta da me? Perché hai nascosto tutto questo... questo dolore? E per l'amor del cielo, perché non mi hai detto di Zach e Amber?»

«Non volevo che sapessi che fallimento fosse il mio matrimonio. Tu e papà avete vissuto una vita perfetta insieme ed era quello che avrei voluto anche io. Era troppo difficile ammettere che avevo fallito».

«Grace, tu non hai fallito in niente. Zach ha fallito. Ascolta, io e tuo padre abbiamo avuto un matrimonio fantastico, ma non era perfetto. Abbiamo avuto anche noi le nostre sfide, come tutti». Maggie sospirò. «Avrei voluto che me ne avessi parlato».

«Non riuscivo ad affrontarti. Avevo paura che pensassi che fossi una stupida per come avevo gestito la cosa. Mamma, ho fatto finta che fossimo ancora insieme per settimane, dopo che se n'era andato, invece tutti sapevano che non era vero, così sono sembrata una pazza bugiarda. Avrei fatto qualsiasi cosa per riaverlo indietro, come se non avessi più neanche un briciolo di orgoglio. Quando ho scoperto di Amber, volevo morire». Grace prese un fazzoletto dal box che la madre le stava offrendo. «Ero così ferita. Dovevo andare in studio tutti i giorni e vederlo, con lei. Tutti sapevano che aveva lasciato me per lei».

«Vorrei che me lo avessi detto». Maggie accarezzava dolcemente la schiena di Grace per confortarla, come faceva quando era bambina.

«Non so cosa avresti potuto fare. In più, correre dalla mamma, avrebbe solo peggiorato le cose».

«Beh, lui se ne deve andare, Gracie. E anche la sua ragazza. Tutti e due. Fuori!» Maggie parlava con voce calma, ma Grace sapeva che più sua madre era arrabbiata, più le si abbassava la voce. «Credimi, se l'avessi saputo, lei sarebbe già fuori da un pezzo».

«Non possiamo licenziarli su due piedi. Secondo la legge, non hanno fatto niente che possa far terminare il loro contratto nello studio. Credimi, sto aspettando da tempo che facciano un passo falso».

«È disumano chiederti di continuare a lavorare così. Dio, non avevo idea che fosse un bastardo simile. E tu non hai idea di quanto sia dispiaciuta per il fatto che non te la sia sentita di parlare con me».

«Mi sentivo troppo umiliata». Grace ricominciò a piangere. «Mi sento ancora così, a parlarne. Ed è il motivo per cui ho iniziato con il blog. Era l'unico posto in cui non dovevo fingere di non essere arrabbiata. Un posto in cui anche altre donne potevano scaricare la rabbia e l'umiliazione. Ci incoraggiavamo a vicenda ad andare avanti e a ricordarci che le nostre vite non sarebbero finite dopo il divorzio. Mamma, alcune di loro erano più depresse e sole di me. Abbiamo iniziato con serate a guardare film, happy hour – tutto online – ed è diventato più di un posto in cui buttare fuori tutto. Ora...»

«Ora lo devi chiudere. Liberartene. Preferibilmente in un modo in cui nessuno possa tirarlo fuori di nuovo».

«Posso cancellarlo. Ma apparirebbe lo stesso sul computer delle altre persone».

«Parla con il ragazzo che lavora nel reparto informatico in studio... Timothy, giusto? Forse lui sa come farlo sparire per sempre».

«Lo chiamerò domani mattina. Adesso non voglio più parlare con nessuno. Da domani, questa storia sarà dappertutto. Non credo di poter reggere altro imbarazzo. Quando si saprà quanto sono stata patetica, che ho aperto un blog sotto falso nome per criticare Zach...» Grace scosse la testa. «Non penso riuscirò mai più a guardare in faccia qualcuno».

«Grace, come possono aver saputo che eri tu?» Maggie si alzò e si avvicinò alla macchinetta del caffè, inserì una capsula e prese una tazza dal pensile.

«Non ne ho idea. Giuro di non averlo mai detto a nessuno – nemmeno a Natalie. Non le ho neanche mai detto della storia di Zach e Amber».

Maggie camminò su e giù, mentre aspettava che il caffè fosse pronto. «E hai fatto tutto col tuo portatile?»

«In gran parte. Ho usato un paio di volte il vecchio computer che ho in studio».

«Chi può avere saputo che usavi anche quello?» Continuando a riflettere, appoggiò il bricco del latte e la zuccheriera sul bancone. Grace alzò le spalle: «Credo chiunque mi abbia visto lavorarci sopra».

«Zach?»

«Certo. Mi prendeva sempre in giro...» Grace strabuzzò gli occhi. «Non penserai che lui...»

«Perché no?» Maggie passò la tazza con il caffè pronto alla figlia e ne preparò una per sé.

Grace sapeva di avere la bocca spalancata, ma non aveva mai pensato che Zach potesse curiosare nel suo computer.

«Magari pensava di trovare qualcosa relativo alle disposizioni sullo studio», le disse Maggie. «Magari qualche vecchia e-mail tra te e tuo padre su quando saresti potuta subentrargli».

«Forse». Grace però non ne era convinta. «Però lui già sapeva come stavano le cose. Il testamento di papà poi, le ha rese molto chiare. Ricordati che stavamo ancora insieme quando papà è morto. Io gli avevo detto tutto. Non aveva nessun motivo di ficcanasare».

«Amber, invece?»

«Credi che Amber sia entrata nel mio computer?» Grace rise. «Figurati».

«Allora come lo scopriamo?» Grace poteva vedere le rotelle lavorare nella testa della madre. Maggie prese il telefono dalla tasca e chiamò un numero.

A sua figlia disse solo: «Di certo non aspetteremo fino a domani».

Qualcuno dall'altra parte del telefono rispose. «Timothy? Sono Maggie Flynn. È ancora in ufficio? Perfetto. Mi chiedevo se potesse farmi un favore...»

Grace passò la notte dalla madre dopo aver avuto la pessima idea di leggere i commenti all'articolo del «Philly News» e del «Views Online». Li fece scorrere, cercando il suo nome. Quando lo trovò, le venne voglia di vomitare.

Oddio.

C'è qualcuno a Philadelphia che non ha capito che si tratta di Grace Flynn?

Lo sanno tutti che il marito di Grace Flynn ha cercato di meglio. Ma lei si è arresa? Ha abbassato la testa? No. Conosco qualcuno dello studio Flynn e mi hanno detto che è stato doloroso guardarla fingere che non si fossero separati.

Dovrebbero darle un Oscar per il modo in cui ha finto che lei e il suo ex stessero ancora insieme.

Ho dato un'occhiata al blog. Attenti là fuori, ragazzi. Ci sono veramente un sacco di donne tristi e disperate.

Mi ucciderei prima di vedermi umiliata in questo modo. È tutta colpa sua. Avrebbe dovuto lasciarlo andare e procedere con la sua vita.

Voi affidereste il vostro caso a un avvocato così? Io no. Sembra instabile. Non mi sorprendo che suo marito l'abbia lasciata.

E continuavano.

«Oh, tesoro». Maggie era dietro di lei e stava leggendo le stesse cose.

«Beh, credo che la mia umiliazione sia completa. Mi arrendo. Zach e Amber hanno vinto. Sono finita, mamma». Gli occhi di Grace si riempirono di lacrime. «Non potrò più mostrare la mia faccia a Philadelphia. In qualunque tribunale metterò piede sapranno quanto sono patetica. La mia carriera è finita».

«Grace...»

«Mamma, lo sai quanto è piccola la comunità legale di Philadelphia. Chi potrebbe mai continuare a praticare dopo una cosa simile? Io non posso. Sto avendo a che fare con tutto questo da mesi e adesso non ce la faccio più». Grace si alzò dalla sedia e si diresse verso l'ingresso, salì le scale e si buttò sul letto della camera degli ospiti. Si portò le coperte fino al mento e passò la notte a guardare il soffitto.

Pensava a quello che aveva detto. Non ne poteva più, era stufa di fingere che non le facesse male e di ignorare i pettegolezzi alle sue spalle. Non le importava più niente.

A un certo punto della mattina, sua madre fece capolino nella stanza, ma lei fece finta di dormire. Dopo qualche minuto, la sentì uscire di casa. Grace si mosse a malapena nelle due ore successive. Quello che stava facendo non era sano ed era anche stupido – lo sapeva, ma non aveva le forze per alzarsi e nemmeno per dormire.

Avrebbe dovuto chiamare George e informarlo che non sarebbe tornata al lavoro – mai più. Era da codardi dare le dimissioni per telefono, ma non aveva intenzione di avvicinarsi all'ufficio, non dopo tutto questo. Ogni tanto, durante la notte, si era alzata a controllare i commenti sotto l'articolo e ne aveva trovati centinaia – centinaia! –, la maggior parte cattivi come quelli che aveva letto la sera prima. E, ancora peggio, molti erano stati scritti da persone che conosceva, che pensava fossero amici. Aveva dato un'occhiata anche alle e-mail e ne aveva trovata una di Amy Spinelli, l'autrice dell'articolo, che le chiedeva un'intervista o almeno un commento. Grace l'aveva cancellata senza pensarci.

Sentì la porta al piano inferiore sbattere e pensò che sua madre fosse tornata. Ma i passi che salirono le scale erano troppo rapidi per essere quelli di Maggie e, prima che Grace potesse fingere di nuovo di dormire, Natalie entrò nella stanza.

«Che diavolo, Grace?»

Grace si girò e si mise un cuscino sopra la faccia. L'ultima cosa di cui aveva bisogno era una ramanzina da sua sorella minore.

«Vai via, Nat», le sussurrò.

«Col cavolo». Natalie le tolse il cuscino, strappandolo con forza dalla stretta di Grace.

Grace si sedette e si spostò i capelli dalla faccia. «La mamma ti ha chiamata, vero?»

«Veramente, sono venuta a saperlo prima da uno dei miei colleghi. Mi ha mandato un messaggio stamattina». Natalie prese posto sul bordo.

«Posso spiegarti...» Grace si alzò piano e si appoggiò alla testiera.

«Non devi spiegarmi niente. Ho capito. Ho parlato con la mamma. Francamente ho pensato che avessi avuto un colpo di genio – il blog? –. Hai trovato un modo per affrontare una situazione orribile, avendo a che fare con quel coglione con cui eri sposata». Natalie fece una pausa. «Sai quanto sei stata fortunata a liberarti di quel voltafaccia, faccia di merda e traditore, vero? La sua nuova ragazzina se lo merita. Lui non merita una come te».

L'ultima cosa che Grace si aspettava era quella dimostrazione d'amore e lealtà da parte di sua sorella. Le lacrime ricominciarono a scorrerle sulle guance e a cadere sulla maglietta con cui aveva dormito.

«Pensavo che fossi schifata da questa storia del blog, che mi ritenessi debole e ti vergognassi di me. Pensavo fossi imbarazzata e...»

Natalie si avvicinò per prendere tra le mani la faccia di Grace per guardarla dritta negli occhi. «Non sarò mai in imbarazzo per essere tua sorella. E non penso affatto che tu sia debole. Penso che tu abbia dimostrato una forza incredibile e sono molto fiera. Non so se io sarei stata così forte. Odio che qualcuno abbia trovato un modo per farti credere il contrario. Credimi, quando scopriremo chi ha venduto la storia ai giornali, dovranno affrontare la forza dei Flynn».

«Cosa ha detto la mamma?» Grace si asciugò il volto con il dorso della mano. «Aspetta, dov'è la mamma?»

«Ha detto che aveva bisogno di fare delle cose stamattina e mi ha chiesto di tenerti compagnia».

«Ha detto cosa?»

«No. Solo che sarebbe stata fuori per un po'». Natalie si allungò per prendere una scatola di fazzoletti dal comodino e passarla a Grace.

«Non pensi sia scappata dalla città per l'umiliazione, vero?» Grace scherzò, ma solo per metà.

«Ma figurati. Ma te lo dico: sembrava parecchio arrabbiata».

«Oddio», Grace gemette. «È andata in ufficio. Ha chiamato Timothy ieri...»

«Il consulente informatico?»

Grace annuì. «Siamo quasi sicure che qualcuno dell'ufficio sia entrato nel mio computer ed è così che hanno scoperto del blog». Quando vide l'espressione di Natalie, Grace si affrettò a dire: «Non ho mai usato il computer per postare niente sul blog, ma c'è qualche rimando. Per esempio, tengo la mia password in un file». Poi aggiunse, imbarazzata: «E l'ho usato per l'introduzione iniziale di *TheLast2No*, così se qualcuno trovasse la mia password...»

«... questo qualcuno capirebbe che sei stata tu a creare il blog».

«Esatto». Fece ballare le dita. «Ho lasciato tracce dappertutto».

«E abbiamo qualche idea su chi possa essere?»

«La scelta più ovvia è Amber. Lei è quella subdola».

«Non sospetti di Zach?», chiese Natalie.

«Ci ho pensato, ma la verità è che penso sia andato avanti. Non gli interessa più quello che faccio io. Non gliene frega proprio più niente. Scommetto che c'è Amber dietro a tutto questo e che, quando l'ha detto a Zach, lui si è messo a ridere e ha detto qualcosa tipo *la mia ex è proprio una sfigata* e poi se n'è dimenticato». Grace alzò le spalle. «Non gli interesso abbastanza per perderci del tempo».

«A lei invece sì?»

«Senza dubbio. Se non si impiccia dei fatti degli altri non è contenta. È stata lei, non lui».

Natalie sembrò scettica. «Non pensi che lui possa tentare qualcosa del genere per buttarti fuori dallo studio?»

«Beh, se fosse così, ci è riuscito».

«Cosa vuol dire ci è riuscito?» Lo scetticismo si trasformò in indignazione. «Lo studio è tuo».

Grace scosse la testa. «Non più. Non posso tornare là. Non ce la faccio più, Nat. Sto vivendo in questo schifo da mesi. Ho provato a farmi scivolare tutto addosso, ma quel momento è passato ormai. Non lo voglio più fare. Non puoi capire com'è stato».

«Lo capisco. Almeno, credo di capire. Però...» La voce di Natalie si addolcì.

«Mettiti nei miei panni. Immagina di essere tradita pubblicamente dall'uomo che ami. Tuo marito da dieci anni. Ha una relazione sotto il tuo naso, che tu ti rifiuti di vedere mentre tutti quelli intorno a te lo sanno. È abbastanza umiliante?» La risata di Grace fu dura e senza un briciolo di ironia. «No, certo che no. Provi a digerire la cosa cercando un posto sicuro dove poterti sfogare e ringhiare e, non trovandolo, decidi di crearne uno e inviti altre donne a sfogarsi e ringhiare con te. E mi ha aiutata, quella comunità, mi ha fatto sentire come se non fossi totalmente sola. Non avevo idea che così tante persone stessero soffrendo». Grace si fermò, ricordandosi che doveva chiudere il blog, il prima possibile. «E all'improvviso qualcuno scopre che ci sei tu dietro a tutto questo e tutti quelli che conosci sanno che tu – che hai passato la tua vita a crearti una rispettabile carriera – sei in realtà una patetica piagnona che non è in grado di superare il fatto che il marito l'ha lasciata e che si è messa a fare squadra con altre perdenti come lei».

«Smettila di dire perdente… tu non sei una perdente».

«Lo sono secondo l'intera comunità legale di Philadelphia. Hai visto i commenti? Se leggessi anche tu le cose che ho pubblicato sul blog, penseresti che io sia instabile. L'altra notte mi sono messa a rileggere qualcuno dei miei post e mi sono venuti i brividi. Non sembro intelligente o razionale. Chiunque penserebbe che ho dato fuori di matto». Grace scosse la testa lentamente. «Ho chiuso a Philly, Nat. Nessuno mi prenderà mai più sul serio. Nessun cliente, nessun giudice, neanche i miei colleghi – parecchi erano tra i commentatori, tra l'altro».

Quando Natalie aprì la bocca per parlare, Grace la interruppe.

«Non ti disturbare. Non c'è niente che tu possa dire o fare che mi faccia cambiare idea. Andrò avanti. Lascerò lo Studio Flynn».

«Così lasci vincere Zach».

«Zach ha già vinto». Grace prese un fazzoletto per soffiarsi il naso. «Io sono finita».

CAPITOLO UNDICI

NATALIE

Non appena rientrata a casa dopo aver recuperato Daisy dall'asilo, Natalie sentì la stanchezza crollarle addosso tutta insieme. Sua sorella era entrata in un campo minato – non per la prima volta nella sua vita – e la luce in fondo al tunnel era ancora lontana. Maggie era tornata intorno alle quattro di pomeriggio e, liquidando con un asciutto «Non ora» le domande di Grace, era salita al piano superiore. Avevano sentito l'acqua della doccia scorrere per quella che era sembrata un'eternità, poi... più nulla. Prima di andarsene, Natalie era rimasta in ascolto fuori dalla camera di sua madre per un momento, senza sentire alcun rumore, infine si era decisa ad aprire piano la porta e l'aveva vista a letto addormentata, rannicchiata sotto la sua coperta preferita. Aveva richiuso dolcemente e ridisceso le scale.

«Dorme come un sasso», aveva detto a Grace. «KO tecnico».

«Non credo abbia dormito l'altra notte. Era molto agitata». La voce di Grace grondava sensi di colpa. «L'ho fatta grossa questa volta...» Stava per aggiungere qualcosa, ma il suo telefono aveva vibrato sul bancone della cucina, strappandole un sospiro. «L'ennesimo che vuole sapere se è vero che sono io Anna Bolena. E invece nessuno che mi abbia chiamato o scritto per offrirmi un po' di supporto, dopo tutti gli anni in cui ho lavorato in questa città!»

Natalie aveva preso il telefono della sorella e lo aveva spento. «Se vuoi parlare con qualcuno, puoi sempre chiamarlo. Per il resto, ignorali, rispondere peggiora solo le cose».

Grace aveva annuito mentre accompagnava la sorella alla porta. «Grazie, Nat. Non lo dico spesso, ma ti voglio bene. Non merito una sorella buona come te».

«Piantala». Natalie l'aveva abbracciata. «Anche io ti voglio bene e nessuna delle due lo dice abbastanza».

«Abbraccia Daisy per me».

«Sarà fatto. Ora cerca di dormire un pochino. Domani progettiamo la prossima mossa. Per oggi prenditi una pausa da tutto e lascia correre, ok?»

Grace aveva annuito di nuovo, rimanendo appoggiata allo stipite della porta mentre Natalie camminava verso la macchina. Si era fermata a metà strada e aveva detto, rivolta alle sue spalle: «Yoga».

«Pensi possa aiutare?», aveva chiesto Grace.

«Male non può fare».

Natalie decise di seguire il suo stesso consiglio, tirando fuori il suo materassino una volta arrivata a casa. Anche Daisy aveva il suo, dopo che l'estate scorsa avevano partecipato al corso di yoga io-e-mamma, e lo srotolò vicino a quello della madre. Resistette per ben dieci minuti, fino a quando la sua attenzione non fu attirata da un lama di pezza che aveva lasciato sul divano e decise che avrebbe continuato lui a fare yoga al posto suo. Natalie continuò la sua routine mentre Daisy chiacchierava amabilmente con il suo amico silenzioso.

Dopo aver cenato, fatto il bagno e raccontato la storia, Natalie rimboccò le lenzuola alla sua bambina e scese le scale in punta di piedi. Era stata una giornata piena di emozioni, e, nonostante lo yoga avesse aiutato, era ancora agitata per la giornata passata con Grace. Aveva pulito la cucina, poi si era seduta al computer, letto qualche e-mail, infine, anche se ormai era tardi, l'oroscopo del giorno.

«Le prove affrontate durante la mattina continueranno per i prossimi giorni, ognuno con una nuova sfida da affrontare».

«Perfetto», mormorò. «Come se non l'avessi già capito da sola».

«Ci sarà un po' di sereno in mezzo alle nuvole, ma all'inizio non ti piacerà. Fidati di ciò che l'universo ti porterà e abbi fede che le decisioni che gli altri prenderanno per te ti porteranno a compiere il tuo destino».

Alzò gli occhi al cielo e passò al sito di genealogia. La prima cosa che notò fu la notifica di un nuovo messaggio.

Ehi, Natalie –

Sono ancora Joe Miller. Spero tu stia bene. Non voglio insistere, ma volevo che sapessi che ho fatto un altro test del DNA e ho avuto di nuovo lo stesso risultato. Così, a meno che ci sia qualcosa di sbagliato nel sistema, credo di essere davvero il tuo fratellastro. Spero di non turbarti in alcun modo, e capisco che tu non voglia aprire quello che potrebbe essere un enorme vaso di Pandora, ma, come ti ho detto nella mia ultima e-mail, io sono stato adottato alla nascita ed è stato molto difficile trovare i miei genitori biologici. Rispetterò qualsiasi decisione tu prenda, ma se vorrai approfondire la cosa, potrai contattarmi a questo indirizzo e-mail o al numero di telefono qui sotto. Spero tu scelga di parlarmi, ma non ti contatterò più.

Se non avrò più tue notizie, ti auguro una vita felice.
Joe

Senza sapere il perché, Natalie scoppiò a piangere. Se avesse mai avuto un fratello, Joe Miller sembrava esattamente il tipo di ragazzo che faceva al caso suo. Ancora, però, non era convinta. Sapeva che un giorno o l'altro avrebbe dovuto parlarne con sua madre. Se suo padre aveva avuto una storiella o, come Natalie era più propensa a pensare, avesse avuto un figlio da una donna prima di sposare sua madre, avrebbero dovuto saperlo. In un altro momento, ne avrebbe parlato con Grace, per decidere cosa fare. Dirlo a Maggie? Cancellare le e-mail e fare finta di non averle mai ricevute? Come avrebbe reagito Maggie se avesse scoperto che suo marito aveva avuto un figlio di cui lei non sapeva niente? Natalie non poteva discuterne né con sua madre né con sua sorella in quel momento. I problemi di Grace avevano la precedenza, ma ne avrebbero parlato non appena le cose si fossero sistemate.

Non aveva ancora deciso se rispondere o no alla e-mail, ma, mentre si aggirava per casa per chiudere la porta d'ingresso e saliva le scale per andare a letto, il pensiero che Joe Miller fosse una persona che le avrebbe fatto piacere conoscere, la seguì a ogni passo.

CAPITOLO DODICI

MAGGIE

Maggie era piombata allo Studio Flynn come un angelo vendicatore, camminando oltre la reception dritta nell'ufficio di George, dove entrò senza bussare e sbattendo la porta dietro di sé. Una volta di fronte a George – buono per natura, con un tono di voce sempre pacato e il migliore amico di Art dai tempi del college – ebbe un attimo di esitazione.

«George, dobbiamo parlare».

«Buongiorno, Maggie. Non so perché ma sapevo che ti avrei vista oggi». George la accolse con un abbraccio e un sorriso.

«Allora lo sai...» Maggie si sedette in una delle sedie riservate ai visitatori, mentre lui si sedeva in quella di fianco.

«So quello che ho sentito e cosa ho letto. Ora voglio sentire la verità e ne discuteremo insieme», disse, con la sua solita gentilezza.

Maggie passò i venti minuti che seguirono a raccontargli tutto quello che le aveva detto Grace.

George appoggiò un gomito sulla scrivania e si coprì il volto con una mano. «Non ne avevo idea... oh, per la miseria, Maggie. Non sapevo che stesse succedendo tutto questo». Era impallidito. «Avrei dovuto saperlo. Avrei dovuto essere più attento. Avevo promesso ad Art che mi sarei preso cura di lei e l'ho deluso».

«Non è... aspetta, cosa vuol dire hai promesso ad Art...?»

«Verso la fine, Art mi confidò che c'era qualcosa che non lo convinceva in Zach. Mi chiese se avessi notato qualcosa di diverso in ufficio e gli risposi onestamente di no. Forse non ero la persona giusta a cui chiedere. Lo sai che non sono mai stato uno che socializza o che dà ascolto ai pettegolezzi. Sono sempre l'ultimo a sapere le cose». Aggiunse, tristemente: «Come è evidente».

«Sei sempre il primo che arriva e l'ultimo che se ne va?»

George annuì. «Direi di sì. Questa è l'assurdità. La storia con l'assistente – io ti giuro che non ne sapevo nulla». Era così dispiaciuto che Maggie sentì il bisogno di confortarlo con una pacca sulla spalla. «Non me ne sono proprio accorto, Maggie. Mi dispiace. Vi ho delusi tutti».

«Non essere sciocco. Non è colpa tua. La colpa è di Zach e Amber. Ci sono molte cose in ballo adesso e diverse cose da fare per contenere i danni. Innanzitutto: tutta questa storia del blog di Grace. Ho chiesto a Timothy se era possibile scoprire se qualcuno ha avuto accesso ai file di Grace e, sorpresa sorpresa, c'è riuscito».

«Ti prego, dimmi che non è stato Zach».

«È stata Amber. Ha scoperto che il blog era l'hobby di Grace e ha fatto la soffiata alla giornalista».

«È sicuro?» Se possibile, George era diventato ancora più pallido.

«Assolutamente. Timothy ha persino scoperto che si è inviata al suo computer alcuni file ed e-mail di Grace».

«Allora è fuori. Non è solo immorale, ma è anche un crimine federale». Si alzò e raggiunse il telefono.

«Sono d'accordo. Ma, se non ti dispiace, vorrei essere io a dare la buona notizia».

«Tutta tua. Sto comunque chiamando l'ufficio dell'FBI. Ho un vicino di casa che lavora nei crimini informatici. Non posso lasciar correre se ha violato la legge». Si sedette sulla sua poltrona, dimostrando improvvisamente ognuno dei suoi sessantatré anni. Maggie rimase seduta in silenzio, mentre chiamava. Non appena si fosse saputo, lo Studio Flynn avrebbe subìto l'ennesimo colpo. Il pensiero la fece riflettere.

«Il mio vicino ci farà visita presto. Dobbiamo lasciare che ci pensino le forze dell'ordine». Scosse la testa. «Altri guai per lo studio».

«Stavo pensando la stessa cosa. Ma non si può fare diversamente. Ovviamente quest'altra notizia non farà che rinfocolare la storia di Grace, del blog e del perché l'ha creato». Maggie si grattò la fronte, le stava per scoppiare un gran mal di testa. «Ma non c'è niente al mondo che possa fermarmi dal farla pagare a quella mocciosa per quello che ha fatto», disse, con più rabbia di quanta volesse. Abbassò i toni e continuò: «Il nome di Grace è già stato trascinato nel fango. Ora è il turno di Amber. Almeno mia figlia non ha commesso nessun reato».

«Mi dispiace, Maggie. Come sta Grace?»

«Non bene. Anzi, penso avrai sue notizie presto, ma credo di poterti già dire che vuole dare le dimissioni. È convinta che la sua carriera qui a Philadelphia sia compromessa e la sua reputazione rovinata».

«È tutto sbagliato. Art avrebbe voluto...»

«Art non è più qui e Grace non tornerà. Il che vuol dire che non ci sarà più un Flynn allo Studio Flynn». Maggie fece un respiro profondo. «Il che mi porta al secondo punto che volevo discutere con te». Un altro respiro. «Mi dispiace, George, ma voglio vendere lo studio. Non il nome, ma i clienti. Non sono sicura che si possa andare avanti così. La cosa migliore sarebbe che lo rilevassi tu e cambiassi il nome».

Lui rimase in silenzio per un po'. «Maggie, devi sapere che lo studio vale una fortuna. E non so se Art avrebbe voluto me per dirigerlo».

«Invece sì, voleva che ti prendessi cura dei vostri clienti. Avete rappresentato anche persone famose. Loro si fidavano di lui e si fidano di te. Una delle ultime conversazioni che io e Art abbiamo avuto è stata sullo studio. Mi ha detto che, se per una qualsiasi ragione, avessi voluto vendere, avrei prima dovuto chiedere a te e darti la possibilità di rifiutare». George iniziò a parlare, ma lei alzò una mano per fermarlo. «Mi ha detto di farlo valutare e di offrirtelo scontato».

«Questo è... molto generoso, Maggie. Ma – wow. È l'ultima cosa che mi aspettavo e non so cosa dire».

«Prenditi del tempo per pensarci. Ma vorrei farlo. Chiamerò Jacobs e Biddle per una valutazione. Vorrei tenere il palazzo, però».

George annuì. «Come preferisci, Maggie».

«Spero capirai il mio punto di vista. Non avrei mai voluto nessun altro al posto di Art ed era anche un suo desiderio».

«Ho bisogno del tempo per pensarci. Ma sei sicura...?»

«Oh, sono molto sicura. Art mi disse che l'avrei saputo al momento giusto e se non è questo, non so quando. Si fidava del mio giudizio e credo di star facendo la cosa giusta. Nel frattempo, finché non arriverà la valutazione, preferirei tenere la cosa tra di noi, se non ti dispiace».

«Assolutamente. Credo che se si spargesse la voce che lo studio è in vendita, sarebbe la fine. Qualcuno potrebbe pensare che questa cosa con Grace l'abbia svalutato...», si fermò a metà frase. «Oh Maggie, scusami. Non volevo dire...»

Lei lo rassicurò con un gesto della mano. «Non serve scusarsi. Ho pensato la stessa cosa. Non vorrei mai che Grace lo sentisse, ma è vero. Il danno è stato fatto. Ma sono sicura che andando avanti, le cose si sistemeranno».

«Perché non dici a Grace di prendersi un periodo di aspettativa, invece delle dimissioni? Non mi sembra giusto che sia lei quella che deve andarsene».

«Sono d'accordo. Non è giusto. Ma lei è sicura che la sua carriera sia finita». Maggie si alzò e prese la borsa che aveva lasciato sull'angolo della scrivania.

«Che cosa farà?»

«Questo è da vedere. Ho qualche idea, ma devo ancora discuterne con lei. Una cosa alla volta». Si avvicinò alla porta. «E adesso è ora che io faccia una chiacchierata con Zach e Amber. Passo a salutarti prima di andare via, ma non mi stupirei se venissero da te dopo la nostra chiacchierata».

«Oh, spero lo facciano. La faccio chiamare, se mi dai un minuto».

«Ho una vaga idea di dove cercarla, grazie. Ci vediamo dopo».

Attraversò il corridoio e girò a destra, oltrepassò la sala caffè, dove vide delle giovani donne occupate con ciambelle e dolcetti. A Maggie sembrò di sentire il nome di Grace seguito da qualche risata, così si affacciò nella stanza e disse: «Buongiorno, ragazze».

«Oh, salve Mrs. Flynn».

«Buongiorno Mrs. Flynn».

Maggie forzò un sorriso e continuò per la sua strada, cercando di mantenere la calma facendo dei respiri profondi. L'ultima cosa che voleva era sembrare una pazza scatenata. C'erano modi e modi per dire le cose e non voleva alimentare i pettegolezzi dell'ufficio.

E poi è arrivata Mrs. Flynn, che è entrata urlando e sbraitando come una pazza. È stato spaventoso.

No, di pazzo non c'era nessuno. Solo una donna che riusciva a controllare perfettamente se stessa e la sua rabbia.

Esitò davanti all'ufficio di Zach. Sentì delle voci dall'interno, bussò velocemente ed entrò, chiudendo la porta dietro di sé. Una Amber sghignazzante era seduta sulla scrivania di Zach, che aveva una mano sotto la sua gonna.

«Beh, buongiorno. Sono contenta di vedervi insieme, così posso prendere due piccioni con una fava».

Zach impallidì e ritrasse la mano così velocemente che Maggie si sorprese non si fosse staccata dal polso. Amber si girò con calma verso la voce che aveva parlato, ma scese con un balzo dalla scrivania quando vide Maggie.

«Mrs. Flynn», balbettò Amber.

Zach sembrava terrorizzato, come se sapesse che la bomba stava per esplodere.

«Tu», disse, puntando un dito verso Amber e parlando piano, con calma. «Tu sei licenziata. La tua ultima busta paga ti arriverà per posta. E, se fossi in te, non mi azzarderei a chiedere delle referenze a nessuno collegato a questo studio».

«Cosa?» Amber socchiuse gli occhi, come se volesse attaccare Maggie. «Non può licenziarmi».

«Ahhh, Amber...», Zach si alzò, ma sembrava più sul punto di svenire.

«Non può licenziarmi. Lei neanche lavora qui», scattò Amber.

«Maggie...», Zach fece due passi in direzione della donna,, ma lei lo fermò con un tagliente: «Sono Mrs. Flynn per te».

«Mrs. Flynn». Sempre più pallido, Zach incassò il colpo. «Potrei sapere...?»

Maggie lo ignorò, rivolgendosi ad Amber: «L'FBI sarà qui tra poco per parlarti...» Diede un'occhiata veloce all'orologio. «Tra una ventina di minuti circa, il che ti dà il tempo per svuotare la tua scrivania e presentarti alle risorse umane».

«L'FBI? Ma di cosa sta parlando?» Amber guardò Zach in cerca di supporto. Lui era stranamente silenzioso, così lei si rivolse a Maggie. «Non ho fatto niente di male. E sicuramente non ho fatto qualcosa che possa avere a che fare con l'FBI».

«Al contrario». Il sorriso di Maggie era assassino. «Sei entrata nel computer di Grace e le hai rubato dei file».

«Questo è ridicolo». Amber sorrise. «Non avete prove».

«Veramente, le prove le abbiamo. Abbiamo le date, gli orari e i file che hai copiato e che hai inviato al tuo computer». Maggie incrociò le braccia al petto, fingendo una calma che sapeva di non avere. «Puoi benissimo chiedere al responsabile del personale, sarà più che felice di dartene la conferma e di condividere con te le informazioni».

«Amber… cosa…?» Zach raggiunse lentamente il suo lato della scrivania. «Dimmi che non è vero…»

«Poi hai passato le informazioni rubate a Amy Spinelli», continuò Maggie. «E hai rovinato la carriera di mia figlia. Puoi scommetterci che ho chiamato l'FBI».

Amber rimase a bocca aperta.

«Amber». Zach la prese per le spalle. «Lavori in uno studio legale. Lo sai che questa stronzata è contro la legge. È un crimine federale, per l'amor del cielo. Cosa pensavi di fare?»

«Stavo pensando che la volevo fuori dalle nostre vite». Lo allontanò con una spinta. «Odiavo il fatto che fosse qui tutti i giorni, che mi lanciasse le occhiatine. Che spiasse ogni mia mossa, sperando che sbagliassi qualcosa».

«Beh, l'hai fatto», le disse lui. «E l'hai fatta anche grossa».

«Direi proprio di sì». Maggie le indicò la porta.

Amber si inumidì le labbra, cercando di difendersi: «Mrs. Flynn, se posso spiegarle…»

«No, non puoi. Fuori, adesso, o dovrò chiamare la sicurezza. Penso tu preferisca uscire di qui con i tuoi piedi, ma è una tua scelta».

I suoi occhi slittarono da Zach a Maggie e poi di nuovo su Zach. «Ci vediamo a casa», gli disse, mentre usciva.

«Ma non per un po'». Maggie camminò dietro di lei, chiudendole la porta alle spalle.

«Mag... Mrs. Flynn...», iniziò Zach.

«Per favore, no. Ascolta». Maggie fece uno sforzo sovrumano per controllarsi. «Devi cercarti un altro lavoro. Fossi in te inizierei oggi stesso».

«Non posso essere licenziato per essermi innamorato di un'altra persona», protestò. «Non volevo che succedesse. Ma è... successo».

«Giusto», annuì lei. «Il cuore vuole quello che vuole, eccetera».

Lui annuì, pensando per un momento che lei gli stesse dimostrando comprensione.

«Beh, Zach, ti dico cosa vuole il mio cuore». Maggie appoggiò un fianco alla scrivania. «Il mio cuore vuole che mia figlia sia felice. Il mio cuore vuole che la sua vita sia di nuovo piena e non abbia più il *suo* cuore spezzato da te».

«Non ho mai voluto farle del male. E non puoi incolparmi per quello che ha fatto Amber. Io ti giuro che non ne sapevo niente. Se l'avessi saputo non glielo avrei mai permesso». Deglutì di nuovo, il suo pomo d'Adamo si muoveva nervosamente sopra al nodo della cravatta. «Ti prego di credermi, io non c'entro niente con questa storia».

«Io non ti ritengo direttamente responsabile per il fatto che Amber abbia rovinato la carriera di Grace. Ma ti ritengo responsabile per averle rovinato la vita». Maggie non voleva dargli la soddisfazione di sapere in quanti modi le sue azioni avessero toccato Grace.

«Non immaginavo avrebbe preso così male la storia del divorzio». Si lasciò andare sulla sedia, confuso e sconfitto.

Maggie rise. «Davvero? Dimmi come pensavi l'avrebbe presa». Lo fulminò con lo sguardo, tenendolo attaccato alla sedia. «Dai, Zach, sappiamo entrambi che non ti sei mai preoccupato di come si sarebbe sentita scoprendo che suo marito dopo dieci anni di matrimonio l'aveva tradita dentro casa sua. E non fraintendere, lo Studio Flynn *è* casa sua. Ma, aspetta, diciamo pure *quasi* dieci anni e ricordatelo, perché ci arriveremo tra poco. Non ti importava niente di come si potesse sentire, Zach». Odiava anche il suo nome. «Una volta che hai capito che lo studio non sarebbe finito nelle tue mani – e grazie al cielo non è stato così – non c'era più ragione di fingere di essere innamorato di lei».

«Non pensavo la prendesse così male. E non pensavo si sarebbe comportata da ragazzina, piagnucolante e patet...» Lo sguardo di Maggie gli fece capire che era andato troppo oltre.

«Ora ti dico cosa penso io. Penso che tu avessi messo gli occhi su Amber già da un po', prima che Art morisse. Penso tu sia rimasto con Grace perché pensavi che, una volta morto lui, lei avrebbe ereditato tutto e per *lei,* intendo *te stesso.* Era il piano di Art, comunque, di lasciare lo studio a Grace prima o poi. Che un giorno lei diventasse il volto dello Studio Flynn. Ma verso la fine della sua vita, qualcosa gli ha fatto scattare un campanello di allarme. Qualcosa gli ha fatto capire che non poteva più fidarsi di te. Tu, il suo brillante protetto, il giovane uomo con tanto potenziale. L'uomo che ha conquistato e sposato nostra figlia, non per amore, ma per il proprio tornaconto. Tu non hai tradito solo Grace, ma anche l'uomo che ha creduto in te e che ti ha trattato come un figlio, che ti ha accolto nella sua famiglia e nel suo studio». Dovette fermarsi e coprirsi gli occhi. Il tradimento di Zach nei confronti della sua famiglia – non solo verso Grace, ma anche verso Art – era stata una delle cose più dolorose che avesse dovuto affrontare.

Prese fiato prima di continuare.

«Così, all'ultimo minuto, ha lasciato lo studio a me, per farne quello che credevo fosse meglio. E credo sia meglio che tu te ne vada. Potresti aspettare che George ti chiami, ma penso dovresti fare l'uomo e andartene per conto tuo, prima che la stronzata di Amber diventi pubblica».

Lui esitò.

«Fai qualche telefonata». Lei si raddrizzò. «Fossi in te me ne andrei prima che esploda tutto. Qualcuno potrebbe pensare che sia stato tu ad architettare la cosa».

«Sarebbe una bugia. Non avrai mica intenzione di dire a tutti...»

«Certo che no. Non sarà necessario. Lo penseranno da soli. Ci saranno sempre persone che immagineranno lo scenario peggiore, che sia vero o no. È una lezione da imparare, Zach. E che merita di essere ricordata».

Maggie iniziò ad avvicinarsi alla porta. «Oh – e quella storia dei dieci anni. Tu e Grace non siete arrivati a festeggiare il decimo anniversario per diciassette giorni».

«Quindi?»

«Quindi, quando Art ha iniziato ad avere dei dubbi su di te, voleva essere sicuro di aver capito bene e che non fossero le medicine ad annebbiargli la mente. Allora, ha fatto aggiungere una clausola al suo testamento per la quale, se tu e Grace foste rimasti sposati per dieci anni, lo studio sarebbe stato vostro, in parti uguali». Aprì la porta e senza girarsi, aggiunse: «Sembra che tu abbia rovinato le cose».

Chiuse la porta dietro di sé, fiera di non aver perso la calma o detto cose per le quali si sarebbe pentita. Aveva usato tutta la sua forza di volontà per non farlo. Ma l'espressione di Zach prima che uscisse era stata impagabile. La soddisfazione che aveva provato era stata sufficiente da attenuare la voglia di tirargli addosso tutto quello che le capitava a tiro. Era un viscido traditore bugiardo e meritava di finire faccia a terra.

Certo, anche Maggie aveva detto una piccola bugia. Zach non avrebbe mai saputo che si era inventata la storia della clausola del testamento. Non diceva bugie di solito, ma a volte era bello avere l'ultima parola.

«Non posso credere che tu l'abbia lasciato là», le disse Natalie, quando Maggie la chiamò dal treno. «Non avevi la tentazione di ucciderlo?»

«Certo, quasi quanto volevo levare il sorrisetto ad Amber con uno schiaffo ben assestato. Ma entrambe sappiamo che non è il mio stile. Ho pensato che sarebbe stato meglio mantenere la calma. Non mi ha dato la stessa soddisfazione, ma qualcuno doveva pur comportarsi da adulto. In più, non penso che sarei riuscita a tirare le redini una volta trasceso. E devo dire che ho fatto bene a seguire il mio istinto. È stato molto efficace».

«Come quando io e Grace eravamo piccole. Quando smettevi di urlare sapevamo di essere nei guai».

«Qualcosa del genere».

«Chiamare l'FBI è stata la mossa migliore. Dio benedica George».

«Entrare nel computer di qualcuno è un crimine federale. Onestamente non so come andrà a finire. Potrebbero anche pensare che non vale la pena perseguirla perché non sono implicati dei soldi».

«Certo che sono implicati dei soldi. Grace ha perso il suo posto nella comunità e non sarà mai più presa sul serio. Ha perso il suo lavoro, questo dovrà pur avere un valore».

«Sono d'accordo con te, ma non so come funzionino le cose a quel livello. Non ho mai avuto a che fare con l'FBI.

Ma la sua faccia quando sono arrivati i due agenti a interrogarla...» Maggie fece una pausa, poi sorrise. «Impagabile».

Più tardi, quando Maggie si svegliò dal meritato riposino, raccontò tutto a Grace.

«Pensi che la metteranno in prigione per un crimine così piccolo?», le chiese sua figlia.

Maggie scosse le spalle. «Non lo so. Potrebbero. Non ne ho idea. Ho chiamato Larry Gleason per rappresentarti, comunque. Non c'è nessun altro a cui tuo padre avrebbe affidato l'interesse dello studio e il tuo. Certo, se preferisci qualcun altro, sei libera di chiamare chi vuoi».

«No, va bene. Larry sarebbe stata la mia prima scelta, grazie per avermi risparmiato una telefonata». Grace sorrise per la prima volta da quando era arrivata a casa di Maggie il giorno prima. «Spero vada in galera. Spero che la chiudano dentro e buttino via la chiave. E lo stesso vale per lui». Il suo sorriso si allargò. «Non posso credere che George abbia davvero chiamato l'FBI. È il migliore. E tu la mia eroina. Da una parte, avrei voluto affrontarla io. Ma dall'altra... le persone avrebbero visto solo l'ex moglie che si comportava da pazza. Come se il blog non fosse abbastanza. Papà avrebbe odiato tutto questo, ma avrebbe odiato di più se avessimo gettato sullo studio più fango di quanto io non abbia già fatto».

«È stata l'unica cosa che mi ha fermato dallo scaraventargli contro la scrivania. Ci mancava solo che mi arrestassero per aggressione. Non che non ne sarebbe valsa la pena, ma non credo che avrebbe accresciuto la fama dei Flynn. Ora, vai a farti una doccia e a cambiarti. Ho preso qualcosa per cena nel posto italiano preferito di papà e sto morendo di fame».

Più tardi, dopo aver cenato e sistemato i piatti nella lavastoviglie, Grace le disse: «Mamma, cosa pensi che avrebbe fatto papà?»

«Credo che papà avrebbe sparato a entrambi».

«No, davvero. Cosa pensi avrebbe fatto?»

Maggie scelse bene le parole. «Non credo che avremmo questa conversazione se tuo padre fosse ancora vivo».

«Perché Zach non mi avrebbe mai lasciato. Saremmo ancora sposati».

«È possibile».

«Ma non mi avrebbe amata comunque». Grace sembrava tremendamente triste. «Il nostro matrimonio sarebbe stato una farsa e io sarei comunque stata l'ultima a saperlo».

A Maggie servì qualche giorno per riuscire a mettere ordine nella sua testa, ma una volta fatto, la strada le sembrava spianata. La decisione non era stata facile, ma tutto considerato, era meglio per tutti: avrebbe venduto la casa di Bryn Mawr e sarebbe tornata a Wyndham Beach.

Prima riflessione: era più che chiaro che Grace non sarebbe potuta tornare al suo lavoro neanche se avesse voluto. La sua reputazione era stata fatta a pezzi e la sua immagine distrutta. Aveva bisogno di un nuovo inizio da qualche altra parte, ma non riusciva ancora a capire quale fosse la sua strada.

Seconda riflessione: da quando Maggie era andata a vedere la sua vecchia casa, era stata tormentata dai ricordi e non riusciva a non pensare a quanto sarebbe stato bello ripitturare quelle pareti bianche. Riusciva perfettamente a immaginare dove mettere ogni mobile che possedeva, dove appendere ogni quadro e ogni fotografia. Era sempre più attirata dall'idea di tornare a Wyndham Beach, dai suoi amici e dall'opportunità di ricominciare.

Terza riflessione: c'era qualcosa che mancava nella sua vita e, anche se non era sicura di cosa fosse, le sembrava che ci fosse solo un posto in cui potesse schiarirsi le idee.

Non era facile, comunque, ignorare i ricordi che aveva a Bryn Mawr. C'erano stati dei bei momenti, felici: i primi giorni, le stanze vuote perché non avevano abbastanza cose per riempirle. Era stato divertente trovare ogni singolo mobile. Ricordava le cose malconce che avevano ristrutturato e i pezzi d'antiquariato che si erano aggiudicati. Avevano portato a casa dall'ospedale le loro bambine (ad Art piaceva raccontare quanto Natalie fosse impaziente di nascere e che erano riusciti ad arrivare in ospedale appena in tempo). Avevano celebrato qualsiasi festa: compleanni, anniversari, Natale, Capodanno, lauree, la festa di fidanzamento di Grace. Avevano segnato l'altezza delle ragazze nel corso degli anni sul muro della dispensa – anche quando avevano deciso di rinnovare la cucina, si erano preoccupati che gli imbianchini non lo rovinassero. Maggie aveva camminato su quei pavimenti tenendo in braccio le bambine malate, pregando che la febbre si abbassasse e, anni dopo, che tornassero a casa sane e salve quando tardavano il sabato sera. I fidanzati che avevano suonato nervosamente a quella porta e rimanevano all'ingresso con dei bouquet di fiori in mano. Le ragazze che scendevano le scale pronte per il ballo e Grace con il suo abito da sposa che la faceva sembrare una principessa.

E c'erano stati anche i momenti meno felici: la malattia di Art e la sua morte, che avevano offuscato tutto il resto. Per lei era ancora doloroso entrare nella stanza degli ospiti, dove avevano allestito la sua camera. Era stata una sua scelta, perché così, aveva detto, sarebbe riuscito a vedere gli alberi e gli uccellini dalla finestra. Maggie sospettava, però, che lo facesse per lei, per fare in modo che riposasse e non si svegliasse ogni volta che si muoveva o tossiva. Voleva andarsene in pace, guardando l'alba, con il sole che saliva dal pergolato del cortile sul retro, tenendo la mano a Maggie, ed era esattamente quello che avevano fatto.

Maggie aveva camminato per la casa, stanza per stanza, ricordando i piccoli momenti che avevano costruito la loro vita. Quando fu sicura della decisione che aveva preso, che non avrebbe più cambiato idea, chiamò l'agente immobiliare di Wyndham Beach. Poi chiamò Natalie, dicendole di trovare una babysitter per sabato pomeriggio e di raggiungerla a casa. Grace era ancora lì. In una settimana era tornata a casa sua solo una volta, trovando sulla porta diversi biglietti di reporter locali che le chiedevano interviste.

«Mamma», Grace l'aveva chiamata, «potrei rimanere da te un po' di più? Finché non decido cosa fare».

«Certo. Adoro averti qui con me». Maggie si era augurata che lo facesse e non tornasse a casa sua, perché si sarebbe chiusa dentro e si sarebbe isolata dal mondo. Sua figlia non aveva fatto niente per meritare l'attenzione negativa che stava ricevendo. Almeno, stando con Maggie, avrebbe avuto qualcuno con cui parlare e che si prendesse cura di lei, perché una mamma non smette mai di essere una mamma.

In più, Maggie aveva qualche idea su quale potesse essere il futuro di Grace, doveva solo riuscire a farla andare nella direzione giusta.

«Allora, mamma, cosa succede?» Natalie era arrivata un'ora prima rispetto all'orario che le aveva raccomandato la madre.

«Oh, sei in anticipo. Bene. Grace è di sopra. La chiami tu? Io intanto preparo il caffè». Maggie pensava che entro la fine della giornata – e a seconda di come sarebbero andate le cose – avrebbero avuto bisogno di una bottiglia di vino, ma, per il momento, andava benissimo il caffè.

«Dove ci vuoi?» Grace entrò in cucina, seguita dalla sorella.

«Penso che qui vada bene». Maggie indicò la nicchia con la panca incassata e il tavolo di legno che lei e Art avevano trovato a un mercatino dell'usato cinque anni prima. Era rimasto per anni in cantina, finché non avevano finito di rinnovare la cucina. Con i suoi cuscini imbottiti e la vista sulle mangiatoie per uccelli appese al terrazzo era l'angolo preferito di Maggie.

Versò il caffè, mise la panna e lo zucchero sul tavolo insieme a un vassoio di brownie che aveva fatto la sera prima.

«Le cose si fanno serie». Natalie ne prese uno e lo appoggiò su un tovagliolo. «La mamma ha tirato fuori il cioccolato».

«È serio. Ma prima che vi dica il perché vi ho riunite qui, voglio dirvi che vi voglio bene».

«Anche noi ti vogliamo bene, mamma». Anche Grace prese un brownie, dandogli subito un bel morso. «Che buono».

«Mamma, non sei malata, vero?» Natalie si aggrappò al bordo del tavolo, preoccupata.

«No, no. Volevo solo ricordarvelo e che sappiate che qualsiasi decisione io abbia preso la scorsa settimana, l'ho presa pensando al benessere di questa famiglia».

Grace e Natalie si scambiarono uno sguardo interrogativo.

«Ci hai già detto che hai intenzione di vendere lo studio a George», le disse Natalie. «E a noi va bene».

«Ma la cosa che non vi ho detto è che ho intenzione di vendere anche la casa».

Ecco fatto. L'aveva detto. Maggie osservò le espressioni sui volti delle sue figlie.

Natalie era confusa. «Quale casa?»

Prima che Maggie potesse rispondere, Grace disse: «Aspetta, questa casa?» Un'espressione d'incredulità si fece strada sul volto di Grace. «Vuoi vendere *questa* casa? La casa in cui siamo cresciute?»

Maggie annuì. «Sì. Questa casa».

«Perché?» Natalie era scioccata. «Perché lo faresti?»

«È per colpa mia, vero? È colpa mia se hai dovuto vendere lo studio di papà e ora vuoi vendere la casa». Grace era sull'orlo delle lacrime.

«No. Non è assolutamente per colpa tua. Beh, solo per quanto riguarda lo studio, ma sarebbe successo comunque, prima o poi. Se tu fossi rimasta lì, sarebbe diventato tuo. Ma sarebbe potuto succedere qualcos'altro prima di arrivare a quel momento. E se ho imparato qualcosa dagli ultimi due anni, è che niente è per sempre. A volte il cambiamento è una cosa positiva e a volte è necessario». Maggie fece un lungo sospiro. Le sue figlie la stavano guardando come se avesse due teste. «Per me è necessario. Ho sempre amato questa casa, dal momento in cui vostro padre mi ha portato qui per *dare solo un'occhiata*. Ho portato tutte e due voi dall'ospedale in questa casa. Non è stata una decisione facile per me. Qui abbiamo affrontato di tutto e l'abbiamo fatto insieme». La sua voce tremò. «Compreso l'addio a vostro padre. Ma ora devo andare avanti con la mia vita. Devo essere in un posto che io senta mio. Dove possa ricominciare da capo e scrollarmi di dosso tutto quello che è successo da quando vostro padre si è ammalato».

«Lo capisco. Ok. Allora cerchi un posto più piccolo, mamma? Sono d'accordo con te che questa casa sia grande per una persona. Possiamo aiutarti a cercare qualcosa». Grace si offrì. «Ci sono un sacco di belle occasioni in giro».

«Questo è vero. Ma ho già trovato un posto e non è proprio qui vicino».

«Hai già trovato un posto? Cosa intendi per "non proprio qui vicino"?» Natalie era sbigottita. «Non vuoi farcela vedere prima di decidere?»

«Ho già deciso. Ho già un contratto da firmare. Ed è una casa che conoscete benissimo».

«Sono confusa». Grace scosse la testa.

«Anche io». Natalie prese in mano la tazza, come se dovesse aggrapparsi a qualcosa.

«Quando sono andata a trovare Liddy a gennaio, ho visto che la casa di mia madre – quella in cui sono cresciuta, quella che ha costruito il mio antenato – era in vendita. Liddy mi aveva detto che era stata totalmente rinnovata, il meglio del meglio, eccetera. Prima che lasciassi Wyndham Beach, ho chiamato l'agente immobiliare. Volevo solo vederla un'ultima volta prima che la vendessero...».

«Per favore, non dirmi che andrai a vivere in Massachusetts». Gli occhi di Natalie erano larghi come dischi volanti.

«Veramente sì, andrò a vivere in Massachusetts. Tornerò nella mia città, nella mia vecchia casa. È il posto a cui appartengo».

«Ma... mamma». La voce di Grace chiedeva pietà. «Perché adesso? Per colpa mia?»

«Grace, non gira tutto attorno a te!», scattò sua sorella.

«Credo che il tempismo sia un po' sospetto, Natalie», le rispose Grace, per le rime.

«Per favore, ragazze». Maggie si massaggiò le tempie. «Non litigate».

«Che cosa ti aspettavi, mamma? Di chiamarci qui insieme e sganciare la bomba su di noi? Stai vendendo la casa che amiamo, dove siamo cresciute, così puoi comprare la casa dove *tu* sei cresciuta? Non ci hai mai detto una parola e adesso ci dici che ti trasferisci a otto ore da qui?» Grace iniziava ad arrabbiarsi.

«Perché non ci hai detto niente, mamma?»

«Perché non ho bisogno né del vostro consenso né della vostra approvazione». Maggie sapeva che le sue parole potevano apparire più dure di quanto volesse. Le ragazze sembravano aver appena ricevuto uno schiaffo. «Ho bisogno che voi mi capiate. Vostro padre non c'è più. Le mie migliori amiche sono a ore di distanza. Io ho bisogno di loro. Ho bisogno di andare a casa».

«Non hai bisogno di noi?», chiese Natalie.

«Certo che sì, tesoro». Maggie prese una delle mani di Natalie nella sua. «Ma tu hai la tua vita. Un lavoro che ami. Prima o poi incontrerai qualcuno e la tua vita prenderà un'altra direzione. E questo vale per entrambe voi». Maggie forzò un sorriso. «E mi lascerete sola».

«E io?» gli occhi di Grace erano lucidi. «Io avevo una casa, un lavoro e un marito».

«Gracie, lo so che sei un po' alla deriva in questo momento. In realtà, pensavo di chiederti di venire con me e aiutarmi con i lavori. I venditori hanno pitturato tutto di bianco – un bianco forte e accecante – quindi rifarò tutte le stanze. Potrei aver bisogno delle tue abilità».

«Lo fai per tenermi occupata?»

«No, Grace. L'ho fatto perché non ho pensato ad altro per settimane. Quando sono tornata a settembre, per la rimpatriata, mi sono sentita di nuovo a casa. E quel sentimento si è intensificato quando sono tornata a gennaio». Maggie guardò le sue figlie. «Per favore, cercate di capire che ho bisogno di questo. Rispettate la mia decisione e auguratemi ogni bene. E sappiate che la mia porta è sempre aperta. Potreste venire là per le vacanze estive e potremo celebrare le feste come abbiamo sempre fatto». Si girò verso Grace. «È il momento e il posto perfetto per rifarsi una vita. Se vuoi potrai fare l'avvocato in Massachusetts o se vorrai cambiare, lasciarti tutto alle spalle e scegliere qualsiasi cosa tu voglia. Capite solo che ora la mia vita è di nuovo mia e anche io vorrei scegliere cosa fare».

«Diavolo, avresti potuto fare l'avvocato». Natalie si asciugò le lacrime.

«Sì, era meglio di qualsiasi arringa finale io abbia mai fatto». Anche Grace era in lacrime.

«Spero di riuscire a mettere questa casa in vendita in sei settimane. Bisognerà dare una rinfrescata a un paio di camere e ai bagni, ma non c'è bisogno di farla lunga. Posso contare su di voi per darmi una mano?» Maggie si rivolse soprattutto a Grace.

Lei annuì. «Certo».

«Vale anche per me», disse Natalie. «La pausa invernale inizia venerdì. Potrei venire ad aiutarvi nei weekend e la settimana prossima».

«Sarebbe meraviglioso. Grazie. A entrambe. Ora, sono sicura che ci sono delle cose che entrambe vorrete avere. Io segnerò tutto quello che ho intenzione di portare con me, il resto siete libere di dividervelo. Se volete qualcosa, metteteci sopra un post-it con il vostro nome. Farò spostare le mie cose in un magazzino tra quattro settimane, quello che rimane verrà messo in vendita».

«Intendi un mercatino? Ti farà impazzire, mamma, la gente che gira per casa, che tocca le cose». Natalie arricciò il naso. «Sei sicura di volerlo fare?»

«Ho assunto qualcuno per il mercatino. Io non ci sarò perché hai ragione. Potrei impazzire. Ma le venderemo comunque e ciò che rimane verrà donato in beneficenza. Vi suggerisco di iniziare a guardarvi intorno e capire cosa volete tenere».

«Tu sai già cosa porterai via?», le chiese Natalie.

«Sì, ho un'idea generale. Ho fatto una specie di inventario nella mia testa».

«Perché non ci prendiamo un paio d'ore adesso per segnare tutto quello che prenderai tu, così io e Grace sappiamo per cosa dovremo combattere?»

«Non combatterà nessuno. Ci sono abbastanza cose per tutte e due. Però sì, prima o poi dovrò dividere tutto, e mi farebbe piacere una mano. Grazie».

Beh, non è andata tanto male, pensò Maggie mentre si girava per tirare fuori un pacchetto di post-it dal cassetto alle sue spalle. Avrebbe potuto andare molto peggio. Per un momento pensò di scoppiare in lacrime, ma tutto è bene quel che finisce bene.

Quando si girò ancora verso le sue figlie, vide che Grace stava piangendo.

«Che succede, Gracie?», le chiese Maggie.

«Stavo solo pensando che questa è stata la mia casa per tutta la vita». Grace prese la scatola di fazzoletti sul davanzale della finestra. Maggie l'aveva lasciata lì quando aveva avuto un crollo quella mattina. «Tutto quello che abbiamo fatto è partito da qui».

Natalie sedette vicino alla sorella. «Lo sai che hai ragione», disse alla madre. «Questa casa è sempre stata un punto fermo nelle nostre vite».

«Lo capisco, ragazze. Davvero. È stata anche il mio nido per trent'anni. Alcuni dei momenti più importanti della mia vita sono iniziati – o finiti – qui dentro. Ma non riuscirò ad andare avanti se rimango qui». Guardò in faccia le sue figlie mentre parlava. «Ed è venuto il momento di farlo».

«Credi che papà capirebbe?» Grace si soffiò il naso, poi si alzò per andare a buttare il fazzoletto sporco nell'immondizia.

Maggie annuì. «Credo di sì. Vostro padre non avrebbe mai voluto che qualcuno di noi rinunciasse a fare qualcosa in cui credeva».

«Sì, era bravo in quel genere di cose». Natalie si asciugò una lacrima. «Quando gli ho detto di essere incinta, che Jonathan se n'era andato e che avevo intenzione di tenere Daisy, non si è opposto. Né mi ha chiesto se sapessi quello che stavo facendo. Mi ha solo detto di seguire il mio istinto e fare quello che ritenevo giusto e che lui sarebbe stato dalla mia parte al cento per cento. E così è stato».

«Lo diceva sempre. Così come diceva di riflettere prima di prendere una decisione, perché ogni azione porta delle conseguenze». Grace esitò. «Senza ironia».

«Beh, credo che se fosse qui, incoraggerebbe ognuna di noi a vivere la propria vita ed essere fedele a se stessa». Maggie si appoggiò al tavolo. «Ho sentito la sua voce spesso in questi giorni».

«Mamma, se per te va bene vendere la casa e trasferirti di nuovo a Wyndham Beach, va bene anche per me. Mi mancherà mangiare con te ogni domenica e a Daisy mancherà vederti più spesso, ma hai ragione. È la tua vita ed è una tua scelta». Natalie picchiettò con le dita sul tavolo. «Mi ricordo quella casa. Mi è sempre piaciuto andare dalla nonna durante l'estate».

«Anche a me. Ci divertivamo un sacco», concordò Grace.

«Beh, non aspettatevi che sia come ve la ricordate. I nuovi proprietari hanno fatto un sacco di cambiamenti. Grazie al cielo, possiamo togliere un po' di bianco, che la rende così fredda. Ma pensandoci meglio, mi piacciono la nuova camera da letto e il bagno e sarà divertente cucinare in quella cucina tutta moderna. Una volta liberateci del bianco».

«Mamma, non ti offendere, ma non sei mai stata una gran cuoca», precisò Natalie. «Papà e le cene d'asporto sono quelle che ci hanno salvato negli anni».

«Non posso negare che vostro padre fosse il vero cuoco in questa famiglia, ma non ricordo lamentele quando ero io a mettere il cibo in tavola. In più, si può sempre imparare. Ieri ho ordinato tutti i libri di Ina Garten. Sto guardando il suo show in tv», replicò Maggie. «Fa sembrare tutto così facile».

«Beh, finché sei felice, io sono felice». Natalie alzò la sua tazza come per fare un brindisi. «Alla tua nuova vita, mamma. Che possa splendere».

«Sono d'accordo con Nat». Grace si unì al brindisi. «Allora, da dove iniziamo? La sala da pranzo? Ci sono un paio di cose che mi piacerebbe avere se non le porti con te».

«Anche io. Ho messo gli occhi su quella terrina che tu e papà avete portato a casa dall'Italia». Natalie ruppe il ghiaccio.

«Aspetta… quella con i fiori disegnati?» Grace la seguì. «La volevo io quella…»

Maggie sorrise. Aveva pensato anche lei di prendere quella terrina. Non aveva dubbi che le negoziazioni sarebbero continuate per tutto il giorno – senza litigare – ma alla fine, tutto sarebbe andato per il meglio.

Parte seconda

CAPITOLO TREDICI

GRACE

«Vivrai anche tu qui a Wyndham Beach?», chiese l'agente immobiliare a Grace, dopo aver concluso l'affare della casa su Cottage Street.

«Ho detto a mia madre che l'avrei aiutata a sistemarsi, ma io ho una casa in Pennsylvania», le rispose Grace. Una casa che aveva messo in vendita e di cui sperava di liberarsi il più presto possibile, ma non c'era tempo di approfondire il discorso. E avrebbe dovuto anche trovarsi un lavoro. Grazie a Dio suo padre le aveva lasciato dei risparmi per *i giorni di pioggia.*

«Beh, è bello che tu sia qui a fare le sue veci. Fa sempre comodo avere un avvocato in famiglia». Barbara chiuse la sua valigetta con uno scatto.

«Non sono qui come suo avvocato, solo come sostituto», le spiegò Grace. «Mamma ha ricevuto diverse offerte per la casa di Bryn Mawr e le sta valutando. Non appena la casa sarà sotto contratto, verrà qui. La maggior parte dei mobili arriverà oggi, quindi avrò un bel po' da fare». Controllò l'ora sullo schermo del telefono. «Anzi, devo tornare. I traslocatori dovrebbero arrivare tra un'ora circa, quindi devo essere là».

«Allora ti lascio andare. Queste sono le chiavi». Barbara le passò una busta. «E una lista di persone che hanno collaborato alle ristrutturazioni, come mi ha chiesto tua madre, così sa chi chiamare se dovesse avere delle domande».

Grace prese la pila di documenti che aveva firmato. Non appena il cartello VENDESI era apparso davanti alla casa di Bryn Mawr, il telefono non aveva mai smesso di suonare. Così, visto che la chiusura del contratto d'acquisto a Wyndham Beach era imminente, Maggie aveva delegato Grace a concludere l'accordo in Massachusetts al posto suo. E le aveva anche chiesto di supervisionare l'arrivo del camion dei traslochi, piazzando i mobili e svuotando le scatole. Da quando aveva lasciato lo studio, Grace non aveva fatto altro che aiutare sua madre a impacchettare la sua vita. C'era voluta qualche settimana, ma nonostante molte cose fossero state donate, altrettanto era stato venduto e una buona parte era finita nel magazzino in affitto a nome di Grace e Natalie. La casa di Maggie a Bryn Mawr era vuota – anche l'allestimento dell'agente immobiliare era stato portato via. Maggie sarebbe stata da Natalie fino a che la casa non fosse stata venduta.

A volte Grace pensava che fosse strano che sua madre lasciasse indietro trent'anni della sua vita e andasse avanti – o indietro, a seconda di come si considerava il ritorno di Maggie a Wyndham Beach. Ne aveva parlato con Liddy, da cui stava finché la casa non fosse stata pronta.

«Non posso farci niente. Credo ancora che non sia da lei decidere d'impulso di lasciare Bryn Mawr e tornare qui», le disse Grace, mentre facevano colazione insieme al Beach Fries, il nuovo bar sulla spiaggia in cui Liddy l'aveva portata appena arrivata.

«La famiglia di tua madre ha delle radici molto profonde in questo posto. È cresciuta in quella casa e lei le è sempre rimasta legata», le ricordò Liddy. «Come tu ti sentirai sempre legata alla casa in cui sei cresciuta. Chissà, magari un giorno sarà di nuovo in vendita e anche tu vorrai ricomprarla».

«Questo lo capisco. Ma a me è sembrato tutto così improvviso. Sono preoccupata che non ci abbia pensato abbastanza. Come se l'avesse fatto solo perché per un momento le è sembrata una buona idea».

Liddy si mise a ridere. «Sai bene che tua madre non è così. Non agisce d'impulso se si tratta di qualcosa di importante. Credo che, nel corso degli anni, sarebbe tornata più volte se avesse potuto».

«Avrebbe potuto. Non so cosa l'ha fermata».

«Quando tu e tua sorella andavate a scuola, e tua nonna era ancora viva, tornare qui per l'estate aveva un senso. Poi, una volta che voi avete iniziato il college e a fare le vacanze per conto vostro, i vostri genitori sono stati liberi di andare dove volevano. Credo che tu e Natalie non siate più state qui dopo la morte di vostra nonna».

Grace cercò di ricordare. «È vero. Almeno, per me è così. Ma sai, abbiamo sempre fatto i viaggi insieme, tutti e quattro quando eravamo bambine».

«Sì, ma una volta che voi siete uscite dal nido, i tuoi genitori non hanno più dovuto organizzare le vacanze basandosi sulle pause dalla scuola. Potevano andare dove volevano, quando volevano».

«E l'hanno fatto. Sono andati ovunque». Grace sorrise al ricordo delle telefonate improvvise con cui le chiedevano di ritirare la posta e bagnare le piante in loro assenza.

«Non è un segreto che tuo padre preferisse l'Europa a Wyndham Beach. Non che avesse torto. Qui non ci sono grandi musei o posti storici da visitare. Siamo solo una piccola cittadina sulla costa del Massachusetts».

«Beh, è una cittadina accogliente. E rispetto a questo, capisco perché la mamma voglia tornare qui. Anche se la casa è cambiata molto. Ho fatto fatica a riconoscerla. Le aggiunte hanno fatto vacillare i miei ricordi. Niente sembrava più lo stesso». Grace diede un morso all'eccellente french toast che aveva davanti.

«Almeno i precedenti proprietari avevano buon gusto e abbastanza soldi da fare le cose per bene», osservò Liddy. «Ucciderei per avere una cucina come quella. Il meglio del meglio. Sarebbe fantastico cucinare lì dentro».

La porta del bar si aprì ed entrò un uomo alto, biondo e muscoloso con jeans e una maglietta nera a maniche lunghe. Fece scorrere lo sguardo sulle persone sedute, come se stesse facendo l'appello. Si fermò a guardare il tavolo dove c'erano Liddy e Grace. Un momento dopo, si avvicinò a loro.

«Buongiorno, Lydia», le disse.

Liddy si girò a guardarlo. «Dov'è la sua uniforme, capo?»

«Mi sono preso la mattina libera». Sorrise a Liddy, poi a Grace. «Salve».

«Oh, Grace. Questo è il nostro capo della polizia, Brett Crawford». Liddy lo guardò, alzando un sopracciglio. «Grace è la figlia di Maggie Flynn».

«Mi sembravi una faccia familiare», le disse. «Ho visto te e tua sorella al funerale di vostra nonna».

«Brett veniva a scuola con me e tua madre», spiegò Liddy.

«Si dice in giro che tua madre abbia comprato la vecchia casa dei Wakefield, la casa di tua nonna», disse appoggiandosi con le mani allo schienale della sedia di fronte a lui.

«È così», confermò Grace. «Ha chiuso l'affare ieri. Beh, l'ho fatto io per lei. Lei è ancora in Pennsylvania per sistemare le ultime cose e vendere l'altra casa».

«Allora si trasferisce di nuovo qui».

Da vicino, Grace riusciva a vedere ciocche argentate tra il biondo dei suoi capelli, ma, nonostante quello, era davvero un bell'uomo. «Sì, credo tra un mesetto o giù di lì».

«Allora passerò a farle un saluto quando si sarà sistemata. Nel frattempo, se ti servisse qualcosa, aiuto in casa, qualsiasi cosa, sentiti libera di chiamarmi alla stazione di polizia». Si raddrizzò.

«Spero di non aver bisogno della polizia mentre sono qui, ma grazie».

«In qualsiasi caso, non esitare. Liddy, ci vediamo».

«Puoi scommetterci».

Dopo che se ne fu andato per recuperare il suo ordine, Grace si rivolse a Liddy: «Sembra carino».

«Sì, è un tipo a posto. Un buon capo della polizia. Tiene molto alla comunità». Liddy sembrava sul punto di dire altro, ma non lo fece.

«Beh, almeno so chi si presenterà se dovessi mai chiamare il 911». Grace finì di mangiare ciò che rimaneva del french toast. «Era delizioso, Liddy. Grazie per avermi portato qui. Ci tornerò sicuramente».

«Ci sono diversi ristoranti buoni in città. Wyndham Beach è cambiata molto negli ultimi anni. Hanno aperto nuovi negozi, si sono trasferite tante famiglie giovani. Il nuovo centro d'arte di Emma sta andando molto bene. Fai un salto a vedere la mostra di Jessie prima che i quadri vengano spostati a Boston. Una galleria li terrà per qualche settimana».

«La mamma mi ha detto che la mostra è mozzafiato e che hai una fila di gallerie che vogliono aggiudicarsi i suoi pezzi. Abbiamo sempre saputo che Jess aveva un sacco di talento. Sono contenta che altre persone possano ammirare il suo lavoro. Ci andrò sicuramente».

Pensare al suicidio di Jessie le faceva venire la nausea. Lei e Jess avevano la stessa età ed erano state amiche per anni, finché le loro vite non le avevano portate in direzioni diverse. Cercava di ricordare l'ultima volta che si erano viste, ma non riusciva. Rimpiangeva di non essere riuscita a restare più in contatto con lei. Il suo suicidio l'aveva travolta come un treno. Non sapeva che fosse depressa. La perdita della figlia aveva spezzato il cuore a Liddy. Maggie non aveva condiviso i particolari con loro, ma Grace sapeva anche che il marito di Liddy l'aveva lasciata un anno dopo la morte di Jessie.

Le due donne presero strade diverse una volta uscite dal bar, Liddy tornò a casa con la promessa di raggiungere Grace il prima possibile, mentre quest'ultima si fermò al supermercato per fare un po' di spesa – uova, pane, burro d'arachidi, tè freddo e pretzel. Aveva stilato una lista delle cose che voleva fare e doveva sbrigarsi a iniziare.

I traslocatori avevano lasciato i mobili nella sala da pranzo e nel salotto dopo aver steso i tappeti orientali, ma Grace sapeva che gli imbianchini avrebbero dovuto spostarli di nuovo. Non era sicura di dove Maggie volesse mettere le poltrone da lettura, così le posizionò di fronte al caminetto. Maggie le aveva detto di scegliere una delle camere al primo piano e lei aveva scelto quella sul retro. Aveva una vista perfetta non solo sul retro della casa, ma anche sulla baia. Quando aprì la finestra, la brezza primaverile mista all'aria salmastra inondarono la stanza, lei chiuse gli occhi e fece diversi respiri profondi, come faceva sua madre. Recuperò delle lenzuola da uno degli scatoloni e ne approfittò per sistemare anche la camera padronale. Dopo aver finito, si stese sul letto della madre, si fece un selfie e glielo mandò.

Hai detto che avrei potuto scegliere la camera che volevo. Ho scelto questa. Adoro la doccia a vetro nel bagno – e quella cabina armadio è grande quanto il mio primo appartamento! La adoro! Grazie, mamma!

La risposta di Maggie non si fece attendere: Hahahahaha. Scendi dal mio letto. Xoxo.

Dopo la prima settimana a Wyndham Beach, Grace iniziò a capire perché sua madre era tanto attratta da quella città. Aveva preso l'abitudine di camminare fino al mare dopo cena, con una tazza di caffè in mano e sedersi sulle rocce a vedere il sole tramontare. Chiudeva gli occhi e ascoltava le onde che accarezzavano la spiaggia. Guardava gli uccellini che inseguivano la risacca del mare e beccavano la sabbia e si fece l'appunto mentale di comprare una guida per uccelli, per imparare a riconoscerli. Rimaneva lì finché non finiva il caffè, poi tornava verso casa. Per la prima volta da quando potesse ricordare, la sua vita apparteneva a lei. Non aveva ordini da eseguire, nessuno a cui fare rapporto e aveva intenzione di sfruttare al meglio ogni momento.

Aveva tempo di respirare, di riflettere sulla vita che avrebbe lasciato alle sue spalle se avesse deciso di trasferirsi lì con Maggie. Pensava a quanto le mancasse Zach, ma scoprì che essere lontana da lui e dallo studio aveva messo le cose finalmente in prospettiva e dubitava che sarebbe successo se fosse rimasta a Philadelphia. Amber era stata arrestata, ma era uscita su cauzione, ed era molto lontana da un processo – ci sarebbero voluti anni, probabilmente. Sapeva che casi come questo non vanno subito alla sbarra – e il suo avvocato le aveva detto che anche se fosse stata condannata, non era sicuro che andasse in galera. Grace aveva rilasciato una dichiarazione all'FBI, grata alla donna che l'aveva interrogata che sembrava aver capito la situazione, mentre le raccontava del blog. L'ex socio di Art, George, aveva comprato lo studio e aveva tenuto la maggior parte dei clienti. Zach aveva lasciato la città per andare a lavorare in uno studio a West Chester, a quaranta chilometri da Philadelphia. Grace non aveva rimpianti sull'aver dato le dimissioni né sul fatto di vendere la casa che lei e Zach avevano comprato insieme. L'unica cosa di cui non era sicura, era la mossa successiva, ma, come sua madre le aveva consigliato, doveva prendersi del tempo per capire quello che voleva fare e chi voleva essere. Maggio era un mese bellissimo a Wyndham Beach e, in quel momento, era lì che voleva essere.

Non passò molto tempo prima che Grace ricordasse perché le piaceva tanto far visita alla nonna in estate – il profumo del mare, il modo in cui il sole splendeva sull'acqua. Come aveva potuto dimenticare quanto amasse quel posto?

Una volta superato lo stress di aver lasciato lo Studio Flynn, Grace avrebbe voluto rientrare nel suo blog per scusarsi con le persone iscritte per essere sparita così all'improvviso, ma aveva scoperto che, dopo che Timothy l'aveva chiuso, l'FBI ne aveva congelato una parte come prova contro Amber. Sperava di poter avere la possibilità di augurare buona fortuna alle sue amiche online.

Maggie arrivò per il weekend del Memorial Day, portando con sé diverse cose che non si era fidata a dare ai traslocatori – le porcellane di sua madre e i suoi gioielli, e diversi pezzi d'arte che le erano particolarmente cari. Approvò tutto quello che Grace aveva fatto e non cambiò neanche una virgola. Liddy ed Emma la stavano aspettando e, dopo un tour della casa, le tre donne si spostarono nel cortile sul retro dove ispezionarono ogni angolo per capire dove Maggie avrebbe potuto piantare cosa e se i fiori di sua madre erano o no sopravvissuti ai nuovi proprietari.

Una volta pianificato quello che si doveva fare, Grace tornò all'ingresso. Pensava allo smalto rosa che aveva comprato il giorno prima. Sarebbe stato il momento giusto per curare quelle unghie che erano a malapena sopravvissute a tutto il lavoro delle ultime settimane. Era entrata in casa, aveva recuperato il sacchetto ed era tornata sul portico. Alla terza unghia dipinta, sentì qualcuno camminare sul prato.

Alzò lo sguardo e si trovò davanti un ragazzo biondo, con dei pantaloncini cargo, una maglietta dei Grateful Dead, le infradito ai piedi, gli occhiali da aviatore e un sorriso maldestro.

«Chris?» Appoggiò una mano a visiera sugli occhi, strizzandoli per colpa del sole. «Chris Dean?»

«Grace Flynn!» Le corse incontro. «Pensavo di avere un'allucinazione. Sei uguale a tua madre quando eravamo piccoli. Beh, tua madre con i capelli scuri».

«Non ti hanno insegnato che non si dice a una ragazza che assomiglia a sua madre?» Grace riavvitò il tappo dello smalto e appoggiò il botticino sullo scalino. «Credevo che un uomo di mondo come te lo sapesse».

«Devi avermi confuso con il ragazzo che si fa chiamare DEAN. E poi, tua madre è sempre stata bellissima. Tale madre, tale figlia». La abbracciò. «Come stai, Gracie?»

«Sto bene. Tu?» Spostò la testa all'indietro per guardarlo e lui le diede un bacio sulla fronte, un rumoroso bacio con lo schiocco, prima di lasciarla andare.

«Sto bene. Non c'è male».

Grace rise. «Ti prego. Non farmi dire che so che sei una superstar».

«Non quando sono a Wyndham Beach». Si sedette sullo scalino e le diede un piccolo strattone per farla sedere vicino a lui. «Qui sono solo il figlio di Emma, che d'estate portava te e tua sorella in giro sul carrettino». Fece una pausa. «Lei è qui? Nat?»

Grace scosse la testa.

«Speravo fosse nei paraggi. È tanto tempo che non ci vediamo. Come sta? Tua madre mi ha fatto vedere le foto della sua bambina. È carina».

«Daisy è la bambina di tre anni più perfetta al mondo».

«E non sta più con il ragazzo con cui viveva?»

«No. Lo stronzo se n'è andato non appena ha saputo che era incinta».

Rimase in silenzio per un secondo e poi disse a voce bassa: «Che bastardo».

«Non hai idea, Chris».

Lui fece un respiro profondo. «Natalie si merita di meglio. E tu?» Le prese la mano sinistra. «Pensavo fossi sposata».

«Ero sposata».

«Una tua scelta o sua?»

«Oh, sua. Senza dubbio. Così come ha scelto di innamorarsi di un'altra».

«Che schifo, Gracie. Mi dispiace. Anche tu meriti di meglio. È un coglione».

«Che ti posso dire? Le sorelle Flynn non sono brave a scegliere gli uomini».

«Non so cos'abbiano di sbagliato gli uomini in Pennsylvania». Le mise un braccio attorno alle spalle. «Quello che ti serve è del tempo fuori con dei vecchi amici. Sto andando da Dusty a farmi un paio di birre con Ted. Vieni con me».

«Ted...Teddy Affonseca? È qui in giro?»

«Solo per qualche giorno. Cerchiamo sempre di incastrare i nostri impegni in modo da incontrarci un paio di volte all'anno. Questa è una di quelle volte. Dai Gracie, sarebbe contento di vederti. Ne sono sicuro».

«Chris...» Si fermò. «Non sono proprio di compagnia in questo momento».

«Cosa stai dicendo? Sei di gran compagnia». Le prese una mano e la strinse. «Sono veramente contento di vederti». Si girò verso la casa. «Mia mamma è ancora qui, vero?»

«Sì, lei e Liddy sono sul retro ad aiutare la mia con il giardino. Non mi ha detto che saresti arrivato».

«Non lo sa. Volevo farle una sorpresa». Si alzò in piedi. «Vieni con me?»

«Devo finire una cosa. Tu vai. Ti raggiungo tra un minuto».

Chris entrò in casa e Grace finì di dare una passata alle unghie con lo smalto, scuotendo le mani per farlo asciugare prima, poi entrò, salì di sopra e si cambiò mettendosi qualcosa che non fosse dei pantaloncini pieni di sabbia e un top macchiato di caffè. Si prese un minuto per pettinarsi i capelli e legarli in una coda. Scese le scale giusto in tempo.

«Sei pronta?», le chiese Chris, spuntando dall'ingresso.

«Dovrei dire a mia madre che sto uscendo».

«L'ho fatto io».

«Emma era contenta di vederti?», le chiese.

Chris rise. «Non hai sentito urlare?» La prese per un braccio. «Dai, andiamo in città».

«Magari per una birra».

«Due birre. Per una birra non vale la pena di fare tanta strada».

Grace non poteva resistere. Avrebbe mentito a se stessa se avesse detto di non sentirsi lusingata che Chris volesse passare del tempo con lei.

Camminando verso il bar, lo osservò di nascosto un paio di volte. Era più alto di quanto ricordasse ed era molto più in forma. Portava i capelli più lunghi e disordinati quando era più giovane, ma ora erano ben tenuti, un taglio che poteva costare una fortuna. La barba gli dava un aspetto rude, che la sua versione più giovane non aveva. Camminando rilassato lungo Cottage Street, le mani nelle tasche dei pantaloni e gli occhi nascosti dietro agli occhiali scuri, poteva sembrare un qualsiasi trentenne di Wyndham Beach che si stava godendo una passeggiata all'aperto.

Teddy li aspettava al bar ed era ovviamente felice di vedere Grace. Si scambiarono riassunti delle loro vite da quando non si erano più visti.

«Per dirla breve, faccio l'attuario per una compagnia assicurativa a Boston, ho sposato una pediatra e sono il papà di due gemelle di tre anni. Per me è come una vacanza quando riesco a venire qui a trovare i miei genitori e passare del tempo con qualche amico».

«Anche mia sorella Natalie ha una bambina di tre anni», disse Grace.

Sentendo il nome di sua sorella, Chris prese il telefono: «Chiamiamola. Qual è il suo numero?»

Le sembrava di ricordare che c'era stato qualcosa tra Chris e Nat quando erano adolescenti ma, per quanto ne sapesse, non ne era mai nato niente. Sperava che Chris volesse vederla per riavvicinarsi a lei. Era stato tutto un piano per avere il numero di Natalie? Nah. Gli sarebbe bastato chiederlo a sua madre per averlo.

Chris compose il numero di Natalie e Grace notò che lo salvò in rubrica. Schiacciò *chiama* e aspettò. Il telefono suonò da libero, ma poi scattò la segreteria.

«Se non riconosce il numero non risponde», gli disse Grace. «La chiamo col mio». Così fece e Natalie rispose immediatamente.

«Che succede?», le chiese Nat. «Mi hai chiamato da un altro telefono? Va tutto bene? Mamma sta bene?»

«Va tutto bene, ma sono qui con un paio di amici che volevano salutarti. Aspetta». Grace mise la chiamata in vivavoce e passò il telefono a Chris.

«Ehi! Sto parlando con Natalie nel Paese delle Meraviglie?»

Ci fu una pausa seguita da una risata. «Oh mio Dio. È Chris il brontolone?»

Chris scoppiò a ridere. «Lo sai che solo tu hai il permesso di chiamarmi così».

«Un diritto che mi sono guadagnata molti anni fa». Natalie continuò a ridere. «Come stai Chris?»

«Sto benone. Sono qui seduto da Dusty che bevo una birra con Gracie e Ted Affonseca. Te lo ricordi?»

«Certo che me lo ricordo! Ehi, Ted!»

«Ciao Natalie! Non vorresti essere qui con noi?» Ted si sporse verso Grace per farsi sentire.

«Certo che sì. Sembra che vi stiate divertendo un mondo. Ma come avete fatto a convincere mia sorella a unirsi a voi per un viaggio alla taverna locale?»

Grace fece una smorfia e alzò gli occhi al cielo.

«Dev'essere il vecchio fascino dei Dean», le rispose Chris.

«Sto leggendo diverse cose sul fascino dei Dean in questi giorni. Te la stai spassando, eh?», lo prese in giro Natalie.

«Non so cosa tu stia leggendo, quindi risponderò con un *un uomo fa quello che deve fare*», Chris rispose, con naturalezza.

«Che nel tuo caso è il solito cliché. Ho capito». Natalie continuò a prenderlo in giro. «Anche se potrei dirti che dalla persona che ha scritto canzoni come *Into the Summer* e *I Will Remember* mi aspettavo qualcosa di meglio di *un uomo fa quello deve fare*».

«Ehi, mi hai preso alla sprovvista, cosa potevo dire?» Si fermò, poi disse: «Allora ti piacciono quelle canzoni?»

«Due delle mie preferite. Non dei DEAN o dell'album, ma due delle mie preferite di sempre».

«Ti dico una cosa. Il mese prossimo suoniamo a Philadelphia. Quelle due lì non le stiamo più facendo, ma se verrai al concerto, farò in modo di metterle in scaletta. Che ne dici? Penso a tutto io: trasporto, biglietti, pass per il backstage». Spostò lo sguardo verso Grace, come se si fosse ricordato che era lì anche lei. «Tu e Grace». Guardò Grace e alzò un sopracciglio. «Abiti ancora vicino a Philadelphia, vero?»

Grace esitò. Viveva ancora là? Invece di rispondere direttamente, disse: «Io ci sto. Nat?»

«Come potrei rinunciare a un'offerta del genere? Certo che ci sto anch'io! Grazie Chris! Non vedo l'ora».

Lui abbassò la voce. «Anche io. Sarà bello rivederti, Natalie. E ora, restituisco il telefono a tua sorella e le ordino un'altra birra. Vedi cosa ti stai perdendo?»

«Vieni qui questo weekend?», le chiese Grace, una volta tolto il vivavoce.

«Vorrei, ma non posso. È la fine del semestre. La professoressa Flynn ha dei compiti da correggere e dei voti da dare. Posso chiamarti stasera?»

«Certo. Non penso di fare tardi con questi due».

«Invece dovresti. Da quanto non uscivi a divertirti?»

«Da un po'. Ma credo che dovrei lasciarli alle loro chiacchiere da uomini, quindi mi avvierò verso casa».

«Come sta la mamma? Si sta abituando al trasloco?»

Grace rise. «Ha già chiamato gli imbianchini e risistemato il giardino. Sta bene. Più che bene. Non l'avevo mai vista così felice da quando è morto papà».

«Molto bene. Temevo che una volta lì avrebbe realizzato che la casa di Bryn Mawr era andata per sempre...»

«Sì, l'avevo pensato anch'io, ma sembra veramente in pace con la sua decisione».

«Bene. Ci sentiamo più tardi, allora. Devo andare a prendere Daisy all'asilo».

Grace chiuse la chiamata e appoggiò il telefono sul tavolo.

«Sai se ha intenzione di venire qui per il weekend?», le chiese Chris.

Lei scosse la testa. «Vorrebbe venire, ma deve lavorare perché è la fine del semestre. Compiti da correggere. Sai che insegna in una scuola professionale, vero?»

«Sì. Mia mamma mi tiene aggiornato. Mi dispiace che si perda un bel weekend. Dovrò aspettare di vederla a Philadelphia, allora».

Grace studiò l'espressione di Chris. Sembrava *davvero* dispiaciuto di non vedere Natalie. *Peggio per me,* pensò Grace, *ma fortunata Natalie*. Fama a parte, era proprio cresciuto bene il ragazzo, come avrebbe detto nonna Lloyd.

CAPITOLO QUATTORDICI

NATALIE

«Fatto». Natalie mise l'ultimo voto e fece un sospiro di sollievo.

Il semestre era finito e la maggior parte dei suoi studenti aveva fatto un buon lavoro, o comunque abbastanza buono. C'era qualcuno che spiccava e qualcuno che non aveva mai davvero preso il giro, ma questo succedeva in tutte le classi. Prima di chiudere il computer, rilesse le e-mail dei due studenti che avrebbero ricevuto la borsa di studio Arthur J. Flynn e sorrise. Suo padre sarebbe stato così fiero di vedere il suo sogno diventare realtà.

La casa era silenziosa mentre controllava che porte e finestre fossero chiuse. Aveva scelto di non insegnare quell'estate, come aveva sempre fatto, per passare un po' di tempo con sua madre e sua sorella a Wyndham Beach. Era in contatto costante con loro, di solito le chiamava con FaceTime mentre faceva il bagno a Daisy o al momento della buonanotte. Sembrava che avessero una vita pigra e pacifica e voleva unirsi a loro. Grace sarebbe tornata in città un paio di giorni dopo per il concerto che Chris aveva promesso ed entrambe le sorelle Flynn erano entusiaste. Grace aveva incontrato Chris in carne e ossa un mese prima, invece Natalie aveva dovuto accontentarsi del FaceTime, ma se dall'altra parte del telefono c'era Chris Dean, era comunque una figata.

Si fece una doccia e si mise a letto, sistemando i cuscini prima di spegnere le luci. Guardò fuori dalla finestra nel cielo notturno, buio e pieno di stelle. Ne scelse una ed espresse un desiderio, una vecchia abitudine che non avrebbe mai svelato a nessuno. Ore prima, lei e Daisy erano sedute nel patio e la piccola aveva recitato la sua versione di *Stella, stellina* che finiva con il desiderio di ritrovare il suo verme giocattolo che aveva cercato per tutto il pomeriggio. Natalie, però, sospettava che Daisy l'avesse portato di nascosto all'asilo e l'avesse dimenticato là. Avrebbe controllato la mattina dopo.

Lei e Grace non si erano più viste da quando si era trasferita a Wyndham Beach, ma sembrava stare molto meglio ora. Ancora non riusciva a credere a tutto quello che le era piombato addosso all'improvviso, costringendola a lasciare il lavoro e la sua casa. Sperava che Amber sarebbe stata incarcerata per aver rovinato la vita di sua sorella. Comunque, al momento le cose sembravano andare meglio per Grace che per Amber, ed era già grata per questo.

Si mise comoda e chiuse gli occhi, ma tutto quello a cui riusciva a pensare era il concerto imminente e l'altrettanto imminente incontro con Chris Dean. Erano passati dodici anni dall'ultima volta che si erano visti e quell'ultima sera insieme l'aveva lasciata confusa. Aveva diciassette anni e stava per partire per l'Italia per un tour di un mese e mezzo con una compagna di classe – un doppio regalo di diploma e diciottesimo compleanno anticipato da parte dei suoi genitori – mentre Chris ne aveva ventuno e stava per iniziare la sua prima vera tournée con la band. Erano seduti vicini, i gomiti che si toccavano, sulla grande roccia che si affacciava sul porto, guardando il tramonto. Iniziava a imbrunire, l'unica luce era quella delle case affacciate sull'acqua.

«Siamo solo il primo numero di apertura», le aveva detto lui, «ma bisogna imparare a camminare prima di correre, giusto?»

«Non so cosa significa esattamente, ma sono comunque molto impressionata».

Chris si era messo a ridere. «Vuol dire che ci sono altri due numeri dopo di noi. Mettono sempre il gruppo meno conosciuto per primo. E saremmo noi. Ma è questo che mi piace di te, Nat. Tutti quelli a cui l'ho detto hanno reagito con un *fico*. Tu sei l'unica che si è interessata abbastanza da chiedere».

«Mio padre dice sempre *se non chiedi, non impari*».

«Allora è il mio turno di chiedere. Cosa farai esattamente quest'estate oltre a scansare tutti i ragazzi italiani che ti correranno dietro?» Imitò, esagerandolo, un accento italiano: «Ciao bella! Comm si bell! Mi vuoi sposare?»

Natalie era scoppiata a ridere. «Certo, sarò sicuramente circondata da amanti italiani».

«Spasimanti», aveva precisato lui. «Sei troppo intelligente per cedere ai complimenti».

«Magari lo farò, prima di tornare a casa. Perché andare in Italia e non provare un campione dei talenti locali?»

«Natalie Flynn. Sappiamo entrambi che non succederà mai».

«*Noi* non sappiamo niente. Questa è la parte divertente di un'estate all'estero senza genitori. Magari incontrerò uno alto, moro e bello che mi farà cadere ai suoi piedi».

«No», aveva detto lui, con meno leggerezza di quanto lei si aspettasse. «Se succedesse, non torneresti».

«Quindi?»

«Quindi io penserò a te qui, a Wyndham Beach».

«Perché? Tu non sarai qui. Viaggerai per il mondo, le ragazze faranno a gara per entrare nel tuo letto e riempirai gli stadi. Diventerai una star internazionale. Non avrai tempo per pensare a me qui o da qualsiasi altra parte». Aveva sbirciato la sua faccia con la coda dell'occhio, cercando di capire a cosa stesse pensando.

«Spero tu abbia ragione sulla storia della star internazionale. Siamo bravi. Ce lo meritiamo, Nat. Ma per il resto... le ragazze intendo, non ne sono sicuro. Non penso ci sarà mai un momento in cui non penserò a te».

Avevano passato così tanto tempo insieme quell'estate, che anche le loro madri avevano commentato la cosa. Natalie le aveva sentite parlare una volta.

«Chris esce con diverse ragazze, e so che Natalie si vedeva con Andy Simmons quest'estate, ma lei e Chris stanno passando veramente tanto tempo insieme». Emma era seduta sul portico insieme a Maggie. «Non che non mi farebbe felice vederlo con Natalie. È perfetta».

Maggie aveva riso. «Non è perfetta, ma devo dire che mi piacciono insieme. Penso siano solo amici. Vanno in spiaggia e fanno un sacco di cose, è vero. Ma non ce li vedo a uscire insieme. Nat ha solo diciassette anni e Chris ne ha quattro in più».

«Una buona differenza d'età», aveva detto Emma. «Ma sono d'accordo, sembrano più interessati a essere solo amici».

E per la maggior parte dell'estate lo erano stati. Natalie non avrebbe mai ammesso a Chris o a nessun altro – nemmeno alla sua migliore amica – che lui era l'unico ragazzo che la attraeva in *quel* modo, che aveva una cotta incredibile per lui. Le piaceva così tanto, si divertiva talmente tanto in sua compagnia, che non voleva rischiare di rovinare tutto con una confessione che, tra l'altro, l'avrebbe fatta morire di vergogna perché lui le avrebbe sicuramente risposto che la considerava solo un'amica.

«Cosa vuoi fare da grande, Nat?», le aveva chiesto, quella sera. «Dopo il college».

«Non lo so ancora, ma credo che mi piacerebbe insegnare. Aiutare i ragazzi a imparare qualcosa di importante. E cosa mi dici di te? Cosa farai se non diventerai una rockstar?»

«Qualcosa legato alla musica. Insegnare, forse». Sorrise. «Così quando tutto andrà in rovina e tornerò qui a Wyndham Beach, trascinando la chitarra in segno di resa, magari potremo insegnare qui entrambi».

«Non credo proprio che fallirai, Chris. Brillerai come...» Aveva alzato gli occhi al cielo, dove una stella cadente aveva attraversato il cielo in un bagliore di luce. «Come quella stella cadente. L'hai vista? Svelto, esprimi un desiderio, lo faccio anch'io».

Lui aveva chiuso gli occhi. Quando li aveva riaperti, le aveva chiesto: «Cos'hai desiderato, Nat? Un'estate piena di amanti italiani?»

«Ho desiderato che il tuo sogno diventi realtà. Che la tua band diventi come nei tuoi sogni».

«Oh, Nat. Come sei dolce. Ma non avresti dovuto sprecare un tuo desiderio per me», l'aveva presa in giro. «Avresti dovuto usarlo per te stessa!»

«È per me! Io voglio che tu sia felice e se tu sei felice, io sono felice. In più, se l'hai desiderato anche tu, è un doppio desiderio. E si sa che i doppi desideri si avverano, quindi non è un desiderio sprecato».

Si era girata verso di lui e lo aveva guardato negli occhi per un tempo che era sembrato infinito. Alla fine, lui aveva detto: «Non ti dimenticherò mai, Nat. E ricorderò sempre anche questo...» E poi l'aveva baciata. Un bacio lungo, delicato, perfetto. Il bacio che aveva sognato per tutta l'estate e che l'aveva lasciata con la voglia di averne di più. «Mi ricorderò, te lo giuro. Non importa dove andrò, quando vedrò una stella cadente, penserò a te».

Nel corso degli anni, ogni volta che aveva visto una stella cadente, a lei tornava in mente quella sera e si era sempre chiesta se anche lui se la ricordasse.

«Ci credi che lo stiamo facendo davvero?» Natalie si precipitò all'ingresso non appena vide Grace parcheggiare davanti a casa sua. Si abbracciarono velocemente e Natalie chiuse la porta dietro alla sorella. «Andiamo a un concerto insieme. E non un concerto qualsiasi».

«Onestamente, non pensavo l'avrebbe fatto davvero, ma l'ha fatto». Grace si diresse verso lo specchio dell'atrio per controllare trucco e capelli. Si era fatta una coda di cavallo molto alta, esattamente come sua sorella. «Oddio, sembriamo le gemelle Flynn o è solo una mia impressione?»

Natalie rise. Entrambe avevano scelto dei jeans, stivaletti alla caviglia e dei lunghi orecchini argentati. Avevano messo le magliette che Chris aveva mandato con la sua faccia al centro, data e luogo del concerto.

«È troppo tardi per cambiarsi». Natalie indicò la finestra che dava sulla strada, da dove si vedeva una lunga macchina bianca che si era appena fermata davanti a casa. «Vado un attimo in cucina a dare la buona notte a Daisy. Sono riuscita ad avere la sua babysitter preferita, quindi, non le importerà neanche se esco».

«Dille che ci vedremo domattina», le disse Grace, mentre usciva dalla porta.

Natalie non stava esagerando, Daisy quasi non alzò la testa per darle un bacio. La babysitter aveva portato una borsa di pupazzi ed erano impegnate a inventare una storia.

Le due si sedettero nella limousine, tenendosi per mano e ridacchiando come adolescenti.

«Hai il pass per il backstage?», le chiese Grace.

«Stai scherzando?», rise Natalie. «Me lo sono tenuto al collo stanotte per non perderlo».

«Anche io. Non sono mai stata nel backstage di un concerto prima. Dicono che sia folle».

«Non lo so. È difficile pensare a Chris come folle», le rispose Natalie.

«Io riesco. Ricordati che non è tanto che l'ho visto. Siamo andati a bere qualcosa insieme. È un fico, Nat. Non capisco perché fosse così emozionato ad avere due sue amiche d'infanzia al suo concerto».

«Cosa ti fa credere che fosse emozionato?»

«L'ho visto quando ne parlava al telefono con te. Ho colto la sua espressione quando mi ha restituito il telefono». Grace la guardò sospettosa. «Sei sicura che non sia mai successo niente tra voi due?»

«Davvero niente. Voglio dire, eravamo amici. Buoni amici per un po'». Natalie alzò le spalle. «Non penso che le cose sarebbero cambiate. Oh, guarda...» Cambiò discorso all'improvviso. «È un minibar per noi?» Aprì lo sportello. «OH MIO DIO, champagne!»

Scivolò fino al pannello che le separava dall'autista e spostò il vetro.

«Mi scusi».

Gli occhi dell'autista la guardarono dallo specchietto retrovisore. «Signorina?»

«C'è una bottiglia di champagne qui dietro e ci chiedevamo...»

«Oh, sì, signorina. È per voi. Ci sono anche dei bicchieri». Sorrise. «Si ricordi solo di chiudere il pannello, prima di far saltare il tappo».

«Sarà fatto!» Si girò verso sua sorella. «È per noi. Apriamola!»

Grace prese la bottiglia. «Non devi dirmelo due volte».

Aprirono la bottiglia e riempirono i bicchieri, brindando l'una all'altra e alla fortuna di vivere un'avventura insieme.

«Quando è stata l'ultima volta che siamo uscite insieme a divertirci?» Natalie si mise comoda sul sedile, sorseggiando il suo champagne.

«Prima che mi sposassi. Quando eravamo al college. Uno di quei weekend in cui eri a casa dalla Penn State e mi avevi raggiunto in Delaware». Grace era indecisa sul versarsi un altro bicchiere.

«La tua confraternita dava delle feste pazzesche».

«È vero».

Il suono di un clacson attirò la loro attenzione. L'autista aveva tagliato la strada a un'altra macchina su Broad Street e si stava scusando col conducente.

«Oh, siamo arrivate». Natalie svuotò il suo bicchiere e lo ripose nel minibar, mentre la limousine girava l'angolo e parcheggiava dietro al Wells Fargo Center. «Non hai un taser, una torcia, fuochi d'artificio o un tirapugni con te, vero?»

«Che?» Grace fissò Natalie.

«Un taglierino? Un drone? Uno skateboard?»

«Sei impazzita? Di cosa stai parlando?»

Natalie rise. «Chris mi ha mandato una lista di tutte le cose proibite all'interno dell'arena. Quelli che ti ho detto sono solo un po' di cose nella lista».

«Buono a sapersi. No. Niente da dichiarare».

«Ragazze, tra poco mi fermerò davanti a una porta. Dovrete aspettare che vi apra la portiera prima di scendere, ok?»

«Certo». Natalie annuì e sorrise a sua sorella. Erano arrivate. Dopo tanti anni, avrebbe rivisto il suo vecchio amico. Il suo desiderio si era avverato e lei non poteva esserne più felice.

Furono scortate ai loro posti – prima fila centrale, lo stesso posto che avevano occupato la loro madre e le sue amiche, mesi prima – e assorbirono l'entusiasmo della folla.

«Adoro ascoltare la musica a casa e in macchina, ma niente è come essere a un concerto», disse Natalie sopra al brontolio di voci che le circondavano.

C'erano due gruppi in apertura, uno di cui Nat non aveva mai sentito parlare e l'altro di un cantante più o meno famoso che aveva visto in un talk show. Poi le luci si abbassarono, partirono i giochi di luci e fumo e Chris salì sul palco. Aveva talmente tanto l'aspetto del frontman di una band internazionale che a Natalie venne da piangere. Il ragazzo che veniva dalla piccola città, conosciuto da pochi e che aveva un grande sogno, c'era riuscito. Era come guardare Cenerentola in carne e ossa. Lui scrutò la folla e fece l'occhiolino. Sperò fosse rivolto a lei, ma era circondata da talmente tante donne urlanti che non poteva esserne sicura. Grace le aveva detto che da qualche mese usciva con una modella brasiliana. Guardandosi attorno, però, non vedeva nessuno che potesse assomigliare a una modella brasiliana.

Comunque, Natalie sorrise quando la band iniziò a suonare tutte le canzoni che sapeva a memoria. Cantò tutto il tempo e ballò con Grace nello spazio sotto il palco.

Dopo una lunga versione di *If You See Me,* Chris rimase da solo in scena, il microfono in mano, facendo segno alla folla di fare silenzio. Quando le urla e gli applausi si furono spenti, fece due passi verso il pubblico.

«Sapete che mi piace prendermi una pausa più o meno a metà del concerto per raccontarvi qualche piccola storia. Allora preparatevi, signore e signori. Questa è una storia che non ho mai raccontato prima e che probabilmente non racconterò più. Ma questa è una serata speciale, quindi eccoci». Fece una pausa, il pubblico in silenziosa attesa. «Tanto tempo fa, avevo un'amica. Ci vedevamo solo durante l'estate, ma ogni estate passavamo un sacco di tempo insieme. Parlavamo tantissimo. Io ero poco più grande di lei e non volevo approfittare della cosa, perché lei era un'amica speciale. Un'amica molto speciale». Si alzò qualche fischio e Chris fece una pausa, sorridendo. «L'ultima volta che l'ho vista, eravamo seduti su una grande roccia in spiaggia, vicino a casa sua, e si stava facendo buio. Le stelle si stavano accendendo nel cielo ed era una serata perfetta. Lei sarebbe partita il giorno dopo e sapevamo entrambi che non ci saremmo visti per molto, molto tempo. Eravamo lì seduti, io la stavo prendendo in giro per qualcosa e, guardando il cielo, vedemmo una stella cadente. Lei mi disse *esprimi un desiderio.* Lo facemmo entrambi. Andò a finire che avevamo desiderato la stessa cosa e quel desiderio si è avverato. Io me lo sono ricordato e ho scritto questa...»

Si girò verso la band, che iniziò a suonare. «Non l'abbiamo mai suonata in pubblico. Si chiama *Shooting Star*».

«Natalie, sta parlando di te». Grace le diede una gomitata. «A che diavolo si riferisce?»

Natalie non le rispose. Era completamente scioccata, fissava il palco, ma riusciva a vedere solo Chris. Si era ricordato davvero. L'aveva promesso e così era stato. Riuscì a malapena ad ascoltare la canzone, ma sapeva che parlava di quella notte, mentre guardavano il cielo insieme, condividendo i loro sogni e quel bacio perfetto. Il resto del concerto passò in un secondo e prima che se ne accorgessero, furono accompagnate nei camerini, dove Chris la abbracciò, sollevandola da terra e le diede un bacio sulla guancia.

«Ti sei ricordato davvero», disse lei, quando riuscì a rimettere i piedi a terra.

Chris annuì, ma non la lasciò andare. «Un doppio desiderio deve sempre avverarsi».

«Salve? Vi ricordate di me? Grace? La sorella maggiore?» Grace fece un cenno con la mano a Natalie.

Chris rise e la abbracciò. «Quanto sono fortunato ad avere qui tutte e due le sorelle Flynn? Siete splendide. Credo di essere innamorato di entrambe».

Chris le presentò al resto della band, a diverse celebrità che erano in città per il concerto e a qualche atleta locale, sempre attento a tenere Natalie vicino a sé e Grace nei paraggi. Ma prima che riuscissero a rendersi conto di tutto, Chris aveva un aereo da prendere e l'autista che le aveva portate al concerto era pronto per riportarle a casa.

«Quest'estate, giusto?», sussurrò a Natalie, mentre l'abbracciava per salutarla. «Tornerai quest'estate?»

«Sarò da mia madre per un po', sì». Si allontanò quanto bastava per guardarlo negli occhi e si sentì di nuovo quella ragazzina di diciassette anni.

«Fammi sapere quando e farò in modo di esserci. Mi prendo del tempo libero». Le sorrise e Natalie rivide il ragazzo di un tempo. Il ragazzo che era diventato un uomo e che le faceva lo stesso effetto di allora. «Devi sapere che ti ho pensata per tutti questi anni. Credo che dovremo capire il perché».

Natalie annuì, troppo sopraffatta dalle emozioni per dirgli che anche lei aveva sempre pensato a lui. In quel momento, però, quando se ne andò, era certa che si sarebbero rivisti. Non aveva più diciassette anni e lui non era più troppo vecchio per lei.

L'ultima cosa che le disse fu: «Mi farò sentire».

L'autista aveva lasciato loro una bottiglia nuova di champagne quando erano scese dalla macchina (*Da parte del capo*), così, la mattina seguente, accompagnata Daisy all'asilo, le due sorelle fecero colazione con due mimosa e due omelette. Parlarono della serata e di come fossero tornate adolescenti, cantando e ballando.

«Avremo sicuramente fatto la figura delle sciocche rispetto alle ragazzine che c'erano lì, ma onestamente non mi ricordo l'ultima volta che mi sono divertita tanto», disse Grace, una volta finito di mangiare.

«Anch'io. Il concerto è stato fantastico. La band è diventata esattamente come Chris voleva».

«Oh, davvero. E noi come facciamo a saperlo, signorina?»

«L'hai sentito anche tu ieri sera. Eravamo buoni amici quell'ultima estate. Abbiamo parlato tanto. Della vita. Dei nostri obiettivi».

«A me è sembrato che facevate di più che parlare».

«Mi ha baciato una volta. Quell'ultima sera».

«Dev'essere stato un bacio incredibile per ricordarselo per quanto? Dieci anni?»

«Dodici, ma chi li conta?» Natalie si alzò per spreparare il tavolo della colazione.

«E per essere precisi, è stato un bacio pazzesco».

«Wow. Tu e Chris Dean». Grace rise. «Anche se adesso non ci scommetterei troppo su».

«Cosa intendi?»

«È una rockstar, Nat. Lui esce con le celebrità. Su "People" ogni settimana lo vedi con una diversa».

Natalie fece spallucce. «È solo amicizia, non c'è altro».

«Puoi chiamarla come vuoi, ma non solo si è ricordato di averti baciata, ma ci ha anche scritto una canzone».

«Immagino si sia ricordato che io credevo in lui all'epoca. E probabilmente eravamo solo io ed Emma a farlo. Ti ricordi come lo trattava male suo padre solo perché non voleva andare ad Harvard e fare il banchiere?»

«Veramente no. Non ero nei paraggi quell'estate. Stavo facendo l'internato nello studio di papà e sono venuta a Wyndham Beach solo per un paio di weekend».

«Il signor Dean era orribile. Era imbarazzato dal fatto che suo figlio volesse fare il musicista. Ho sentito Emma parlarne un paio di volte con la mamma, raccontava di quanto le facesse male trovarsi in mezzo a quella faida. Per questo penso che Chris abbia voluto andare in giro con la band, via da casa. Sperava che suo padre avrebbe lasciato sua madre in pace, una volta che se ne fosse andato, ma non penso l'abbia fatto». Natalie fece una pausa. «E poi, qualche anno dopo il signor Dean ha avuto un infarto ed è morto. Mamma mi ha raccontato che sia Emma che Chris si sono dati la colpa per questo, anche se secondo lei aveva problemi al cuore da tempo».

Natalie si versò un'altra tazza di caffè, tornò al suo posto sulla panca e si mise comoda. «Hai preso una decisione sulla casa? La tieni? La vendi?»

«La vendo. Non voglio più vivere là dentro. Rappresenta una parte della mia vita in cui ero felice, in cui sapevo chi fossi e sapevo chi fosse Zach. Eravamo una squadra».

«Non penso che a Zach piacesse molto giocare in squadra, Gracie», le disse la sorella, scegliendo con cura le parole. «Penso che lui giocasse da solo».

«Hai ragione. Ma all'epoca io non mi sentivo così. Qualsiasi cosa lui stesse architettando, io non l'ho capito». Forzò un sorriso. «L'amore è cieco, ragazzina».

«Se fossi al tuo posto, non riuscirei più a essere felice in quel posto».

«Di sicuro non lo sono più stata dopo che Zach se n'è andato. Ed è il motivo per cui ho creato quello stupido blog».

«Non credo che il blog fosse stupido. Te l'ho detto. Credo che tu abbia trovato un modo brillante per affrontare il dolore».

«Grazie. Lo apprezzo. Ma la casa se ne va comunque». Grace si alzò.

«Stai pensando di restare a Wyndham Beach?»

«Onestamente non lo so. Non penso mi dispiacerebbe comunque. C'è qualcosa di così pacifico e facile nello stare lì. La vita è più lenta che in città. Certo, c'è il rischio che io finisca per diventare una zitella disoccupata che vive con la madre».

«Potresti trovare un lavoro», le suggerì Natalie.

«Sto ancora cercando di capire quello che voglio fare. Ma per ora credo che andrò via da qui. Grazie per essere uscita con me ieri sera e avermi lasciato dormire qui».

«Sei sempre la benvenuta. Quando vuoi». Natalie accompagnò fuori la sorella. «La prossima volta devi insegnarmi a fare le omelette come quelle di stamattina».

«Oooh, sono quasi dispiaciuta per tutte le volte in cui sono stata cattiva con te quando eravamo piccole». Grace prese la borsa con le sue cose e abbracciò la sorella. «Quasi».

Natalie rise. «Stammi bene e guida piano».

Rimase sulla porta a guardare Grace che si allontanava. Quando la macchina scomparve dietro l'angolo, Natalie chiuse la porta e tornò in cucina. Prese il computer e lo appoggiò sul tavolo. Controllò le e-mail – poche, visto che il semestre era finito. Uno studente voleva discutere un voto, un altro voleva ringraziarla per averlo aiutato a migliorare le sue abilità nella lettura. Un'altra era da parte di Glenn Patton, che la invitava ad andare a un concerto al Mann Center la domenica pomeriggio. E l'ultima era da parte di Joe Miller. La aprì e iniziò a leggere.

Natalie,

Beh, se non ho ancora avuto tue notizie, suppongo che tu non voglia avere contatti con me. Lo capisco e va bene. Però, ho una novità da condividere con te, prima di sparire definitivamente dalla tua vita (a meno che tu non cambiassi idea). Mi sono messo in contatto con il mio padre biologico. Ho parlato con lui nel weekend. Ci vedremo presto e sono al settimo cielo. Nervoso, ma felice. Spero che anche tu sia felice per me. Mi ha detto che non ho una, non due, ma ben tre sorelle più giovani! Da perdere la testa!

Spero ancora che un giorno le cose possano sistemarsi e io possa incontrare anche te. Un uomo non può avere così tante sorelle.

«Aspetta, cosa?»

Confusa, Natalie lesse di nuovo l'e-mail. «È impossibile. Papà è morto da un paio d'anni».

E poi notò il PS diverse righe sotto al nome di Joe.

Comunque, il sito di genealogia ha identificato diversi cugini di secondo e terzo grado. Conosci una certa Polly Wakefield Drummond? O una Claire Lloyd Anderson?

Natalie si buttò di schiena contro i cuscini.

«Porca miseria».

CAPITOLO QUINDICI

MAGGIE

«Mi piacerebbe spostare gli iris vicino al garage», disse Maggie a Liddy. «Credo che il viola dei fiori starà benissimo vicino al grigio del legno».

«Ok. Vado a prendere una pala». Liddy si sedette sullo scalino più basso del portico, cercando tra la schiera di attrezzi che Maggie aveva sparpagliato sul prato.

«Usiamo la vanga nuova. È quella con il manico blu». Maggie indicò l'attrezzo. «Sì, proprio quello».

Liddy passò la vanga all'amica e iniziò a dissotterrare i ciuffi di fiori che erano emersi quella mattina, dopo che aveva potato, meglio dire domato, una forsythia lasciata troppo a lungo a se stessa.

«Credo siano ancora quelli di mia madre», disse Maggie mentre scavava. «Ne teneva sempre qualcuno. Adorava gli iris. E vedo che questi hanno fatto il loro dovere e si sono moltiplicati. Ci saranno cinquanta o sessanta piantine».

«Beh, sembra che i vecchi proprietari non fossero dei gran giardinieri, quindi probabilmente sono davvero quelli di tua madre. So che gli iris possono resistere a lungo e nelle peggiori condizioni, ma questi saranno felici di passare un po' di tempo al sole».

«Devo dividere i mazzetti prima di ripiantarli». Maggie si asciugò il sudore con la manica.

«Vuoi che prepari il terreno vicino al garage, così poi dovrai solo interrare i bulbi?»

«Sarebbe fantastico, Lid, ma non serve. Puoi anche sederti all'ombra e guardare». Maggie sapeva che per nessuna ragione al mondo Liddy lo avrebbe fatto.

«Certo, e perdermi l'opportunità di dire a tutti che mi hai fatto spaccare la schiena? No. Assolutamente no». Liddy prese una pala. «Credo che questo sia il punto giusto», disse indicando una zolla di terra vicino al garage.

«Perfetto». Maggie iniziò a separare i bulbi.

«Dov'è Grace di bello oggi?» Liddy iniziò a scavare.

«È andata a prendere qualcosa al supermercato e qualche bottiglia al negozio di vini. Natalie e Daisy arriveranno domani pomeriggio, così stiamo organizzando una bella cenetta». La donna sorrise al pensiero di rivedere sua figlia e la sua nipotina.

«Quanto staranno qui?»

«Natalie non ne era sicura. Le ho detto che mi piacerebbe averle con me il più a lungo possibile, ma se preferisce fare avanti e indietro, va bene lo stesso. Se ha altri impegni...»

Liddy si abbassò per togliere qualche erbaccia e Maggie si alzò per guardarla.

«Cosa?», chiese Liddy, senza girarsi.

«Cosa *cosa*?»

«Cosa non mi stai dicendo?» L'amica si raddrizzò e si appoggiò alla pala. «Sento il tuo sguardo su di me ed è inquietante. Sputa il rospo».

Maggie sospirò. «Potrei sbagliarmi. Ma Natalie mi è sembrata strana ieri sera al telefono. Come se ci fosse qualcosa che non mi stava dicendo».

«Magari ha un nuovo fidanzato», suggerì Liddy. «Magari ha intenzione di scappare con Chris e vuole dirtelo prima che lo scoprano i paparazzi».

Maggie rise. «Non penso si tratti di quello». Si abbassò per continuare il suo lavoro. «Probabilmente non è niente. So che è molto impegnata per la fine delle lezioni».

«È un momento molto impegnativo», convenne Liddy. «Hai sentito che il vecchio signor Lattimore va in pensione?»

«Fred Lattimore? Della libreria?»

«Sì. Si dice che il figlio voglia vendere».

Maggie si fermò. «Spero sia solo un pettegolezzo. Non ci sarebbero altre librerie, se nessuno la vorrà comprare». Pensò alla perdita che poteva essere per la comunità. Grace si fermava a prendere un libro o una rivista almeno due volte a settimana e Maggie la accompagnava spesso. «C'è qualche possibilità che qualcuno la compri?»

«Direi di sì».

«Cos'hai sentito?» Maggie si stiracchiò. Non sapeva di essere così fuori forma. Era ora di riprendere lo yoga. E forse ricominciare a correre, come aveva già pensato di fare. Avrebbe chiamato Dee Olson e si sarebbe fatta dare qualche suggerimento su come allenarsi. *Correre una maratona* era ancora sulla sua lista.

«So di una donna che tu conosci abbastanza bene – qualcuno direbbe che sia la tua migliore amica – che sta vagliando la possibilità», le confessò punzecchiandola.

«Cosa? Quando avrebbe tempo Emma di fare..?» Maggie si fermò e guardò l'amica.

Liddy le stava sorridendo.

«Liddy? Stai pensando di comprare la libreria?»

«Io e il figlio di Fred abbiamo avuto una lunga conversazione ieri pomeriggio. Fred ormai ha superato gli ottanta e sta mostrando qualche segno di Alzheimer. Carl – sarebbe suo figlio – dice che inizia a dimenticarsi le cose. Certi giorni si dimentica di aprire il negozio, così chiunque faccia il turno della mattina deve chiamare il figlio. O si dimentica di andarsene. Carl ha dovuto andare a prenderlo qualche volta alle dieci o alle undici perché non era tornato a casa. E Brett l'ha trovato a vagare senza meta per la città. L'ha riportato da Carl diverse volte».

«Tutto questo è molto triste. Mi ricordo il signor Lattimore in negozio d'estate, quando con mia madre portavo le ragazze all'ora della storia. Che peccato». Si pulì i pantaloncini sporchi di terra e le fece segno di seguirla sul portico. «Vado a prendere qualcosa da bere. Aspettami lì».

Entrò in cucina e prese due bicchieri e una caraffa di tè freddo. Li portò fuori e li appoggiò sul tavolo di ferro che aveva portato con sé da Bryn Mawr.

«Raccontami», le disse Maggie, mentre versava il tè. «Dimmi cosa stai pensando».

«Sto pensando che dovrei fare qualcosa di più nella mia vita che piangermi addosso. Ho sempre adorato quel negozio. Ci portavo Jessie ogni settimana a prendere un libro nuovo. Ci ho passato tanto di quel tempo che tanto vale io lo compri». Con l'indice, Liddy seguì una goccia di condensa che scendeva sul lato del bicchiere. «Voglio fare qualcosa di utile. E non voglio che Wyndham Beach rimanga senza libreria. È troppo importante per la città».

«Non posso che essere d'accordo con te. Saresti una fantastica libraia. E poi li conosci, questo è certo. Ti ci vedo, Lids».

«Grazie. Ho detto a Carl di chiamarmi quando avrà stabilito il prezzo. Posseggono anche l'edificio, ma non sono sicura che vogliano vendere anche quello. Parlerà col suo avvocato e poi mi farà sapere».

«Beh, se non facesse così caldo, ti direi di brindare con un bel bicchiere di vino, ma so che potrei svenire dopo un sorso».

Alzò il bicchiere e lo inclinò verso l'amica. «Brindiamo a questa nuova avventura».

«Possibile avventura».

«Questa nuova possibile avventura, allora. Incrociamo le dita e speriamo per il meglio».

«E ora, trapiantiamo quegli iris», disse Liddy, dopo aver svuotato il suo bicchiere. «Altrimenti, quando racconterò la storia di come ho rifatto il tuo giardino, dovrò ammettere di essere complice nell'omicidio degli iris di tua madre».

Maggie passò la serata a organizzarsi per l'arrivo di Daisy e Natalie. La stanza degli ospiti di fronte alla sua camera era stata preparata a dovere, con un vaso di margherite fresche sopra al comò. Pensando alle visite future della sua nipotina, Maggie aveva ordinato un letto matrimoniale per Natalie con un lettino estraibile così che Daisy avesse il suo spazio personale per dormire. Quando sarebbe diventata più grande, avrebbe avuto anche lei la sua camera da letto. La lista che Maggie aveva dato a Grace includeva alcuni dei cibi preferiti di Natalie e Daisy e diverse bottiglie di vino da godersi insieme. Era così felice che, quando la macchina entrò nel vialetto poco dopo le quattro, corse fuori e aprì la portiera posteriore per salutare la bambina.

«Tesorino mio! Mi sei mancata!». Si infilò nella macchina e la baciò. «Ciao Nat! Sono felice che siate arrivate!»

«Mi sei mancata, nonna!» Daisy non riusciva a togliersi la cintura di sicurezza.

«Tieni duro, piccola. Adesso ti libero». Maggie provò a slacciarla, ma non riuscì a districarsi.

«Lo faccio io, mamma». Natalie scese dalla macchina e fece il giro.

«È diverso dall'altro», le fece notare Maggie.

«Beh, sta crescendo». Natalie aiutò Daisy a uscire dal seggiolino con facilità.

La prima cosa che Maggie notò fu il tono piatto nella voce di Natalie. La seconda fu che sua figlia non l'aveva neanche abbracciata per salutarla. Infine, che evitava il suo sguardo.

«Nat? Che succede?» Maggie fece un passo indietro.

«Ne parliamo dopo». Natalie prese i bagagli nel baule della macchina.

«Lascia che ti dia una mano». Maggie si avvicinò per aiutarla, ma Natalie la scansò.

«Ce la faccio».

«Mamma, dov'è la spiaggia?» Daisy era sul vialetto, che si guardava attorno. «Hai detto che c'era la spiaggia alla nuova casa della nonna».

«Te la faccio vedere dopo aver portato le cose dentro». Natalie si diresse verso il portico. «Andiamo, Daisy».

La bimba prese la mano di Maggie. Qualsiasi cosa passasse per la testa a Natalie, non aveva avuto lo stesso effetto su sua figlia.

Daisy parlò tutto il tempo, da quando si era avviata con la nonna verso la cucina per la merenda. Seduta su una sedia rialzata, bevve un bicchiere di latte e un biscotto all'avena appena sfornato, mentre raccontava a Maggie tutto sul viaggio, su quante volte avesse chiesto quando sarebbero arrivate, quanto fosse lontana la spiaggia e se sua nonna avrebbe preso un cane o un gatto ora che viveva lì e aveva un giardino con l'altalena...

«Daisy, mi fai girare la testa». Maggie rise. «Una domanda per volta».

Prima che la bambina potesse ricominciare, Natalie entrò in cucina.

«Cosa stai mangiando?», le chiese, guardando cosa tenesse in mano. «Lo sai che non voglio che fai merenda così vicino a cena».

Prima che Natalie potesse toglierle il biscotto, Daisy si infilò in bocca quello che le era rimasto. Il suo «Me l'ha dato la nonna» fu a malapena comprensibile.

«Mamma, lo sai che non le do niente in mezzo ai pasti». Natalie era chiaramente irritata, ma non guardava sua madre negli occhi. «Finisci il latte, Daisy. Andiamo a fare una passeggiata».

Poi aspettò che la figlia vuotasse il bicchiere. «Bene, andiamo». Aiutò la bambina a scendere dalla sedia. Senza guardare Maggie, chiese: «Dov'è Grace?»

«È andata in città a prendere qualcosa per cena», le rispose Maggie, mantenendo la calma. «Natalie, qual è il problema?»

«Più tardi». Natalie congedò sua madre e si diresse verso l'ingresso. «Quando torna, dille che siamo andate in spiaggia».

«Natalie, ti stai comportando da maleducata». Maggie riuscì a malapena a nascondere quanto le facesse male il comportamento della figlia.

«Scusa», le disse lei, andando verso la porta.

«Non sembri veramente dispiaciuta». Maggie la seguì, le braccia incrociate sul petto. «E non è da te tenere segreti».

Natalie si girò, gli occhi pieni di rabbia. «Potrei dire la stessa cosa di te».

«Cosa?»

Maggie rimase dentro casa confusa, mentre guardava le due allontanarsi.

Si sedette nel portico e ripensò a tutte le conversazioni che aveva avuto con Natalie nelle ultime settimane, ma non riuscì a trovare niente – *niente* – che potesse farle suonare un campanello. Non c'erano state discussioni, nessun gioco di parole. Al contrario, entrambe erano impazienti di rivedersi e passare del tempo insieme.

Perplessa, Maggie stava continuando a guardare la strada che portava alla spiaggia, quando Grace parcheggiò nel vialetto dietro alla macchina di Natalie. Prese le borse della spesa e si affrettò verso casa.

«Yee! Sono arrivate Daisy e Nat! Sono in casa?»

Maggie indicò la strada. «Tua sorella ha portato Daisy in spiaggia».

«Porto dentro le cose e le raggiungo». Grace entrò in casa. Quando tornò nel portico, disse: «Non ho trovato il vino che volevi, ma ho trovato un buon...»

Si fermò, notando la tristezza della madre.

«Mamma, stai bene?»

«Prima che tua sorella arrivasse, sì».

Maggie si girò verso Grace. «Non so cosa posso averle fatto per farla arrabbiare. Non l'ho mai vista così».

«Di cosa stai parlando?»

«Sto parlando di Natalie. È stata... odiosa. Maleducata». Non provò neanche a fingere di non soffrire.

«Non è da lei. Non hai nessuna idea?»

Maggie scosse la testa. «Gliel'ho chiesto e l'unica cosa che mi ha detto è stata *più tardi*. Il che significa, dopo che Daisy è andata a dormire. A te non ha detto niente?»

«No. L'ultima volta che le ho parlato, non vedeva l'ora di venire qui e passare del tempo con noi. Cosa diavolo può essere successo da quel momento ad adesso?»

«Non ne ho idea».

«Ascolta, scarico il resto della spesa e le raggiungo in spiaggia, così magari riesco a scoprirlo». Grace abbracciò sua madre. «Probabilmente non ha niente a che fare con te, mamma. Non è giusto che se la prenda con te, ma arriveremo al nocciolo della questione e la aiuteremo a superarla».

«Spero tu abbia ragione».

Maggie aiutò Grace con le borse, poi ritirò la spesa, mentre lei raggiungeva Natalie e Daisy. Iniziò a preparare la cena – preparò la carne per la griglia, lavò l'insalata, tagliò le patate e i fagiolini – ma quando ebbe finito le sue figlie non erano ancora tornate. *Beh, forse Natalie aveva bisogno di raccontare tutto a sua sorella,* pensò mentre sistemava i cracker su un vassoio. *Alla fine, le sorelle servono a questo.*

All'improvviso, pensò al fatto che lei e Sarah non avevano mai avuto momenti da condividere da adulte. Si versò un bicchiere di vino e si lasciò invadere dalla malinconia per un secondo, prima di metterla da parte e ricordare a se stessa che non aveva nessun motivo per farsi vincere dalla tristezza. Aveva con sé entrambe le sue figlie – a parte il broncio di Natalie – e anche la sua nipotina ed erano tutte in salute e abbastanza felici.

Non fece in tempo a pensare ad altro, che Natalie, Grace e Daisy rientrarono in casa e sentì una di loro correre su per le scale.

«Grace è salita?», chiese Maggie, quando Natalie e Daisy entrarono in cucina.

«Beh, siamo solo in due e io sono qui, quindi sì». Natalie oltrepassò la madre e si diresse verso l'isola, dove Maggie aveva preparato i bicchieri per il vino. Si versò un bicchiere di Merlot e ne bevve un lungo sorso.

«Scusami?» Maggie appoggiò il suo bicchiere sul bancone. «Stai usando quel tono con me?»

Natalie finse di guardarsi attorno. «Tu vedi qualcun altro?»

«Cosa diavolo ti prende?»

«Non me la sento di parlarne adesso», disse mentre aiutava Daisy a salire su una sedia.

«E io non me la sento di essere il bersaglio della tua maleducazione. Qualsiasi cosa ti stia facendo comportare così, ne possiamo parlare, Nat».

«Forse ne dovevamo parlare tempo fa, mamma». Natalie aprì il frigorifero, prese un pezzo di formaggio e iniziò a farlo a pezzettini, per poi metterlo nel vassoio insieme ai cracker.

«Se hai intenzione di continuare a punzecchiarmi, fai prima a dirmi per cosa lo stai facendo».

Natalie alzò un sopracciglio, ma non ribatté.

«Natalie, non ho idea di cosa tu stia parlando».

«Oh davvero? Non riesci proprio a pensare a niente?» Natalie si morse un labbro, ma rimase in silenzio.

«Nonnina, posso mettere l'uva sul vassoio col formaggio?» Daisy si mise in ginocchio sulla sedia e, sporgendosi sull'isola, raggiunse la ciotola con la frutta, le sue manine che si allungavano verso i grappoli d'uva.

«Certo, tesoro. Grazie per essere d'aiuto».

Inconsapevole del dramma attorno a lei, Daisy si illuminò e annuì. «Certo che sì. Aiuto Miss Julie a scuola tutti i giorni».

Maggie si sporse verso Daisy e le accarezzò i capelli. «Certo che lo fai».

Poi disse a Natalie: «No, non mi viene in mente niente che possa scusare il tuo comportamento. Ora vai di sopra a chiamare tua sorella e mangiamo. Vediamo se riusciamo a cenare senza che mi venga staccata la testa a morsi».

Natalie posò il bicchiere con più forza del necessario, lasciò la stanza e fece le scale a passi pesanti.

Maggie fece un respiro profondo e si girò verso la sua nipotina. «Hai fame, Daisy?»

«Ho tanta fame, nonna». Daisy staccò tutti gli acini dell'uva dal grappolo e li posò accanto al formaggio, raccontando della spiaggia, degli uccelli che avevano visto e delle conchiglie che aveva trovato.

Nel mentre, Maggie combatteva con la sensazione che stesse per succedere qualcosa di brutto, ma non riusciva a capire perché o cosa.

Le due sorelle tornarono in cucina come se cospirassero qualcosa, la mascella di Nat erano serrata, mentre gli occhi di Grace erano cerchiati di rosso. Maggie decise di lasciar correre per il momento. Le sue figlie presero un bicchiere ciascuna, una bottiglia di vino e il vassoio del formaggio, lasciando la loro madre a cucinare da sola, una cosa che normalmente non le sarebbe pesata. Ma percepiva che il loro girarle le spalle era una protesta condivisa e lei era già stufa di cercare di capire il perché. Inserì un cd nel lettore e riempì la stanza di musica, ballando con Daisy mentre mettevano le patate nel forno e giravano le bistecche sulla griglia. Per qualche momento, si dimenticò di Natalie e qualsiasi cosa le avesse cambiato l'umore.

Quando la cena fu pronta, Maggie mandò Daisy fuori a chiamare le figlie. Un minuto dopo, la piccola rientrò e annunciò che sua mamma e la zia Gracie volevano mangiare fuori.

«Va bene, allora, di' alla tua mamma e alla zia Grace di preparare la tavola fuori».

Maggie tirò fuori i piatti, le ciotole per l'insalata, le posate e i tovaglioli, posandoli sul bancone. Sistemò le patate e le bistecche sui piatti da portata e i fagiolini in una insalatiera.

Quando Natalie, Grace e Daisy entrarono, si limitò a indicare le cose da portare fuori. Ognuno prese qualcosa e, poco dopo, erano sedute a tavola.

Le speranze che aveva Maggie di godersi una cena tranquilla e divertente svanirono nel momento in cui si sedette a tavola, notando che non solo Natalie stava evitando il suo sguardo, ma anche Grace aveva adottato lo stesso comportamento della sorella. Solo le chiacchiere di Daisy riuscirono a non far sembrare la cena una veglia funebre.

«Daisy, è ora che ti prepari per andare a dormire», le disse Natalie non appena ebbero finito di mangiare.

«Non ho ancora mangiato il gelato. La nonna ha detto che potevo avere il gelato se mangiavo tutti i fagiolini». Daisy indicò il posto vuoto nel suo piatto, dove prima c'era una fila di fagiolini.

«Beh, non decide la nonna», le rispose Natalie, tagliente. «Mamma, apprezzerei se lasciassi decidere a me cosa può o non può mangiare mia figlia».

Troppo arrabbiata e ferita per rispondere, Maggie annuì senza guardarla e si morse la lingua per non parlare. Lei e Natalie avrebbero chiarito la questione quella sera, ma non davanti a Daisy.

Natalie aiutò la bambina a scendere dalla sedia.

«Ma la nonna ha detto...»

«La nonna non è la mamma», scattò Natalie.

«Mamma, sei cattiva con me e la nonna. Dovresti chiedere scusa». Il labbro inferiore di Daisy tremò.

«Scusa. Adesso andiamo di sopra e facciamo il bagnetto». La prese per mano e rientrarono in casa.

Maggie si girò per parlare con Grace, ma aveva seguito la sorella.

«Dovrei vergognarmi per aver cresciuto due maleducate», borbottò la donna. «E dovrei vergognarmi per non essermene accorta prima».

Si alzò e iniziò a sparecchiare la tavola, caricò la lavastoviglie, lavò le padelle e la griglia. Cercò in tutti i modi di tenere a bada le emozioni, ma la rabbia che aveva dentro continuava a montare e si sentiva sempre più ferita dal comportamento delle sue figlie. Aveva speso gran parte della sua vita a crescerle al meglio, e ora entrambe le avevano voltato le spalle senza nessuna spiegazione.

Beh, pensò, mentre vuotava l'ultimo goccio di vino nel bicchiere, *comunque finisca, tra un'ora avremo chiarito le cose.*

Con il bicchiere in mano tornò sul portico, dove guardò il sole tramontare nella baia, decisa a non soccombere alla paura che la stava divorando. Aveva appena chiuso gli occhi, cercando di pensare ad altro, quando Natalie aprì la porta e disse bruscamente: «Mamma vieni dentro, per favore?»

Come se stesse per affrontare il patibolo, si alzò e tornò in cucina.

«Spada o ascia?» Fece scorrere lo sguardo da una figlia all'altra.

«Divertente, mamma». Natalie le indicò uno degli sgabelli.

«Mamma, non vuoi unirti a noi?» Maggie la imitò, la voce più acuta del solito. «Ma certo. Adoro passare del tempo con le mie figlie».

Natalie sospirò. «Non sei divertente e non ce lo stai rendendo più facile. Mamma, conosci qualcuno che si chiama Polly Wakefield?»

«Certo, è la zia di mia madre», rispose lei.

«E una certa Claire Lloyd?», continuò Natalie.

«È la cugina di mia madre. La mia cugina di secondo grado, suppongo». Maggie era sempre più confusa. «Ma questo cos'ha a che fare con noi?»

Natalie prese la sua borsa, da dove tirò fuori diversi fogli. «Queste sono e-mail che ho ricevuto negli ultimi mesi. Credo tu debba leggerle».

Disorientata, Maggie spostò i bicchieri che aveva lasciato sul bancone e prese posto. Natalie le porse i fogli e lei iniziò a leggere.

Improvvisamente fu come se il tempo si fosse fermato, mentre cercava di capire quello che stava leggendo. La prima pagina la lasciò a bocca aperta. Si mise una mano sul cuore, come se volesse tenerlo dentro al petto.

Il mio nome è Joe Miller e credo di essere il tuo fratellastro. In realtà, basandoci sui risultati del DNA, sono quasi sicuro di esserlo

«Oh. Oh... oh...» Maggie sussurrò, troppo scioccata per dire altro.

Le lacrime iniziarono a scenderle sul volto, un fiume inarrestabile che bagnò anche i fogli che teneva tra le mani. Erano un misto di dolore e gioia.

Presa totalmente alla sprovvista, dimenticò completamente che le sue figlie fossero nella stanza con lei e che la scoperta del suo segreto più profondo aveva creato un divario tra di loro. Per un momento, sapere che suo figlio – suo figlio! – la stava cercando era più di quanto potesse affrontare.

«Joe. Il suo nome è Joe», bisbigliò.

Maggie non gli aveva mai dato un nome. Nel suo cuore era sempre stato solo *il suo bambino.* Aveva lasciato il diritto di dargli un nome a qualcun altro; ma vederlo scritto, dirlo ad alta voce... in qualche modo le sembrò quello giusto. *Joe. Joseph.*

«Mamma? Oddio, mamma. Mi dispiace. Mi dispiace tanto». Vedendo la reazione di sua madre alle sue azioni, Natalie cercò di riprendersi i fogli. «Non ho pensato. Non sapevo. Non...»

Con le mani che le tremavano, Maggie li tenne fuori dalla portata della ragazza. Poi, singhiozzando, lesse l'ultima pagina.

«Mamma, ti prego... mi dispiace tanto». Natalie iniziò a piangere. Grace osservava la scena come se fosse a teatro.

Mi sono messo in contatto con il mio padre biologico. Ho parlato con lui nel weekend. Ci vedremo presto e sono al settimo cielo.

Maggie si sentì come attraversata da un fulmine.

«Cosa?» Iniziò a urlare. «Lui...cosa? Lui *lo sa*? Figlio di puttana».

Natalie e Grace sussultarono, scosse dal fatto che la loro madre avesse appena imprecato.

«Chi sa cosa?» Natalie si asciugò la faccia con un fazzoletto.

Maggie sbatté i fogli sul bancone e saltò giù dallo sgabello. «Se gli metto le mani addosso...»

Prese una manciata di fazzoletti e si asciugò la faccia, prima di buttarli nell'immondizia, poi si diresse verso la porta d'ingresso, si gettò la borsa su una spalla e uscì, imprecando a ogni passo.

«Aspetta, mamma!» Natalie cercò di raggiungerla.

«Non ora, Natalie». Maggie aveva già un piede oltre la porta, diretta verso il vialetto, e non dava segni di voler rallentare, mentre continuava a borbottare: «Brett Crawford, hai un sacco di cose da spiegare...»

Maggie irruppe in municipio come se fosse inseguita da un demone, che in quel caso poteva anche essere vero. Cercò di darsi un contegno mentre si dirigeva verso gli uffici della polizia e fece un respiro profondo prima di aprire la porta di vetro e avvicinarsi alla segretaria.

«Ciao Maggie. Come stai?», le chiese Coraline Webster, mentre riattaccava il telefono.

«Vorrei vedere Br... il capo. È ancora qui?»

«Penso di sì. Fammi controllare». Coraline schiacciò un tasto sul telefono e un secondo dopo disse: «Capo, Maggie Flynn chiede di vederla. Certo». Riattaccò e guardò la donna, chiaramente curiosa. «Ha detto che puoi entrare». Con un braccio indicò la sua sinistra e aggiunse: «L'ufficio del capo è…»

«Lo troverò». Maggie si incamminò, la rabbia che le ribolliva dentro. Quando lo vide, appoggiato allo stipite della porta del suo ufficio ad aspettarla, come se non avesse una preoccupazione al mondo e come se la sua fosse una visita di cortesia, quasi scoppiò.

«Entra e chiudi quella dannata porta», ringhiò, mentre gli passava di fianco.

Lui fece un passo indietro, spalancando gli occhi, confuso. Si fece da parte per farla entrare e fece come gli era stato ordinato. Chiuse la porta dolcemente.

Aprì la bocca per dire qualcosa, ma lei lo interruppe.

«Joseph Miller». Gli lanciò il nome come una palla curva.

Brett la guardò, l'espressione vuota di chi non sapeva cosa dire.

Maggie si avvicinò e ripeté il nome, più lentamente: «Joseph. Miller».

Brett continuava a guardarla, preso alla sprovvista.

«Devo dirlo un'altra volta?»

«Ahhh…», disse lui, dopo essersi schiarito la gola.

«Da quanto lo sai?»

«Sapere cosa? Che ho un figlio?» Si appoggiò all'angolo della scrivania, la sua espressione non era più confusa, né sulla difensiva. Sembrava quasi essere passato al contrattacco. «Non mi hai mai permesso di dimenticarlo».

«Da quanto lo sai?» Lei ignorò il suo tentativo di metterla alle strette. Adesso era il suo turno.

Lui girò attorno alla scrivania e si sedette sulla vecchia poltrona di pelle marrone. «Mi ha contattato un mese fa. Stava cercando...»

«Un mese fa?» Si appoggiò allo schienale della poltrona per gli ospiti, troppo agitata per sedersi. «Avevi intenzione di dirmelo?»

«Sono mesi che cerco di dirti che ci sta cercando, ma ogni dannata volta che provo a parlarti, tu mi mandi via».

«Come sapeva... come ti ha trovato?» Si sentiva quasi in imbarazzo a non riuscire a fare un discorso coerente, ma era troppo arrabbiata e confusa per riuscire a ragionare.

«Ha mandato un campione di DNA in uno di quei siti di genealogia e uno dei risultati è stato mia sorella Jayne, che aveva fatto la stessa cosa. L'ha contattata alla fine dell'estate, visto che il sito gliel'aveva etichettata come zia. Sono il suo unico fratello, quindi non le è stato difficile capire di chi fosse figlio. Ho provato a dirtelo alla rimpatriata, che stava iniziando a fare domande, ma continuavi a scappare da me. Volevo avvisarti, ma non sono riuscito a farmi ascoltare».

«Potevi chiamarmi».

«Se non volevi ascoltarmi mentre ti stavo davanti, perché avresti dovuto rispondermi al telefono?»

Fece una pausa, per organizzare i pensieri, ma lei gli fece segno di continuare. «Vai avanti, raccontami tutto».

«Allora Jayne mi ha chiesto cosa avrebbe dovuto rispondergli e io le ho detto la verità». Un'altra pausa, più lunga, ma le emozioni di Maggie erano troppo aggrovigliate. «Mi ha chiesto se poteva dirgli chi fosse suo padre e io le ho detto di sì. Per farla breve, ci siamo incontrati per un caffè una settimana fa».

«L'hai incontrato? L'hai *davvero* incontrato?»

Brett annuì.

«E...» Maggie gli fece di nuovo segno di continuare, ma era evidente che le emozioni stavano prendendo il sopravvento su di lui. Nei suoi occhi iniziarono a formarsi delle lacrime, ma non pianse.

«E non c'è dubbio che sia chi dice di essere». Brett si asciugò una lacrima col dorso della mano. «È ben piazzato come me. Mi assomiglia. Ma ha i tuoi occhi». Brett prese tra le mani una tazza di caffè che era sulla sua scrivania, come per ancorarsi a qualcosa.

«Ha chiesto di me?», sussurrò lei.

Brett annuì di nuovo. «Sì, certo che mi ha chiesto di te. Voleva sapere tutto. Chi fossi, che aspetto avessi. Com'eri».

«Cosa gli hai detto?» Lei non riuscì a trattenere le lacrime.

«Gli ho detto che eri la ragazza più bella del mondo e che ti ho amato con tutto me stesso per tutta la vita. Che eri la persona più intelligente che conoscessi e anche la più buona».

Alzò gli occhi al cielo. Non era interessata ai complimenti di Brett in quel momento.

«Voglio dire... gli hai detto il motivo per cui...» Non riusciva a finire la frase: *per cui l'ho abbandonato. Sono uscita dall'ospedale, lasciandolo là. Perché non sono stata abbastanza coraggiosa...*

«Gli ho detto la verità. Che le cose erano diverse quarant'anni fa, che c'erano delle convenzioni crudeli che adesso non esistono più. Gli ho detto che i tuoi genitori ti hanno costretto ad abbandonarlo e che io...» Brett inghiottì le parole. «Io non sono stato dalla tua parte. Né dalla sua. Che ti ho convinto a farlo perché volevo andare all'Ohio State e giocare a football e diventare un professionista. Gli ho detto che se fosse dipeso da te, l'avresti portato a casa. Che avresti trovato un modo per crescerlo con o senza di me. Ma io ti ho convinto a non farlo». Stava piangendo; una cosa che Maggie non sapeva fosse capace di fare.

«Basta». La sua voce si spezzò.

Ma lui continuò. «Ti ho convinto che sarebbe stato meglio per lui crescere in una vera casa, con due genitori adulti. Ti ho fatto credere che ci sarebbero stati altri bambini per noi. Gli ho detto la verità. Gli ho detto che ero un bastardo egoista e concentrato su me stesso e sul futuro che volevo per me».

«Alla fine, è stata una mia decisione. Sono io che me ne sono andata». Stava bisbigliando, la verità era difficile da dire ad alta voce.

«Il giorno che sei uscita dall'ospedale... te lo ricordi?»

«Ti prego no...» Incrociò le braccia al petto il più stretto che poteva, come per farne uno scudo contro le sue parole.

Ignorando le sue proteste, lui continuò: «Mi hai chiesto, mi hai implorato di seguirti, di venire con te a vederlo. *Guardalo. È così piccolo, così bello. Se solo lo vedessi....*» Gli si spezzò la voce e non provò nemmeno a nascondere le lacrime o i sensi di colpa che lo stavano divorando.

«Ti prego basta». La donna si coprì il volto con le mani.

Brett chiuse gli occhi, tutto in lui lasciava trasparire angoscia. «Ma non lo volevo fare perché avevo paura che tu avessi ragione. Se l'avessi visto, sarei stato capace di lasciarlo? Ero un codardo che non riusciva a guardare suo figlio negli occhi? Ma poi..».

La voce di Coraline uscì dall'interfono. «Capo, c'è un ragazzo al telefono che...»

«Prendi il messaggio, per favore. E filtra le mie telefonate». Spense l'interfono. Si schiarì la voce come se volesse ricomporsi e disse a Maggie: «Quando mi ha contattato, volevo solo incontrarlo».

«Com'è?»

«Lui è... lui è fantastico, Maggie. È molto più indulgente di quanto ci si possa aspettare».

«Le persone che l'hanno cresciuto...»

«I suoi genitori, Maggie. Loro sono i suoi genitori, non noi», le disse. «Erano delle brave persone. Gli hanno dato tutto quello che potessimo desiderare per lui. Amore. Stabilità. Una famiglia felice, un'educazione coi fiocchi. Ha detto che ha sempre saputo di essere stato adottato, ma l'hanno sempre trattato come un figlio».

«Che Dio li benedica per...» Maggie iniziò a singhiozzare, Brett cercò di avvicinarsi a lei, per confortarla, ma lei gli fece segno di no.

Lui tornò al suo posto e aspettò che si calmasse. Quando i singhiozzi cessarono, disse: «Vuole assolutamente incontrarti».

«Ho paura», rispose lei, sempre a bassa voce. Non voleva sembrare debole di fronte a lui, ma non c'era motivo di fingere. «Ho paura di quello che può pensare di me. Del fatto che l'ho abbandonato. Non l'ho mai cercato, l'ho lasciato in ospedale e basta».

«Maggie, lui sa tutto. E capisce. Se davvero avesse del rancore nei nostri confronti, riesce a nasconderlo molto bene. Durante le nostre conversazioni, non mi ha mai accusato di niente. Voleva solo sapere chi fossimo». Fece una pausa prima di correggersi. «Chi siamo».

«Ti ha detto che ha trovato Natalie nello stesso modo in cui ha trovato Jayne?»

«L'ha fatto. Mi ha detto che ha scritto a Natalie, ma lei gli ha risposto che doveva essersi sbagliato».

«Cosa gli hai detto? Sull'incontrarmi?»

«Che non era una mia decisione. Non sapevo se tu l'avessi detto a tuo marito o alle tue figlie. Ha detto che Natalie non era stata molto recettiva, quindi ha deciso di non insistere. Non voleva aprire un vaso di Pandora in casa tua».

Maggie aprì la borsa, cercando i fazzoletti. Si asciugò la faccia e si soffiò il naso. «Non so cosa fare».

«Purtroppo non posso aiutarti».

«Non ti sto chiedendo aiuto».

«Mi sembra giusto».

Si guardarono per un momento, da sopra la scrivania. La stanza era così silenziosa che Maggie poteva sentire il ticchettio dell'orologio sul muro dietro di lei.

Poi si girò verso la porta. Aveva bisogno di spazio. «Grazie per il tuo tempo».

«Se deciderai di metterti in contatto con lui, io posso...» Si avvicinò, ma lei si spostò.

«Ti farò sapere». Aprì la porta prima che lo facesse lui e lasciò l'ufficio. Sentì il suo sguardo su di sé per tutto il tempo fino a quando non arrivò all'ingresso.

Si chiese come avrebbe potuto congedarsi da Coraline senza farle notare gli occhi rossi e il naso gonfio, ma la donna parlava al telefono voltandole le spalle.

Una volta fuori, fece diversi respiri profondi, cercando di mettere da parte le emozioni e riuscire a pensare. Quando realizzò che la respirazione non la stava aiutando, stava girando l'angolo di Cottage Street.

Ma, mentre si avvicinava a casa, vedendo le macchine delle sue figlie sul vialetto, si rese conto che non era pronta a continuare quella conversazione. Non sapendo dove andare, si diresse verso la spiaggia. Si tolse le scarpe e camminò sulla sabbia fino alla postazione del bagnino. Salì e si sedette rannicchiata con le gambe strette al petto, e osservò il mare calmo nella baia, con il suo sali e scendi, mentre calava la notte. Cercò di riflettere su tutto quello che era successo. Da una parte, era sollevata di aver scoperto cosa aveva fatto arrabbiare Natalie, ma allo stesso tempo era irritata. Davvero le sue figlie pretendevano di sapere tutto quello che era successo nel suo passato?

Poi c'era Brett. Aveva provato a ignorare quella vocina che l'aveva avvisata riguardo al ritorno a Wyndham Beach. Non era tornata da molto e l'aveva già incontrato una volta al supermercato e una volta in posta. Entrambe le volte aveva provato a parlarle, ma lei non era pronta ad ascoltare una dichiarazione d'amore quando lui non aveva ancora capito il motivo per il quale si erano lasciati tanti anni prima. Da qualche parte nel suo cuore pensava che il loro passato fosse troppo ingombrante, ma vederlo sprofondare in lacrime aveva fatto crollare anche qualcosa dentro di lei e il rancore che aveva covato per tutti quegli anni iniziava a mostrare qualche crepa. Non aveva idea di quanto lui avesse sofferto – che avesse così tanti rimpianti. Ora capiva i motivi che avevano spinto Brett a volerle parlare così insistentemente in privato.

E ora c'era anche Joe. Suo figlio, non più senza nome, che la voleva incontrare. L'incontro che credeva non sarebbe mai avvenuto era diventato all'improvviso la cosa che voleva di più al mondo – e tutto quello che doveva fare era dire sì. Sarebbe stata abbastanza forte da affrontare suo figlio dopo tutti quegli anni? Cosa gli avrebbe detto? Gli avrebbe raccontato di tutte le volte che era scoppiata in lacrime il giorno del suo compleanno cercando di immaginarselo cresciuto? Che aveva pregato ogni notte perché i suoi genitori lo amassero e gli dessero una vita felice? Che non aveva mai superato il fatto di averlo perso?

Rimase seduta in quella posizione fino a quando le stelle non riempirono il cielo e lentamente, a uno a uno, i pezzi della sua vita iniziarono a incastrarsi. Ci sarebbero volute forza e onestà. Significava affrontare le cose senza esitare. Ma, se fosse stata fortunata, alla fine, ne avrebbe raccolto i frutti. Era tutto alla sua portata, se solo avesse accettato la sfida, sapendo che la sua vita sarebbe cambiata completamente.

Avrebbe iniziato da dove aveva finito. Scese dalla postazione e si diresse verso casa, alla conversazione che non pensava avrebbe mai avuto.

CAPITOLO SEDICI

GRACE

«Non posso credere che se ne sia andata così». Grace era in assetto di guerra e il fatto che sua madre se ne fosse andata prima che lei potesse dire qualcosa, l'aveva fatta arrabbiare.

«Non posso credere di averle fatto questo». Natalie si coprì la faccia con le mani.

«Cosa c'era di più importante da fare che spiegarci da dove arriva questo figlio di cui non si è mai presa la briga di parlarci? E, davvero, Nat? Tu sei dispiaciuta per lei?»

Prima che potesse ribattere, Daisy piombò nella stanza, strofinandosi gli occhi, mezza addormentata. «Mamma, non riesco a dormire. Sono persa». La sua vocina era bassa e spaventata. Natalie prese in braccio la figlia e la riportò di sopra. La sorella stava ancora aspettando che scendesse, quando sentì la porta d'ingresso aprirsi.

Guardò sua madre entrare e sfoderò il suo sguardo più letale, che Maggie ignorò.

«Dov'è Natalie?», chiese.

«Di sopra con Daisy». Grace si alzò e aprì un'altra bottiglia di vino. Se non avesse fatto qualcosa per calmarsi, sarebbe scoppiata e l'unica cosa in bella vista era una bottiglia di Pinot grigio rimasta sul bancone. Prese un bicchiere, lo riempì e ne bevve un sorso.

«Ne prendo uno anche io». Maggie se ne versò un bicchiere, poi si sedette vicino all'isola e iniziò a giocare con la ciotola della frutta, facendo finta di risistemare arance, mele e banane. Dopo un po', disse: «Se hai qualcosa da dire, dillo, Gracie. Sputa il rospo così poi andremo oltre».

«Credi davvero che una bella chiacchierata possa bastare per superare questa cosa? Come facciamo ad accettare il fatto che hai un figlio di cui non ci hai mai parlato? Che ho un fratello che non sapevo di avere?» Grace sapeva di stare oltrepassando ogni limite, ma non le interessava. «Papà lo sapeva? Sapeva che la sua perfetta mogliettina aveva un segreto profondo?»

«Grace, calmati». Natalie entrò nella stanza quasi correndo. «Non sono affari nostri. Qualsiasi cosa ci sia stata tra mamma e papà è una cosa loro». Si avvicinò a Maggie e le mise una mano sulla spalla. «Mamma, mi dispiace tanto. Non ho pensato a quanto potessi ferirti. Mi sono comportata da stupida e mi vergogno per quello che ti ho fatto».

«Oh, tesoro». Maggie la abbracciò e Grace notò che entrambe erano di nuovo sull'orlo delle lacrime.

«Oh, ti prego. Natalie non ha niente per cui scusarsi. Ma, mamma, ci devi almeno una spiegazione».

«Grace, santo cielo...» Natalie si girò verso di lei.

«Nat, non sto parlando con te. Sto parlando con la mamma. Ci deve una spiegazione». Grace sapeva che si stava comportando da stronza, ma non poteva farne a meno. Per tutta la sua vita aveva creduto che i suoi genitori avessero un matrimonio da favola, quel tipo di amore che ti capita una volta nella vita. Aveva sempre voluto essere come sua madre – la sua eroina! – ma non si era mai sentita all'altezza. Credeva che lei fosse perfetta. E, all'improvviso, quella perfezione si era rivelata il frutto della sua immaginazione. Vedere sua madre cadere dal piedistallo, fu più che deludente. Per lei fu doloroso.

«Grazie». Maggie strinse le mani di Natalie e disse: «Versati un bicchiere di vino e unisciti a noi. Grace sembra determinata a ricreare l'Inquisizione, quindi meglio se ti prepari anche tu».

«Mamma, non ci devi una spiegazione». Natalie si sporse per prendere il vino.

«Grace crede di sì». Maggie guardò la sua figlia maggiore. «Fammi iniziare dicendo che non credo di dovervi niente. La vita è la mia, come le vostre sono vostre. E, se mi ricordo bene, recentemente hai avuto bisogno una grande dose di comprensione dopo quello che è successo. Io sono stata felice di esserci per te, Gracie. A quanto pare è troppo chiedere di ricevere in cambio la stessa cosa».

«Mamma, non è la stessa cosa. È...» Grace iniziò a parlare, ma sua madre la interruppe.

«Tocca a me parlare, Grace. Vuoi sapere perché non vi ho mai detto di avere avuto un figlio prima di incontrare vostro padre? Vuoi sapere del bambino che non ho potuto tenere?» Maggie parlava piano, così piano che Grace dovette avvicinarsi per sentirla meglio. «Avevo diciotto anni, il mio ultimo anno a scuola, e sono rimasta incinta in primavera. Il vecchio cliché della sera del ballo... comunque, questo non è importante. Io e il mio ragazzo stavamo insieme da tre anni. Avevamo programmato di sposarci dopo il college. Non avevo assolutamente nessun dubbio che succedesse. Lo amavo tantissimo. Anche adesso, dopo quarant'anni, so che lo amavo con tutta me stessa. E lui amava me». Maggie butto giù un sorso di vino, prima di continuare.

«Quando ho scoperto di essere incinta, volevo assolutamente tenere il bambino. Ma i miei genitori sono stati irremovibili sul fatto che io lo dessi in adozione. Il mio fidanzato era d'accordo con loro – non ho intenzione di trovargli scusanti. Erano tutti e tre assolutamente decisi. I miei genitori non volevano scandali e lui non voleva che la sua carriera nel football ne soffrisse. Aveva intenzione di giocare come professionista e ci riuscì. Erano altri tempi: era molto difficile opporsi alle convenzioni e alle imposizioni della famiglia, soprattutto per una ragazza».

«Il tuo ragazzo del liceo era un professionista?» Per qualche ragione, a Grace sembrò incredibile. «Davvero? Per chi giocava?»

«Ma chi se ne frega! Dai, Grace» Sua sorella la guardò male. «Mamma, continua».

«Così, alla fine di agosto, quando tutti i miei compagni partirono per il college, io feci finta di fare la stessa cosa. In realtà, ho passato gli ultimi mesi nel Maine, in una nella casa di mio zio. Lui la usava solo in estate, così ci ha permesso di usarla finché il bambino non fosse nato». Maggie fece un'altra pausa. «Non credo mia madre gli abbia mai detto il vero motivo per cui ne avevamo bisogno. Siamo rimasti in Maine finché non ho partorito e qualche settimana dopo, perché io ero ridotta malissimo. Mia madre è rimasta con me per tutto il tempo, ma, non appena ho iniziato il travaglio, mio padre ci ha raggiunti e, il giorno dopo, anche il mio fidanzato». Fece un sorriso triste. «Non fu proprio una gran rimpatriata».

«Mamma, non posso neanche immaginare come ti sia sentita. A lasciare il tuo bambino. Dev'essere stato orribile». Natalie aveva gli occhi lucidi.

Maggie annuì. «Non ci sono parole per esprimere quanto sia stato doloroso». Alzò gli occhi dal tavolo, verso Grace. «Vuoi sapere perché non vi ho detto niente? Perché non ho detto niente neanche a vostro padre? Non perché si sarebbe arrabbiato o avrebbe smesso di amarmi. Vostro padre era una delle persone più buone che io abbia mai conosciuto e mi ha amato incondizionatamente. Non gliel'ho detto perché mi fa male solo a parlarne. Perché mi fa ancora male aver lasciato il mio bambino».

«E noi te l'abbiamo fatto dire. Te l'ho sbattuto in faccia e hai dovuto raccontarcelo. Non so come potrai perdonarmi per averti fatto questo, mamma». Sua figlia minore era pallida come uno straccio.

«È tutto a posto, Nat. Adesso lo sapete. E se vogliamo guardare il lato positivo, possiamo dire che hai esaudito le preghiere che tenevo dentro da quarant'anni. Il fatto che mio figlio sia vivo e che sia felice significa tutto per me. Dice di aver avuto una bella vita. Cosa potrei chiedere di più, date le circostanze?»

«Credo ancora che tu debba diseredarmi». Natalie tirò su col naso.

«Oh, tesoro. Questo non succederà mai». Maggie la abbracciò.

Grace le guardava dall'altra parte del tavolo.

«Allora, chi è il padre?», chiese.

«Mamma, non devi rispondere», si affrettò a dire Natalie.

«Non credo siano affari tuoi. Comunque, non è qualcosa che mi sento di raccontarvi adesso». Maggie incrociò le braccia al petto. «Quando – e se – deciderò di dirvelo, ve lo farò sapere».

Maggie si era dimostrata subito pronta a perdonare Natalie – Natalie, che aveva iniziato tutto! – ma non lo sembrava altrettanto nei confronti di Grace. Non che Grace se lo aspettasse o lo volesse. Non riusciva a capire perché Natalie avesse ceduto così in fretta e perdonato subito la madre. Proprio lei, che era così arrabbiata e indignata quando le aveva raccontato il segreto della madre, aveva ceduto nel momento in cui Maggie era scoppiata in lacrime.

«Allora, cosa facciamo adesso?», chiese Grace. «Con lui».

«Ho bisogno del tempo per pensarci. Mi hanno detto che vuole incontrarmi e a me piacerebbe, ma devo prima pensarci su». Maggie fece rotolare un'arancia sul bancone, passandola da una mano all'altra.

«A me piacerebbe incontrarlo», disse Natalie. «Sembra gentile. Magari potresti invitarlo qui e potremmo conoscerlo tutti».

«E poi, Nat? Prenderci per mano e cantare *We Are a Family*?» Grace scosse la testa. «No, grazie». Dopo si girò verso sua madre. «E se lo inviterai qui, in questa casa, io non ci sarò».

«Come vuoi, Gracie». Maggie ripose l'arancia nella ciotola. «Questa è casa mia. Tu sei mia figlia e sei la benvenuta. Lui è mio figlio, quindi anche lui sarà il benvenuto».

«Io non sono d'accordo». Grace si alzò e uscì dalla stanza diretta alla porta d'ingresso.

Grace si incamminò verso il centro della città, nella sua testa continuavano a ripetersi gli eventi delle ultime ore. Sua madre era rimasta incinta la sera del ballo, aveva avuto il bambino e l'aveva dato in adozione. Se avesse dovuto scegliere lo scenario più improbabile – sua madre che faceva atterrare una navicella sulla luna o che avesse un figlio segreto da qualche parte – sarebbe stata combattuta.

La sua rabbia le teneva compagnia mentre camminava. Quando arrivò all'angolo tra Front e Cottage Street, girò a sinistra e camminò fino a Jasper Street. Stava iniziando a riguadagnare la calma, quando si sentì chiamare.

«Gracie, sei tu?»

Si girò in direzione della voce e si rese conto di trovarsi davanti a casa di Liddy.

«Ciao Liddy», le disse, senza fermarsi. L'ultima cosa che voleva fare in quel momento era parlare con la migliore amica di sua madre.

«Unisciti a noi per un bel margarita. Liddy fa i migliori margarita della costa del Massachussetts».

Grace guardò meglio e vide Emma in piedi sul portico vicino a lei.

«Oh, grazie. Ma ho appena bevuto un po' di vino, non penso che...» Grace provò a declinare l'invito, ma le due donne furono insistenti.

«Beh, allora prendi un po' di guacamole. È delizioso. Stiamo festeggiando il Cinco de Mayo, ma con lo stile di Wyndham Beach». Liddy scese gli scalini, con un bicchiere di margarita in mano.

Non vedendo alcuna via d'uscita, Grace accettò.

«Il cinque maggio è stato un mese fa», disse Grace. «Lo sapete, vero?»

«Va beh, siamo un po' in ritardo». Emma inclinò il bicchiere in direzione di Grace, come per brindare.

«Giusto», aggiunse Liddy, anche lei un po' alticcia. «Da qualche parte sarà il Cinco de Mayo».

«Al massimo il Cinco de Junio, ma a chi importa», ribatté Grace.

«Allora, come mai stai camminando al buio tutta sola?» Liddy prese posto e fece segno alla sua ospite di fare lo stesso.

«Sembrava una serata piacevole, così ho deciso di prendere una boccata d'aria». Grace si sedette e incrociò le gambe.

«Prendi un po' di guacamole». Emma le passò la ciotola e un vassoio di patatine.

«Oh no, grazie. Ho lo stomaco un po' scombussolato». Grace si stava già pentendo di essersi fermata. Avrebbe solo dovuto salutare e tirare dritto. Stava riuscendo a scacciare la rabbia e il dolore, ma non era ancora tranquilla abbastanza e sarebbe stato stupido pensare che Emma e Liddy non se ne sarebbero accorte.

«Che succede, Gracie?» Emma si allungò verso di lei, mettendole una mano sul ginocchio. «Non sembri in te».

«Sembra che tu abbia pianto», convenne Liddy. «Oh, tesoro. Spero non sia ancora per quella sottospecie di marito che avevi. Gli ex stanno bene dove sono, nel passato».

Grace sentì le lacrime che le riempivano gli occhi. Scosse la testa, non riuscendo a parlare.

«È per il lavoro, vero? Sei a pezzi per aver lasciato lo studio di tuo padre. Troverai un altro lavoro con un altro studio, tesoro. So che non sarà la stessa cosa, ma sono certa che Art capirebbe. Ti ha voluto un mondo di bene ed era molto fiero di te».

«No, non è quello. Ho superato la storia di Zach e sono tranquilla per quanto riguarda lo studio. È la mamma». Grace iniziò a piangere e balbettare. «Natalie ha ricevuto una e-mail da Joe e l'ha fatta vedere a mamma e ora lei vuole incontrarlo e io sono sconvolta perché non sapevamo niente di lui. Non aveva neanche detto a papà del bambino».

Liddy ed Emma si scambiarono un lungo sguardo confuso, poi si girarono entrambe verso Grace.

«Quale bambino?»

CAPITOLO DICIASSETTE

NATALIE

«Mamma, dove pensi sia andata Grace?»

«Probabilmente starà smaltendo la rabbia camminando. Credo che un giro della città sarà sufficiente».

«Non pensavo reagisse così». Natalie fece una pausa. «Voglio dire, anche io l'ho fatto, all'inizio. Anch'io ero sconvolta, ma una volta che ho visto quanto lo fossi anche tu, l'unica persona con cui mi sono arrabbiata ero io, per non averti preso da parte in privato. Mi sono concentrata su di me, anche se non ha niente a che fare con me».

«Beh, non è vero che non ha niente a che fare con te. Lui – Joe – è tuo fratello».

«Ho sempre voluto un fratello più grande». Natalie cercò di sembrare sollevata. «Meglio tardi che mai».

«Vuoi incontrarlo?»

«Sì. Sembra così gentile e comprensivo. Voleva conoscermi, ma senza pressioni. Mi ha detto che non c'erano problemi se io non volevo, che avrebbe rispettato la mia volontà». Prese una banana. «Ha detto di aver scoperto di avere altre tre sorellastre».

«Credo abbia ragione».

«Sai qualcosa di loro?»

«Non molto. Credo che la prima abbia più o meno la tua età – ma non ci metterei la mano sul fuoco – la seconda dovrebbe essere al liceo. E l'ultima è piccola, sei o otto anni. Non ne sono sicura».

«Sai queste cose perché sai dov'è il loro padre?»

«Esatto».

«Non ti chiederò di dirmi chi è», la rassicurò Nat.

«Grazie».

«Anche se la curiosità mi sta uccidendo», bisbigliò e sua madre scoppiò a ridere.

«Quando sarà il momento, quando avrò messo insieme tutti i pezzi, lo saprete», rispose Maggie. «Fino a quel momento, la porta è chiusa».

«Capito». Natalie sbucciò la banana, ne staccò un pezzo e lo offrì alla madre.

«Grazie». La donna prese le e-mail che aveva lasciato sul bancone e iniziò a rileggerle, mentre mangiava.

«Quando pensi di incontrarlo?» Natalie non poteva farne a meno. Avrebbe voluto incontrare Joe, ma pensava che Maggie avesse il diritto di conoscerlo per prima.

«Presto. Credo. Ora che la cosa è venuta fuori e tutti lo sappiamo, non vedo perché aspettare». Maggie prese un tovagliolo e si pulì le mani. «Potrebbero volermici un paio di giorni per mettere insieme le idee. Questo...», e indicò le e-mail, «...è stato uno shock. Non mi aspettavo di avere mai sue notizie. Non pensavo che avrebbe mai cercato me o suo padre». Sorrise. «Chi avrebbe mai detto, quarant'anni fa, che un giorno si sarebbe potuto mandare un campione di sputo per trovare i parenti scomparsi?»

«Quando mi sono iscritta, volevo solo trovare i parenti di papà di cui non aveva più avuto notizie. Non ho mai pensato che qualcuno potesse cercare me», ammise Natalie. «O qualcuno con il mio stesso DNA».

«Beh, credo fosse destino». Maggie scese dallo sgabello e si avvicinò al lavandino, per lavare gli occhiali. «Sono esausta e credo che andrò a letto. Magari leggo un pochino. Ricordi a Grace di chiudere la porta quando rientra? Spesso se lo dimentica». Baciò sua figlia sulla testa. «Buona notte, tesoro. E non perdere neanche un minuto di sonno per la storia delle e-mail. Penso fosse il momento giusto per sistemare le cose».

Maggie se ne andò, portandosi via anche i fogli.

Natalie sistemò le ultime cose e spense le luci prima di andare in salotto. Cercò qualcosa da guardare in tv, ma non c'era niente che la attirava. Provò a leggere un libro, ma non riusciva a concentrarsi. Continuava a pensare alla scelta che era stata costretta a fare sua madre e al fratello che avrebbe dovuto incontrare.

Il momento giusto per sistemare le cose. Le parole di Maggie continuavano a ripetersi nella sua mente. In qualche modo le sembrò che ci fosse altro, oltre a Joe Miller.

Joe Miller. Sorrise mentre sfogliava per pagine una rivista che stava facendo finta di guardare. *Il mio fratello perduto.*

Sentì la porta d'ingresso aprirsi e chiudersi dopo pochi secondi, così si alzò per andare a vedere. «Grace, hai chiuso la porta?»

La ragazza si fermò a metà ingresso. «Sembri la mamma. Ti ha detto lei di controllarmi?» Tornò indietro e girò la serratura. «Fatto».

Natalie avrebbe potuto sottolineare che evidentemente aveva bisogno di qualcuno che glielo ricordasse, ma decise di non commentare. Guardando la faccia di sua sorella, la battuta non avrebbe sortito l'effetto giusto.

«Dove sei stata?», chiese tornando a sedersi sul divano.

«Ho fatto due passi». Grace accese la tv e, dopo aver girato qualche canale, si sedette sull'altro lato del divano.

«Spero che ti abbia aiutato a calmarti. Davvero, Grace. Non capisco perché l'hai presa tanto sul personale. Voglio dire, ok, anche io ho reagito così, ma non ha niente a che fare con...»

«Ci credi che non ha detto niente neanche a Liddy o Emma? Le sue migliori amiche? Non ha detto neanche una parola sul bambino». Grace sembrava ancora arrabbiata.

Natalie scosse le spalle. «Allora? Non era obbligata a... aspetta, come fai a sapere che non ha detto niente neanche a loro?»

«Perché me l'hanno detto loro».

«Eh certo, dal nulla sono uscite con la frase *comunque tua madre non ci ha mai detto di aver avuto un bambino dopo il diploma*». Una brutta sensazione invase Natalie. «Grace, non l'hai fatto».

Grace si girò verso la tv.

«Grace, dimmi che non hai detto niente a Liddy ed Emma». Lei rimase in silenzio e Natalie le tirò addosso la rivista. «L'hai fatto! Ma come hai potuto? Non era compito tuo».

«Ho dato per scontato che lo sapessero... Non mi è neanche passato per la testa che ne fossero all'oscuro...»

«Allora, cosa, sei andata via da qui, diretta a casa di Liddy o di Emma...»

«A casa di Liddy. E non sono uscita da qui con l'intento di andare là. Stavo camminando e loro erano sul portico. Mi hanno invitato a unirmi a loro ed è venuto fuori».

«Hai sempre avuto una gran boccaccia. Non vedevi l'ora di raccontare il segreto di mamma, vero? Eri arrabbiata con lei ed eri impaziente di lamentarti con tutto il mondo».

«Non lo sapevo, Nat! Te lo giuro. Loro tre sono sempre state così intime, per così tanto tempo, non ho pensato che non gliel'avesse detto. Hanno capito che c'era qualcosa che mi preoccupava, allora, quando mi hanno chiesto cosa avessi, ho detto che mamma ci ha detto del bambino e che ero arrabbiata». Per la prima volta quella sera, Grace sembrava davvero dispiaciuta. «E loro mi hanno guardato e mi hanno chiesto, *quale bambino?*»

«Grace, stavolta l'hai fatta grossa. Mamma ti ucciderà quando lo scoprirà, e non la biasimo. Non avresti dovuto dirglielo».

Troppo tardi. Maggie era sulla porta e le stava osservando.

«A chi non avrebbe dovuto dire *cosa*?»

CAPITOLO DICIOTTO

MAGGIE

Maggie si risvegliò piano piano, come si era addormentata, il profumo della brezza marina che avvolgeva la sua camera da letto. Guardò l'orologio – solo le cinque e mezza. C'era stato un piccolo temporale durante la notte. Le gocce di pioggia che erano entrate dalla finestra aperta l'avevano svegliata, così si era alzata per chiuderla ed era tornata a dormire. Provò a girarsi, sperando di guadagnare un'altra ora di sonno, ma il dramma della sera precedente continuava a ripresentarsi nella sua mente.

Sapeva fin da subito che avrebbe fatto fatica a prendere sonno, ma si era comunque preparata per mettersi a letto, mentre la sua mente rimbalzava da una scena all'altra: la rivelazione di Natalie, la reazione inaspettata e irragionevole di Grace, l'improvvisa comprensione e le scuse di Natalie, Grace che va a raccontare tutto a Emma e Liddy – e Dio solo sa cosa stessero pensando quelle due. Ma la cosa più difficile da affrontare era stata la confessione di Brett, dopo tutti quegli anni. Non aveva mai pensato che lui avesse sofferto tanto quanto lei.

Il fatto che suo figlio la stesse cercando.

Mio figlio mi sta cercando.

Certo che l'avrebbe incontrato. Niente avrebbe potuto tenerla lontana da quel momento, a prescindere da quanto potesse essere nervosa o spaventata dal suo giudizio. Come sarebbe stato? Brett le aveva detto che assomigliava a lui, ma quanto, oltre ai capelli biondi e al fatto che fosse alto? Molti uomini alti erano biondi.

«Ha i tuoi occhi», le aveva detto Brett.

Spostò le coperte, si alzò e si stiracchiò. Si diresse verso il bagno e si guardò allo specchio.

I suoi occhi avevano la stessa sfumatura di verde? La stessa forma? Le ciglia lunghe e spesse come le sue? Si scurivano quando era arrabbiato come succedeva a lei? Gli angoli gli si increspavano quando rideva?

Avrebbe trovato qualcos'altro di sé nel suo aspetto o nei suoi comportamenti, come succedeva con Grace e Natalie? O i suoi gesti avrebbero rispecchiato quelli dei suoi genitori adottivi, che l'avevano cresciuto e amato? Pensò a loro, si chiese chi fossero. Le avevano chiesto se volesse incontrarli, il giorno in cui aveva partorito, ma aveva rifiutato. All'epoca li vedeva solo come le persone che le avrebbero portato via il suo bambino. Ora, così lontana dalla ragazza che era stata, riusciva a essergli grata. Erano stati quelli che si erano occupati delle sue ginocchia sbucciate e che gli avevano dato il bacio della buonanotte, che lo avevano curato quando si era ammalato, che gli avevano letto le favole a voce alta e che avevano sopportato le sue intemperanze adolescenziali. Lo avevano reso l'uomo che aveva deciso di contattare la sorellastra che non aveva mai visto e le aveva augurato una buona vita, anche se lei avesse scelto di non far parte della sua.

Gli avevano dato un nome, quando lei non aveva potuto farlo.

«Grazie», sussurrò. «Chiunque siate, grazie».

Venti minuti dopo, Maggie era seduta al tavolo della cucina, di fronte al computer, cercando di scrivere una e-mail a Joe Miller. L'aveva iniziata una dozzina di volte, ma non aveva ancora trovato le parole giuste. Sarebbe stata la prima cosa che avrebbe ricevuto da lei e non riusciva a trovare un equilibrio tra freddo e formale e familiare e logorroico. Era più difficile di quanto avesse pensato. Non c'era nessun motivo per cui dovesse fingere di non voler incontrarlo, quindi tanto valeva rompere il ghiaccio. Perché perdere altro tempo?

Avrebbe dovuto accettare la proposta di Brett di chiamare Joe e organizzare l'incontro? Sarebbe stato da codardi? L'avrebbe fatta sembrare debole, titubante?

Una e-mail da parte sua era l'idea migliore. Non poteva nascondersi dietro a Brett. Se solo fosse riuscita a dire quello che voleva nel modo giusto.

Era ancora seduta al tavolo, guardando lo schermo bianco, quando sentì bussare alla porta. Guardò l'orologio – 7:25. Chi poteva essere a quell'ora?

Maggie guardò dallo spioncino, sospirò e aprì la porta. Avrebbe dovuto saperlo.

«Non riuscivamo a dormire», annunciò Liddy entrando. «L'ho chiamata alle sei e mezza e le ho detto che dovevamo prendere la situazione di petto». Emma seguì l'amica.

«Se è così, entrate». La donna indicò loro la cucina.

«Non sento odore di caffè». Liddy annusò l'aria. «Perché non sento odore di caffè?»

«Non l'ho ancora fatto», spiegò Maggie.

«Sembra che tu abbia avuto tempo per un nuovo progetto». Liddy indicò il computer acceso, mentre superava Maggie per andare a riempire la macchina del caffè.

Maggie infilò le e-mail di Joe dentro al computer e lo chiuse. Guardò le sue amiche. «Dai. Sputate il rospo. Dite quello che dovete dire».

«Ok. Se proprio insisti. Inizio io. Io – noi – siamo ferite e offese per il fatto che tu non ti sia fidata abbastanza di noi da dirci quello che stavi passando». Non c'era bisogno che Emma le dicesse che fosse ferita, i suoi occhi lo dicevano per lei.

«Non era una questione di fiducia...»

«Oh, non dire cazzate». Liddy aprì il frigorifero e tirò fuori il latte. «Se ti fossi fidata di noi, ce l'avresti detto. Dev'essere stato terribile, ma hai pensato di dircelo così che potessimo aiutarti? No. L'hai tenuto per te. Ci hai riempito di bugie per tutta l'estate». Liddy sbatté il contenitore del latte sul bancone. «*Maggie, vieni in spiaggia con noi? Oh, no, grazie. Devo aiutare mio padre in ufficio*».

«Non potevo andare in spiaggia. Non potevo mettermi un costume da bagno. Riuscivo a malapena a mettere dei vestiti larghi. Quando ha iniziato a vedersi, voi eravate già partite per il college».

«Avresti potuto dirci la verità invece di tutte quelle bugie. Gli amici non si mettono da parte quando succede qualcosa di brutto. È nella buona e cattiva sorte, non nella buona e basta». Gli occhi di Liddy erano pieni di rabbia. «Sono incazzata, Maggie».

«Lo vedo e mi dispiace. Non so cos'altro dire». Maggie prese la tazza di caffè che Liddy le stava offrendo e la appoggiò sul bancone davanti a sé. «Io capisco perché siete arrabbiate. Vorrei avervelo detto all'epoca. È stato un periodo doloroso e pieno di confusione».

«Pensavi ti avremmo giudicata? Che l'avremmo detto a tutti?» Liddy era fuori di sé.

«No, certo che no. Non mi avreste mai fatto una cosa simile».

«Allora perché? Anche dopo tutto questo tempo, non ci hai detto niente. Abbiamo dovuto scoprirlo per caso da Grace. Dopo tutte le cose che abbiamo superato insieme, tutte le volte che ci siamo state l'una per l'altra. Quando Harry si è arrabbiato con Emma per aver preso le parti di Chris... la morte dei nostri genitori... il suicidio di mia figlia... noi tre siamo forti. Noi ci sosteniamo. Perché non ci hai permesso di esserci per te?»

«Credo che quello che Liddy vuole dire è che, quando si è molto vicini a qualcuno, vorresti poter condividere i problemi perché ci si vuole bene», disse Emma, pacatamente. «Noi ti vogliamo bene, Maggie. Avremmo voluto esserci per te. Siamo ferite perché non hai voluto condividere con noi quella che è stata la cosa peggiore della tua vita».

«Io non la vedo così. Ero perennemente assillata dai miei genitori, che volevano che dessi il bambino in adozione e che andassi avanti con la mia vita come se niente fosse. Brett si era schierato dalla loro parte e io non riuscivo a convincere nessuno dei tre che avrei potuto fare entrambe le cose: avere il bambino e continuare con la mia vita. Sarei comunque andata al college. Lui sarebbe comunque andato al college». Maggie fece un sospiro che sembrava esserle uscito dal cuore. «Ero molto confusa e molto spaventata».

«Avremmo potuto esserci per te». Emma le prese la mano e Maggie gliela strinse. «Saremmo state dalla tua parte».

«So che lo sareste state. Ma era tutto così drammatico. Volevo solo che tutto finisse – le discussioni, il martellamento per convincermi che stavo sbagliando e tutte le prediche sull'affrontare la realtà, il non essere egoista e pensare a cosa fosse meglio per il bambino», disse Maggie in un fiato. «I ricordi di quell'estate sono sfocati. Ero imbarazzata e spaventata e i miei genitori continuavano a ripetermi quanto li avessi delusi. In più, il padre di Brett mi faceva queste sfuriate dicendo che stavo rovinando la vita di suo figlio, che avrebbe dovuto pensare a me e al bambino e non sarebbe riuscito a concentrarsi sulla sua carriera».

«Il padre di Brett era un coglione». Liddy prese posto vicino a Maggie. «Lo sanno tutti in città».

«Sono sorpresa che Brett non abbia preso le tue difese». Emma si sedette di fronte a loro.

«Non ammetterà mai quanto l'influenza di suo padre fosse dannosa per lui, ma credo che anche quello abbia influito sul volere che io dessi via il bambino». Maggie si grattò la testa. Come sempre, in situazioni di stress iniziava a martellarle.

«Allora cos'hai fatto?», le chiese Emma.

Maggie spiegò come lei e sua madre si trasferirono nel Maine fino alla nascita del bambino.

«Mi fa male sapere che tu abbia dovuto passare tutto questo. E, nonostante rispetti la tua decisione, avrei voluto esserci per te». La dolce Emma stava piangendo.

«Anche io». Liddy si alzò e si diresse in salotto.

«Porta la scatola, Lids», le urlò Maggie.

«Che scatola?»

«La scatola di fazzoletti che stai cercando. È sulla mensola», le disse Maggie.

«Cosa farai adesso?» Liddy tornò con la confezione di fazzoletti in mano. Ne prese uno e passò il resto alle amiche.

«Dici di Joe?» Maggie spiegò: «Si chiama Joe. Ve l'ha detto Grace? Brett l'ha incontrato e ha detto che è fantastico. Il che, ovviamente, è normale, vedendolo per la prima volta».

«Beh, certo. Si sarà presentato al suo meglio». Liddy concordò. «Sicuramente non si sarà presentato come un assassino seriale per incontrare il suo padre biologico per la prima volta».

Maggie rise. «Ho la copia delle e-mail che ha mandato a Natalie. Sembra carino».

«Possiamo vederle?», chiese Liddy.

«Liddy, quelle sono personali». Emma la redarguì.

«Oh sì, certo. Abbiamo dei segreti adesso?» Maggie aprì il computer e prese i fogli che aveva ritirato. Li passò a Liddy. «Dalli a Emma quando hai finito».

«Beh, se devi avere un segreto, fai almeno in modo che ne valga la pena». Liddy iniziò a leggere, passando i fogli a Emma a mano a mano. «Oh mio Dio, sembra davvero un ragazzo così carino».

«Non è un ragazzo», le ricordò Maggie. «Ha quarant'anni».

«Sì, ma è il tuo bambino». Emma sorrise mentre leggeva. «Oh, è stato così carino con Natalie». Quando finì di leggere l'ultima e-mail, si asciugò una lacrima e le chiese: «Allora, quando pensi di incontrarlo?»

«Appena riesco a trovare un posto e un momento che vada bene per entrambi». Maggie ripose le e-mail con cura. «Non avete detto a Grace che Brett è il padre».

«No. Non le abbiamo detto niente. L'abbiamo lasciata parlare».

«Se l'avesse saputo, ce l'avrebbe detto lei. Quando non l'ha fatto, abbiamo capito che non lo sapeva», aggiunse Liddy.

«Grazie. Una spiegazione in meno da dare. Ragazze, devo ammetterlo, ho una paura folle. Sono curiosa ed eccitata, ma soprattutto ho paura».

«Ti adorerà. Ne sono certa».

«Sarei felice anche solo di piacergli». Le spalle di Maggie erano incurvate. «E questo è quanto».

«Ecco perché tu e Brett vi siete lasciati. Ora tutto ha un senso», disse Liddy. «Non riuscivamo a capire il perché. Dopo che ti sei trasferita a Seattle con lui, aspettavamo solo la telefonata in cui ci avresti annunciato la data del matrimonio. Ma quando lo hai fatto ci hai detto che ti saresti trasferita a Philadelphia e avevi deciso che sposarlo non era più quello che volevi. Pensavamo ti avesse tradita». Liddy guardò Emma, che annuì.

«Brett voleva sposarsi subito dopo la laurea. Quindi, non appena sono arrivata a Seattle. Ma io non riuscivo a decidermi. Il primo anno là, era stato impegnato a entrare in squadra. Durante l'estate, io avevo ottenuto la qualifica per insegnare e così avevo fatto, per tenermi occupata. Quando la stagione finì, Brett voleva che organizzassimo il matrimonio in primavera». Maggie scosse la testa, lentamente. «Ma io ero ancora così sconvolta per la storia del bambino, lui sembrava averlo superato e io non riuscivo a capire come fosse possibile. Più io ero divorata dal dolore, meno lui sembrava preoccuparsene. Dopo un po' mi sono accorta di non amarlo più nel modo in cui avrei dovuto, così ho iniziato a cercare una città in cui trasferirmi. Ho trovato lavoro in una scuola privata appena fuori Philadelphia che sembrava fatto apposta per me, così ho accettato. E quando ho dovuto dirlo a Brett, beh... non è stata una conversazione piacevole. Ma alla fine sapevo di aver fatto la scelta giusta. Così, io ho preso la mia strada e lui la sua».

«Non so cosa dire, eccetto che è la storia più triste che abbia mai sentito». Liddy la abbracciò e poi le diede una pacca su una spalla. «Questo è per non averci detto niente».

«Dagliene una anche da parte mia».

«Non è necessario. Ho capito e mi dispiace. Ma ora sapete tutta la storia». Maggie sospirò. «Possiamo parlare di qualcos'altro ora? Non c'è più niente che possiamo aggiungere sull'argomento».

«A parte che cosa farai d'ora in poi». Liddy diede un sorso al suo caffè. «Soprattutto con Brett».

«Oh ti prego, non iniziare». Maggie si girò verso Emma. «Parla di qualcos'altro. Qualsiasi cosa».

«Ok. Beh, Liddy ha una novità». Emma guardò dall'altra parte del tavolo. «Liddy, di' a Maggie la novità».

«Che novità?»

Liddy prese la caffettiera e riempì le tazze di tutte e tre. «Allora, ti ho detto che Fred Lattimore aveva intenzione di vendere la libreria».

Maggie annuì.

«Beh, l'ha fatto». Il sorriso di Liddy illuminò la stanza. «L'ha venduta a me».

«Liddy, è meraviglioso!» Maggie si alzò per abbracciare l'amica. «Congratulazioni!»

Continuando a sorridere, Liddy disse: «La vendita sarà ufficiale tra sei settimane, ma inizio a lavorarci già sabato. Sono così felice che riesco a malapena a stare in piedi. Ho sempre amato quel palazzo. Sai che il lotto arriva quasi fino al porto? Sto pensando di farci qualcosa. Non sono sicura ancora, magari ci starebbe bene un patio. Comunque, Carl mi insegnerà come tenere la contabilità, l'inventario, le fatture e tutte le cose che servono per i libri. Debiti. Crediti. Ho un commercialista, ma Carl dice che ho bisogno di capire il lavoro prima di darlo in mano a qualcun altro». Liddy alzò gli occhi al cielo. «Mi ha suggerito di creare un sito web e fare qualche offerta online – di cui non so assolutamente niente. Fare qualche promozione. Come ho già detto, non ne so niente. Carl aveva provato a convincere suo padre a farlo, ma non era interessato e Carl non aveva tempo di farlo per lui. Così dovrò trovarmi qualcuno che sappia come creare un sito web».

Grace entrò in cucina ancora addormentata, vestita con degli shorts e una vecchia maglietta. Guardò sua madre, prima di capire con chi fosse. «Pensavo che non voleste più parlare con lei. Pensavo che il piano fosse liberarsi di lei in modo doloroso e gettare i suoi resti a Buzzards Bay. Darla in pasto ai pesci. Quello era il piano, giusto?»

«Quello era il piano di ieri sera. Stamattina, tua madre ci ha spiegato tutto». Emma aggiunse un po' di zucchero nel suo caffè. «Noi le vogliamo bene e l'abbiamo perdonata. Ti suggerisco di fare la stessa cosa».

«Forse», brontolò la ragazza. «Avete bevuto tutto il caffè».

«Sì e ho dovuto farmelo da sola, perché tua madre era occupata. Sono sicura che ci riuscirai anche tu». Liddy le indicò la macchina del caffè.

«Allora, chi ha bisogno di un sito web?» Grace si mise a fare il caffè.

«Io». Liddy sfoderò di nuovo il suo sorriso. «Stai guardando la nuova proprietaria della libreria di Wyndham Beach».

«Ma smettila». Grace si girò verso di lei, con gli occhi spalancati dalla sorpresa. «Hai comprato la libreria? Davvero?»

«Veramente, non è ancora mia, ma inizierò a gestirla da sabato». Liddy raccontò di nuovo tutto.

«È fantastico. La libreria è il mio posto preferito a Wyndham Beach. Però mi dispiace per il signor Lattimore», disse Grace. «È un uomo così dolce. Ma ora che me lo dici, ha avuto un comportamento un po' strano l'ultima volta che sono stata là».

«Strano in che modo?», chiese Maggie.

«Continuava a chiamarmi Ellen, come se pensasse che fossi la nonna. E mi ha detto che anni fa aveva *fatto la corte* a mia sorella». Grace fece una smorfia.

«Mia zia Helena era la sorella di mia madre», le disse Maggie. «È scappata con una donna che insegnava poesia a Yale. È stato un grosso scandalo ai tempi».

«Lo immagino». Grace finì di riempire la macchina del caffè e si girò. «Sono ancora vive?»

«L'ultima volta che le ho sentite, vivevano in una vecchia villa in Francia e producevano formaggio di capra, ma questo è stato anni fa».

Natalie e Daisy entrarono in cucina. Come sua sorella, Natalie era in short e maglietta, mentre Daisy aveva un costume da bagno con i colori dell'arcobaleno, un unicorno di glitter davanti, dei piccoli stivali rosa da cowboy e una bacchetta magica in mano.

«Se avessi saputo che avevamo compagnia, mi sarei vestita». Natalie fece una pausa. «No, probabilmente no. Se arrivate prima delle nove, vi prendete quello che c'è».

La ragazza abbracciò Liddy ed Emma. «Daisy, dici buongiorno a Miss Liddy e Miss Emma?»

«Buongiorno», salutò la bambina.

Emma si diede una pacca sulle gambe. «Vieni a sederti con me, dolcezza. L'ultima volta che ti ho preso in braccio eri proprio piccola. E adoro i tuoi stivali».

«Adesso non sono più piccola». Daisy saltò in braccio a Emma e le mostrò i suoi stivali.

«Liddy compra la libreria», disse Grace alla sorella. «Quanto è fantastico?»

«Davvero? È meraviglioso». Natalie aprì uno sportello, poi un altro. «Mamma, dove sono i cereali?»

«Ancora due sportelli».

«Trovati. Grande, hai preso i preferiti di Daisy». Natalie trovò una scodella e ci versò dentro i cereali, per poi passarla a sua figlia. «Allora organizzerai un'ora delle favole per i bambini? E magari qualche club anche per i bimbi più grandi? C'è un angolo bar? Non ci vado da anni, ma mi sembra di ricordare che ci fossero delle poltrone comodissime».

«Mi piacerebbe fare tutto quello che hai detto, ma mi ci vorrà un po' per organizzarmi. Se ci penso troppo, mi viene la nausea», ammise Liddy. «Ma stiamo andando verso l'estate e credo che il minimo che possiamo fare è organizzare l'ora della favola per i bambini».

«Cosa intendi con *possiamo*?» Emma la prese in giro. «Noi non stiamo comprando la libreria, tu la stai comprando».

«Tutti per uno, uno per tutti?», chiese Liddy, speranzosa.

«Certo, ti aiuteremo dove possiamo», Maggie la rassicurò.

«Io posso pensare al sito», si offrì Grace.

«E io posso pensare all'ora della favola. In ogni caso, ci porterei comunque Daisy, se la facessi. Quando torneremo a casa, ci penserò». Natalie sorrise. «Mi piacerebbe farlo. Mi potrei sedere su una di quelle poltrone...»

«Se stai pensando a quelle grosse poltrone che Fred tiene sul retro, saranno la prima cosa che butterò via. Sono vecchie e puzzano di muffa. Come Fred, ora che ci penso. E no, non c'è un angolo caffè, ma potrebbe essercene uno. Venite a fare un giro la settimana prossima, tutte voi, e vediamo cosa fare con quel posto».

«Ancora con quel *noi*», fece notare Emma.

«Oh, ho un paio di poltrone in soffitta», disse Maggie. «Le ho portate con me da Bryn Mawr, ma non ho spazio. Puoi prenderle per il negozio».

«Grazie. Non disdegno l'elemosina di questi tempi. Ora, abbiamo capito che a ognuno qui piace dire la sua. Questa volta ve lo sto espressamente chiedendo. La settimana prossima fate un giro del palazzo e mi dite se avete qualche idea. Io ho già pensato a qualcosa, ma voglio sapere anche le vostre». Liddy si alzò e si diresse verso il lavandino, risciacquò la sua tazza e la ripose nello scaffale. «Devo tornare a casa. Devo parlare con la banca, l'assicurazione e l'avvocato».

«E io devo andare al centro d'arte». Anche Emma si alzò, appoggiando Daisy a terra. «Natalie, dovresti iscriverla al corso per bambini. Partirà tra un paio di settimane».

«Se saremo ancora qui, lo farò sicuramente». La rassicurò la donna.

Maggie accompagnò le amiche alla porta. Si avvicinarono alla macchina di Emma, poi Liddy scelse di continuare a camminare. *Vuole andare a vedere la libreria*, pensò Maggie. *È troppo presto perché sia aperta, ma vuole solo guardarla, sapendo che tra poco sarà sua.*

Chiuse la porta dietro di sé e tornò in cucina, dove Grace e Natalie stavano discutendo i loro piani per la giornata.

«Credo che andrò a divertirmi un po' facendo qualche prova per il sito di Liddy», stava dicendo Grace alla sorella. «Ci vorrà un po' per trovare la scelta giusta, ma posso almeno iniziare a preparare la piattaforma».

«Non sapevo che ne fossi capace», disse Natalie.

«Oh, certo. Ho seguito un corso in università e in studio avevamo un ottimo tecnico. Mi ha insegnato un po' di cose». Grace alzò gli occhi al cielo. «E sappiamo tutte cos'ho fatto con quelle informazioni».

«Ah, sì. Mia sorella, la star dei blog».

«Riesco quasi a riderci su. Quasi», disse Grace.

«Cos'è successo poi al tuo blog?», chiese Natalie.

«L'FBI l'ha sequestrato come prova contro Amber».

«Ti manca?»

Grace scosse le spalle. «Ogni tanto mi chiedo come se la sta cavando qualcuna delle ragazze, ma fondamentalmente no. Non ne ho più bisogno».

Maggie ascoltò la conversazione, mentre ripuliva la cucina. *Buon per Grace.*

«Mamma. Ti devo delle scuse». Grace toccò il braccio a Maggie. «Sono molto, molto dispiaciuta. L'unica cosa che posso dire in mia difesa – non che ci sia molto da dire sul modo in cui mi sono comportata ieri sera – è che ero scioccata. Sono ancora un po' sotto shock e, a essere onesti, non so come mi sento. Sto ancora cercando di elaborare il fatto che tu ce l'abbia detto perché hai dovuto. Voglio dire, se Joe non avesse scritto a Natalie, ce l'avresti mai detto?»

Maggie rispose meglio che poteva. «Non lo so».

«Beh, a prescindere da come io mi senta, non avrei dovuto dire quello che ho detto».

«Sì, hai detto delle cose che avrei preferito non dicessi. Non posso dirti che non mi sono sentita ferita, ma allo stesso tempo capisco che tu sia stata totalmente colta alla sprovvista. Lo capisco davvero».

«Mi sono comportata da stupida. Soprattutto dopo che tu sei stata così buona con me e non mi hai mai giudicata quando ho rovinato tutto tanto che hai dovuto vendere lo studio di papà».

«Non avere i sensi di colpa per quello, Gracie. Chissà, magari prima o poi l'avrei venduto comunque. Quello che è successo con te mi ha dato la spinta per andare avanti con la mia vita. Non credo che avrei mai fatto dei passi avanti, se fosse rimasta in quella casa, a Bryn Mawr».

«Credo che avresti trovato un modo. Sei piena di risorse, mamma».

«Non lo so. Ero a un punto morto. C'erano troppi ricordi. Credo che, col tempo, avrei adottato una ventina di gatti e mi sarei fatta portare la spesa, così non sarei più uscita di casa». Maggie guardò Daisy scavare nella sua ciotola di cereali. «Vuoi del latte o delle fragole da mangiare con i tuoi cereali?»

«Mi piacciono così». Daisy prese una manciata di cereali dalla ciotola e li mangiò uno per volta.

«Ok». Maggie fece scorrere le dita tra i capelli di Daisy e sorrise. Avere la sua unica nipote con sé la rendeva felice. Le ricordava che, nonostante quello che era successo in passato, aveva fatto la scelta giusta sposando Art. Grazie a lui aveva avuto le sue figlie – con tutti i loro pregi e difetti, a volte più difetti. Ma le amava incondizionatamente. E grazie a Natalie – grazie a Dio era stata più coraggiosa di sua madre e aveva tenuto la bambina! – Maggie aveva la fortuna di vedere crescere quella meravigliosa bambina. Questa era la sua ricompensa per essere sopravvissuta alle tempeste della vita.

E ora la vita le dava un altro frutto: suo figlio era tornato da lei. L'incontro avrebbe potuto essere doloroso, ma era sicura che ne sarebbe valsa la pena.

Fatti avanti.

Maggie combatté con l'e-mail per Joe tutto il giorno e anche un pezzo di notte. Scrisse e riscrisse, per poi cancellare e ricominciare da capo più volte di quante riuscisse a contarle. Dopo l'ennesima nottata insonne, si impose di sedersi al computer e scrivere quello che le veniva in mente e dal cuore.

Joe,

Sono sicura che tu sappia già che io sono la donna che ti ha dato alla luce e che ha rinunciato ai diritti che aveva su di te in favore dei tuoi genitori adottivi. Non ho mai saputo chi fossero o dove vivessero. L'unica cosa che sapevo su di loro era che l'agenzia per l'adozione pensava fossero le persone migliori per crescerti e che ti volevano tantissimo. Sono sicura che avrai delle domande, dopo tutti questi anni e sarò felice di incontrarti.

Cancellò l'ultima parte.

...e sarò molto felice di incontrarti quando vuoi.

Fece una pausa e considerò di cambiarlo con "al più presto possibile", ma non voleva fargli pressione.

Grazie per aver contattato Natalie e tuo padre...

Aggiunse "biologico" dopo "padre".

... e anche me. Ti allego tutti modi per contattarmi –

sentiti libero di farlo quando vuoi.

Pensò a lungo come firmarsi, poi prese una decisione.

Aspetto tue notizie.

Maggie Lloyd Flynn

Cliccò su "Invia" prima di perdere la calma. *E ora si aspetta.* Non avrebbe aspettato molto.

Portò Daisy in giardino a raccogliere dei fiori per la cucina. Ovviamente, Daisy aveva voluto sapere il nome di ogni singolo fiore e dell'albero e, quando ebbero finito di fare il giro della proprietà, era quasi passata un'ora dall'invio della e-mail. Quando tornò in cucina, vide la luce della segreteria lampeggiare.

Si aspettava una risposta all'e-mail. Non era preparata alla forte voce maschile dall'altra parte.

«Ciao. Oh, non so come chiamarti. È Maggie, vero? Sono Joe, Joe Miller. Ok, forse l'avrai capito da sola. Sono molto felice di aver ricevuto la tua e-mail. Speravo che volessi incontrarmi tanto quanto lo vuoi tu. Magari non proprio allo stesso modo, ma almeno vuoi vedermi. Io potrei essere in Massachussetts in qualsiasi momento sia più comodo per te. Sto seguendo un progetto a Boston, quindi sono in città molto spesso. Posso guidare fino a casa tua o dovunque tu voglia incontrarmi. Fammi sapere dove e quando.

Sono molto felice di sentirti. Ok, l'ho già detto, ma lo sono. Spero di risentirti presto».

Maggie riascoltò il messaggio diverse volte, prestando attenzione alla cadenza della sua voce. Sentì un accento marcato del New England, non di Boston però, più a nord, forse del Maine. Si chiese quale tipo di progetto seguisse in città. Cosa faceva per vivere? La sua mente ronzava così tanto che il pensiero di incontrare suo figlio non le sembrava reale. Non si fidava dell'effetto che la sua voce poteva fare al telefono, non voleva sembrare piagnucolona o troppo eccitata, così, invece di richiamarlo, gli mandò un messaggio, che riscrisse quattro volte. Alla fine, decise per: «Grazie per avermi risposto così in fretta! Giovedì prossimo può andare bene per te? Magari potremmo incontrarci per pranzo a metà strada? Cosa si incastra meglio con i tuoi impegni?»

Meno di dieci minuti dopo, lui le rispose: «Giovedì va bene. C'è un posto a Brockton che si chiama Da Eleanor. È facile da trovare, è proprio sulla strada principale. Se va bene per te potremmo trovarci a mezzogiorno. Scegli tu. (Sai che il primo negozio di Babbo Natale ha aperto a Brockton?)»

Una volta confermato l'appuntamento da entrambi, Maggie, si sedette alla finestra della cucina e guardò fuori per un po'.

«Sembri in missione». Natalie era seduta su una delle sedie a dondolo, mentre guardava Daisy giocare sul pavimento del portico. «Dove vai, mamma?»

«Vado a fare un giro in spiaggia».

«Vuoi compagnia? Oh... no, non sembra che tu voglia compagnia», osservò Natalie.

«Credo che questa volta andrò da sola, ma grazie. Non starò via a lungo».

«Noi saremo qui».

La passeggiata fino alla spiaggia fu breve. Maggie si tolse le scarpe e si fece strada tra i pezzi di legno e i ciuffi d'alga che l'ultimo temporale aveva portato a riva. Salì su una roccia, ma non arrivò alla fine del pontile. Si sedette, guardando il porto, la baia e le isole all'orizzonte. Era felice e spaventata e si chiese se in qualche modo avrebbe rimpianto il suo incontro con Joe Miller. Di cosa avrebbero parlato? Non si conoscevano ed era molto probabile che non avessero molto in comune.

Iniziò a pensare a qualche argomento. Il suo lavoro poteva essere un buon punto d'inizio. Su che tipo di progetto stava lavorando? Dov'era andato a scuola? In cosa si era laureato? Non aveva parlato di una moglie, ma poteva essere sposato. Se fosse stato sposato, aveva dei figli?

Se avesse avuto dei figli, lei avrebbe avuto dei nipoti che non aveva mai conosciuto. Si coprì la faccia con le mani. Era quasi troppo a cui aggrapparsi. Dopo tutto quel tempo, era troppo e troppo presto.

Il suono del frantumarsi delle conchiglie sotto ai piedi attirò la sua attenzione. Guardò verso la strada e il cuore le saltò nel petto.

«Ehi». Brett la salutò dall'altra parte della spiaggia. Era in uniforme, eccetto per il cappellino dei Red Sox, che era quasi sicura non appartenesse alla divisa ufficiale.

«È il modo giusto per rovinare le scarpe da poliziotto che hai ai piedi», gli rispose, il cuore che le batteva più forte. *Sii disinvolta.* «La sabbia qui è piuttosto bagnata».

Poteva essere disinvolta se si trattava di Brett? Proprio adesso che il loro figlio era tornato nelle loro vite?

«Le asciugherò e toglierò la sabbia più tardi». Si avvicinò, con gli occhiali da aviatore che gli coprivano gli occhi assomigliava al ragazzo che conosceva più di quando l'aveva visto l'ultima volta.

Certo, l'ultima volta era seduta dietro alla sua scrivania nel dipartimento di polizia. In quel momento era nel suo elemento. Aveva sempre amato la spiaggia e il mare. «Natalie mi ha detto che ti avrei trovata qui. Spero non ti dispiaccia che mi sia fermato. Non resterò a lungo, se ti do fastidio».

«Va bene». Lei sospirò, poi disse qualcosa che sentiva il bisogno di dire: «Mi dispiace, Brett».

«Ti dispiace? E per cosa?» Lui rise. «Non hai niente da essere dispiaciuta».

«Sono volata nel tuo ufficio come un'arpia. Tu stavi provando a dirmi di Joe e io ho continuato a tenerti a distanza. Avrei dovuto ascoltarti».

«La cosa importante è che adesso lo sai. Ma avrei dovuto insistere con te, non appena avevo saputo da Janye che l'aveva contattata. Non avresti dovuto scoprirlo in questo modo». Si abbassò per sedersi sulla roccia vicino a lei.

«Comunque, ho detto delle cose che... beh, mi dispiace».

«Dispiace anche a me. Per tutto. So che non posso tornare indietro e cambiare le cose, ma avevo bisogno di scusarmi con te da anni».

«Brett, non è il momento di...»

«Non è mai stato il momento giusto. Quindi, per favore, ascoltami. Puoi lasciare che io mi tolga questo peso dal petto? Non è il motivo per cui sono venuto qui – ma essendo le cose come sono adesso, non so se avrò un'altra possibilità». Senza aspettare la sua risposta, continuò. «Mi dispiace non aver prestato più attenzione quando cercavi di dirmi quanto stessi soffrendo. Anche io stavo soffrendo, ma volevo essere forte per te. Allora ho provato a far finta che andasse tutto bene. Che avremmo avuto altri bambini e che avremmo vissuto una bella vita insieme. Volevo che fosse vero. Ma per quanto io ci stessi provando, tu diventavi sempre più triste. Dopo un po', sembrava quasi ci fosse una te prima del bambino e una te dopo il bambino. Ed essendo il cretino che sono, ho provato ad amare la prima ignorando la seconda. Voglio solo che tu sappia quanto mi dispiace non aver provato a capire quello che stavi passando. Mi dispiace non averti detto quanto anche io stessi soffrendo».

Lei era immobile, come la roccia su cui era seduta, ascoltando le parole che aspettava da quarant'anni. Quando lui smise di parlare, lei cercò di elaborare tutto, prima di annuire. «Lo capisco. Davvero. Forse non sapevi come affrontare il mio dolore, il fatto che non riuscissi a lasciarmi tutto alle spalle. Lo capisco. Quello che non capisco, che mi ha dato fastidio per tutti questi anni, è che tu non abbia voluto vederlo. Non hai neanche voluto guardarlo». Combatté contro le lacrime. «Lui era così piccolo e tu non sei neanche riuscito a camminare lungo il corridoio per vederlo».

«Ma l'ho fatto», disse lui, la voce così bassa che era quasi un sussurro.

«Cosa? Quando?»

«Sono andato nella nursery il giorno che tu hai lasciato l'ospedale. Non l'avevo programmato, ma quando sono uscito dall'ascensore, me la sono trovata davanti. Mi sono avvicinato al vetro e ho visto il lettino in cui l'avevano messo. Ho visto il nome – Lloyd – su un cartoncino bianco e blu e ho capito. Mi ricordo di aver pensato che avrebbe dovuto esserci scritto Crawford, perché era mio. L'infermiera l'aveva avvolto in una coperta e lo teneva in braccio. *Vuole tenerlo in braccio?*, aveva chiesto. Stavo per dire di sì, quando notai una coppia vicino al vetro. Prima che potessi parlare, entrambi risposero *Sì*. Erano così entusiasti, sembrava brillassero». La voce di Brett si ruppe. «È stato l'unico momento in cui mi sono chiesto se stessimo facendo la cosa giusta».

«Perché non me l'hai detto?»

«Che differenza avrebbe fatto? Stavamo uscendo dall'ospedale per lasciarlo a loro e così abbiamo fatto».

«Tutto questo tempo una parte di me ti ha odiato perché pensavo avessi ignorato il fatto che fosse nato».

«Come diavolo avrei potuto ignorare il fatto che fosse nato mio figlio? Era mio tanto quanto tuo». Si tolse il cappellino e fece correre una mano tra i capelli, il vecchio ciuffo che non riusciva mai a domare fece capolino prima che se lo rimettesse. «Era nostro figlio e l'abbiamo dato via. Non volevo vederlo perché sapevo che qualcun altro se ne sarebbe andato tenendolo in braccio. E sarebbe diventato suo figlio. Ho pensato che così sarebbe stato meno doloroso lasciarlo andare. Ma quel giorno, realizzai che probabilmente non avrei avuto un'altra possibilità, così mi sono fermato. Ho visto l'infermiera avvolgerlo nella coperta, prepararlo per mandarlo a casa. Ma non sarebbe venuto con noi».

«Per tutto questo tempo, ho pensato che non ti importasse»

«Certo che mi importava. Come avrebbe potuto non importarmi?»

«Avrei voluto ne avessimo parlato».

«Maggie, per molto tempo, nessuno di noi poteva parlarne. Poi, quando lo abbiamo fatto, tu sei solo riuscita a piangere. Sapevo l'abbandono ti aveva spezzato il cuore e sapevo che era colpa mia. Ti ho convinta a fare qualcosa che non volevi fare». La guardò. «E non posso fare niente per cancellarlo. Non ho mai potuto fare niente per rimediare. Quando sei andata via da Seattle, sapevo di meritarmelo. Non ho lottato per te quando hai avuto bisogno di me e non posso sistemare le cose».

«Non eri solo tu. I miei genitori… tuo padre…»

«Non avrebbe avuto importanza. Avrei dovuto stare dalla tua parte. Non ti avrei mai persa se non mi fossi comportato da codardo e fossi stato l'uomo di cui avevi bisogno. Dopo che te ne sei andata, non ti sono corso dietro, non ti ho pregato di tornare con me, perché sapevo di non meritarti».

«Oh, Brett».

«Quando non ho più avuto tue notizie, ho pensato che volessi lasciarti tutto alle spalle. E ho pensato che almeno quello te lo dovevo. Ma dentro di me non ho mai smesso di sperare che tu tornassi. Quando ho saputo che ti eri sposata, mi sono detto: ok, ha trovato qualcun altro da amare. È andata avanti. Dovrei farlo anche io». Provò a sorridere. «Mi ci è voluto più tempo e, devo dirlo, non sono stato bravo quanto te a far andare bene le cose».

Lei alzò le sopracciglia, come se dovesse fare una domanda. Prima che potesse dire qualcosa, il telefono di Brett suonò. Lo prese dalla cintura e rispose.

«Crawford... cosa? Dove? Ok, mettete in sicurezza la scena e raccogliete le testimonianze. Sarò lì fra cinque minuti».

Si girò verso Maggie. «Un pirata della strada su Pratt Street. Devo andare. Ma c'è qualcos'altro che vorrei dirti. Sul fatto che mi sono sposato tre volte. Qualcosa che rimpiango profondamente». Si fece serio. «Ho sposato tre donne buone il cui unico problema è stato essersi innamorate di me. E io le ho ferite perché non potevo amarle nel modo in cui si meritavano di essere amate». Fece un respiro profondo. «Perché il problema era che io volevo fossi tu. Ma nessuna di loro poteva esserlo. E non era colpa loro. È stato ingiusto e stupido aver sposato una donna volendo che fosse un'altra persona. Meritavano di essere amate per com'erano e io non potevo farlo. E lì ho capito che coglione ero stato. La verità è che non ho mai più amato nessun'altra. E sono quasi sicuro che sarà così anche in futuro».

Lei avrebbe voluto coprirsi le orecchie, ma non si mosse. Le sue parole rimasero appese per quella che le sembrò un'eternità. Poi Brett si alzò e scese dalla roccia su cui era seduto. «Questo è tutto. Dall'inizio alla fine. Abbiamo un figlio e ci vuole conoscere. Sembra quasi troppo bello per essere vero. Lo capirai dopo averlo incontrato. Sono felice che si sia messo in contatto con noi. Sono felice che tu sia tornata. Come finirà questa storia, lo vedremo. Io ho deciso che tengo aperte tutte le porte». Iniziò ad allontanarsi da lei, cercando di evitare le parti della spiaggia più bagnate.

«Tu vuoi bene alle tue figlie?», gli chiese Maggie.

Lui si fermò e si girò verso di lei. «Certo. Che domanda è?» «Hai detto che rimpiangi di esserti sposato tre volte. Tre matrimoni. Un figlio per ogni moglie, me l'hai detto alla rimpatriata».

«Quindi?»

«Quindi, se non avessi sposato quelle donne, non avresti le tue figlie. Se cambiassi il passato, quelle ragazze a cui vuoi bene non esisterebbero».

Brett la guardò per un lungo secondo. «Vero».

Il suo telefono suonò di nuovo, lui rispose e se ne andò, lasciando Maggie con troppi pensieri che le ronzavano in testa. Quel giorno, per la prima volta, lui le aveva confessato quello che aveva provato per quarant'anni e lei era rimasta senza parole. Se avesse dovuto puntualizzare, quarant'anni dopo era davvero troppo tardi ma, come aveva ammesso a Brett, cambiare il passato avrebbe voluto dire cambiare tutto quello che avevano vissuto e non l'avrebbe voluto.

Si avviò verso casa, pensando che anche lei, forse, avrebbe dovuto lasciare le porte aperte.

Giovedì mattina Maggie entrò nella cabina armadio che avevano costruito i proprietari precedenti. Anche se ci aveva messo ogni vestito che possedeva, aveva ancora un sacco di spazio libero. Guardò le sue gonne, camicie, giacche e magliette per decidere cosa indossare. Qualcosa di casual, ma non troppo. Le previsioni davano quasi trenta gradi, quindi qualcosa di leggero. Decise per una gonna a tubino blu navy e una camicia bianca a manica lunga. Si arrotolò le maniche fino ai gomiti e indossò una collana di perle di mare che Natalie le aveva preso durante un viaggio in Italia. Niente di elaborato o di cui dovesse preoccuparsi. La sua attenzione doveva essere totalmente su Joe.

Guidò per un'ora, ma fu un viaggio leggero. Cercò di evitare l'autostrada, aveva bisogno di un viaggio tranquillo per calmare i nervi. E se non gli fosse piaciuta? Se avesse capito che quell'incontro era uno sbaglio e avesse deciso all'ultimo di non presentarsi?

Entrò nel parcheggio alle 11:55 e occupò il primo posto libero. Abbassò lo specchietto per essere sicura di apparire al meglio. Niente rossetto sui denti. Niente mascara sciolto sotto agli occhi. Si sistemò un po' i capelli, fece un respiro profondo e uscì dalla macchina. C'erano diverse persone davanti al ristorante, cinque o sei vicine e un uomo da solo. Quest'ultimo le aprì la porta per farla entrare. Si guardarono negli occhi per un secondo e lui le sorrise. Lei lo ringraziò sorridendogli a sua volta, entrò e lui la seguì. Lei si tolse gli occhiali da sole e vide che era rimasto dietro di lei. Si girò per guardarlo meglio.

«Ciao Maggie». Lo aveva ignorato subito perché al primo impatto non sembrava un uomo di quarant'anni.

«Come hai fatto a capire che ero io?», gli chiese.

Le offrì una mano e lei la prese, senza far caso al fatto che non le avesse risposto.

«Sono felice che tu sia venuta». Poi, riferito alla cameriera, aggiunse: «Ho prenotato a nome Miller».

«Due persone per mezzogiorno». La bella cameriera gli sorrise. «Preferite il salone o il patio?»

Joe si girò verso Maggie, che si guardò in giro. I tavoli del patio erano quasi tutti vuoti, promettendo un po' di privacy.

«Il patio sembra carino», disse.

La ragazza li accompagnò a un tavolo all'ombra di un acero rosso. Joe spostò la sedia di Maggie per farla sedere, poi prese posto di fronte a lei.

«Passerà qualcuno tra poco a prendere il vostro ordine», disse loro la ragazza, passandogli i menù.

«Grazie per essere venuta». disse Joe. «Avevo paura che cambiassi idea e non venissi».

«Dopo quarant'anni?» Lei rispose al sorriso. «Niente avrebbe potuto fermarmi».

È quasi troppo bello, pensò, dopo che lui si era tolto gli occhiali e li aveva appesi allo scollo della maglietta. Indossava l'equivalente maschile di quello che aveva scelto lei: dei pantaloni Dockers blu navy e una camicia bianca con le maniche arrotolate fino ai gomiti. Poteva facilmente vedere se stessa nei suoi occhi, come aveva detto Brett. E riusciva anche a vedere Brett, dalla fossetta sulla guancia sinistra alla forma del suo viso. Non riuscì a fare a meno di sorridere.

«Che c'è?», le chiese Joe.

«Hai lo stesso ciuffo ribelle di Brett».

«È la prima cosa che ha notato anche lui quando l'ho incontrato e, credimi, non posso proprio ringraziarlo. Ci ho combattuto per tutta la vita. Non sono mai riuscito a domarlo». Quasi meccanicamente alzò una mano a sistemarlo, ma risero entrambi quando il suo sforzo si rivelò vano. «Beh, almeno ora so da dove viene».

La cameriera si avvicinò per prendere il loro ordine. Presero del tè freddo, un hamburger per Joe e una macedonia di fragole per Maggie, che aveva ancora lo stomaco chiuso e non riuscì neanche a guardare il menù. Le sembrava di essere in un sogno. Non aveva ancora realizzato di essere dov'era e soprattutto in compagnia di chi.

«Raccontami qualcosa di te», gli disse. «So che hai un sacco di domande e risponderò a ognuna nel miglior modo possibile. Ma possiamo conoscerci un po' prima di parlare del passato?»

«Certo. Cosa vuoi sapere?»

Tutto.

La cameriera tornò con il tè freddo, così Maggie aspettò prima di rispondere. «Dove sei cresciuto, andato a scuola, cos'hai studiato. Cosa fai per vivere. Sei sposato? Hai dei figli?» Maggie si sentì travolta da tutto quello che non sapeva dell'uomo che aveva davanti, il suo figlio ritrovato. Bevve un sorso di tè per non chiedere altro. C'erano moltissime cose da sapere su di lui, sulla sua vita, ma doveva rallentare, piccoli passi prima di correre. Non voleva che sembrasse un interrogatorio.

«Sono cresciuto in una piccola città nel Maine, Cape Elizabeth, vicino a Portland. Meno di diecimila abitanti. Mio padre gestiva la clinica locale. Ha frequentato medicina grazie a una borsa di studio dell'esercito; quindi, ha dovuto servire per qualche anno. Dopo aver ripagato il suo debito, è tornato nella sua città natale, ha aperto una clinica e ha incontrato mia madre. Lei era infermiera professionale. E lo stesso mia moglie». Batteva ritmicamente il dito indice sulla tovaglia, come se stesse tenendo il tempo. «Abbiamo perso i miei genitori e mia moglie durante la pandemia».

Gli si annebbiarono gli occhi e dovette schiarirsi la voce.

«Oh, Joe. Mi dispiace tanto. Mi dispiace così tanto». Maggie si sporse sul tavolo per prendergli una mano.

Lui annuì, un modo silenzioso per ringraziarla della sua empatia, prima di continuare. «Grazie a Dio io e i miei figli siamo sopravvissuti. Ho un figlio – Jamey, ha dodici anni – e una figlia, Louisa, che ne ha sette. Noi la chiamiamo Lulu».

Jamey e Lulu...

Si schiarì di nuovo la voce. «Comunque io sono cresciuto là. Una città fantastica. Ottime scuole. Sono andato a Bowdoin, poi all'Università del Maine a studiare Ingegneria».

«Non volevi fare il medico come tuo padre?»

«Mi piaceva costruire le cose. Ingegneria sembrava la scelta migliore. Ai miei genitori non interessava. Volevano solo che trovassi qualcosa che mi piacesse fare».

«È una cosa molto bella», gli disse, pensando a tutti i genitori che conosceva che avevano spinto i propri figli a fare quello che volevano loro. Chris Dean fu il primo nome che le venne in mente.

«Erano persone fantastiche, Maggie. Erano giusti, sempre e su tutto. Potevo provare tutto quello che volevo, ma dovevo decidere io quello che mi piaceva e cosa no. Ero figlio unico e mi hanno dato una vita meravigliosa». La sua voce era carica di emozioni. «Sto per dirti una cosa che ho detto anche a Brett. Il fatto di aver perso i miei genitori non è il motivo per cui vi ho cercato. Non avrei potuto trovare genitori migliori. Non sto cercando di rimpiazzarli». Fece una pausa, cercando di trattenere il suo turbamento. «Voglio solo che questo sia chiaro. Ho amato molto i miei genitori. E lo farò sempre».

«Certo che è così – e lo sarà. È giusto che sia così. Capisco perfettamente. Non so come dirti quanto io gli sia riconoscente».

«Avevo paura che pensassi che vi ho cercato perché non ero soddisfatto della mia vita o perché loro non fossero buoni genitori».

«Non l'ho pensato neanche per un secondo, Joe».

La cameriera tornò con i loro piatti, chiedendo scusa per il ritardo e riempì i bicchieri. «Posso portarvi altro?», chiese, ma entrambi rifiutarono gentilmente.

Chiacchierarono un po', mentre mangiavano. Una volta finito, Joe tirò fuori il telefono dalla tasca e fece scorrere le dita sullo schermo, mentre sorrideva. «Mi hai chiesto come ho fatto a capire che fossi tu».

La faccia di una bambina con dei riccioli biondi e grandi occhi – blu come quelli di Brett, non verdi come i suoi – le si presentò davanti agli occhi. «Lulu ti assomiglia».

«Ma guardala!» Maggie allargò la fotografia per vederla meglio. «Assomiglia molto a mia figlia Grace quando aveva la sua età. Adesso ha trentadue anni ed è castana, ma da piccola era bionda».

«Allora hai due figlie? Natalie e Grace?»

Maggie annuì mentre restituiva il telefono a Joe. Lui fece scorrere ancora le dita sullo schermo e le passò di nuovo il telefono. «Mio figlio, Jamey. Lui assomiglia di più a sua madre».

Il ragazzo aveva capelli color sabbia e gli occhi scuri. Era in piedi di fronte a una rete da lacrosse, un bastone in mano e un grosso sorriso stampato in faccia.

«È proprio un bel giovanotto, Joe». Maggie gli restituì di nuovo lo smartphone.

Joe annuì. «Sì, è un bravo ragazzo. Intelligente e di buon cuore. Ed è anche un buon atleta». Sorrise. «Brett l'ha capito subito, dalla sua postura. Aveva fatto tre goal quel giorno. La sua partita migliore».

«Sembra molto fiero di se stesso». Lei infilzò una fragola solitaria che aveva lasciato nel piatto, cercando di decidere cosa potesse chiedergli d'altro.

«Sembra che tu abbia qualcosa da dire. Avanti, puoi chiedermi quello che vuoi», la rassicurò Joe.

«Mi stavo solo chiedendo perché adesso. Perché hai aspettato tutti questi anni per cercarci». Maggie si rispose da sola. Aveva perso tutti i suoi cari – i suoi genitori e sua moglie. Stava cercando qualcuno oltre a se stesso e ai suoi figli.

«Come ho detto, io ero figlio unico. Ho sempre saputo di essere stato adottato – i miei genitori non me l'hanno mai nascosto. Ma, dopo che se ne sono andati, e anche Josie, mia moglie, io e i ragazzi eravamo alla deriva. I miei figli non hanno cugini, nessuno zio. Nessuno a cui potersi rivolgere…» Si prese le mani, mentre cercava le parole giuste.

«Persone a cui assomigliano? Che abbiano qualcosa in comune con loro?»

«Esattamente. Mi ci sono voluti mesi per convincermi a mandare il mio DNA a quel sito di genealogia. Quando ho visto i risultati, era come se avessi trovato l'oro. Vi avevo trovati entrambi».

Joe sorrise e nel suo sorriso, lei vide Brett. Per un momento, si sentì ammaliata.

«La fortuna del principiante», disse lui. «Da qui in poi penso tu sappia com'è andata la storia. Jayne, la sorella di Brett, è comparsa subito. L'ho contattata perché non sapevo quale pezzo del puzzle lei fosse, il sito la identificava solo come zia. Mi ha risposto quasi subito. Ha detto di sapere chi stessi cercando e, se fosse andato bene a me, mi avrebbe messo in contatto con lui. E così è stato». Joe stava ancora sorridendo. «Poi venne fuori Natalie come sorella e quasi non potevo crederci. Il pensiero di avere una sorella... non riesco a spiegarti cosa significasse per me». Fece una pausa. «Tu hai fratelli o sorelle?»

«Avevo una sorella. Sarah». Maggie gli raccontò le circostanze della sua morte.

«Mio figlio ha una sensibilità particolare alle punture di insetto, ma non sapevo che potesse trasformarsi in una cosa così seria. Farò in modo che abbia sempre con sé dell'adrenalina. Non sembra un'allergia così grave, ma meglio essere prudenti...»

«Meglio prevenire che curare», disse Maggie.

«Esatto».

«Ora sai che hai delle sorelle. E io so di avere altri due nipoti. Tutto questo è meraviglioso».

«Spero tu voglia incontrarli, prima o poi».

«Stai scherzando, vero?» Maggie rise. «Natalie ha Daisy – ha tre anni. Grace è divorziata e non ha figli. Voglio incontrare i tuoi figli? Certo!»

«Dovrò prima spiegargli chi sei e chi è Brett. Anche a lui farebbe piacere incontrarli». Finì il suo tè e declinò l'offerta della cameriera di riempirgli di nuovo il bicchiere. «Voglio sapere di più su di te».

Maggie gli raccontò di essere cresciuta a Wyndham Beach e dei suoi anni di scuola.

«Allora tu e Brett siete andati a scuola insieme», dedusse lui.

«Sì, abbiamo iniziato a uscire insieme quando avevamo quindici anni. Dopo che lui e la sua famiglia si trasferirono a Wyndham Beach». Lei esitò, non era sicura di quanto dovesse raccontargli subito.

«Non ti chiederò niente di personale», la rassicurò lui. «Hai paura che io ti chieda qualcosa che non sei pronta a dirmi. Non lo farò».

«Lo apprezzo. Ci sarà tempo per tutto». Maggie gli raccontò del suo periodo a Pittsburgh, di come aveva preso una laurea in Scienze dell'educazione e di come si era trasferita a Seattle subito dopo. Vedeva che Joe aveva delle domande per lei, come sul perché, dopo essersi trasferita dall'altra parte del continente, lei e Brett non si fossero sposati, ma non lo chiese. «Poi mi sono trasferita a Philadelphia. Ho insegnato all'asilo. Ho incontrato quello che sarebbe stato mio marito, mi sono sposata. Ho avuto due figlie. Le ho cresciute. Mio marito è morto due anni fa».

«Mi dispiace, Maggie».

«Sì, anche a me. Art era un uomo meraviglioso. Un buon marito e un padre eccellente».

«Io ho fatto un test del DNA ed eccoci qui».

«Ed eccoci qui», ripeté lei, prendendogli la mano.

«Pensi che potremmo rivederci?»

«Certo. Non pensavo che fosse una cosa di una volta sola. Questo è stato uno dei giorni più belli della mia vita, Joe. Ti ringrazio dal profondo del mio cuore per avermi incontrata. Per non essere arrabbiato con me o odiarmi». Senza preavviso, le lacrime iniziarono a scorrerle sulle guance. *Diavolo*. Si era ripromessa di non piangere.

«Oh no, ti prego». Joe si spostò sulla sedia vuota in mezzo a loro. «Io non provo nessuno di quei sentimenti. Mi sono chiesto chi fossi per gran parte della mia vita, ma mai con rabbia o giudicandoti. Mi sono sempre chiesto cosa ti avesse portato a prendere quella decisione, ma ne parleremo in un altro momento. O magari no. Comunque, va tutto bene. Ti sono grato per avermi messo al mondo e per avermi dato la possibilità di conoscerti».

Le mise un braccio attorno alle spalle e il fatto che la confortasse le sembrava la cosa più naturale del mondo. «Allora fammi sapere come vuoi che vadano le cose e lo faremo».

«Intendi, pensare se voglio che tu faccia parte della mia vita?» Pensò per un secondo all'impatto che questo poteva avere non solo sulla sua vita, ma su quella delle sue figlie. «Certo che lo voglio. E credo che valga lo stesso per Brett».

«Abbiamo già parlato di far incontrare i nostri rispettivi figlie e figlie. Tu le conosci?»

«No. Non le ho mai incontrate».

«Davvero?»

Maggie annuì. «Non siamo stati molto in contatto in questi anni».

«Scusami. Dal modo in cui parla di te... pensavo... non importa».

«È complicato».

Joe la accompagnò alla macchina e si abbracciarono.

«Hai il mio numero», le ricordò. «Chiamami quando vuoi. Vorrei che questo fosse un inizio».

«Anche io».

Le aprì la portiera per farla salire.

«Avrai presto mie notizie», gli promise. Fece manovra nel parcheggio e si diresse verso l'uscita. Quando guardò nello specchietto retrovisore, lui era ancora dove l'aveva lasciato, che la guardava mentre andava via.

CAPITOLO DICIANNOVE

GRACE

«Buongiorno». Grace aprì la porta della libreria.

«Buongiorno, mattiniera». Liddy era in piedi dietro al bancone, persa nelle scartoffie.

«Sentiti libera di girovagare. Fai tutte le foto che vuoi. La cosa di internet è completamente in mano tua».

Grace osservò la parte davanti del negozio. Il sole del mattino evidenziava una patina opaca sui vetri, probabilmente il risultato di anni di scarsa pulizia. Giudicando dal pavimento sporco, la ragazza sospettò che Fred non fosse un amante delle pulizie. Camminò tra gli scaffali e si accorse che il negozio era allestito male ed era difficile per i clienti trovare i libri che cercavano. Gli scaffali arrivavano quasi fino al soffitto, troppo alti da raggiungere per molte persone e, allo stesso tempo, impedivano alla luce naturale di entrare. I libri non sembravano neanche seguire un particolare ordine. Strano, ma non si era mai accorta quanto tutto fosse a casaccio quando le era capitato di curiosare tra gli scaffali. Si fermò in diversi punti per scattare delle foto, ma nessuna la convinse, riguardandole.

«Hai fatto qualche bello scatto?», le chiese Liddy, quando tornò al bancone.

«Neanche uno».

Liddy si tolse gli occhiali e li appoggiò sul bancone, vicino alla calcolatrice. «Perché no? Pensavo fossi venuta per quello».

«Sì... è solo che non ce n'è neanche uno buono».

La donna la guardò. «E questo cosa vuol dire?»

«Qui. Guarda tu stessa». Grace le mostrò le foto che aveva scattato. Liddy guardò le immagini che le passavano davanti agli occhi. «Vedi qualcosa che pensi possa attrarre dei clienti?»

«Bah».

«Al posto manca atmosfera. È buio e non accogliente. Noi amiamo questo posto, ma è abbastanza tetro. E gli servirebbe una bella pulita». Grace guardò il tappeto, che faceva una gobba tra i suoi piedi. «E, francamente, sarebbe meglio buttare questo tappeto prima che qualcuno inciampi e si rompa qualcosa. Sono sorpresa che non sia ancora successo».

«Beh, io conosco una persona a cui è successo».

«Chi? Hanno denunciato Fred?», chiese Grace.

«Io. E no, non l'ho fatto».

«Ma non è l'unico problema di questo posto, Liddy».

«Spara, dato che ti vedo lanciata».

Grace fece un respiro profondo. «Gli scaffali sono troppo alti. È una delle ragioni per cui qui dentro è troppo buio. E non sono per niente organizzati».

«Scusami, ma non siamo mica in una biblioteca pubblica».

«Non si direbbe dal modo in cui è messo il negozio».

«E quanta esperienza hai tu nella vendita?» Liddy era visibilmente infastidita.

«Nessuna, ma non serve un esperto di marketing per capire che il posto è male organizzato», controbatté Grace.

«Ascolta, è come essere sposati con qualcuno per così tanto tempo da non notare più i dettagli, come i capelli bianchi o il fatto che abbia preso peso finché qualcuno non te lo dice espressamente. Ti abitui alle cose e te le fai andare bene. Finché non vanno più bene».

«Okay. E come pensi di risistemare?», la sfidò Liddy.

«Toglierei il tappeto. Scommetto che nasconde un pavimento di legno sotto, ma potrebbe aver bisogno di essere restaurato».

Liddy fece il giro del bancone, guardandosi in giro con le mani sui fianchi. Prima che potesse parlare, Grace continuò a farle notare i difetti mentre si aggirava per il negozio.

«Io volterei gli scaffali, così che si vedano dall'ingresso. I romanzi per adulti davanti – le novità e i bestseller su un tavolo al centro – i libri per bambini sul retro». Grace sapeva che stava dando a Liddy troppi input, ma era lanciata. «Queste poltrone sono orrende. Accetta l'offerta della mamma di darti le sue. Potresti organizzare qui l'ora delle favole. Magari potresti mettere un tappeto, come se fosse il tappeto magico?»

Liddy accolse il suggerimento con una specie di grugnito che Grace interpretò essere di assenso, anche se teneva ancora le mani sui fianchi.

«E qui...» Grace indicò gli scaffali alla sinistra del negozio. «Lo spazio è mal distribuito. Se spostassi le librerie dall'altra parte», disse, indicando la parete opposta, «potresti mettere una piccola caffetteria. Niente di troppo elaborato, solo un posto dove i clienti possano bere qualcosa mentre guardano i libri e parlano tra di loro». Fece segno a Liddy di seguirla sul retro. «Qui hai una vista magnifica. Se quel cespuglio selvaggio fosse sistemato, si vedrebbe il porto. Se ci mettessi un patio, niente di troppo costoso, potresti organizzare gli incontri dei vari club quando c'è bel tempo».

«Ok». Liddy cercò di aprire la porta sul retro, ma era bloccata. «Probabilmente è chiusa da anni», brontolò.

«Lascia che ti aiuti». La ragazza provò a darle una spallata, ma la porta non si mosse.

«Vi serve una mano?» Una voce maschile giunse dalla porta d'ingresso.

Grace si girò in tempo per vedere un uomo della sua età, alto e con i capelli scuri che si avvicinava a loro camminando tra gli scaffali. Non si faceva la barba da almeno tre giorni e indossava una t-shirt blu e dei pantaloni cargo. La prima parola che le venne in mente guardandolo fu *pirata*.

«La porta è bloccata». Liddy si fece da parte, mentre l'uomo si mise a lottare contro la porta per qualche secondo, prima di aprirla con un grugnito.

Foglie secche e insetti morti entrarono nella stanza trasportati da un filo di vento.

«E ora c'è ancora più casino», si lamentò Liddy.

«La voleva aperta, giusto?» L'uomo sembrava trattenere una risata. Fece l'occhiolino a Grace. «Posso richiuderla se...»

«Fermo». Liddy gli diede un buffetto su un braccio. «Sei sempre stato un saputello».

«Credo che serva solo un po' d'olio su quei cardini e dovrebbe essere a posto». Si abbassò per guardare meglio. «Dovrei averne un po' sul furgone».

Si alzò e si diresse all'ingresso.

«Hai anche una scopa là dentro?», gli chiese Liddy.

«Per quella deve arrangiarsi da sola, Ms. Lydia». Lui continuò a camminare e uscì dal negozio.

Grace oltrepassò la porta e camminò sul terreno dietro al negozio. A giudicare dalla giungla nelle aiuole, quello spazio aveva ricevuto ancora meno attenzioni dell'interno del negozio. Ma, come il negozio stesso, aveva del potenziale. Qualche letto di fiori, un patio abbastanza grande per dieci o dodici sedie e sarebbe stato perfetto. Grace tornò indietro e vide l'uomo che, nel frattempo, era tornato e stava oliando i cardini. Rimase all'esterno, guardandolo mentre lavorava.

«Allora, come sta quel vecchio scorbutico di tuo nonno?», gli chiese Liddy.

«Vecchio e scorbutico», rispose lui. «Certe cose non cambiano mai».

«Come va la sua salute?»

«Sempre uguale». Si alzò e notò Grace ferma a osservarlo.

«Linc, hai già conosciuto Grace Flynn? Lei e sua sorella passavano le estati qui, dalla loro nonna a Cottage Street».

«Potremmo esserci incrociati da bambini». Si girò verso Grace e lei riuscì a pensare solo al fatto che i suoi occhi avessero lo stesso colore del cioccolato. Profondi e deliziosi. «Piacere di conoscerti, Grace Flynn».

«Lo stesso per me», riuscì a dire lei.

Lui si pulì le mani su una bandana rossa che teneva nella tasca posteriore dei pantaloni, poi tenne la porta aperta per Liddy. «Vuole provarla?»

Liddy fece segno a Grace di entrare – «Giusto in caso lui non sia così bravo come pensa di essere» – e chiuse la porta. Si riaprì con facilità. «Grazie, Linc. Mettilo sul mio conto. Ora che sei qui, vorrei che strappassi i piani che abbiamo fatto per la rimessa e dessi un'occhiata a questo posto. La mia arredatrice qui», fece segno verso Grace, «crede ci sia bisogno di qualche lavoretto».

Linc si guardò in giro. «Era necessario che glielo dicesse un'arredatrice?»

Liddy alzò gli occhi al cielo. «Grace, perché non dici a Linc quello che hai detto a me? Magari ha qualche idea su come spostare le cose». Liddy tornò verso il bancone.

«Non vuoi...» Grace iniziò, ma si accorse che si era già allontanata.

«No, non voglio. Decidete cosa c'è da fare e fatemelo sapere».

«Ok. Bene». Grace si sentì nervosa. Aveva detto a Liddy quello che pensava perché glielo aveva chiesto. Non immaginava che i suoi suggerimenti sarebbero stati presi sul serio. «Ho pensato che gli scaffali dovrebbero essere spostati – vedi come bloccano la luce? Fanno sembrare l'intero negozio buio e», abbassò la voce, «poco accogliente. Un po' inquietante a dirtela tutta».

«Del tipo che preferiresti non rimanere chiusa qui dentro di notte», disse Linc e lei rise.

«Proprio così». Continuò a elencargli le cose che aveva già detto a Liddy; Linc annuiva ogni tanto, ma i suoi commenti si limitavano a qualche *ok* e *sì*. Quando arrivarono alla parete che secondo Grace sarebbe andata bene per la caffetteria, tirò fuori un nastro retrattile dalla tasca e iniziò a misurare lo spazio.

«Forse pensavi a un bancone con lo spazio per una persona – non importa come lo facciamo, ci starà sempre e comunque una persona sola – un lavandino, una macchina del caffè, rifornimenti vari, un paio di mensole. Altro?», le chiese, dopo aver misurato diverse parti dello spazio disponibile.

«Devi chiedere a Liddy, è il suo negozio».

«Sembra che abbia lasciato nelle tue mani la responsabilità della ristrutturazione». Lui sorrise e nella mente di Grace tornò l'immagine del pirata. «Che è probabilmente la scelta migliore che potesse fare. Ho già lavorato per Mrs. Bryant e, lasciata a se stessa, è capace di cambiare idea sessanta volte. Mi ha fatto lavorare su quella vecchia rimessa per mesi. Abbiamo già cambiato i disegni tre volte».

«E adesso lo stiamo mettendo in pausa», disse Liddy. «Tutto quello che avevo è stato messo in questo posto e la rimessa dovrà aspettare. Ma mi piace l'idea di ricavare un reddito dalla proprietà, quindi se avessi tempo, vorrei che dessi un'occhiata anche al secondo e al terzo piano e dirmi cosa si può fare».

«Non posso fermarmi adesso, ma potrei fare un salto in settimana».

«Fammi sapere quando». Liddy si appoggiò al bancone. «Pensi di poter fare qualcosa per questo posto?», gli chiese.

«Non ci vorrà molto. La tua arredatrice ha delle belle idee. Facili da realizzare, materiali non troppo costosi. Finirai giusto per pagare il mio tempo e qualche pennellata di colore», le rispose lui, mentre si dirigeva verso l'ingresso.

«E le cose che ti servono per l'angolo bar», gli ricordò Grace mentre lo seguiva.

Si grattò il mento. «Credo di avere qualcosa a casa che possiamo usare. Do un'occhiata e vi faccio sapere».

«Non metterci troppo», gli disse Liddy. «Vorrei che fosse tutto pronto per il 4 luglio!»

Linc scosse la testa. «Non sarà possibile. Sono pieno per almeno un mese. Se ha fretta, può sempre chiamare qualcun altro».

Liddy sembrava irritata, ma scosse la testa. «Aspetterò».

«Decida lei», le disse Linc.

«Gli Shelby mi hanno salvato per una buona parte della mia vita. Aspetterò».

«Volevo solo ricordarle che aveva anche altre opzioni». Lui fece un passo verso la porta.

«Fai l'impresario allora?» Aveva dei modi semplici, da cui Grace era attratta. Così come dai suoi occhi. Pirata o no.

«Per la maggior parte del tempo».

Lei sentì l'obbligo di chiederglielo. «E cosa fai col resto del tempo?»

«Pesco». Lui sorrise di nuovo. «Ogni tanto riesco a vendere qualcosa a qualche ristorante qui attorno. Dipende da com'è la pesca».

La porta si aprì all'improvviso e una donna sulla quarantina entrò nel negozio. Grace la riconobbe come una delle donne che lavoravano in libreria, Evelyn Marshall.

«Buongiorno, Liddy. Carl mi ha detto che ti avrei trovata qui. Mi ha detto del vostro accordo. Ne sono entusiasta. Questo posto ha un estremo bisogno di carne fresca». La donna sorrise a Grace, poi disse a Linc: «Ho cucinato quel merluzzo che mi hai portato l'altro giorno. Era delizioso. Grazie. A mio marito è piaciuto tantissimo».

«Bene. Digli che uscirò di nuovo la settimana prossima e passerò a vedere come se la passa».

«Matt ha sempre adorato uscire a pesca. Dal suo incidente non è più stato capace di portare fuori la barca». Gli occhi di Evelyn si fecero tristi. «Dannato ubriacone».

«Digli che sarò felice di portarlo con me non appena se la sentirà». Linc le diede una pacca sul braccio. Poi si girò per dire a Liddy: «Ci sentiamo presto».

«Grazie Linc. E grazie per la porta sul retro».

«Ci mancherebbe». Lui sorrise a Grace. «Ci vediamo, Grace».

Le tre donne lo guardarono uscire, poi Liddy sospirò. «Se solo avessi vent'anni di meno».

«Venti?» la prese in giro Grace.

«Ok, dai venticinque ai trenta», ammise Liddy.

«Linc è riuscito ad aprire quella porta?», chiese Evelyn. «Quella cosa era bloccata da prima che io fossi assunta. Andrò a dare un'occhiata».

«Fai come se fossi a casa tua». Liddy spostò le carte su cui stava lavorando. «Ora che Evelyn è qui, riporto queste in ufficio. Gracie, vieni con me?»

«Grazie, ma devo andare al supermercato. Devo prendere delle cose per mia madre».

«Come va? Con tua madre?»

Grace scosse le spalle. «Tutto bene, credo. Io voglio bene a mia mamma, ma onestamente, questa cosa di Joe… ti ha detto di averlo incontrato a pranzo la settimana scorsa?»

«Sì».

«Ecco, si sono parlati un sacco al telefono dopo quello che è successo», Grace fece una pausa e guardò fuori dalla finestra. «Ti ha detto che vuole invitare lui e i suoi figli per il 4 luglio? Per la parata, il picnic e il resto?»

«Me l'ha accennato. E tu non sei d'accordo?»

«Odio fare sempre la parte della stronza. Natalie è eccitata. Anche Daisy è felice di incontrare i cugini, anche se non ha idea di cosa voglia dire. Onestamente, io non so se posso sopportarlo». Prese un libro abbandonato sul bancone e lo sfogliò distrattamente.

«Cosa pensi di non riuscire a sopportare, Grace?»

«Tutto. Odio il fatto che non sapevamo della sua esistenza. Che ce l'ha tenuto nascosto per tutti questi anni. E odio che papà non lo sapesse».

«Grace, tesoro, io ti voglio bene, ma quello che c'è stato tra tua madre e tuo padre lo discuteranno nella prossima vita. Non ha niente a che fare con te». Grace aprì la bocca per protestare, ma Liddy la zittì. «E, se posso permettermi, non sono affari tuoi. Però, chiunque abbia incontrato Joe dice sia un bravo ragazzo».

«Chiunque chi?»

«Tua madre. Brett».

Liddy fece il giro del bancone.

«Brett? Intendi il capo della polizia?» Grace era perplessa. «Perché il capo della polizia avrebbe...» E, come se fosse stata colpita da un fulmine, lo capì da sola. Rimase a bocca aperta.

«Oh, mio Dio. Il poliziotto? Davvero? Mia madre e il *poliziotto*...?»

Liddy strizzò gli occhi. «Ops».

CAPITOLO VENTI

NATALIE

Daisy entrò dalla porta sul retro, le mani piene di conchiglie. Natalie era dietro di lei, un asciugamano sulle spalle.

«Stavamo aspettando», disse Daisy a Grace, che stava caricando i piatti della colazione nella lavastoviglie.

«Cosa aspettavi, tesoro?»

«Intendeva sguazzando», le spiegò Natalie, mentre appoggiava l'asciugamano a cavallo di una sedia.

«È quello che ho detto». Daisy alzò il piede nudo. «Una conchiglia mi ha graffiato il piede e sanguinavo. Avevamo la sabbia nei piedi e non potevamo metterci le scarpe».

Grace le si avvicinò, per ispezionare il taglio. «Sì, lo vedo. Ti serve un cerotto?»

Daisy annuì. «Uno con Olaf».

«Non so se la nonna ha quelli con Olaf. Credo dovrai accontentarti di uno di quelli normali». Natalie andò a cercare il cerotto, ma tornò a mani vuote. «Pensavo che la mamma ne avesse una scatola, ma non la trovo. Appena rientra le chiedo dove la tiene».

«Rientra da dove?», le chiese Grace.

«È fuori a parlare con qualcuno nella volante della polizia. Mi sono spaventata. Pensavo fosse successo qualcosa. Ma stanno solo parlando».

«Volante della polizia?» Grace si avvicinò a una finestra e sbirciò fuori. «Sì, è lui. Tutto bene».

«Il capo Crawford. Brett Crawford». Abbassò la voce. «È *lui*».

«Grace, quello che dici non ha senso». Natalie tornò in cucina e aiutò Daisy a sedersi su uno sgabello. «Fammi guardare ancora quel taglio. Oh, sembra meglio, Daisy. Si sta già chiudendo».

«Non è possibile che gli stia parlando così, *in pubblico*». Grace seguì la sorella, imbronciata.

«Allora? Qual è il problema?»

«Il problema è che Brett Crawford, il capo della polizia – sai chi è, vero?»

«Certo. Lo abbiamo incontrato ieri in caffetteria. Quindi?»

«È il padre di Joe, Nat», le sussurrò.

Natalie non era sicura di aver sentito bene. «Scusa, puoi ripetere?»

Grace parlò piano, scandendo bene le parole. «Brett Crawford è il padre di Joe Miller».

«E tu come fai a saperlo?» Natalie prese un succo di frutta dal frigo per Daisy e del tè freddo per lei.

«Liddy. Se l'è fatto scappare ieri».

«Davvero? Ah». Natalie ci pensò per un momento, poi rise. «Beh, è ancora un bel fusto. Scommetto fosse molto sexy al liceo. Ce lo vedo insieme a mamma».

«È tutto quello che sai dire? Che è un bel fusto di mezz'età?»

«Io non ho detto niente sulla sua età. Ma sì, è un gran bell'uomo». Natalie si versò un bicchiere di tè e ne offrì uno alla sorella, che rifiutò. «Chissà dove la mamma tiene i suoi annuari del liceo».

«Davvero, Nat? Vuoi vedere se ci sono delle foto di loro insieme?»

«Perché no? Scommetto che erano molto carini. Ho visto delle foto della mamma dell'epoca ed era mozzafiato. E ora che ci penso, lui sembra proprio un atleta. È un omone, ha ancora le spalle larghe. E sì, direi che fa ancora la sua figura. Qual è il problema?»

«Non ti dà fastidio che abbia trattato male la mamma quando... beh lo sai». Grace guardò Daisy, che le stava ascoltando. «Quando ha avuto Joe? E lei ha deciso di vendere la casa di Bryn Mawr e tornare qui sapendo che lui è qui?»

«Ehi, nessuno di noi sa come sono andate le cose tra di loro all'epoca. E vendere o no la casa era una sua decisione. In più...»

Natalie fu interrotta dall'arrivo di Maggie.

«Wow, fa proprio caldo fuori. È davvero estate», disse.

«Ho bisogno di un cerotto, nonna», le disse Daisy. «Uno con Olaf». Alzò il piede per far vedere a Maggie il taglio.

«Nat, non mettere via il tè». Maggie si girò verso Daisy. «Mi dispiace, ma non ho cerotti con Olaf. Ma possiamo andare in città a comprarli. Ti va?»

Daisy annuì.

«Finisci il tuo succo, io bevo un bicchiere di tè e andiamo». Maggie si allungò per prendere il bicchiere che Natalie le aveva riempito. «Grazie, Nat».

«Allora, mamma». Natalie rise. «Tu e il capo Crawford, eh?»

«Oh, stavamo solo parlando». Maggie cercò di chiudere il discorso. «Oh, aspetta, tu intendi...»

Natalie annuì. «Grace ha sputato il rospo».

«E chi ha sputato il rospo con Grace?», chiese Maggie. «Aspetta, fammi indovinare». Maggie fece finta di pensarci. «Mmm... Chi potrebbe essere? Potrebbe essere... Liddy?»

«Pensava che lo sapessi, mamma», disse Grace, in sua difesa.

«Ora lo sai». Maggie bevve un sorso del suo tè. «Hai qualcosa da dire a riguardo?»

«No». Grace fece il gesto di chiudersi la bocca con una zip.

«Natalie?» Maggie si girò verso la sua secondogenita.

«Solo che vi vedo bene insieme e che lui è ancora un bell'uomo. Oh, e che potevi dircelo tranquillamente».

«Ah sì, perché le altre volte è andata così bene...» Maggie scosse la testa. «C'è altro che volete sapere?»

«Sì. Ti sei trasferita qui per stare con lui?», le chiese Grace.

«No. Sapevo che fosse qui? Certo. Pensavo di incontrarlo? Solo quando non fossi riuscita a evitarlo».

«Adesso avresti potuto evitarlo», sottolineò Grace.

«Quando mi sono trasferita qui, le cose erano diverse», le rispose Maggie.

«Per Joe».

«Certo che è per Joe, Gracie. È mio figlio. E sì, è figlio anche di Brett. E non vedo l'ora che lo incontriate. Sono certa che vi piacerà. È vostro fratello».

«Per metà», le ricordò Grace.

«Non voglio che in questa famiglia ci siano cose a metà», disse Maggie con calma.

«Quindi dobbiamo accettarlo a braccia aperte, solo perché...»

«Sì». Maggie la interruppe. «Solo perché».

«Non so se posso farlo. Non posso far finta se non lo so».

«Mi sembra giusto. Aspetta di incontrarlo», continuò sua madre. «Per favore, aspetta a giudicare».

«Lui non vede l'ora di conoscerti, Gracie», saltò su Natalie. «È impressionato dal fatto che tu sia un avvocato. Mi ha detto che suo figlio vuole diventare avvocato. Ha dodici anni e...»

«Aspetta. Tu l'hai incontrato?», le chiese la sorella.

«No, ma non vedo l'ora. Abbiamo parlato al telefono un paio di volte. È intelligente e divertente e sembra il tipico ragazzo che ti piacerebbe avere come fratello maggiore». Natalie mise un braccio attorno alle spalle della sorella. «Per favore, tieni la mente aperta fino al 4 luglio».

Grace si girò verso sua madre. «E questo vale anche per il capo Crawford?»

«Potete chiamarlo Brett e sì, vale anche per lui», disse Maggie.

«Davvero? Organizzeremo un falò in giardino, arrostiremo dei marshmallow e ci racconteremo storie di fantasmi tutti insieme?»

«Sembra davvero una bella idea», Maggie fece finta di pensarci davvero. «Grazie per il suggerimento, Grace».

Il telefono di Natalie suonò per avvertirla di un messaggio in arrivo. Sorridendo, lo prese dal bancone, lesse e si mise a ridere.

Grace la guardò, poi si girò ancora verso sua madre. «Dai, mamma. Per me stiamo andando troppo in fretta».

«Mi dispiace che tu ti senta così, tesoro. Ma per me è passata una vita. Quarant'anni, per essere precisi. Tieni la mente aperta e anche il cuore, per favore. Per il mio bene».

Natalie scrisse qualcosa sul suo telefono.

Grace annuì lentamente. «Ok, ci provo. Te lo prometto. Se è quello che vuoi».

«È quello di cui ho bisogno», le disse Maggie.

Un altro suono. Altre risate.

«Natalie, che cosa c'è di così divertente?», sbottò Grace.

«FaceTime!» Natalie mostrò il telefono a Grace.

«Cosa sto guardando?» Grace si avvicinò, per vedere meglio. «Che cosa – chi è?»

«È Mr. Potato!», sussurrò Natalie, indicando Daisy, che stava disegnando qualcosa con un pastello arancione.

«Mr Potato?»

Maggie le prese il telefono per guardare.

Natalie annuì, mettendo un dito davanti alle labbra per dire a entrambe di fare silenzio.

«Dobbiamo indovinare chi c'è dietro?», sussurrò Grace.

«Aspetta». Natalie ridacchiò. «Daisy, c'è qualcuno che vuole parlarti».

Pochi secondi dopo, una voce maschile uscì dal telefono. «C'è Daisy? Daisy Doodle Dandy?»

Daisy si affrettò a guardare il telefono, saltando dal suo sgabello a quello della madre.

«Io sono Daisy Flynn, non... quello che hai detto tu». Daisy guardò lo schermo del telefono.

«Lo sai chi sono io?», chiese l'uomo nel costume di Mr. Potato.

«Uh-uh». Daisy annuì. «Sei Chris!»

«No». L'uomo in costume cercò di soffocare una risata. «Sono Mr. Potato!»

Daisy indicò lo schermo. «No. Tu sei Chris».

L'uomo si tolse la parte del costume che faceva da testa.

«Vedi», Daisy guardò sua madre, «è Chris».

Anche Natalie soffocò una risata, mentre sua madre e sua sorella rimasero a bocca aperta.

«Non sono riuscito a ingannarti, Daisy», disse lui. «Credo che la prossima volta dovrò inventarmi un costume migliore per fregarti».

Daisy annuì entusiasta. «La prossima volta... un drago».

«Un drago spaventoso?», le chiese.

«Sì... ma niente fuoco», gli disse Daisy.

«Chris Dean in un costume da Mr. Potato?» Grace scosse la testa. «Perché?»

«Ciao Gracie!» Chris le salutò. «Salve Mrs. Flynn».

«Chris». Maggie ricambiò il saluto.

«Ciao Chris». Grace si girò verso Maggie e le disse, sottovoce: «Che sta succedendo?»

Maggie scosse la testa. «Non ne ho idea».

Daisy, avendo perso interesse, tornò a disegnare.

Natalie si spostò verso la porta e continuò la conversazione, mentre con un orecchio ascoltava la madre e la sorella. Non sapeva chi fosse più divertente, se Chris o Grace e Maggie.

«Daisy, come fai a conoscere Chris?» Natalie sentì Grace parlare con la nipote.

«Da quando è venuto a casa nostra. È un amico della mamma. Mi ha portato un libro». Daisy era concentrata sul suo disegno. «Su una rana».

Natalie sussurrò al telefono. «Mia sorella sta interrogando mia figlia».

Chris rise. «Puoi avvicinarmi così sento meglio?»

«Ci provo. Aspetta...»

«E quando è stato?», le chiese ancora Grace.

«La senti?», gli chiese Natalie, e Chris, divertito, annuì. «Di' a Grace che ha un futuro nella CIA».

«Quella volta». Che voleva dire un momento qualsiasi nel passato per Daisy. «La prima volta».

«La prima volta?» Grace era scioccata. «Quante volte ci sono state?»

«Nat», disse Chris, «ti conviene pagare la cauzione prima che la porti nella stanza delle torture».

«Ci sentiamo più tardi». Natalie spense il telefono.

«Qualche volta», Daisy continuava a disegnare, «viene a cena con me e la mamma».

Natalie appoggiò il telefono sull'isola, prese casualmente in mano il bicchiere e bevve un sorso. «È una zucca bellissima, tesoro». Indicò il capolavoro di Daisy.

«Non è una zucca». Daisy la guardò. «È la macchina della nonna».

Maggie si avvicinò. «Così sia. Ho sempre voluto una macchina arancione». Toccò la spalla di Natalie. «C'è qualcosa che vuoi dirci? Di te e Chris?»

«C'è qualcosa che vuoi dirci di te e il capo Crawford?» Natalie le fece una smorfia.

«Non cambiare discorso», disse Grace. «La mamma e il capo ormai sono storia vecchia – scusa, mamma – ma da quando Chris viene a casa tua? Sta a dormire?»

«Come siamo impiccione!» Natalie finì il suo tè e risciacquò il bicchiere.

«Natalie, sputa il rospo», Grace bisbigliò. «Tu e Chris...?»

«Siamo amici. Siamo sempre stati amici. Lo sai».

«Beh, anche io lo considero un amico, ma non viene a trovarmi». Grace si girò verso Maggie. «Mamma, falla parlare».

«Sono sicura che se Natalie avesse qualcosa da condividere con noi, ce lo direbbe. Vero, Nat?», disse Maggie, puntualizzando.

«Siete un'associazione a delinquere». Natalie scoppiò a ridere. «Non c'è niente da dire. Chris stava andando a New York e per qualche ragione il suo aereo si è fermato a Philadelphia. Allora mi ha chiamato e mi ha chiesto di vederci per cena. Io stavo mettendo Daisy a letto, ma gli ho detto che sarebbe stato il benvenuto se avesse avuto voglia di venire da me». Alzò le spalle. «Ha noleggiato una macchina ed è arrivato. Abbiamo ordinato qualcosa e abbiamo cenato, poi è tornato in aeroporto e ha ripreso il suo aereo».

«Il suo aereo?» Grace non nascose la sorpresa.

«Sì. Ha un piccolo jet, perché?»

«Non ti è passato per la mente che abbia fermato l'aereo apposta a Philadelphia?»

«Mi è passato per la mente», confessò Natalie.

«Io credo che sia andata così», disse Grace.

«Non è importante». Natalie alzò Daisy dallo sgabello. «Dai, Daisy. Mettiti le scarpe. Andiamo a cercare i cerotti con la nonna».

«E io vado a lavorare al sito di Liddy prima che la cosa diventi ancora più strana. Avresti dovuto fargli una foto con quel costume. Qualsiasi sito di gossip avrebbe pagato dei bei soldoni». Grace si fermò a dare un bacio sulla testa a Daisy e lasciò la stanza.

Non trovarono i cerotti di Olaf né al supermercato né in farmacia, ma un bel gelato fece lo stesso effetto alla ferita di Daisy. Quando tornarono, Maggie andò in cortile a strappare qualche erbaccia insieme alla piccola, che si offrì di aiutare. Natalie prese un libro dalla pila che si era portata da casa e uscì sul portico. Si sedette su una delle sedie a dondolo. Quindici minuti dopo, stava ancora fissando la prima pagina.

Sapeva che Maggie le avrebbe sicuramente chiesto qualcosa su Chris, andando in città, così si era preparata un discorso, ma quando sua madre le chiese: «Allora, da quanto ti vedi con Chris ed Emma lo sa?», Natalie dimenticò tutto quello che aveva provato.

«Ci sentiamo da quando io Grace siamo andate al concerto», rispose onestamente. «E no, Emma non lo sa».

«C'è una ragione per cui nessuno dei due ha accennato la cosa alla propria madre?»

«Sì. Così nessuno ci avrebbe fatto le domande che mi stai facendo adesso. Così non avreste pensato che stiamo vivendo una grande storia d'amore. Non c'è. Siamo solo amici».

«E quante volte il tuo *amico* è venuto a Philadelphia col suo jet privato?»

«Qualcuna».

«Allora, vediamo. Qualcuna è più di un paio, che sarebbero due. Quindi più di tre?»

«Sì. Più di tre». Natalie rise. «Quattro. È venuto quattro volte».

«Quattro volte nell'ultimo mese?»

Natalie annuì.

«E...?» Maggie le fece segno di continuare.

«E... mi telefona. Su FaceTime. Ci scambiamo messaggi». Natalie avrebbe potuto aggiungere: *almeno uno al giorno, tutti i giorni.* Ma non disse niente. «Niente di che».

«Ok. Niente di che». Maggie diresse la sua attenzione verso Daisy, che si era fermata per raccogliere una delle preziose peonie del vicino. «Quelle non sono nostre, Daisy. Puoi aiutarmi a raccogliere le nostre quando arriveremo a casa».

E quella era stata la conversazione sulla sua relazione con Chris. Era più complessa, piena di sfumature, di quanto lei avesse lasciato intendere, ma era combattuta. Sapeva quanto lui tenesse a lei – gliel'aveva detto – ma sapeva anche che lui vedeva qualche donna dell'alta società. Sarebbe morta prima di ammetterlo, ma era diventata dipendente dai programmi di gossip. Ogni volta che passava davanti al reparto giornali del supermercato, doveva trattenersi per non prenderne almeno uno di quelli con la faccia di Chris in copertina. La settimana prima si era nascosta in una delle corsie a leggere un articolo su come lui avesse salvato una sua ex fidanzata dal suicidio, dopo che l'aveva scaricata via messaggio – una storia che il ragazzo aveva giurato essere immondizia, quando lei gliel'aveva accennata.

«Davvero, Nat? Sai che sono meglio di così. Lasciare qualcuno via messaggio? E comunque, lei è uscita con il mio manager, non con me. Non sono mai stato da solo con lei e non le ho mai mandato nessun messaggio e, se davvero ha tentato il suicidio, questa è la prima volta che lo sento».

«Perché dovrebbero inventare una cosa del genere?»

«Per vendere. Perché se no?» Lui alzò le spalle. «Inventano quelle cazzate da pazzi così la gente compra i giornali e ne parla. Le cazzate vendono».

La loro relazione non era facile da definire. Sì, erano amici. Le cose che li avevano avvicinati anni prima erano ancora lì. Ridevano per le stesse cose. Amavano gli stessi libri e film e odiavano gli stessi show. Entrambi andavano pazzi per *Game of Thrones* e avevano visto tutti gli episodi più di una volta. Classic rock? Sì. Gelato al burro d'arachidi e tacos? Certo. Difesa dell'ambiente? Ovviamente. *Mad Men? The Office? Seinfeld?* Repliche a vita. La vedevano allo stesso modo sulla maggior parte delle questioni politiche. Non rimanevano senza argomenti di cui parlare.

L'unica cosa su cui non andavano d'accordo era dove fosse diretta la loro relazione. Natalie preferiva tenere le cose nella sfera dell'amicizia. Chris voleva che diventassero qualcos'altro. Si era accertato che lei lo capisse, da come glielo aveva detto e dal modo in cui la baciava. Non se n'era mai andato senza baciarla e assicurarla che era pronto a fare un passo in più, se lo fosse stata anche lei.

Poi c'era anche la questione della sua reputazione. Per quanto Natalie tenesse a lui – volesse provare a fare un passo in più – voleva capire quanto fosse vero quello che leggeva in giro su di lui. Se il loro rapporto fosse diventato una relazione vera e propria e non avesse funzionato – *e perché avrebbe dovuto*, si continuava a chiedere, *dato che lui avrebbe potuto scegliere chiunque altra* – quanto sarebbe stato strano? Come avrebbero potuto essere ancora amici dopo una relazione andata male? Lui era così bravo con Daisy e Natalie adorava vederli insieme, ma come si sarebbe sentita sua figlia se Chris fosse sparito dalle loro vite all'improvviso? Se la relazione fosse finita male, quanto avrebbe influito sul rapporto tra le loro madri? Forse sarebbe stato meglio non avere futuri rimpianti e dimenticarsi della storia d'amore.

Ma c'era quella piccola voce dentro di lei che la tormentava dicendole che le cose non per forza sarebbero andate male. E se davvero si fossero innamorati? E se potessero avere il loro *e vissero felici e contenti*?

Se avesse detto a Chris che aveva ragione, ne sarebbe valsa la pena?

«Torneresti mai a Wyndham Beach?», le aveva chiesto durante la sua ultima visita.

«Non lo so. Tu lo faresti?»

«Lo farei se lo facessi tu», le aveva risposto. Pensava scherzasse, ma era serio come non mai.

«Non ti ci vedo».

«Non adesso. Magari non per un po'», aveva ammesso lui. «Magari un giorno».

«Magari un giorno».

«Prima o poi, di sicuro», aveva detto lui, prima di darle il bacio della buonanotte. «Io e te, Nat. Prima o poi...»

CAPITOLO VENTUNO

MAGGIE

Lasciare andare la rabbia che aveva accumulato in tutti quegli anni, per Maggie, era stato come togliersi un enorme peso dalle spalle. Sollevata dal fardello che non le aveva causato altro che sofferenza, era pronta ad aprire il suo cuore non solo a Joe, ma anche a Brett. L'aveva scioccata sapere quanto anche lui avesse sofferto e, nonostante avrebbe voluto che lui si fosse aperto prima, non aveva rimpianti per come era andata la sua vita. Aveva sempre creduto che le cose fossero andate come dovevano andare.

Il lunedì successivo al pranzo con Joe, Maggie andò in città, si fermò da Ground Me a comprare caffè e ciambelle e si diresse verso la centrale di polizia.

«Ehi, Maggie. È bello rivederti». Dalla sua postazione, Coraline osservò il pacchetto che Maggie teneva in mano. «E così presto».

«Buongiorno. Il capo c'è?» Maggie ignorò il commento.

«È in ufficio. Gli faccio sapere che sei qui». Coraline lo chiamò subito e riagganciò. Le indicò il corridoio. «Conosci la strada».

«Sì, grazie».

Maggie bussò alla porta già aperta dell'ufficio di Brett con la borsa in mano.

«Ehi, Maggie. Questa sì che è una sorpresa». Lui era già in piedi che le stava andando incontro. «Quello è caffè?»

«Sì. E ciambelle. Glassate. Mi sono ricordata che ti piacevano, quindi...», gli passò la borsa.

«Se non ti conoscessi bene, la prenderei come un'offerta di pace». Spostò delle cartelle da una sedia e la invitò a sedersi.

«Avevo bisogno di una scusa per venire qui». Lei si sedette e prese la sua tazza di caffè, giusto per avere le mani impegnate.

«Non hai bisogno di una scusa, ma sono contento che tu sia qui». Aprì la borsa e sorrise. «Nessuno ha le ciambelle glassate più buone di Ground Me».

«Ho incontrato Joe. Ci siamo visti a pranzo giovedì scorso», gli disse.

Lui alzò un sopracciglio. «E com'è andata?»

«Bene. Lui è... beh, l'hai visto anche tu. Non devo dirti com'è». Diede un sorso al suo caffè.

«Sono contento che sia andata bene e che tu abbia visto in lui quello che ho visto io». Per un momento, la sua mano si fermò a mezz'aria, mentre prendeva una ciambella. «Incontrarlo mi ha fatto pensare, se...»

«No». Gli fece segno con la mano di fermarsi. «Non andremo nel discorso. Non oggi, né mai. Lui è così grazie alle persone che lo hanno cresciuto e noi accetteremo la cosa, senza se e senza ma. D'accordo?»

Brett annuì. «D'accordo. Hai ragione. Dovremmo concentrarci su chi è, non... beh, nient'altro»..

«Mi piace molto. Non vedo l'ora di rivederlo».

«Anche io». Capendo che era il momento giusto per cambiare discorso, Brett disse: «Allora Liddy sta comprando la libreria di Fred. Era ora. Il povero Carl non sapeva più come fare a gestire la ferramenta e tenere d'occhio suo padre allo stesso tempo».

Parlarono per diversi minuti, poi Brett ricevette una telefonata, ricordando a entrambi che avevano dei doveri al di fuori di quella stanza. Maggie se ne andò non appena rispose al telefono, salutandolo dalla porta.

Il mercoledì, gli portò di nuovo il caffè e il venerdì prese il pranzo per tutti e due. Maggie iniziava ad aspettare con ansia quelle ore passate con lui e sembrava fosse lo stesso per lui. Erano più rilassati e amichevoli l'uno con l'altra di quanto lei si aspettasse e iniziava a godersi la sua compagnia. Era sempre più convinta di aver fatto la scelta giusta, tornando a Wyndham Beach. Era stata una decisione del cuore, il primo passo per scrollarsi di dosso il dolore che l'aveva seguita per tutta la vita, dalla morte di sua sorella, il divorzio dei suoi genitori, la perdita del suo bambino, la rottura con Brett, la morte di sua madre e quella di Art. In diversi momenti della sua malattia, lui stesso l'aveva incoraggiata a essere felice dopo la sua morte, a non farsi travolgere dal lutto. All'epoca non pensava che sarebbe mai più stata felice, ma, ora che aveva ricominciato a ridere, il peso del dolore iniziava a diminuire. Aveva fatto pace con Art quando aveva deciso di vendere la loro casa e di andare. Con il passare del tempo, la vita le sembrava più luminosa, il futuro più incoraggiante di quanto si fosse mai aspettata. Stava iniziando a pensare che qualcosa di meraviglioso la stava aspettando, se solo avesse voluto raggiungerlo. Se solo ci avesse creduto.

Sabato mattina Maggie uscì di casa a Cottage Street per correre. Si accorse in fretta di essere fuori allenamento, sudava talmente tanto che avrebbe giurato che le sudassero anche gli occhi. Si stava asciugando la faccia con la maglietta, quando una macchina le si accostò.

È lui, si disse, mentre guardava con la coda dell'occhio la macchina bianca e blu della polizia.

«Hai cambiato look», le disse Brett, scendendo dalla macchina.

«Sei carino ad accorgertene». Si tirò giù la maglietta e si sistemò la coda di cavallo.

«Difficile non farlo. Non ti vedevo così sudata da quando correvi per la squadra di atletica al liceo».

«Ti informo che mi sto allenando per la maratona», gli disse lei.

«Ma senti un po'». Con fare divertito, si appoggiò alla macchina.

«È nella mia lista dei desideri. E, dopo aver parlato con Dee Olson alla rimpatriata, mi sono sentita ispirata. Sai che corre le maratone?»

«Lo so. Fa quella di Boston tutti gli anni. È una runner professionista».

«Beh, si è offerta di aiutarmi se mi fossi decisa. Ho pensato di portarmi avanti e correre un po' da sola prima di chiamarla. Sai, per cercare di starle dietro». Si mise le mani sui fianchi. «Sarebbe imbarazzante uscire con lei e collassare dopo il primo chilometro».

«Sì, posso capire che sarebbe un problema». Si grattò il mento per nascondere un sorriso.

«Allora, hai parlato con Joe in questi giorni?», gli chiese.

«Sì, stamattina. È quello di cui volevo parlarti». Si tolse gli occhiali da sole, i loro occhi si incontrarono e lei sentì il vecchio ronzio familiare nella testa. «Stavamo pensando di organizzare una cena domani sera. Io, te e Joe». Studiò la sua espressione per un momento, prima di rimettersi gli occhiali. «Cosa ne pensi? Sei pronta?»

«Io...sì. Sì. Mi piacerebbe molto», si sentì rispondere, allontanando tutti i dubbi che le passavano per la testa.

«Pensavo di andare da Crossen, a Cape Cod».

«Non ci sono mai stata, ma ho sentito che è molto buono. Va bene».

«Allora gli posso dire che ci stai?»

«Certo. Assolutamente».

«Ottimo». Brett annuì e si allontanò dal fianco della macchina. «Vengo a prenderti per le sei?»

«Oh. Certo. Va bene». Annuì lei. «Sì».

«Ci vediamo domani, allora». Lui fece il giro della macchina e aprì la portiera. Rimase fermo per un istante e Maggie ebbe la sensazione che volesse aggiungere qualcosa, ma alla fine disse solo: «Ciao».

Lei alzò una mano per salutarlo, poi, non appena la macchina si fu allontanata, ricominciò a camminare verso casa. Sarebbe stato strano, cenare loro tre insieme? Il pranzo con Joe era andato bene, così come la sua cena con Brett. E le sue visite a Brett la settimana precedente sembrava lo fossero altrettanto. Ma era forse troppo presto per vedersi tutti e tre insieme?

Sarebbe stato strano per Joe? Per lei? Un minuto pensava sarebbe andato tutto per il meglio e quello dopo che sarebbe stato un disastro.

La sua più grande paura? Che sarebbe sembrato troppo come avrebbe dovuto essere.

Il viaggio a Cape Cod non era stato strano come aveva pensato. Brett sembrava aver capito il suo disagio o forse anche lui provava un po' d'ansia. Parlarono del più e del meno, evitando l'elefante nella stanza, cosa del quale Maggie gli fu molto grata. Non voleva parlare dei suoi sentimenti e non voleva sapere come si sentisse lui in quel momento. Invece, lui aveva deciso di raccontarle degli aneddoti su criminali stupidi e cani, come il ladro che aveva derubato una casa ed era stato attaccato dal cane dei proprietari e poi aveva chiamato la polizia per denunciare il morso del cane. O l'uomo che aveva rapito un cane da concorsi e aveva lasciato un messaggio scritto dietro a una busta che conteneva il suo nome e il suo indirizzo. Quando arrivarono a destinazione, le risate avevano aiutato Maggie a rilassarsi abbastanza da scacciare le preoccupazioni.

Joe li aspettava seduto a un tavolo a ridosso dell'oceano, con una vista spettacolare sul tramonto. Si alzò quando li vide avvicinarsi, abbracciò Maggie e strinse la mano a Brett per salutarli. Dopo aver ordinato da bere – birra per gli uomini e vino per Maggie – la conversazione passò velocemente da un argomento all'altro.

«Jamey aveva una gara di nuoto oggi pomeriggio», raccontò Joe, dopo che Maggie gli aveva chiesto che programmi avesse insieme ai suoi figli per l'estate. «Dice di volersi trovare un lavoretto per iniziare a mettere da parte qualcosa per Legge, ma gli ho ricordato che c'è tempo e che dovrebbe concentrarsi a essere un dodicenne».

«Giusto. Non farlo crescere troppo in fretta o spingerlo a fare qualcosa che non vuole fare», commentò Brett.

«Tu hai giocato a football da quando avevi, quanto? Sette anni?», chiese Joe e Brett annuì. «Non ti sei mai sentito spinto?»

Brett esitò. «Forse un po'. Mio padre giocava quando era al liceo ed era abbastanza bravo da ottenere una borsa di studio per il college, poi si fracassò il ginocchio al primo anno, niente più borsa di studio e niente più college. Quindi aveva delle grandi aspettative su di me».

«Che tu hai soddisfatto alla grande», gli ricordò Maggie. «E non credo neanche che tu volessi fare altro. Adoravi giocare».

«Hai ragione». Brett si girò verso di lei. «Era così. E non rimpiango un singolo minuto fino a quando mi sono fatto male. Non c'era nient'altro che volessi fare».

«Come ti sei sentito? A non poter più giocare?», gli chiese Joe, qualcosa che Maggie stessa avrebbe voluto chiedere. Era stata con lui per quasi tutta la sua carriera, tranne la fine.

«Da schifo». Brett scrollò le spalle. «E non posso dire di averla gestita bene. Ma col tempo ho accettato il fatto che i miei giorni da giocatore erano finiti».

Il resto della serata andò avanti senza problemi, Joe raccontò del suo lavoro come ingegnere e la parte che aveva avuto nella progettazione e costruzione di alcuni dei maggiori progetti industriali del New England e Maggie raccontò delle sue figlie e delle loro vite. Lui era particolarmente interessato a incontrare Natalie, le aveva detto, dato che si erano scambiati qualche e-mail.

«Non vede l'ora di incontrarti», gli disse Maggie. «Grace, invece, ha qualche problema. Lei voleva...» Fece un respiro profondo. Non c'era bisogno di mentire. «Lei pensa che io non sia stata onesta con suo padre – che è vero. Non lo sono stata».

«Lo capisco», disse Joe. «Spero che ci ripensi».

«Anche io», aggiunse lei. «Il che mi ricorda una cosa. Ho organizzato un barbecue per il 4 di luglio, che è un grande evento a Wyndham Beach. C'è una parata, giochi per bambini al parco. Quest'anno ci sarà anche la giostra e alla fine della giornata, i fuochi d'artificio».

«Che sono sempre spettacolari», continuò Brett.

«Quindi mi stavo chiedendo se volessi venire con Jamey e Lulu a passare la giornata con noi». Si girò verso Brett. «Lo stesso vale per te, ovviamente. Volevo già chiedertelo prima».

«Lavorerò quasi tutto il giorno», le disse Brett. «Non sarò libero fin dopo i fuochi d'artificio».

«Dovrai mangiare qualcosa prima o poi. Passa dentro quando hai finito».

«È un appuntamento», rispose lui.

Lei sentì una vampata di calore salirle dal collo fino alle guance. Voleva che l'invito sembrasse un appuntamento? Fino a quel momento non ci aveva pensato.

«Sembra una bella idea. Mi piacerebbe venire e sono sicuro che valga anche per i ragazzi. Grazie per averci invitati». Joe fece una pausa. «Ma sei sicura di voler aprire il vaso di Pandora dopo, beh, avermi tenuto segreto per quarant'anni? Sei sicura che vuoi che ci veda tutta la città?»

Maggie annuì lentamente. «Io non mi vergogno di te, tu sei mio figlio». Poteva sentire le lacrime che si formavano agli angoli degli occhi. «Ho aspettato un sacco di tempo per poterlo dire a voce alta. In questa parte della mia vita, non mi interessa quello che possano dire o pensare le altre persone».

Joe le prese la mano. «Grazie».

«Sono d'accordo con Maggie», disse Brett. «Poi, chiunque guardandoti capirebbe di chi sei figlio. Non ha senso mentire».

«Beh, sì. La somiglianza è difficile da negare». Joe indicò i suoi capelli. «Anche solo per il ciuffo».

Dopo dolce e caffè, fecero una passeggiata sul porticciolo dietro al ristorante, chiacchierando del più e del meno mentre guardavano alcune navi che attraccavano, prendendosi il loro tempo, cercando di tardare il più possibile il momento dei saluti.

Infine, Brett guardò l'orologio. «Devo chiudere qui la serata. Ho una riunione presto domani mattina».

«Beh, ci vedremo presto. Il 4 luglio». Joe abbracciò Maggie e le diede un bacio sulla guancia che la riempì di speranza per il futuro.

«È andata bene, non credi?», chiese a Brett, mentre tornavano a casa. «Avevo paura che sarebbe stato strano».

«È stato... normale. Come tre persone a cui piace frequentarsi che si trovano per cena. È stato normale».

Lei sospirò e si appoggiò al poggiatesta. Magari non genitori fuori a cena con il loro figlio, ma sì, tre persone che godevano della compagnia, gli uni degli altri. Proprio così. Era sembrato normale e normale era più di quanto Maggie sperasse.

«Grazie per l'invito per il 4», disse Brett. «Sei sicura di volere che ci sia anche io? Voglio dire, cosa ne penseranno le tue figlie?»

«A Grace probabilmente verranno i brividi. Natalie mi dirà che era ora».

Brett scoppiò a ridere. «E tu cosa pensi?»

«Penso che forse sarebbe davvero ora».

«Davvero». Allungò una mano per prendere la sua. «Pensi che sia una possibilità...»

«Non sfidare la sorte», gli rispose, sorridendo. «Vediamo come vanno le cose».

«Sta a te decidere», le disse. «Sono felice che tu non abbia detto no».

Lei gli strinse la mano per qualche minuto, poi la tolse e accese la radio.

«Ti spiace?», gli chiese.

«Assolutamente no. C'è una stazione sugli anni Settanta e una sugli anni Ottanta. Quale preferisci?»

Ci pensò. «Sorprendimi».

Lui schiacciò un bottone e partì la musica.

Ambrosia. *Biggest Part Of Me.*

Maggie sbuffò e Brett scoppiò a ridere.

«Accosto e balliamo?», disse lui, con una scintilla negli occhi.

Maggie rise di cuore. Una cosa che aveva sempre amato di lui era il suo senso dell'umorismo. Era bello sapere che non era cambiato.

Maggie camminò nel giardino sul retro della libreria, prendendo nota di quello che c'era, i punti al sole e quelli all'ombra.

«Penso che potremmo portare qui qualcuno dei miei iris una volta che quella siepe verrà sistemata. È veramente fuori controllo. Ma forma una bella barriera tra il parcheggio e il vicolo, quindi non la butterei giù, a meno che tu non voglia metterci uno steccato. Ma credo sia una spesa che tu non voglia sostenere adesso».

«No, non voglio spese extra, adesso. Se posso permettermelo, assumerò un paesaggista per le siepi, magari potare quel melo, piantare qualche fiore. Il patio. Ma tutto questo deve aspettare. Comprare il negozio mi ha praticamente ripulito», ammise Liddy. «Ho dovuto mettere in pausa la ristrutturazione della rimessa finché non sarò in pari».

«Come mai Carl ha venduto l'intero palazzo insieme al negozio? Pensavo volesse vendere solo la licenza!»

«Non lo so. Credo che tenerlo e raccogliere l'affitto gli sembrasse una buona idea all'inizio. Poi ci siamo seduti a negoziare e ho capito che voleva vendere tutto il lotto e sono felice che l'abbia fatto. Adoro questo palazzo e, una volta che sarà a posto, sarà fantastico. Fred ha perso un sacco di soldi a causa dei siti di ecommerce e delle grandi catene perché il posto era così mal ridotto. Ci entravano solo quelli del posto. Ti dico la verità, non avevo realizzato quanto fosse messo male, perché ero qui troppo spesso».

Maggie annuì. «Quello che abbiamo sempre sotto gli occhi a volte passa inosservato. Non vediamo più i difetti».

«Esatto. E per quanto riguarda le cose qui dentro – ammettiamolo, gli ordini di Fred non erano sempre aggiornati. A volte i bestseller arrivavano un mese o due dopo e il suo modo di metterli in mostra era casuale. E non faceva mai pubblicità. Con un piccolo sforzo, avrebbe potuto portare qui più clienti dall'università o genitori in visita. La scuola organizza un sacco di weekend di cui avrebbe potuto approfittare, ma giudicando dallo storico, non ha mai sfruttato nessuna di queste cose».

«Ottimo. Non ci avevo pensato. La scuola porta un sacco di persone in città, forse potresti organizzare qualche evento seguendo il calendario scolastico. Anche la scuola di vela in estate potrebbe portare qualche cliente in più».

«È quello che spero. Poi c'è ancora lo spazio al secondo e terzo piano. Penso che dovrò chiedere l'approvazione per fare degli appartamenti».

«Ti sei mai vista come proprietaria di un negozio/libraia/albergatrice?», la prese in giro Maggie. Si inginocchiò per spostare qualche foglia secca da quello che doveva essere stato un letto di fiori, ma sembrava non crescesse niente sotto alla coltre.

«No. Ma a questa città serve una libreria e a me serve sapere che sto facendo qualcosa di positivo nella mia vita. Più ci pensavo, più mi sembrava giusto, così mi sono detta, perché no? È bello ricordarsi che non tutti i cambiamenti nella vita sono negativi».

«Sfondi una porta aperta». Maggie sorrise, pensando alle sorprese che la vita aveva riservato a lei recentemente. Decisamente non negative. «Do io una sistemata al retro se non ti dispiace, vedo se riesco a renderlo più carino. Non come un professionista, ma posso migliorare qualcosa».

«Sarebbe fantastico, Mags. Grazie. Non rinuncerò all'aiuto. Tu hai occhio, sono sicura che verrà fuori un lavoro favoloso quando avrai finito. Ma sei sicura di passare qui il tuo tempo libero, quando puoi sfruttarlo per stare con le tue ragazze?»

Maggie alzò il polso sinistro. «Onde dello stesso mare, amica».

«Ah, ecco». Liddy la abbracciò, mentre il telefono di Maggie si mise a suonare.

Lo tirò fuori dalla tasca. «Devo andare».

«Hai impegni?»

«Una specie». Maggie sorrise. «Mi vedo con Brett per un caffè al Ground Me».

«Pubblicamente, eh? Sai che tutta la città lo saprà prima di mezzogiorno, vero?» Liddy abbassò la voce, fingendo di spettegolare. «Non crederai mai chi ho visto seduto a prendere il caffè stamattina. Il nostro capo della polizia e quella bella vedova, Maggie Flynn. Ti ricordi Maggie Lloyd, la figlia di Ellen? È cresciuta qui, si è trasferita a Philadelphia e ha sposato un pezzo grosso. Lui è morto e lei è tornata qui e ha ricomprato la vecchia casa dei Wakefield. Tra lei e il capo non c'era già stato qualcosa... o li confondo con qualcun altro?»

Maggie rise. «Beh, dovranno abituarsi a vederci insieme».

«Tu e Brett siete... cosa state facendo?»

«Stiamo parlando tanto, ultimamente. E abbiamo avuto molto di cui parlare, il fatto che io viva qui e che Joe ci abbia trovati. È come se il passato ci avesse dato uno schiaffo e stiamo cercando di trovare un modo per affrontare la cosa. Entrambi vogliamo avere un rapporto con Joe, quindi è normale che avremo un rapporto tra di noi. Vedremo come andrà».

«Non stai pensando di...»

«In questo momento sto cercando di non pensare a niente. Voglio affrontare un giorno per volta. Non ho mai immaginato che le nostre vite potessero prendere questa piega. Ora abbiamo un figlio e un paio di nipoti. Entrambi vogliamo conoscerli e fare parte delle loro vite. E per quanto riguarda Brett – lascio aperte tutte le porte».

«Wow. Solo...wow».

«Come ho detto, un giorno alla volta. Non me la sento di guardare oltre per adesso. Oh, a parte il fatto che ho invitato Joe e la sua famiglia per il 4 di luglio. Guarderemo la parata, poi torneremo a casa per una grigliata e i fuochi d'artificio al parco».

«Non dimenticarti la giostra. Emma ha detto che Owen Harrison ha promesso che sarebbe tornato in tempo per sistemarla nel parco. Non so come abbia fatto a convincerlo».

«Ah. Sarà il fascino di Emma».

«Sei sicura di essere pronta ad avere tutti insieme sotto lo stesso tetto?»

«Prima è, meglio è. Penso sia come togliere un cerotto. Uno strappo ed è fatta».

«A Grace e Nat sta bene?»

«Sono d'accordo entrambe o, almeno, nessuna delle due ha avuto obiezioni per il momento, quindi lo prendo per un buon segno. Anche Grace sta facendo del suo meglio. Penso che andrà tutto bene, dopo che avrà conosciuto Joe». Sperava che andasse tutto bene con Grace. Le aveva promesso che avrebbe tenuto la mente aperta. «Verrai anche tu dopo la parata, vero?»

«Non c'è niente al mondo che mi terrebbe lontano. Cosa posso portare?»

Il telefono di Maggie suonò e lei rispose. «Sì. Sto arrivando. Cinque minuti. Ordina il caffè per me, un...» Rise. «Esatto. Grazie per esserti ricordato. Ci vediamo tra poco».

Liddy sembrava confusa. «Non dirmi che si ricorda come prendi il caffè».

«Proprio così».

«È fantastico. Dopo tutti questi anni...»

«Nah. È solo da domenica sera. Abbiamo cenato con Joe». Ignorando l'espressione sorpresa di Liddy, Maggie prese la borsa che aveva appoggiato sull'erba. «Devo andare. Ci sentiamo dopo». Poi rientrò in negozio. «Oh, visto che hai chiesto, porta l'insalata di patate. Nessuno la fa buona come la tua».

«Pensavo più a del margarita». Liddy la seguì. «Patatine e salsa. Ma aspetta. Sei andata a cena con Joe e Brett e non mi hai detto niente?»

«L'ho appena fatto».

Mantenendo la parola, Brett le aveva ordinato il caffè e un danese alla ciliegia e la stava aspettando.

«Allora, cosa hai combinato da domenica sera?», le chiese dopo che aveva bevuto un paio di sorsi di caffè e dato un morso al danese.

«Sto cercando di organizzare le cose per il 4. Ho trovato dei ferri da cavallo nel garage, così ho pensato che potremmo fare qualche gioco, se le cose si mettono storte. Sai, far alzare tutti, rompere il ghiaccio se serve». Esitò prima di chiedergli: «Avrai con te qualcuna delle tue figlie quest'estate? Vuoi che le includa?»

«Jenna vive con Kayla e andranno dalla madre di Kay a Martha's Vineyard come fanno ogni anno. La più grande, Chloe, starà con sua madre, Beth – la mia prima moglie – e il suo patrigno ad Austin. Alexis, quella di quattordici anni, vuole passare qui l'estate, anche se Holly, sua madre...»

«La moglie numero due», lo interruppe Maggie. Holly, la surfista californiana che era parecchio più giovane di Brett. Non l'avrebbe mai ammesso, ma Maggie aveva cercato tutte e tre le sue mogli su Google.

«Esatto. Alexis passa sempre qui l'estate ed è affascinata dall'idea di avere un fratello maggiore. Non si perderebbe la cena per niente al mondo».

«Le hai già detto della cena a casa mia?»

Brett annuì. «Abbiamo parlato ieri sera e mi ha chiesto se ci fosse qualcosa di nuovo da fare quest'estate ed è la prima cosa che mi è venuta in mente. La festa da Maggie!»

«Ti ha chiesto chi sono?»

«Le ho detto che sei la mamma di Joe. Sta digerendo la cosa. Alexis è molto intelligente. Saprà come gestirla. Devo comunque trovare qualcosa da farle fare mentre sono al lavoro. C'è la spiaggia. Emma ha detto che ci sono un paio di corsi al centro d'arte a cui può iscriversi, ma le occuperebbero solo un paio d'ore il martedì e il giovedì. Non posso lasciarla a casa da sola tutto il giorno».

«Credi che le mancherà la vita californiana?»

«Non credo. Non le interessa molto fare surf o windsurf. È un topo di biblioteca. Le piace andare in bici e fare scalate, ma gli sport acquatici, non molto».

«Magari Alexis potrebbe fare da babysitter a Daisy mentre Natalie è ancora qui. Vuole aiutarci a rinnovare la libreria, dato che io e Grace stiamo dando una mano».

«Glielo chiederò. Sarà qui la settimana prossima».

«Ottimo. Liddy sta pianificando qualche cambiamento. Farà una grande inaugurazione una volta finiti tutti i lavori».

«Le serve qualcuno che dipinga? Sono un asso con il pennello».

Maggie scoppiò a ridere. «Sì, mi ricordo il lavoro perfetto che hai fatto nella nostra prima casa a Seattle. Ci avrebbero sfrattato se avessero visto il casino che hai fatto prima che pulissimo».

«Ho fatto un sacco di casini all'epoca. So che non potrò mai fare ammenda per tutto quello che ho fatto. Ma col senno di poi non si va da nessuna parte, giusto?»

«Ti sei scusato, Brett». Lei si era accorta che la vecchia signora al tavolo di fianco al loro stava origliando.

«Ero un coglione». Lui abbassò la voce. «Non so come potessi amarmi, ma lo facevi. Ho rovinato la tua vita e anche la mia».

«Ascolta, c'è qualcosa che vorrei dirti. Non ho intenzione di farlo oggi e di sicuro non qui. Ma ci sono delle cose che devi sapere e credo… va beh, in realtà questo è un momento come un altro». Maggie fece un respiro profondo e disse, a voce molto bassa: «Ho avuto un sacco di tempo per pensare. Un sacco di tempo per guardare indietro e cercare di ricordarmi come sono andate davvero le cose. Brett, avrei potuto tenerti testa. Avrei potuto affrontare i miei genitori. Avrei potuto – avrei dovuto farlo per me stessa e per il bambino. Ma non l'ho fatto. Ho lasciato che altri prendessero la decisione per me. Perché era più facile. E ho fatto di te il cattivo e di me la vittima. Hai pagato per il fatto che io non ho avuto il coraggio di fare quello che andava fatto». Maggie prese fiato. «Quindi sono io quella che si deve scusare. Non avrei dovuto addossarti tutte le colpe».

Lui provò a dire qualcosa, ma lei scosse la testa. «La decisione è stata mia». Un altro respiro profondo. «E sì, col senno di poi non si va da nessuna parte. Non possiamo cambiare il passato. Ma possiamo apprezzare quello che abbiamo adesso. Joe ha detto che ha avuto una bella vita. È felice e di successo e riconoscente del dono che abbiamo fatto ai suoi genitori. Sì, a spese nostre, ma le cose sono andate bene. Ho sposato un uomo che mi amava. Le mie ragazze sono la luce della mia vita. Tu hai delle figlie che ami. Joe è tornato nelle nostre vite. Credo con tutto il mio cuore che le cose siano andate come dovevano andare». Gli prese la mano, la strinse e si avvicinò. «Non possiamo tornare indietro, Brett, ma non dobbiamo neanche essere giudicati per quello che è successo trenta o quarant'anni fa».

«Allora perché non possiamo ricominciare da capo? Siamo nello stesso posto in cui abbiamo iniziato la prima volta. Ti chiedo di uscire e tu mi dici di sì».

«Ti ricordi il nostro primo appuntamento?»

Brett fece una smorfia. «Speravo te ne fossi dimenticata. La festa a casa di Moose Jorgensen. I suoi genitori erano via per il weekend, suo fratello era a casa per il college e aveva preso un fusto di birra. C'era l'intera squadra di football. Io ero quello nuovo e gli altri bevevano. Erano tutti ubriachi, viscidi e vomitavano dappertutto. Ok, io non ho vomitato, ma sono sicuro di non essere stato al meglio». Scosse la testa al ricordo. «Mi sarei preso a calci da solo. Ero a Wyndham Beach da due settimane, ero uscito con la ragazza più bella della scuola e mi sono ubriacato. Ero così nervoso quel giorno, che non ho neanche mangiato. Ho bevuto una birra per integrarmi con gli altri e perché pensavo potesse calmarmi, ma non è stato così, quindi ne ho bevuta un'altra. Non mi ero mai ubriacato con due birre prima, ne è mai più successo. Ero sicuro che non mi avresti più rivolto la parola».

«Ero già un po' innamorata di te, ma la tua versione ubriaca di *You Make Me Feel Like Dancing* e di *Hotel California* – beh, mi ha conquistata subito».

«Ero proprio un idiota». Si appoggiò al tavolo e la guardò dritto negli occhi. Le loro dita erano ancora intrecciate. «Anche con quel ricordo ancora impresso nella tua memoria, usciresti a cena con me stasera?»

«Mi piacerebbe molto».

«Wow. Se avessi saputo che sarebbe stato così facile, te l'avrei chiesto tempo fa».

«Il tempismo è stato essenziale». Sfilò la mano dalla sua. «E parlando di tempo – stasera?»

«Che ne dici se facciamo per le sette? C'è un nuovo posto ad Acushnet, dicono sia molto speciale».

«Sembra perfetto». Prese la borsa e si alzò. «Ci vediamo dopo».

«Wow, come sei bella, mamma!» Natalie fischiò quando Maggie entrò in cucina. Daisy stava mangiando e Grace era ancora in libreria a complottare con Liddy per le ristrutturazioni. «Sembri una donna che ha un appuntamento galante».

«Lo sono». Maggie si girò lentamente. «Cosa ne pensi? Troppo? Troppo... tutto?»

Natalie la osservò dalla punta dei piedi fino alla testa. Il vestito era uno di quelli che Maggie aveva comprato in saldo prima di lasciare la Pennsylvania. Senza maniche, di chiffon rosso con delle piccole sfumature dorate, uno scollo arricciato e dei piccoli bottoni gioiello. Era leggero ed estivo, la gonna cadeva appena sopra al ginocchio ed era leggermente a ruota, per darle quel tocco in più di movimento. Aveva abbinato due orecchini dorati con dei grossi citrini al centro, dei bracciali e un grosso anello, come i sandali di pelle. Un maglione di cashmere color cammello le pendeva dal braccio.

«Troppo perfetto. Sei bellissima. Brett si innamorerà di te di nuovo». Natalie sbatté la porta. «Dando per scontato che il tuo cavaliere sia Brett».

Maggie annuì. «È un problema se esco con lui?»

«Perché dovrebbe? Per papà? O per Joe?» Natalie scosse la testa. «Non serve che tu risponda, perché non importa comunque. Ti meriti di divertirti ed essere felice. Da che mi ricordo, hai sempre messo in primo piano papà, Grace, me e Daisy. Ora è il tuo turno. E se non ti dispiace che lo dica, trovo molto romantico che tu e Brett usciate insieme». Fece una pausa. «Certo, a meno che le cose non funzionino. Allora forse non troppo romantico».

Maggie si guardò allo specchio per sistemare i capelli per l'ultima volta. «Sai che ho amato molto tuo padre, vero?»

«Certo. Voi due eravate fantastici insieme». Natalie prese uno straccio per asciugare il latte che Daisy aveva rovesciato sul tavolo. «Ma credo che tu abbia amato anche Brett».

«L'ho fatto». Maggie fece un respiro profondo. «Forse è ancora così».

«Beh, non c'è modo migliore di scoprirlo che una cena. Mamma, la vita è troppo breve».

«Oh, tutta questa saggezza dalla figlia che deve ancora compiere trent'anni».

«Ma ci sono vicina. Tra nove settimane sarò in cima alla montagna».

«Ti confesso un segreto, tesoro. Tutte le volte che scalerai una montagna, la cima si sposterà. Trent'anni non sembrano così male. Poi la cima ti sembreranno i quaranta. Poi ci arriverai e... la cima ti sembreranno...»

«I cinquanta. Ho capito». Natalie si girò verso la porta d'ingresso. «Credo di aver sentito una macchina».

Maggie guardò fuori dalla finestra, ma era Grace, non Brett, che aveva parcheggiato nel vialetto. Dopo pochi secondi, entrò dalla porta, un grosso pacco di fogli sotto il braccio e guardò sua madre. «Dov'è la festa?»

«Mamma ha un appuntamento a cena. Con Brett», rispose Natalie, prima che Maggie potesse dire qualcosa. «Credo che sia fantastico. E lei non è favolosa?»

«Lo è. Voglio dire, lo sei, mamma. Sei favolosa». Grace appoggiò il pacco di fogli sul bancone.

«È tutto quello che hai da dire?» Maggie osservò il viso della figlia, alla ricerca di un qualche segno di disapprovazione, ma non lo trovò.

Grace alzò le spalle. «Inevitabile».

«Com'è andato il tuo incontro con i Meehans?», le chiese Natalie.

«Hanno adorato le mie idee e sono d'accordo. Mi hanno assunto subito». Grace si girò verso sua madre. «Conosci i Meehans? Posseggono il Ground Me e un paio di negozi in città. Dress Me Up. Dazzle Me. Vedi la connessione? Comunque, parlavano con Liddy e lei gli ha detto che sto lavorando al sito per il negozio e loro le hanno accennato che avrebbero bisogno di qualcuno per fare la stessa cosa. Mi hanno chiamato. Ho dato un'occhiata a quello che già avevano. Scarno è dire poco. Tutti i loro negozi sono sulla Passeggiata, quindi, invece di fare un sito diverso per ogni negozio, ho pensato di proporgli di pubblicizzare la Passeggiata. Sai, collegare tutto insieme. Ho preparato un paio di cose che avevo in mente e ci siamo incontrati questo pomeriggio. Ci ho messo tre ore e mezza, ma sono uscita con un contratto e un assegno».

«Ma è fantastico! Congratulazioni!» Maggie la abbracciò e lo stesso fece Natalie.

«Sì, è fantastico. Mi piacerebbe fare più cose del genere. È divertente». Grace sembrava in pace con se stessa. «Non pensavo di essere così creativa. Se avessi abbastanza clienti, potrei dimenticarmi la laurea in Legge e occuparmi solo della parte divertente».

«Io non metterei da parte la laurea così in fretta», le disse Maggie. «Hai lavorato tanto per averla».

«Hai ragione anche tu». Grace si girò verso Natalie. «Cos'hai fatto per cena, ci sono degli avanzi?»

«Abbiamo preso delle melanzane ripiene da Jim, con le patate. Le ho appena messe via. E c'è dell'insalata in frigo».

«Fantastico. Grazie». Grace si fermò davanti al frigorifero aperto.

«Oh. Ho sentito bussare. Vado io». Natalie corse fuori dalla stanza.

«Sei bellissima, mamma. Spero che tu ti diverta stasera». Grace tirò fuori un piatto dallo scaffale.

«Grazie Grace». Maggie avrebbe voluto dire di più – tipo, come mai hai cambiato idea? – ma le voci che venivano dall'ingresso la fermarono. Si girò e vide Natalie entrare in cucina seguita da Brett. Lui teneva in mano un grosso bouquet di fiori estivi.

«Oh mio Dio». Sussultò e allungò le braccia. «Venite dalla mamma». Si avvicinò i fiori al petto. «Tutti i miei preferiti. Sono meravigliosi, Brett. Grazie».

«È un piacere». Lui sembrava leggermente a disagio, nella stessa stanza con le sue due figlie e sua nipote che lo osservavano. Salutò sia Grace che Daisy, che continuava a fissarlo.

«Mamma, prendo io i fiori», disse Natalie.

«Grazie, tesoro. Ci vediamo più tardi». Maggie prese la borsa mentre uscivano.

Brett le aprì la portiera. Lei prese posto e si allacciò la cintura. Prima di chiudere, lui la guardò. «Sei bellissima. Eri bella quando eravamo giovani, ma adesso sei mozzafiato».

Lei rimase di sasso. Il suo «Grazie» si perse nel rumore della portiera che si chiudeva.

Brett fece il giro della macchina e si mise al volante. Fece partire il motore e uscì dal vialetto.

«Cosa?», le chiese. «Sembra che tu abbia qualcosa da dire».

«Mi ha preso alla sprovvista». Girò la testa verso di lui.

«Perché? Perché ti ho detto che sei bella?» Brett scosse le spalle. «Lo sei. Mi togli il fiato. L'hai sempre fatto», disse, come se fosse scontato, continuando a guidare.

«E trovo che tu sia ancora più bella e sexy di quando avevi quindici, diciannove o ventiquattro anni». Sorrise. «Non mi sembrava che i complimenti ti imbarazzassero».

«Non sono in imbarazzo. Sono… sorpresa. Tutto qui».

«Perché? Non ti sei guardata allo specchio, stasera? Per controllare che i capelli fossero a posto o che avessi entrambi gli orecchini? Niente di verde incastrato tra i denti?»

Maggie rise. «Sì, mi sono guardata allo specchio. Ma non ho visto...»

«Non hai visto, cosa?», le chiese dolcemente.

«Non vedo quello che pensi di vedere tu».

«Allora ti consiglio di prendere appuntamento dal dottor Almquist. Un bel controllo alla vista. Tu sei bellissima. Forse serve solo qualcuno che te lo ricordi ogni tanto». Quando vide che lei non diceva niente, continuò: «Che c'è?»

Lei si girò verso il finestrino, evitando il suo sguardo. «Ho quasi sessant'anni. Se non mi tingessi i capelli, sarebbero grigi. Le mie tette si spostano sempre di più verso sud e ho la cellulite. Non mi sento per niente sexy».

«Com'è fatta questa cellulite?», le chiese lui. «Sento un sacco di donne lamentarsene, ma non ho idea di come sia».

«Pensa a una buccia d'arancia. Con tutte le increspature». Maggie era pentita di aver portato a galla l'argomento. «Se vedessi le mie cosce, non dovresti chiedere».

«Le arance sono il mio frutto preferito. E, giusto perché tu lo sappia, mi piacerebbe rivedere le tue cosce. Se mi ricordo bene, hai le gambe più belle di tutto il Massachusetts».

Lei alzò gli occhi al cielo.

Brett rise. «Dai, Mags. Innanzitutto, tu non hai quasi sessant'anni – ne hai cinquantotto ancora per qualche mese. E comunque, qual è il problema? È un numero. Dimostri dieci anni di meno. Quindici quando sorridi». Controllò lo specchietto retrovisore prima di accostare e spegnere la macchina. «Non mi interessa se c'è del grigio sotto al biondo. Abbiamo tutti delle parti che iniziano a lasciarsi un po' andare. Nessun problema. E lo ripeto: hai sempre avuto delle belle gambe e sei ancora bellissima. E ancora molto, molto sexy. Cosa ti preoccupa?»

Ci mise un attimo a rispondere. «Credo... è solo che l'ultima volta che siamo stati insieme ero più giovane...»

«Anche io, Maggie. Siamo invecchiati entrambi».

«Io non ti vedo così».

«Allora dovresti capire quando ti dico che neanche io ti vedo così. Sarai sempre la mia reginetta del ballo, Mags. Non importa quanti anni tu abbia, quanti capelli grigi tu abbia o quanto a sud vada il tuo seno».

Finalmente rise.

«Sarai sempre l'amore della mia vita, sia che mi ami ancora o no». Le prese una mano e gliela baciò.

Lei provò a ignorare l'improvvisa accelerata che aveva fatto il suo cuore. «Quale donna può resistere a un uomo che dice queste cose?»

«Spero che tu non lo faccia quando farò la mia grande mossa». Fece ripartire la macchina e ritornò in strada. «Che non succederà ancora per un po', nel caso in cui tu te lo stia chiedendo».

«Oh? E perché?» Si sentì meglio, una volta che la paura che non sapeva di avere – la paura di essere paragonata alla versione giovane di se stessa – iniziò a svanire dopo le sue parole.

«Non è complicato. Devi solo imparare a fidarti di me e io ho bisogno di capire se tu potrai amarmi ancora». Girò nel parcheggio del ristorante. «Volevo che mettessimo tutto da parte e ci godessimo la compagnia l'uno dell'altra senza preoccuparci del futuro. Stiamo andando bene, Mags. Prendiamoci tutto il tempo del mondo e vediamo dove ci porta».

Come era stato capace di capire tutte le sue insicurezze, rimase un mistero. Brett non era mai stato bravo a capire quello che lei provava – a parte quello che provava per lui – e a Maggie sembrava facesse fatica a capire i suoi stessi sentimenti. La versione matura era molto più sensibile della versione giovane, più consapevole. Questa nuova parte di lui era totalmente inaspettata, e le piaceva.

«Allora. Eccoci. Carino, vero? Ottima vista sulla baia». Aveva lasciato la macchina alla fine del parcheggio, vicino a una striscia di spiaggia. La giornata era stata tiepida, il vento abbastanza forte da far muovere lentamente le barche sull'acqua.

«Molto carino».

Lui le si avvicinò per spostarle una ciocca di capelli dietro all'orecchio. «Allora siamo a posto?»

«Siamo a posto».

Il ristorante era bello, il personale attento e il cibo delizioso.

«Come mai hai deciso di diventare un poliziotto?», gli chiese Maggie, mentre si dividevano una enorme fetta di torta al cioccolato. «Non mi ricordavo che ti interessassero le forze dell'ordine».

«Non ci avevo mai pensato. Credo che nella mia mente piena di testosterone ci fosse l'idea che avrei giocato a football fino a novant'anni o almeno finché non sarei morto. Non avevo un piano B. Non pensavo di averne bisogno». Le sue spalle ebbero un leggero cedimento. «Finché non ne ho avuto bisogno. E all'improvviso, ero senza lavoro. Non avevo idea di cosa fare di me stesso. Ero in California, avevo una casa sulla spiaggia. Non appena mi hanno venduto, Beth mi ha lasciato e ha portato Chloe con sé». Fece una pausa per bere un sorso di birra. «Ho incontrato dei ragazzi in spiaggia, che mi hanno insegnato a surfare. Ed è lì che ho incontrato Holly».

«Amore a prima vista?»

«No. Holly era giovane e bella e io mi sentivo vecchio e rotto. Il mio ego era a pezzi e lei mi ha aiutato a rimetterlo insieme». Fece una pausa, combattuto sull'andare avanti. «Ok, questo è quanto. Non stavo scherzando quando ho detto che non ho mai amato nessuna oltre a te. Quando te ne sei andata, avevo la sensazione che, se tu avevi smesso di amarmi – dopo tutto quello che avevamo passato – poteva solo voler dire che non meritassi di essere amato.

Così, quando sentivo qualcuno dirmi che mi amava, pensavo, sai – qualcuno mi ama. Non posso essere così male, se questa donna gentile mi ama. E così ho finito per sposarmi tre volte».

Raccontò tutto con calma, ma Maggie capì che gli era costato molto ammetterlo.

«Mi dispiace, Brett. So che sembra una frase fatta, ma non era colpa tua, era colpa mia. Non potevo stare con te, mentre avevo problemi a stare con me stessa».

«E se io non fossi stato uno stupido, concentrato solo su me stesso. Avrei dovuto capirlo. Quindi, forse, è ora che accettiamo il fatto che entrambi abbiamo commesso degli errori».

Maggie annuì.

«Ok. Quindi. Io sono un poliziotto. C'era un ragazzo che faceva windsurf con Holly che faceva parte della California Highway Patrol. Era dentro al giro delle forze dell'ordine, serviva il bene pubblico e tutto il resto. Più lo conoscevo, più parlavamo, più realizzavo che tutto quello che avevo fatto nella mia vita non era minimamente importante quanto quello che faceva lui tutti i giorni. Poi io e Holly ci siamo lasciati e mi sono ritrovato a non sapere di nuovo cosa fare. Ho scoperto che mio padre stava morendo e sono tornato a casa, pensando che sarei rimasto qui fino alla sua morte». Prese il cucchiaino vicino al suo piatto e lo batté sulla tovaglia. «Ti ricordi il capo Hawthorne?»

«Certo. Era il capo della polizia quando eravamo giovani».

«Era un buon amico di mio padre e lo veniva a trovare tutte le settimane. Mi disse che c'erano posti vacanti nelle forze dell'ordine. Mi suggerì di iscrivermi all'accademia. Penso che fosse una cosa rimasta sepolta nel fondo della mente, così, quando tirò fuori l'argomento, mi sembrò un segno. Da lì sono finito a fare quello che faccio adesso. Agente di pattuglia. Detective. Poi capo, quando il vecchio capo è andato in pensione». C'era una punta di orgoglio nella sua voce che la fece sorridere.

«E ti piace». Non era una domanda.

«Lo adoro. Amavo giocare a football, ma non credo di essere ingrato quando dico che adoro essere un poliziotto di una piccola città. Qualcosa è scattato dentro di me il giorno che mi hanno dato il badge».

L'aveva visto in giro per la città, parlare con i vecchi residenti che avevano bisogno di rassicurazioni, ma anche con i ragazzi che si mettevano nei guai. Era naturale e si vedeva da lontano quanto gli piacesse servire la comunità.

«Sono contenta che tu abbia trovato qualcosa che ti rende felice. La città è fortunata ad averti».

«E tu? Cosa ti rende felice?»

«La mia famiglia, ovviamente. Poi...» Lei alzò le spalle. «Credo di doverlo ancora capire».

«Facevi l'insegnante, vero?»

«Esatto. E credo di poter ottenere la licenza per insegnare in Massachussets. Anche qualche supplenza andrebbe bene, se non riesco a trovare qualcosa a tempo pieno. Ma, per adesso, non mi sento sotto pressione per trovare qualcosa. Voglio godermi l'estate con le mie figlie e mia nipote. Nipoti», si corresse. «E voglio aiutare Liddy con la libreria. Sono fortunata. Art mi ha lasciato abbastanza per vivere. Aveva una buona assicurazione sulla vita e... oh, ho venduto il suo studio».

Gli raccontò la storia del marito traditore di Grace, del blog *TheLast2No* e del fatto che Grace ne fosse uscita come la moglie respinta che invitava altre donne su internet a fare del male ai loro mariti infedeli.

«Era stato davvero geniale da parte sua. Innovativo. È un peccato che abbia dovuto abbandonarlo», disse Brett. «Capisco quanto possa essere utile avere un posto in cui esprimere la tua rabbia senza che nessuno ti giudichi. Se le persone avessero un posto in cui potersi sfogare, forse diminuirebbero le telefonate che riceviamo su casi di violenza domestica».

«È la stessa cosa che ha detto Natalie. Sfortunatamente, molte persone a Philadelphia non l'hanno vista così. Grace è stata ridicolizzata ed è dovuta scappare».

«Ed è per questo che hai deciso di vendere lo studio e sei tornata a Wyndham Beach?»

«Una delle ragioni», ammise.

«Vuoi dirmi quali sono state le altre?»

Lei sorrise sopra al bordo del bicchiere. «Non stasera».

CAPITOLO VENTIDUE

Passato il solstizio d'estate, l'estate si era ben radicata a Wyndham Beach. Maggie aveva passato le ultime due settimane a correre per negozi per preparare la festa del 4 luglio. Aveva comprato dei mobili per il patio e si era accorta che era in carenza di posti a sedere. Guidò fino al ferramenta perché aveva visto la pubblicità sul giornale.

Carl Lattimore, con la testa ormai piena di capelli bianchi, era dietro al bancone che chiacchierava con un cliente quando Maggie entrò. Si girò verso di lei non appena si liberò.

«Buongiorno! Posso aiutarla?», le chiese.

«Ho visto la pubblicità sulle sedie pieghevoli e volevo vedere cosa aveva».

«Qui c'è tutto quello che è rimasto». Indicò un espositore. «Se stava cercando qualcosa in particolare, potrei fare un ordine speciale. Non posso garantirle lo stesso prezzo, ma vedrò cosa posso fare».

«Mi piacciono quelle turchesi. Ne ha una mezza dozzina?»

Era attirata dal colore, che le sembrava tropicale. Con qualche dettaglio color corallo il cortile sarebbe stato perfetto. Non esattamente patriottico, ma le piaceva l'idea.

«Non credo, ma posso controllare. So che me ne sono rimaste parecchie blu, miss...?»

«Mi chiami Maggie. Maggie Flynn».

«Oh. Ho sentito parlare di te», le disse.

Ahia. «Davvero?» Non le piaceva chiedere, ma si sentiva obbligata a farlo.

«Certo. Sei l'amica di Liddy. Mi ha detto che la stai aiutando con la libreria. Che ti sei presa carico del giardino, giusto?» Prima che lei potesse rispondere, lui continuò: «So che è in uno stato pietoso, ma tra far andare questo posto, la malattia di mia moglie e la salute di mio padre, beh, sai come vanno le cose».

«Capisco perfettamente. Anche io ho dovuto trascurare diverse cose durante la malattia di mio marito». *Me stessa, per esempio.* «Quindi non c'è bisogno di scusarsi. Sono contenta di aiutare Liddy come posso. Siamo amiche da sempre».

«Sì, mi hanno detto che sei cresciuta qui. La figlia di Ellen Lloyd, vero? Conoscevo Ellen. Una donna deliziosa».

«Lo era. Grazie».

«E ho sentito che hai comprato la casa di Ellen. Dev'essere bello tornare nella casa di famiglia. Sei cresciuta lì, vero?»

«Esatto. E anche mia madre. È bello essere tornata».

«E noi siamo contenti di averti, Maggie. Ora fammi vedere se riesco a trovarti quelle sedie...»

Carl scomparve dietro a una porta.

Maggie passeggiò per il negozio mentre lo aspettava. Girò un angolo e sbatté contro una signora di cui non ricordava il nome.

«Maggie!» La donna si tolse gli occhiali da sole. Doveva aver capito subito che Maggie non l'aveva riconosciuta perché si presentò. «Sono Marian Coster. L'assistente di Emma al centro d'arte».

«Felice di conoscerti». Emma aveva menzionato un'assistente part-time. La donna le strinse la mano.

«Ti ho visto all'inaugurazione della mostra di Jessie Bryant. Lavoro con Emma da quando ha aperto il centro, ma mi sono presa qualche settimana. Mia figlia ha appena comprato il negozio di fiori su Locus Street – Jack Schuster va in pensione, sai – e ne ha fin sopra ai capelli, così ho promesso che le avrei dato una mano. Emma è stata molto comprensiva e mi ha detto che posso tornare come part-time, dopo che abbiamo sistemato le cose in negozio».

«Beh, spero che tua figlia abbia successo. Alla città serve un buon fiorista. Farò sicuramente un salto».

«Faremo una grande inaugurazione poco prima del 4 luglio. Mi farebbe piacere venissi. Joanna – mia figlia preparerà qualche centrotavola per l'occasione».

«Non mancherò».

«Oh, eccoti qui, Maggie». Carl comparve da dietro l'angolo. «Sarò da te in un minuto, Marian».

«Non ho fretta. Faccio un giro». Marian si girò verso la donna. «Ti faccio sapere quando sarà l'inaugurazione».

«Non vedo l'ora». Maggie le sorrise, poi si voltò a guardare le sedie che Carl le aveva trovato.

«Niente più turchese. Posso ordinarle, ma arriveranno tra non meno di quattro settimane. Ho parecchie di quelle blu e anche quelle rosse vanno di moda quest'anno».

Maggie osservò bene i colori e scelse quelle rosse, che erano esattamente della sfumatura che le piaceva, così, nella sua testa, lo schema dei colori era tornato a essere rosso, bianco e blu. Perfetto per l'occasione. L'uomo si offrì di mandare uno dei suoi ragazzi a consegnarle e lei accettò.

Prima di andarsene, trovò un set da badminton e un barbecue e chiese a Carl di consegnarle anche quelli, insieme a qualche torcia decorativa e due fioriere a righe bianche e rosse per il portico. Uscendo, notò anche delle stelle filanti bianche e blu che sarebbero state benissimo avvolte alla ringhiera.

Il prossimo anno avrebbe comprato delle fioriere anche per le finestre. Mr e Mrs Gibbins sarebbe stati fieri.

Il 4 luglio prometteva di essere una bella giornata calda, con una discreta dose di umidità. Non era l'ideale per trascorrere molto tempo all'aperto, ma a luglio si prende quel che c'è. Con un po' di fortuna, il vento sarebbe cambiato e il pomeriggio sarebbe stato sopportabile, se non addirittura piacevole. Maggie si era alzata presto e si era vestita a festa: una gonna di jeans bianca, una t-shirt a righe bianca e blu e un paio di sandali rossi. Aveva sempre amato il 4 luglio a Wyndham Beach, era l'unico posto in cui c'era la giusta combinazione di patriottismo e orgoglio locale.

Ma quella sarebbe stata diversa da qualsiasi altra festa. Era finalmente arrivato il giorno in cui tutti fili della sua vita si sarebbero intrecciati e pregò che ogni cosa andasse per il verso giusto. Aveva programmato una colazione semplice per i suoi primi ospiti – frutta e uova strapazzate – e aveva preparato una caraffa di caffè. Avendo predisposto tutto, uscì sul patio con una tazza di caffè in mano e si sedette su una sedia mentre aspettava che le sue figlie si alzassero. Si appoggiò allo schienale, chiuse gli occhi e fece un bel respiro inalando l'aria salmastra che veniva dal porto mista al profumo dei fiori del giardino.

Era tentata di darsi un pizzicotto da sola. Se un anno prima le avessero detto che avrebbe vissuto una giornata come quella, non ci avrebbe mai creduto. Tutte le persone a cui voleva bene sarebbero state sotto lo stesso tetto. Magari non tutto sarebbe andato come doveva, ma sentiva che era il momento giusto. E, in qualche maniera, tutto sarebbe andato nel migliore dei modi.

La settimana prima, lei e Brett avevano incontrato Joe e i suoi figli per cena. Lulu li aveva incantati. Era una piccola fata, un piccolo folletto dei boschi, con una bellezza quasi eterea e un sorriso timido. Jamey era stato più difficile, ma Brett era riuscito a conquistarlo con i racconti sul football e gli anni in polizia. Il fatto che Brett avesse fatto un sacco di sport diversi come Joe e Jamey gli aveva fatto guadagnare un sacco di punti. Maggie non così tanti, ma le andava bene comunque. Dopotutto, era la prima volta che si incontravano e Joe le aveva assicurato che col tempo Jamey si sarebbe aperto anche con lei. Sperava che avesse ragione.

Alexis, la figlia quattordicenne di Brett, era arrivata durante la settimana. Maggie l'aveva incontrata mentre era fuori con Daisy a prendere un gelato, ad Alexis la bambina era piaciuta subito e si era offerta di farle da babysitter quando ne avrebbero avuto bisogno.

Grace aveva espresso i suoi dubbi sul riunire tutti insieme, ma la madre era stata irremovibile. Il tempo avrebbe davvero reso le cose più facili? Maggie ne dubitava. La situazione era quella che era e non sarebbe cambiata. Perché mettere tutto da parte e perdersi l'opportunità di passare del tempo insieme? Lei sapeva bene che il futuro non era sempre certo.

Natalie non aveva aspettato – aveva incontrato Joe a cena ed era tornata a casa cantando le sue lodi. Non vedeva l'ora di raccontare a Grace quanto fosse meraviglioso, che era esattamente come se lo aspettava e che si erano divertiti molto insieme.

«Mi sembra di conoscerlo da sempre», aveva detto. «È il fratello che ho sempre voluto. Lo adorerai, Gracie. Te lo assicuro».

Maggie aveva stilato un punteggio immaginario: una fatta, una ancora da fare.

La porta sul retro si aprì e ne uscì Grace, una tazza di caffè in mano, seguita da Natalie e una Daisy più chiacchierona del solito, che non vedeva l'ora di conoscere gli ospiti, di vedere la parata e salire sulla giostra.

«Avete mangiato abbastanza?», chiese loro Maggie. «Posso fare...»

«Siamo a posto», rispose Grace. «Grazie per aver preparato tutto».

«Nonna, la mamma ha detto che oggi posso salire sulla giostra con i cavalli che vanno su e giù». Salì sul grembo di Maggie. «I cavalli mordono? Di che colore sono? Hanno i corni come gli unicorni?»

«Sì, salirai sulla giostra, ma no, i cavalli non mordono. Dovremo aspettare per vedere di che colore sono e non penso che ci siano unicorni sulla giostra del signor Harrison. Io ci sono salita quando ero piccola e hanno fatto la stessa cosa tua madre e la zia Grace».

Il rumore di una portiera sbattuta attirò la loro attenzione.

«Deve essere Joe». Maggie fece scendere Daisy dalle sue gambe, si alzò, si sistemò la gonna e rientrò in casa.

Si diresse direttamente alla porta d'ingresso, poi fuori sul portico. Joe si avvicinò al marciapiede, stringendo la mano a una Lulu incerta. Jamey li seguiva con malavoglia. Maggie li aspettò in fondo ai gradini.

«Sono contenta che siate qui! E siete perfettamente in orario». Sorrise e allungò una mano verso Joe. Lui le baciò una guancia e lei notò che Jamey girò la testa dall'altra parte per non guardare. «Entrate, così ci prepariamo per la parata. Andiamo via tra poco».

I tre la seguirono dentro, dove c'erano Natalie, Grace e Daisy ad aspettarli.

«Ciao Natalie. È bello rivederti», disse Joe. «E tu devi essere Grace. Ho sentito molto parlare di te. Sono felice di incontrarti».

Natalie lo abbracciò, mentre Grace gli offrì solo una stretta di mano.

Joe si girò verso i suoi figli. «Jamey, Lulu, loro sono vostra zia Grace e vostra zia Natalie».

Lulu sorrise timidamente e offrì loro un piccolo saluto. Jamey le guardò e fece mezzo saluto nella loro direzione.

Iniziamo bene. Era chiaro quanto entrambi i ragazzi fossero in imbarazzo, una normale reazione nel trovarsi davanti tre donne che non avevano mai visto. Ma Maggie aveva grandi speranze sul fatto che le attività della giornata li aiutassero a rilassarsi e divertirsi. Le farfalle nel suo stomaco potevano non convincerla, ma avrebbe coperto i suoi dubbi così bene che nessuno se ne sarebbe accorto. Nessuno avrebbe sospettato che una parte di lei pensava che Grace potesse avere ragione. Forse era troppo presto. Forse avrebbero avuto bisogno di conoscersi meglio. Aveva troppa fretta di recuperare il tempo perduto?

Beh, si disse, *è tardi per pensarci.*

«Ragazzi, farà un caldo infernale più tardi. Sarà meglio che ognuno di noi porti dell'acqua. Ho una borsa frigo per le bottiglie, ma credo sia meglio prenderne comunque una in più a testa». Passò una bottiglietta a Lulu che sussurrò un "grazie". Jamey scosse la testa per rifiutare, ma Daisy prese la bottiglia dalle mani di Maggie.

«La mamma dice che bisogna bere tanta acqua quando fa caldo», disse a Jamey, costringendolo a prendere l'acqua. Dopo averla presa dalle sue mani senza dire niente, lei gli ricordò: «Adesso devi dire grazie».

Essere sgridato da una bambina di tre anni lo aveva toccato. Jamey borbottò un "grazie". La prima parola che aveva detto da quando era entrato in casa.

Maggie chiuse la borsa frigo e Joe si offrì di portarla.

«La porto io. Ti serve altro?», le chiese.

«No, siamo a posto». La padrona di casa indicò la porta d'ingresso. «Fai strada».

Come se cercasse di scappare, Grace fu la prima a uscire, ma Joe, avendo le gambe lunghe, la raggiunse facilmente.

«Allora, Grace. Nat mi ha detto che collezioni prime edizioni di libri. Lo faccio anch'io. C'è un genere particolare o un periodo che ti piace di più?», le chiese.

«Oh». Grace sembrava essere stata presa alla sprovvista. «Beh, mi piacciono i vecchi noir. Mickey Spillane. Raymond Chandler. Dashiell Hammett».

«Anche a me! La mia copia autografata de *Il falcone maltese* è il mio tesoro più prezioso».

«Sono così gelosa! Anche io ho una prima edizione, ma non è autografata».

«Sapevi che Spillane scriveva fumetti prima di iniziare coi romanzi?»

«No!» Grace gli diede un buffetto su un braccio.

Joe annuì. «Superman. Batman...»

«Mio papà collezionava quelli degli anni Cinquanta».

«Anche il mio».

Ascoltando la loro conversazione, Maggie sospirò di sollievo. Sembrava che Grace avesse messo da parte i suoi preconcetti su Joe, ed era bastato solo scoprire una passione comune.

«Due su due», mormorò Maggie, mentre chiudeva la porta d'ingresso.

Dietro di lei, Natalie rise. «Rilassati, mamma. Sarà una grande giornata. Il 4 luglio a Wyndham Beach e siamo tutti insieme. Come potrebbe andare meglio?»

Si misero in marcia verso il centro della città.

Grace apriva la strada, camminando di fianco a Joe e Daisy che spuntava ogni tanto al suo fianco. Jamie e Lulu seguivano il loro padre, senza parlare, sembravano spaesati. Maggie sperò che la cosa potesse migliorare entro la fine della giornata.

Liddy ed Emma li aspettavano sul marciapiede di fronte alla libreria. Quando Maggie le raggiunse, le presentazioni erano state fatte. La parata stava iniziando a prendere forma, la lunga fila di partecipanti stava uscendo dal grosso parcheggio. La macchina della polizia di Brett era davanti a tutti, seguita dalla banda della scuola e dalle cabrio che portavano il sindaco e altri consiglieri comunali.

Quando Brett fu abbastanza vicino alla libreria, si fermò e Alexis scese dalla macchina.

«Alexis!» Daisy saltò su e giù dalla gioia nel vedere la sua nuova amica. Alexis corse verso di lei e la prese in braccio, apparentemente felice di vederla quanto la piccola lo era di vedere lei.

Maggie alzò i pollici e li fece vedere a Brett prima che ripartisse girando l'angolo verso Prescott Street che avrebbe portato la parata in giro per la città.

«Dov'è Chris questo weekend?», chiese Liddy a Emma.

«Sta facendo un concerto di beneficenza sulla West Coast». L'esasperazione di Emma era evidente. «Vorrei solo che per una volta dicesse di no a uno di questi grandi eventi durante le feste. Vorrei che almeno una volta venisse a casa. Solo una».

«Non sprecare il fiato, Em. Cos'ha Wyndham Beach da offrire paragonata alla vita che sta vivendo adesso il ragazzo? È una star e devi ricordarti che questo comporta dei sacrifici, come quello di essere lo scapolo più ambito del mondo», le disse Liddy.

Maggie guardò la faccia di Natalie mentre assisteva allo scambio.

Oh tesoro, tutti noi vogliamo bene a Chris, gliene vogliamo tanto. Ma per favore non… In quel momento Maggie ebbe paura per il cuore di sua figlia, anche più di quando Jonathan l'aveva lasciata.

Molto spavaldamente, Natalie accese il telefono e iniziò a registrare la parata.

«Registri il primo 4 di luglio di Daisy a Wyndham Beach?», le chiese Maggie.

«No. Lo mando a Chris, così vede quello che si sta perdendo», disse Natalie.

«Oh».

«Me l'ha chiesto lui, mamma». C'era una nota di sfida nella voce di Natalie, come se si aspettasse che Maggie dubitasse dell'interesse di Chris per la parata locale. «Non si è dimenticato da dove viene».

«Non l'ho neanche pensato, tesoro. Sono sicura che si divertirà un sacco a vederlo».

Natalie fermò il video quando la parata finì e Maggie si chiese quanto Chris potesse essere interessato nel vedere i carri allegorici o quello che onora il centenario della fondazione di Wyndham Beach o i carri per l'alleanza culturale, seguiti da un pianale che portava diverse insegnanti del centro d'arte e qualcuna delle loro creazioni. Un contingente dei veterani del Vietnam marciava dietro di loro e c'era anche il solito camion dei pompieri con i suoi volontari che lanciavano caramelle ai bambini lungo la strada. Il piatto forte della parata era la banda della Alden Academy, composta da insegnanti e amministratori della scuola privata della città. C'erano sempre quelli che sembravano migliaia di bambini su biciclette decorate in rosso, bianco e blu. La banda del liceo, che suonava una versione stonata di *The Stars and Stripe Forever,* chiudeva la parata, seguita da un'altra volante della polizia.

«Ti ricordi quando venivamo anche noi in bici alla parata?», chiese Liddy a Maggie, mettendole un braccio attorno alle spalle. «Addobbavamo le biciclette con chilometri di carta crespa e, se pioveva, il colore sciolto ci colorava tutte le gambe».

«E il colore si fissava sui vestiti e le nostre madri ci rendevano la vita impossibile», aggiunse Emma. Quando né Liddy né Maggie commentarono, si accigliò. «No? Solo la mia?»

«Credo di sì». Liddy le sfiorò un braccio come consolazione.

«Allora, cosa dobbiamo fare adesso, mamma?», chiese Grace.

«Gare di corsa al parco», rispose Maggie. «Seguite la folla».

La folla si ammassava sulla strada e si muoveva come un grosso serpente diretta verso Harrison Park, dove sarebbe continuata la festa. Il parco era nel terreno della vecchia casa degli Harrison. Costruita alla fine dell'Ottocento, era diversa da quella che i residenti conoscevano, in parte gotica, Tudor e Giorgiana a seconda del lato che si guardava. A parte lo staff – pronto al servizio se qualcuno della famiglia fosse stato presente, altrimenti in funzione di sicurezza e mantenimento della tenuta – nessuno era mai stato dentro, anche se giravano diverse voci in città.

Jasper Harrison aveva destinato cinque acri dei suoi vasti possedimenti come parco per i residenti della città, il cui mantenimento veniva sovvenzionato dalla tenuta stessa, ma gestito dal Comune. Era stato messo un limite a quello che potevano spendere, ma nessuno si era mai lamentato. Nel corso degli anni avevano aggiunto delle strutture da gioco per i bambini, un campo da calcio e un gazebo, che avrebbe dovuto essere usato per i concerti estivi, ma che serviva più spesso come scenario come foto per matrimoni e balli scolastici.

Ogni anno, il 4 luglio, il parco si riempiva di gente del posto con i loro amici e parenti. La bandiera americana fu issata sotto agli occhi di tutti. La banda della scuola suonò *The Star-Spangled Banner*, che cantarono tutti insieme. Il presidente del club Boys & Girl annunciò che le gare di corsa si sarebbero tenute in ordine di età e indicò la zona dove i corridori avrebbero dovuto trovarsi. Le cose non erano cambiate, da quando Maggie era giovane.

Jamey non volle partecipare, nonostante suo padre lo elogiasse come uno dei ragazzi più veloci della sua classe, ma Lulu gareggiò con i bambini della sua età, riuscendo a vincere facilmente. Tornò fiera con il suo nastro blu e il piccolo trofeo da suo padre e suo fratello, che continuava a stare in silenzio. Alexis, che aveva le gambe più lunghe che Maggie avesse mai visto a una ragazza, come Lulu, superò tutti nella sua gara.

«Papà!», esclamò, quando vide Brett a bordocampo. «Guarda!»

Maggie guardò Brett abbracciarla e ammirare il piccolo trofeo. Le mise un braccio intorno alle spalle e si incamminarono insieme verso Maggie e gli altri.

«Abbiamo dei corridori in famiglia», disse sorridendo, mentre batteva il cinque a Lulu e lei sorrise a sua volta al complimento.

Maggie vide con la coda dell'occhio Jamey che colpiva il terreno con la punta della scarpa, spostandone una piccola zolla, imbronciato. Stava chiaramente prendendo le distanze e avrebbe voluto riuscire ad avvicinarsi a lui, ma aveva avuto solo figlie femmine che erano state sempre piuttosto esplicite sui loro sentimenti. Non conosceva Jamey e si chiedeva se lui glielo avrebbe mai permesso. Osservò la faccia di Joe, mentre si chinava a parlargli. Strinse le spalle del ragazzo prima di tornare dal resto del gruppo.

Dopo la corsa, camminarono fino al lato opposto del parco per assistere alla presentazione della giostra. Maggie se la ricordava bene, i ricordi che aveva accumulato su quei cavalli, nel corso della sua infanzia, erano ancora vividi.

«Ehi, ti ricordi quando...» Brett era scivolato dietro di lei e le aveva sussurrato all'orecchio.

«Ci stavo proprio pensando». Sorrise al ricordo. Avevano l'abitudine di salirci fianco a fianco e quando la giostra li nascondeva alla vista, lui si sporgeva verso di lei e la baciava. «Avevamo sedici anni».

«Magari possiamo farci dare un passaggio da quei cavalli più tardi», disse, allusivamente.

«I cavalli saranno tornati nella stalla quando finirai il turno, capo. Ma terrò stretto il ricordo».

«Magari riusciremo comunque a trovare qualche momento per stare da soli». I loro occhi si incontrarono e lei notò uno scintillio di divertimento nei suoi.

«Ne dubito. Avremo la casa piuttosto affollata».

«Sembra che le cose vadano abbastanza bene». Lui indicò con un cenno della testa Joe, Natalie e Grace, che erano immersi in una conversazione.

«Meglio di quanto pensassi. Sembra che Joe e Grace condividano un amore per le prime edizioni dei romanzi gialli. Anche se sento già aria di rivalità fraterna. A quanto pare adorano gli stessi autori. Lui ha una copia autografata de *Il falcone maltese* per cui lei ucciderebbe. Lei ha una copia di *Ti ucciderò* di Mickey Spillane per cui lui potrebbe scambiare il suo primogenito».

«È un buon inizio».

«Lo è. Alexis è stata bravissima con Daisy e Lulu. L'unico che mi preoccupa è Jamey. Non ha ceduto di un millimetro da quando è arrivato. Non vuole parlare con noi, non ha voluto partecipare alla corsa, sembra che non sia interessato a niente e a nessuno».

Brett lo osservò a distanza. Il suo linguaggio del corpo confermava i pensieri di Maggie. «È tutto nuovo e non conosce nessuno. Non sa che sentimenti deve provare per queste nuove persone e non sa ancora se gli piacciono davvero. Andrà bene quando avrà trovato il suo posto in questo nuovo mondo».

«Lo spero. Non ha ancora spiccicato parola». Maggie ricadde nella vecchia abitudine di mangiarsi le unghie quando era nervosa. Brett le tolse la mano dalla bocca.

«Smettila. Non hai più quindici anni». La prese in giro. «Non preoccuparti. Andrà tutto bene, te lo prometto. Fidati di me. Jamey ha solo bisogno di tempo».

«Come puoi esserne così sicuro?»

«Anche io sono stato un ragazzo di dodici anni». Le strinse la mano per l'ultima volta. «Devo finire il mio giro. Ho un sacco di gente da salutare. Ci vediamo dopo i fuochi».

Maggie lo guardò allontanarsi. Vide le persone fermarlo per un saluto o una stretta di mano. Era ovvio che fosse amato e rispettato a Wyndham Beach e lei non poteva essere più fiera di lui. Era ancora il ragazzo dolce che aveva incontrato in aula magna il secondo anno di liceo. Nonostante gli anni e le curve inaspettate che avevano preso le loro vite, era ancora il Brett che aveva conosciuto e di cui si era innamorata. E aveva la sensazione che la cosa si sarebbe ripetuta.

La vita era davvero come un cerchio.

Maggie vide Emma parlare con l'uomo stempiato e gli occhiali di metallo che aveva visto al centro d'arte. Owen Harrison aveva promesso di riportare in vita la giostra e lo aveva fatto. Qualcuno le passò di fianco e le diede una brochure. Raccontava la storia della giostra di Wyndham Beach. Comprati e portati in città da Jasper Harrison, i cavalli erano stati intagliati da uno dei più grandi artisti del suo campo, Marcus Illions.

«La manodopera è notevole». Emma si avvicinò alla giostra. «Oh sì, Illions era famoso per la stravaganza delle sue opere. Era un vero artista».

Owen prese Emma per il gomito e camminò con lei. Da quanto ricordasse Maggie, Emma non aveva mai espresso un vero interesse per un altro uomo e ce n'era stato qualcuno dopo la morte di Harry. Eppure eccola, che veniva presa a braccetto, apparentemente molto interessata ai cavalli intagliati. Sarebbero mai finite le sorprese?

Non pensava che l'espressione sul suo viso fosse così ovvia, ma Liddy la notò subito.

«Sì, ne vogliamo parlare?» Liddy indicò Emma. «Quell'uomo non le ha tolto gli occhi di dosso da quando hanno iniziato a passeggiare».

«Bene. È sola da tanto tempo e, detto tra me e te, Harry non è che fosse il marito esemplare...»

Liddy annuì. «Giravano parecchie voci su lui e Darlene Fitch, quella che lavora in banca... non credo che Emma le abbia mai sentite, ma giravano. E il modo in cui trattava Chris – non mi meraviglia che quel ragazzo scappasse in garage a suonare la chitarra».

«Anche se direi che a Chris è andata abbastanza bene», puntualizzò Maggie.

«A Emma manca. È sempre da sola. Sarebbe bello se avesse una distrazione», disse Liddy. «Anche se fosse solo ogni tanto. Ho sentito che lui», continuò indicando Owen, «ha una casa a Londra e un'altra sull'Isola Jupiter in Florida. Qualcuno in quella famiglia ha investito bene tutti quei soldi».

All'improvviso un avviso dall'altoparlante annunciò la prima corsa della stagione, così i bambini poterono iniziare a mettersi in fila. Uno per uno i bambini scelsero il loro posto sulla giostra. Maggie tirò fuori il telefono e iniziò a fare le foto ai cavalli tirati a lucido. Natalie era in fila con Daisy, che ballava dalla gioia.

«Io voglio il cavallo nero, mamma», indicò Daisy.

Emma si girò sentendo la voce della bambina. Disse qualcosa a Owen che annuì.

«Daisy, vuoi salire sul cavallo nero?» Emma la prese per mano.

«Sì! Sì! Per favore!»

«Vieni con me che ti aiuto a salire». Emma la fece salire sulla piattaforma, poi la issò sul cavallo. La faccia raggiante di Daisy fu un'ottima ricompensa.

«Nat, fai una foto da mandare a Chris», le urlò Maggie.

«Già fatto». Natalie le mostrò il telefono. «Gli farà piacere vedere che sua madre si sta divertendo».

La giostra era piena, la musica iniziò a suonare e Owen fece partire il meccanismo. Lentamente, iniziò a girare, i cavalli ondeggiavano su e giù a ritmo di musica. Maggie aprì la brochure e lesse un paio di righe.

Il giro di Daisy finì e lei corse entusiasta da sua madre per raccontarle la meraviglia della sua esperienza sul cavallo nero, mentre altri bambini salivano e prendevano posto.

Liddy si allontanò per salutare un ragazzo dai capelli scuri circondato da tre bambini. Spettinò i capelli del più grande, un bambino di circa otto anni, poi si inginocchiò a salutare le due bambine, forse gemelle, di cinque o sei anni.

Maggie vide che Grace stava osservando la scena, la sua attenzione non sui bambini, ma sul ragazzo. L'espressione sul volto di Grace era indecifrabile, ma Maggie ci vide un'ombra di delusione.

«Chi è il ragazzo che parla con Liddy?», chiese Maggie a Emma, che aveva seguito Daisy.

«Oh, è Linc Shelby. Ti ricordi Emmett Shelby, tre anni avanti a noi a scuola? Linc è suo figlio. Ascolta, Maggie, è un problema se Owen si unisce a noi alla cena a casa tua?», le chiese lei, a bassa voce.

«Certo che no. Sono sicura che tutti vorranno riempirlo di domande sulla giostra». Sorridendo, Maggie le si avvicinò. «Allora. Owen».

«Smettila». Emma rise, le guance rosa dall'imbarazzo. «Lui abita chissà dove, viaggia per il mondo. Sono sorpresa che sia venuto questo weekend. Se non fosse stato per le mie incessanti telefonate, dubito che se ne sarebbe ricordato. Anche se devo dire che sembra interessato alla giostra, ora che è qui».

«Credo che ci sia altro a interessarlo, oltre alla giostra».

«Beh, si può sempre sperare».

«Allora spereremo in due. Io sono dalla tua parte», disse Maggie. «Sembra un brav'uomo».

«Lo è. Ed è interessante ed è...» Emma rise. «Non importa. Qualsiasi cosa io dica, tu la prenderai e ci tesserai sopra una storia».

«Certo che lo farò».

«È qui solo per il weekend e poi se ne andrà in un posto che non ho mai sentito nominare». Fece una pausa. «Come mio figlio. Oggi qui, domani chi lo sa».

Maggie si trattenne dal chiederle se Chris le avesse detto qualcosa su Natalie. Aveva fatto finta di non vedere quante foto Natalie avesse scattato e quante volte l'avesse beccata a scrivere messaggi. Sospettava che avesse mandato tutto a Chris, che avrebbe potuto essere sul palco a cantare davanti a una folla enorme, mentre Natalie stava cercando di attirare la sua attenzione.

Aveva pensato che Chris e Natalie potessero essere una bella coppia, ma non ne era più sicura, una volta vista la sua vita al di fuori di Wyndham Beach. L'ultima cosa che voleva per Natalie era che si innamorasse di qualcuno che l'avrebbe lasciata come aveva fatto Jonathan. O come era successo tra Zach e Grace.

Erano pensieri troppo pesanti da approfondire quel giorno, con tutte le emozioni che stava provando.

Dopo che Lulu e Alexis ebbero fatto il loro giro sulla giostra, Maggie guidò il gruppo verso Cottage Street. Emma li avrebbe raggiunti più tardi insieme a Owen e Liddy sarebbe passata da casa a prendere le cose che aveva preparato per la festa.

Si rivelò veramente una festa. Joe si mise alla griglia a cuocere la carne che Maggie aveva preparato la sera prima. I tavoli pieghevoli furono posizionati nel giardino, dopo essere stati puliti dalle ragnatele, insieme alle nuove sedie. I vassoi che Maggie aveva preparato furono disposti sul tavolo.

Avevano messo a disposizione anche un piccolo frigorifero pieno di bibite, acqua e birre. Grace aiutò Joe con la griglia e, da quello che Maggie riusciva a sentire, erano impegnati in una discussione appassionata sul rap e se potesse o no essere considerato poesia.

Alexis voleva insegnare a Daisy e Lulu a giocare a campana – dopo aver chiesto a Maggie se potesse usare il gesso sul marciapiede – ma Natalie sembrava sparita.

«Gracie, dov'è tua sorella?», le chiese Maggie.

«È dentro che guarda la tv», le rispose Grace.

«Guarda la tv?», Maggie era perplessa. Mentre avevano ospiti? Il 4 luglio?

«Sì, i DEAN suonano a un grosso concerto e lo fanno vedere in tv».

Certo che era per quello. Maggie si incamminò verso l'ingresso.

«Adoro i DEAN», disse Alexis. «Sono la mia band preferita».

Maggie si fermò sulla soglia. «Lo sai che Emma è la madre di Chris Dean, vero?»

«Non è vero». Alexis rimase scioccata e continuò a ripetere: «Non è vero».

«Certo che lo è». Maggie indicò Daisy. «Diglielo anche tu, Daisy». Ed entrò in casa. Maggie realizzò che anche Jamey sembrava scomparso. Magari stava guardando il concerto con Natalie...

Ma quando arrivò in salotto, vide solo sua figlia.

«Mamma, guarda. Ho mandato a Chris i video della parata». Riavvolse lo schermo fino al momento in cui Chris e gli altri componenti della band salirono sul palco.

«Lo stai registrando?», le chiese Maggie.

«Certo. Qui, guarda. Guarda la sua faccia». Natalie rise.

Chris stava cantando. La sua mano scese fino alla tasca dei pantaloni e tirò fuori il telefono. Continuò a cantare, ma girò la testa e rise, prima di rimettere il telefono in tasca.

«Gli ho mandato la banda dei kazoo. L'ha adorata».

«Certo».

«No, davvero. Mi ha scritto non appena è sceso dal palco».

Le immagini sullo schermo continuavano ad andare avanti, Maggie rimase sulla porta a guardare Natalie che restava seduta senza muoversi mentre Chris cantava una canzone lenta, qualcosa su una stella cadente che sembrava avere uno strano effetto su di lei.

Oh, cielo. Maggie sospirò dentro di sé. *Potrebbe non finire bene.*

«Nat, più tardi dobbiamo parlare di te e Chris».

«Non ci provare, mamma. Va tutto bene. Quindi, per favore, non chiedermi di mettere un'etichetta al nostro rapporto. Non voglio dargli un nome. Lascia stare».

«Va bene». Maggie continuava a percepire uno strano senso di pericolo, ma lasciò perdere. «Hai visto Jamey?»

«Non da quando mi ha chiesto dove fosse la spiaggia, ma è passato già un po' di tempo». L'attenzione di Natalie era tutta per lo schermo davanti a sé.

«Se qualcuno te lo chiede, sono andata a cercarlo».

Maggie era sicura che Natalie non si fosse neanche accorta che era uscita.

Chris era un bravo ragazzo. Dio, sembrava Emma. Un bravo ragazzo. Non farebbe mai del male a Natalie intenzionalmente. Non si approfitterebbe mai della loro amicizia.

Anche se, era sempre un uomo. Un uomo famoso con un milione di donne pronte a buttarsi ai suoi piedi. Si chiese quali fossero davvero le probabilità che lui fosse innamorato di lei come lei lo sembrava di lui.

Maggie arrivò fino alla fine della strada e si tolse i sandali. Cercò tra le rocce, poi lo vide seduto sulla postazione del bagnino. Camminò sulla sabbia e lo raggiunse, poi prese un bel respiro e salì.

«Jamey». Salì in cima alla scaletta e gli fece segno di farle posto sul seggiolino. «Ci sei mancato».

«Perché?»

«Perché io...»

«Non dire perché sei mia nonna. Non lo sei». Guardò dritto, senza battere le ciglia.

«Beh, da una parte hai ragione. Dall'altra...»

«Non sei la madre di mio padre».

«Non l'ho cresciuto, è vero. Ma è mio figlio».

«E l'hai dato via perché non lo volevi. L'hai abbandonato e i miei nonni hanno dovuto trovarlo e portarlo a casa con loro, perché tu non lo volevi. Non gli volevi bene allora, quindi perché adesso vorresti passare del tempo con lui?»

«Beh, questa è una domanda importante, Jamey. Capisco perché tu me l'abbia chiesto e ti meriti una risposta sincera. Quindi ti dirò tutta la verità».

«Sì... certo».

«Tu mi hai fatto una domanda. Io voglio darti una risposta. Vuoi sentirla o no?»

Dopo un lungo istante, lui annuì, ma continuò a non guardarla.

«Non ho abbandonato tuo padre». Fece una pausa. «Sei abbastanza grande per capire cosa vuol dire la parola adozione, giusto?»

«Sì. È quando non vuoi un bambino e lo dai via».

«Jamey, io ero molto giovane quando è nato tuo padre e sapevo che non avrei potuto prendermi cura di lui. Volevo, ma sapevo che non avrei potuto. I miei genitori non avrebbero mai accettato la cosa. Erano altri tempi. I tuoi nonni volevano un bambino disperatamente. Erano persone veramente speciali e sapevo che gli avrebbero dato una bella casa e la vita felice che si meritava. Le cose che io non potevo dargli a diciotto anni».

«Avevi diciotto anni?» Aggrottò la fronte.

«Sì, non tanti più di te. Pensi che saresti pronto a crescere un bambino tra sei anni?»

«Non è questo il punto».

«Allora dimmi qual è».

«Tu non gli volevi bene. Loro gliene volevano».

«Io gli ho sempre voluto bene, anche quando ancora non lo conoscevo». Gli toccò un braccio.

«Non ha senso». Lui la allontanò. «Mia nonna era la migliore». Iniziò a piangere e Maggie capì che il problema non era lei.

«Lo so», gli disse, dolcemente. «Tuo padre mi ha raccontato tutto di lei. Di quanto fosse meravigliosa. Che era buona e di buon cuore e quanto amasse te e tua sorella».

«Io volevo tanto bene a lei e al nonno. Perché me li hanno portati via?»

Maggie gli mise una mano sulla schiena, per confortarlo, e lui non la allontanò.

«Vorrei poter avere una risposta. Ci saranno molti momenti nella vita in cui ti chiederai il perché delle cose. E ci saranno momenti in cui non saprai darti una risposta». Stava per mettersi a piangere anche lei. «Jamey, io e Brett non vogliamo prendere il posto dei tuoi nonni. Non potremmo mai e non ci proveremo neanche. So quanto gli volevi bene e quanto ti ha fatto male perderli. Siamo onorati che abbiano scelto di crescere nostro...» Doveva dirlo. Doveva dire come si sentiva. «Che abbiano scelto di crescere nostro figlio. Vogliamo solo avere un posto nella vostra vita. Non vogliamo che vi dimentichiate dei vostri nonni. Loro vi volevano bene. Ma anche noi vorremmo dimostrarvi il nostro affetto. Speriamo che col tempo anche voi possiate ricambiare. Te lo prometto, non proverò mai a prendere il posto di tua nonna. Capisci cosa sto dicendo?»

Si asciugò le lacrime con un braccio, annuendo quasi impercettibilmente. Rimasero seduti in silenzio e guardarono i gabbiani sull'acqua.

«Non ti chiamerò nonna».

«Non devi farlo. Puoi chiamarmi come vuoi».

«Posso chiamarti Maggie?»

«Certo».

«Tu e Brett siete sposati?»

La domanda la colse alla sprovvista. Il ragazzo aveva molte cose per la testa.

«No. Avevamo pensato di farlo molto tempo fa, ma non ha funzionato. Io ho sposato un'altra persona – il padre di Grace e Natalie – e anche Brett si è sposato. Con la madre di Alexis». *E le altre, ma non era il caso di parlarne adesso.* «Mio marito è morto qualche anno fa e Brett ha divorziato».

«Quindi adesso potreste sposarvi».

Lei lo guardò. Aveva cresciuto due figlie, sapeva riconoscere un tranello.

«Credo sia ora di tornare verso casa». Gli diede una pacca sul ginocchio. «Tuo padre stava grigliando gli hamburger, hai fame?»

Lui annuì. «Sì».

Scesero dalla piattaforma e si incamminarono verso casa.

«Cosa stanno facendo gli altri?», le chiese.

«Cucinano. Tua sorella e Daisy stanno giocando a campana con Alexis. E Natalie sta guardando il concerto in tv».

«Ah, sì. Ne ho sentito parlare. Volevo guardarlo. Credo di essermelo perso».

«Chiedi a Nat. L'ha registrato. Sono sicura che te lo farà vedere».

«Perché l'ha registrato? Non è troppo vecchia?»

Maggie soppresse una risata. Natalie – la sua bambina – vecchia? «Sai chi sono i DEAN?»

«Certo. Tutti conoscono i DEAN».

«Beh, sai che Chris Dean è di Wyndham Beach? La mia amica Emma è sua madre. Lui e Natalie sono amici da quando erano piccoli. Sono così». Incrociò le dita e gliele fece vedere.

Jamey si fermò. Maggie sorrise e andò avanti.

La cena era stata rumorosa, in un modo a cui Maggie non era abituata. Le voci maschili erano predominanti, anche se c'erano solo tre uomini nel loro gruppo. Owen era arrivato insieme a Emma e aveva preso posto alla griglia mentre raccontava la storia di come suo nonno, Jasper Harrison, aveva portato la giostra a Wyndham Beach. Sua figlia era molto malata e lui voleva fare qualcosa per renderla felice negli ultimi giorni della sua vita, così aveva fatto costruire la giostra e quando lei era morta, a tredici anni, aveva deciso di condividerla con il resto della città per tenere viva la sua memoria.

«Non avevo mai sentito questa parte della storia», disse Liddy. «È una storia bellissima».

Dopo che ebbero finito di mangiare, si spostarono tutti insieme verso il parco per i fuochi d'artificio. Portarono delle coperte su cui potersi sedere, guardando le luci nel cielo, stupendosi a ogni nuovo botto, ridendo e coprendosi le orecchie agli spari più forti.

Lo show finì, recuperarono le loro cose e tornarono a Cottage Street, tutti insieme.

Come una famiglia. Maggie pensò, mentre tornavano indietro, guardandoli parlare tra di loro, ascoltando i discorsi e le risate. Vide Joe guardarsi intorno, poi dietro di sé finché non la vide. Si fermò ad aspettarla.

«È stato meraviglioso, Maggie. Non so come ringraziarti...» Le cinse le spalle con un braccio.

«Ti prego». Lei scosse la testa. «Io voglio ringraziarti per...» Le parole le si bloccarono in gola. «Non hai idea di quello che mi hai dato. Non dimenticherò mai questa giornata».

«È solo l'inizio, Maggie. Noi non ce ne andiamo. Saremo qui finché ci vorrai».

«Certo che vi voglio. Tu, Jamey e Lulu. Sempre». Stava iniziando a piangere. «Allora, tu e Grace sembrate andare d'accordo».

«Non ci credo ancora che ho una sorella con la mia stessa passione per i libri. E sono sicuro che sei contenta che stia qui a Wyndham Beach per un po' e inizi con la sua società web».

Maggie stava per chiedergli *davvero?*, quando una macchina parcheggiò di fronte a casa sua. Brett scese e si fermò sul marciapiede quando li vide.

«Ehi», gli chiese. «Piaciuti i fuochi d'artificio?»

«Mai visti di migliori», disse Joe.

«Vieni dentro a mangiare qualcosa». Maggie prese Brett sottobraccio, felice di camminare tra lui e il loro figlio. *Un miracolo.* Sentì la parola nella sua mente come se qualcuno l'avesse detta ad alta voce. *La prozia Ida, forse,* rise.

«Che c'è?», le chiese, mentre salivano le scale.

«Stavo pensando alla mia prozia Ida», rispose lei.

«Chi era?», chiese Joe.

«È una storia per un altro giorno». Entrarono e Joe si diresse direttamente in giardino, dove tutti stavano aspettando che Emma servisse il dolce.

In cucina, Maggie offrì a Brett un piatto di insalata di pollo e l'avanzo dell'insalata di patate.

«Mi dispiace che non ci sia altro», gli disse. «Questi sono come un branco di locuste. E non c'erano neanche tante persone».

«È perfetto. Grazie». Mangiò qualche boccone. «Allora, com'è andata? Averli qui tutti insieme? Qualche lite? Bagno di sangue?»

Lei scosse la testa. «Sembra che abbiamo una famiglia molto ben educata». Realizzò quello che aveva detto e cercò di recuperare. «Sai cosa intendo. Gruppo».

«Famiglia mi piace di più. È la nostra famiglia. Com'è che si dice: mia, tua e nostra».

«Jamey ha avuto qualche momentaccio». Gli raccontò di come era sparito e di come l'aveva trovato sulla postazione da bagnino. «Aveva paura che volessimo prendere il posto dei suoi nonni. Gli era molto legato».

«Che cosa gli hai detto?» Nel frattempo, lui aveva finito di mangiare, aveva risciacquato il piatto e l'aveva appoggiato sul bancone.

«Gli ho detto che non lo faremmo mai. Che vogliamo solo avere un posto nella sua vita».

Brett la tirò a sé e la strinse tra le braccia. «Io voglio assolutamente un posto nella sua vita e in quella di Lulu».

Le accarezzò il collo. «E nella tua, Maggie. Voglio essere ancora parte della tua vita».

«Lo sei sempre stato», lo rassicurò lei. «E lo sarai sempre».

Lui la baciò. Un lungo, profondo bacio. Uno di quei baci che si davano nei sedili posteriori della sua vecchia Jeep e lei sorrise.

«Che c'è?», gli chiese. «C'è qualcosa che ti diverte mentre ti bacio?»

«Nessuno bacia come te, Brett. Credi che io me lo sia dimenticato, dopo tutti questi anni, ma non è così». Gli si avvicinò e sorrise. «Per un minuto ho pensato di essere ancora nella tua vecchia Jeep».

«Ne prendo un'altra, se ti rende felice. Chi dice che non si possa rivivere la giovinezza?» Ricominciò a baciarla mentre si apriva la porta sul retro.

«Oddio. Vi prego. Prendetevi una stanza». Grace iniziò a ridere, poi si sbrigò a dire: «No. Niente stanza. Dimenticate che io l'abbia detto».

Maggie rise, specialmente quando si accorse che Brett era imbarazzato.

«Venite fuori a mangiare il dolce», disse Grace, mentre uscivano. «Emma ha fatto una torta fantastica. Cioccolato bianco, nero e la purea di lamponi. Buono da morire».

«Come si può resistere?» Brett prese la mano di Maggie e seguirono Grace fuori dalla porta. Si fermarono per osservare il gruppo davanti a loro.

«Avresti mai pensato di vedere un giorno come questo?», le chiese Brett.

Maggie scosse la testa. «Ho sempre pregato di rivedere Joe, ma mai ho osato pregare perché noi ci ritrovassimo. E questo? No. Mai. Era oltre la mia immaginazione».

Lui la prese di nuovo tra le braccia. «È tutto così bello. Sembriamo quasi una coppia normale».

«Stai dicendo che c'è qualcosa di anormale in noi?», lo prese in giro.

«Volevo dire che non sembra siano passati quarant'anni».

«Forse trentasei».

«È comunque tanto tempo. È passata tanta acqua sotto i ponti in trentasei anni. Sto ancora cercando di realizzare che siamo ancora insieme e che Joe sia qui con noi. Abbiamo dei nipoti». Lui scosse la testa. «Com'è successo tutto questo?»

«Solo fortuna, penso. Siamo fortunati». Lei si appoggiò a lui e rimasero lì per qualche minuto. «All'epoca, quando eravamo giovani, questo era esattamente il nostro obiettivo. Celebrare una grande festa a Wyndham Beach con la nostra famiglia e i nostri amici».

«È un po' diverso da come ce lo immaginavamo, ma è comunque bellissimo, vero?» C'era un velo di preoccupazione nella sua voce.

«Sarà fantastico».

«Mi piace come suona». Lui la baciò sulla guancia e si avvicinò alla porta.

«Tu esci», gli disse Maggie. «Metto su il caffè. Sarò fuori tra un minuto».

Guardò Brett uscire in giardino e unirsi agli altri, che stavano arrostendo i marshmallows sul fuoco. Non riusciva ancora a credere a quante deviazioni avevano fatto le loro strade prima di ricongiungersi, così inaspettatamente. A quante volte si era sentita andare alla deriva, ma qualcosa le aveva sempre dato la forza di raggiungere la riva.

Le tornarono alla mente i versi di una poesia di Albert Camus, che le procuravano sempre un brivido. Li considerava una specie di inno alla speranza e alla capacità di ricominciare. Li recitò a memoria tra sé e sé, tanto li aveva letti e trasmessi ai suoi allievi, come un regalo per affrontare la vita:

> Nel bel mezzo dell'odio
> ho scoperto che vi era in me
> un invincibile amore.
> Nel bel mezzo delle lacrime
> ho scoperto che vi era in me
> un invincibile sorriso.
> Nel bel mezzo del caos,
> ho scoperto che vi era in me
> un'invincibile tranquillità.
> Ho compreso, infine,
> che nel bel mezzo dell'inverno,
> ho scoperto che vi era in me
> un'invincibile estate.

Incrociò lo sguardo di Liddy e alzò il braccio sinistro per mostrarle il suo tatuaggio.

Liddy sorrise e ricambiò il gesto.

L'amicizia è complicata, pensò Maggie. *Le famiglie sono complicate. L'amore è complicato.*

Ma siamo, sempre e per sempre, onde dello stesso mare.

Finito di stampare nel mese di luglio 2022
presso Puntoweb Srl
Ariccia (RM)